KB217881

천국으로

2017년 3월 10일 초판 발행
지은이 나서영
펴낸이 배수현
표지디자인 권아라
디자인 유재헌
홍　보 배성령
제　작 송재호
펴낸곳 가나북스 www.gnbooks.co.kr
출판등록 제393-2009-12호
전　화 031-408-8811(代)
팩　스 031-501-8811
ISBN 979-11-86562-53-6(03800)

· 가격은 표지 뒷면에 있습니다.

천국으로

나 서 영
장편소설

가나북스

차례

일러두기 〈천국으로〉는 로맨스 소설이 아닙니다.

인간이 이토록 슬픈데
주여, 바다가 너무도 푸르릅니다.
— 침묵의 비(碑)

첫 번째 조각 - 변태

1. 밤이 드리우면 야트막한 야산에는 기묘한 정적이 내려앉았다. 드문드문 세워진 가로등은 빛을 잃은 채 죽어버렸고 그런 음침함과 으슥함에 인적이 뚝 끊겼다. 짙은 어둠만 담뿍 내린 야산을 오르는 일에는 발밑을 조심해야 하는 위험이 도사렸지만 튀어나온 돌부리를 걱정하는 마음 없이 성큼성큼 발을 내뻗었다. 십 년이 넘는 긴 세월 매일같이 야산을 오르내린 발걸음은 은밀하고 재빨랐다. 그렇게 주변을 경계하며 야산의 공터에 놓인 팔각정 천장으로 숨어들었다.

팔각정 천장의 협소한 공간에 웅크리고 앉아 숨을 죽였다. 웅크리고 앉거나 모로 눕는 것 말고는 달리 취할 수 있는 자세가 없었지만 불만은 아니었다. 새벽이 밝을 때까지 웅크리고 있어도 육체는 불편을 느끼지 않았다. 살며시 눈을 감자 시야가 멀리까지 트이는 것처럼 벌레와 새의 소리가 선명하게 느껴졌다. 새까만 어둠으로 가득한 이 공간만이 마음에 평안을 깃들게 했다.

시간은 고요하게 허공으로 스며들었다. 시간의 흐름을 잊을 즈음 멀리에서 인기척이 느껴졌다. 느릿하며 가끔 멈춰서기를 반복하는 발걸음이 이쪽으로 가까워지고 있었다. 젊은 남녀일 거라는 짐작에 심장의 박동이 점점 거세졌다. 짐작대로 젊은 남녀가 팔각정에 자리를 잡고 앉았다. 야심한 밤에 음침하고 으슥한 팔각정을 찾은 이유는 뻔했다. 비밀이지만 섹스! 그래, 섹스를 하는 남녀도 더러 있었다. 그들도 나처럼 은밀한 중에 해소하고픈 변태 성욕을 느끼는 모양이었다. 그래서인지 누구도 내가 자신들과 함께한다는 사실을 알아차리지 못했다.

숨을 죽이며 집중했다. 지금 젊은 남녀를 휩싼 큼큼한 열기가 어떤 불꽃으로 변화할지 궁금했다. 서로를 조심하느라 좀처럼 벗어나지 못하는 수줍음과 풋풋함에서 강한 자극을 받았다. 그런 감정의 설익음이 화창한 봄날에 피어오르는 아지랑이처럼 보드라웠다. 다짜고짜 헐떡이며 섹스를 해대는 구경도 좋았지만 지금처럼 어떤 희망을 품은 채 엿보고 엿듣는 것에도 특별한 기쁨이 있었다.

젊은 남녀는 어찌할 바 모르는 손을 가슴에 감춘 채 입술을 맞추기 시작했다. 그 모습을 엿보며 조심스럽게 성기를 움켜쥐었다. 지금의 탐닉이 오래도록 지속되기를 바랐다. 풋풋한 연애 감정을 나누는 젊은 남녀의 머리 위에서 그들과 비슷한 감정을 느끼며 행하는 특별한 수음이었다. 지금 나와 저들이 느끼는 감정은 결코 다르지 않았다.

뒤늦은 고백이지만 나는 누군가를 엿보고 엿듣는 것으로 만족을 느끼는 변태 성욕을 갖고 있었다. 허나 결단코 원하거나 노력으로 갖게 된 성질이 아니었다. 정말이지 변태 성욕과 분리되고 싶었다. 간절하게 바랐지만 불가능했다. 어떤 의지와 방법으로도 실패만 거듭했다. 십 년이 넘는 긴 세월 변태 성욕을 이기지 못해 팔각정 천장으로 숨어들었던 내 자신이 너무도 싫었다. 절망에 가까운 분노가 치솟았지만 캄캄한 어둠 속에 웅크려 앉으면 거짓말처럼 평온이 찾아왔다. 불행 중 다행으로 변태 성욕이 범죄와 연결되는 악성은 아니었다. 물론 누군가를 엿보고 엿듣는 행위 자체가 명백한 범죄였지만 잔인한 운명의 강압이라고 참작한다면 무죄였다.

나에 대한 스스로의 감상은 가소로울 뿐이었다. 이런 순간에도 의식은 서로의 입술을 핥고 있는 젊은 남녀에게 온전히 향해 있었다. 젊은 남녀는 연애에 서툰지 자신들을 휩쌌던 열기가 식었음에도 입술을 떼지 못했다. 질질 흘러내리는 침을 닦지도 못하는 그 모습이 참 곤욕스러워 보였다.

그때 멀리에서 인기척이 느껴졌다. 변태 성욕은 새로운 존재의 등장을 예민하게 감지해냈다. 조금씩 가까워지는 발걸음이 수면에 인 파장처럼 기운을 키웠다. 먼저 반응한 쪽은 여자였다. 여자는 인기척을 느꼈는지 남자의 가슴팍을 밀어 떼어내고는 어둠에 휩싸여 보이지 않는 저 너머를 날카롭게 응시했다. 무겁게 내려앉은 정적 속에서 인기척이 분명하게 느껴지는 순간 위기감이 고개를 쳐들었다. 야심한 밤의 야산에서는 누가 됐든 마주치지 않는 것이 상책이었다. 젊은 남녀는 인기척이 들려오는 반대편의 어둠 속으로 홀연히 사라졌다.

나는 한숨을 내쉬며 치미는 짜증을 간신히 삭였다. 인기척의 정체를 알고 있었다. 늘 허공에다 욕지거리를 쏟아내는 정신이상자였다. 물론 비렁뱅이에 부랑자인 그는 가여운 사람이었지만 나와는 완전한 악연이었다. 정말로 원치 않았지만 밤이면 이곳을 찾아와 소란을 피워대며 일을 망쳤다. 야심한 밤 야트막한 야산의 유일한 매력인 은밀함을 파괴함으로 모든 가능성을 차단했다. 일단 나타나기만 하면 밤새도록 소란을 피웠기에 어떤 희망도 품을 것 없이 하산해야만 했다.

정신이상자를 피해 야산을 내려가는 일은 어렵지 않았다. 정신이상자는 늘 헛소리나 욕지거리를 늘어놓는데 정신이 팔려있었다. 오늘도 마찬가지였다. 가벼운 구보로 야트막한 야산을 내려가며 돌아본 정신이상자는 여전히 허공에다 대고 헛소리를 늘어놓고 있었다.

2. 나는 비록 변태 성욕을 이기지 못해 매일 밤을 팔각정 천장에서 지새웠지만 부지런히 그림을 그리는 화가이기도 했다. 아직까지 어떤 뚜렷한 결과물을 도출해내지는 못했지만 그건 무능력 때문은 아니었다. 매 때마다 운이 없어 상을 놓치고만 있었다. 삶은 궁핍했지만 좁다란 골방에서 근근이 그림을 그려내는 생활을 포기할 수 없었다. 변변찮은 살림에 그럭저럭 살아가는데 익숙해진 상태였다.

나의 외관은 가꾸는 일에는 전혀 관심이 없는 탓에 후줄근했다. 기다란 키에 비쩍 여윈 몸은 절도가 없었고 머리카락과 수염은 거칠게 길어버리기 일쑤였다. 그런 흐트러진 모습이 화가의 이상적인 모습이라고 믿었기에 개선의 여지는 없었다. 밤이면 변태 성욕을 채우기 위해 팔각정 천장으로 숨어들었고 짧게 남은 새벽에 잠을 잤다. 잠에서 깨어나면 곧장 그림을 그렸는데 생계를 위해 미술 학원에 나가야 하는 늦은 오후까지 작업은 계속됐다. 오랫동안 반복해온 일상이었다.

3. 그림을 그리는 일은 사실 힘겨웠다. 온종일 그림만 그린다면야 행복하겠지만 짧은 하루에 변태 성욕을 채우고 학원에서의 생업도 마쳐야 했기에 활력을 바랄 수 없었다. 미술 대학을 졸업한 뒤 십이 년째 국전에 참가하고 있었지만 대상은 고사하고 그 흔한 입선조차 턱걸이하지

못했다. 마음 같아서는 국전의 최연소 대상 수상자라는 월계관을 쓰고 탄탄대로의 길을 달릴 것 같았지만 현실은 퀴퀴하고 큼큼한 암내 속에서 붓을 놓지 못한 채 표류하는 난파선의 신세에 불과했다. 빈번한 낙방에도 해년마다 꼬박꼬박 국전에 참가한다는 사실이 용했다. 근면 성실한 세월이 벌써 십이 년이었지만 그에 대한 보상은 이름뿐인 개근상도 주어지지 않았다.

학원에서의 생업을 마친 뒤 골방으로 돌아와 몸을 씻었다. 제법 날씨가 쌀쌀했지만 오래도록 쏟아지는 물줄기를 맞고 서있었다. 으슬으슬 한기가 스몄지만 채취를 지우는 일은 일종의 의식처럼 굳어진 일과였다. 비누나 세제는 일절 사용하지 않고 물줄기를 맞고 서있는 게 전부였지만 내 존재가 무취해진다고 믿어졌다. 새까만 의복으로 머리부터 발끝까지 감추면 준비는 끝이 났다. 커다랗지만 질량이 적어 가벼운 그런 마음을 품고 야트막한 야산을 향해 발걸음을 옮겼다. 평소에는 볼 수 없는 날렵한 모습이었다.

팔각정 천장에 웅크리고 앉아 숨을 죽였다. 그럴 때면 시간은 쏜살같이 달아났는데 밤은 쉽게도 깊어갔다. 밤이 만들어내는 고요가 입체적으로 빚어지며 어둠은 질식을 위협하듯 눈과 입을 틀어막았다. 그런 그윽한 시간 속에서 불현듯이 과거의 어떤 때가 떠올랐다. 날카로운 송곳이 가슴을 내찌르는 것 같은 섬찟한 기억이었다. 그녀에게는 어떤 악감정도 없었지만 바드득 이가 갈릴 만큼 처참했다.

그녀는 내가 사랑했던 사람이었다. 눈으로 바라보면서도 투명하게 느껴지는 비현실적인 존재이기도 했다. 오랜 시간이 흘렀음에도 여전히 아름답다고 기억됐다. 이름은 지승이었다. 이름을 떠올리는 것만으로도 견디기 힘든 감정이 응어리지며 가슴이 답답해졌다.

그때 나는 평범한 대학생이었다. 미술 대학에서 매일 밤을 지새우며 국전에 보낼 그림을 그리는 학구열이 뛰어난 학생이기도 했다. 허나 그림을 그린다는 현실은 자랑스러운 동시에 열등감의 원천이었다. 예술이라는 성역으로 포장됐지만 그 안에 담긴 내세울 것 하나 없는 진짜 나를 잘 알고 있었다. 성격은 내향적으로 변해갔고 딱 몇으로 줄어든 사람과만 교제했다.

그런 나는 수요일과 일요일이면 교회를 찾았다. 그녀가 교회에 있었기 때문이었다. 예배가 시작되기 전이면 두 손을 모으고 기도를 하는 그녀를 힐끔거릴 수 있는 적당한 자리에 앉아 두근거리는 가슴을 끌어안았다. 그녀를 사랑했지만 한발자국도 다가갈 수 없었다. 사랑은 열렬했지만 홀로 삭힐 뿐 방법이 없었다. 용기가 없는 탓도 있었지만 그녀는 고등학교에 다니는 어린 학생이었다. 스스로 느끼는 금기에 도전할 수 없었다.

시간이 흐를수록 사랑은 깨질 듯이 달아올랐다. 몰래 품은 연정이었지만 정말이지 진실했다. 언젠가는 이 마음을 고백하리라 다짐했다. 국전에서 대상을 받아 스스로가 떳떳하게 여겨질 때 고백하겠다는 마음이었다. 국전에서의 대상을 믿어 의심치 않았지만 허황된 꿈은 비극을 자초했다.

그로부터 십이 년을 국전에 도전했지만 번번이 낙방했다. 내 청춘과 인생이 허무맹랑한 집착 때문에 망가졌다. 황금빛 미래를 당연하게 여겼던 과거의 내가 도화선이 되어 현재를 망쳤다. 허나 그때의 나는 그런 사실을 알지 못했기에 계속해서 그녀의 주변을 맴돌았다. 그저 힐끔

거리는 게 전부였지만 뜨겁게 달아오른 사랑이 세상의 전부라고 믿으며 그녀와의 달콤한 미래를 꿈꿨다.

어느 날 그녀의 곁으로 미지의 사내가 불쑥 나타났다. 대담하게도 나보다 가까운 자리를 차지하고 앉아 그녀를 빤히 바라봤다. 그런 뻔뻔스러운 태도에 심한 분노를 느꼈지만 조금도 표출할 수 없었다. 속으로 화를 삼키며 겉으로는 숨을 죽였다.

미지의 사내에 대해 알게 된 사실은 이런 것들이었다. 군대에서 전역한지 얼마 되지 않은 대학생으로 서글서글하고 시원한 성격에 공부도 운동도 잘하는 쾌남이었다. 어쩐지 그녀도 미지의 사내에게 호감을 보이는 것 같았다. 웃으며 인사를 나눴고 오빠라고 부르는 목소리를 들었다. 둘의 사이는 자연스럽게 가까워졌다. 예배를 기다리면서는 두 손을 모아잡고 함께 기도했다. 그 모습을 바라보는 기분은 형언할 수 없는 암담함을 벽처럼 드리웠다. 가슴에 사무치는 지독한 수치심을 삼켜야 했다.

나는 고통 받았다. 그녀에 대한 사랑이 진실한 만큼 커다란 만큼 뜨거운 만큼 아팠다. 나를 거부하고 조롱하며 고통을 강요하는 사랑이 가슴에서 떠나지 않았다. 미지의 사내와 그녀는 행복한 모습으로 사랑이 담긴 눈으로 서로를 바라봤다. 모두가 잘 어울리는 한 쌍이라며 흐뭇해 했다. 오직 나만이 고통 받았다. 분노는 가슴 속 사랑의 감정을 진화하지 않고 더욱 발화시켰다.

사랑은 엉뚱한 곳으로 불꽃을 튀겼다. 미지의 사내와 그녀가 두 손을 모아잡고 하는 기도가 무언지 알고 싶었다. 알고 싶다는 집착은 그녀에 대한 사랑과 크기가 같았다. 허나 알 길이 없었다. 기도의 내용을 물어볼 수도 없는 노릇이었다. 그래서 몰래 뒤를 밟기 시작했다. 미지의 사내와 그녀가 무슨 말을 나누고 무엇을 하는지 알고 싶었다.

미지의 사내와 그녀의 교제는 형태가 빤했다. 일상의 공식적인 일과를 마친 뒤 짬을 내 어딘가를 걷거나 들어가는 식이었다. 특히나 야트막한 야산의 산책로를 따라 걷기를 즐겼다. 걷다가 지친 다리를 쉬어줄 겸 공터에 놓인 팔각정에 앉아 재잘재잘 대화를 나눴다. 멀리 수풀에 몸을 숨긴 채 들리지 않는 대화를 엿들으려는 노력이 처절했다. 고민 끝에 처음으로 팔각정 지붕에 숨어들었다. 협소한 공간에 웅크리고 앉아 마음을 졸이며 미지의 사내와 그녀를 기다렸다. 발각에 대한 두려움도 견디기 괴로웠지만 육체가 뒤틀리는 경련은 너무도 고통스러웠다. 허나 대화를 엿듣겠다는 열성과 엿듣고 싶다는 집착은 모든 고난을 견디도록 했다.

미지의 사내와 그녀는 팔각정에 자리를 잡고 앉아 오래도록 대화를 나눴다. 간절히 바랐던 순간이었지만 비참한 처지만 실감됐다. 밤이 깊도록 소리 없이 눈물을 흘렸다. 그러나 가슴을 쓸고 내려가는 묘한 청량감을 느꼈다. 변태 성욕이었다. 변태 성욕은 계속해서 팔각정 천장으로 숨어들게 만들었다. 미지의 사내와 그녀가 더는 이곳을 찾지 않았음에도 계속해서 팔각정 천장으로 숨어들었다.

비극적인 과거의 끝에 다다라서야 현실감을 되찾았다. 현실이라고 해봐야 협소하고 어두컴컴한 공간에서 웅크리고 있는 게 전부였지만 비참한 과거보다는 나았다. 감정은 수습됐지만 기분은 우울했다. 보통 언제나 우울한 상태였기에 지금 말하는 우울의 농도는 평소보다 짙고 고약했다.

그때 멀리에서 인기척이 느껴졌다. 밤의 고요를 깨뜨리는 소란스러움은 단번에 정신이상자를 떠오르게 했다. 불길한 예감은 언제나 맞아떨어지는 법이라서 정신이상자는 허공에다 욕지거리를 뱉으며 소란을 피우기 시작했다. 아직 개시도 하지 못했는데 방해를 받자 화가 치밀었다. 가뜩이나 우울한 상태에서 가까스로 화를 삭였다.

정신이상자는 팔각정에 자리를 잡고 앉아 늘 그랬듯이 논리가 실종, 와해된 말들을 허공에다 쏟아내기 시작했다. 험악한 욕지거리도 가득했다. 그런 상스러운 말을 참고 듣자니 점점 울화가 뻗쳤다. 가까스로 눌러 참았지만 오늘따라 이상했다. 정신이상자가 처음 나타났던 순간이 떠올랐다.

그날도 어김없이 팔각정 천장에 숨어들어 인기척을 기다리고 있었다. 숨을 죽인 채 기다리자 멀리에서 인기척이 느껴졌다. 온 신경을 집중해 눈으로 바라보는 것처럼 머릿속에 그려냈다. 그때까지 그가 정신이상자라는 사실을 알지 못했기에 어떤 흥미로운 일이 벌어질까 잔뜩 기대하는 마음이었다.

정신이상자는 팔각정에 엉덩이를 붙이고 앉더니 거친 숨을 가다듬었다. 누굴까? 어떤 사람일까? 짐작하며 두근거림을 느꼈다. 흥분이 고조됐지만 곧 완전한 허탈감에 맥이 풀렸다. 어떤 것도 기대할 수 없다는 사실을 깨달았다. 비렁뱅이에 부랑자였으며 게다가 정신이상자였다. 그런 존재에게 연정과도 같은 기대를 품었다는 사실이 두고두고 치욕스럽게 기억됐다.

나는 분노라는 감정이 무조건 무익하다고 생각했기에 괜한 근심을 만들지 말자고 스스로를 타일렀다. 정신이상자의 훼방은 마땅히 감수

해야 하는 위험요소였다. 앞으로 얼마간의 시간이 흐른다면 자취를 감출 게 분명했다. 그때까지는 오늘처럼 손해를 보더라도 감내해야 했다. 그렇게 오늘 밤을 포기하고 골방으로 돌아가려는 순간이었다. 정신이상자가 다짜고짜 팔각정의 천장을 올려다보며 고래고래 고함을 치기 시작했다. 늘 보이던 이상 행동이었지만 지금은 어딘가 달랐다. 어떤 날카로움이 깃든 것처럼 나를 놀라게 했다.

"어디에 숨은 거야? 어디에 숨었냐니까! 아직도 만족하지 못했어? 만족할 때도 됐잖아!"

찰나의 순간에 수많은 감정이 놀란 가슴으로 날아들었다. 정신이상자가 내 존재를 알고 있는 것만 같았다. 발각에 대한 위기감으로 가슴이 부풀었다. 허나 합리화의 속도가 더 빨랐다. 정신이상자가 내 존재를 알아챘다고 해도 그 사실은 위협이 될 수 없었다. 또 계속 들어보니 울분에 찬 외침은 나를 향한 것이 아니었다. 그저 같은 방향에 놓인 과녁이라서 착각을 유발했을 뿐 아슬아슬하게 빗겨나더니 이제는 완전히 다른 곳을 향해 날아갔다.

"나를 그만 놓아줘! 놓아주란 말이야! 아니면 죽여줘! 죽이란 말이야!"

나는 안도를 느끼는 동시에 인상을 찌푸렸다. 정신이상자가 흐느껴 울기 시작했다. 불결하고 처참한 몰골로 서럽게 흐느끼는 모습은 비위를 상하게 했다. 순간 맥이 탁 풀렸다. 정신이상자의 행태는 정신병자의 이상 행동에 불과했다. 그런 판단에 조심성을 잃었는지 안일하게 실수를 저지르고야 말았다. 정신이상자의 주의가 다른 곳으로 향한 것을 확인하지 않고 팔각정 천장에서 내려온 것이었다. 정신이상자가 내 앞에 우두커니 서있었다. 사이를 가로막은 얇은 어둠을 뚫고 정신이상자의 눈빛이 날카롭게 번뜩였다.

"너냐?"

정신이상자의 물음은 날카로웠다. 또 의도를 몰랐기에 어떤 대답도 할 수 없었다. 본능적으로 약한 면을 보이지 않으려고 애를 썼지만 이마저도 효용이 없었다. 내가 대답을 하지 않자 아니, 대답은 하지 못하고 멀뚱히 서있자 정신이상자가 다시금 물음을 던졌다. 허공에다 울분을 터뜨리던 거친 목소리가 아니었다. 차분하고 냉정했다.

"너구나?"

나는 전과 마찬가지로 대답은 하지 못하고 멀뚱히 서있었다. 주눅이 들었다. 피부로 느껴지는 위기감이 심상치 않았다. 갑작스럽게 맞닥뜨린 위기에 어떤 대처도 할 수 없었다. 그럴수록 정신이상자는 자신의 물음에 확신을 더해가는 모양이었다.

"너로구나?"

나는 여전히 대답할 말을 찾지 못했다. 지금의 위기를 극복하려는 의지에 의해 입술이 달싹이기도 했지만 어떤 말도 목울대를 넘어서지 못했다. 나는 소리만 요란한 공갈탄조차 되지 못하는 초라한 신세에 불과했다. 그렇다고 비애를 느끼지는 않았다. 내가 본래 그렇다는 사실을 알고 있었다. 그렇기에 곧 선택할 처세가 뭔지도 알고 있었다.

"너였구나."

정신이상자가 자신의 물음에 확신을 갖는 그 순간 마치 준비라도 마친 것처럼 내빼기 시작했다. 그때까지 도망에 대한 의식을 전혀 하지 않았기에 뜻밖의 행동처럼 느껴지기도 했지만 예견된 선택이었다. 그리고 또 다른 예견된 선택이 있었다.

나는 다음날 밤에도 팔각정 천장으로 숨어들었다. 변태 성욕이 강요하고 지배하는 힘은 절대적이라서 거부할 수 없었다. 진정 변태 성욕을 끊어낼 수만 있다면 뭐라도 했겠지만 그러지 못하고 그럴 수도 없었던 이유는 떼어낼 수 없는 내 일부였기 때문이었다. 그랬기에 정신이상자에게 수모를 당하고도 팔각정 천장에 웅크리고 앉아 인기척을 기다리며 신경을 곤두세웠다. 가슴을 두근거리면서 말이다.

두 번째 조각 - 우올

1. 평범하다고 뭉뚱그려도 달리 할 말이 없는 비슷한 나날이 이어지는 하루 속에서 출근길에 나서는 마음이 무겁다. 오전 여덟 시, 더위는 벌써 자비 없이 세상을 뒤덮었다. 오래된 슬레이트 건물의 이층으로 이어지는 철제 계단을 오르며 짜증을 삼켰다. 불안하게 흔들리는 계단, 사무실에 들어서자 숨이 턱 막혔다. 활짝 열어둔 창문으로 미풍이 드나들고 벽에 매달린 선풍기 두 대가 쉬지 않았지만 내부는 솥단지에 팥죽을 끓이는 것처럼 후끈했다.

나는 농산물공판장의 경리과 직원이었다. 단순한 숫자 계산이 맡은 업무의 전부였지만 기초적이며 원초적인 오류를 동반했기에 스트레스가 심했다. 하나의 작은 실수가 모든 성공적인 부분을 망치는 부정적인 노동이었다. 무엇보다 벗어날 가망 없는 우울한 현실이 애석할 따름이었다.

경리과장은 머리가 벗겨진 중년의 남자로 언제나 출근이 빨랐다. 허나 업무에는 어떤 의욕도 보이지 않았는데 미지근한 선풍기 바람을 쐬며 축 늘어져있는 게 맡은 역할의 전부였다. 그런 경리과장에게 비슷한 얼굴로 출근을 알린 뒤 자리에 앉았다. 책상 위에 어지럽게 쌓여있는 잡다한 서류를 바라보자 한숨이 푹 새어나왔다.

시간은 더디게만 흘러갔다. 밀린 업무를 처리하고 숨을 돌리며 벽에 걸린 시계를 바라보니 겨우 오전 열한 시였다. 허탈감에 의자 깊숙이 몸을 파묻자 땀으로 척척하게 젖은 등이 불쾌하게 느껴졌다. 하루가 길게 늘어지는 것만큼 기운 빠지는 일도 없었다. 먹고살기 위해 돈을 벌어야겠다는 측은한 본능만큼이나 척척한 삶은 비루하게 살이 찌고 있었다.

힘겨운 시간을 견뎌내고 얻은 퇴근 후의 시간은 달콤해야 했지만 그렇지 못했다. 몸을 씻는 일조차 버겁게 느껴질 만큼 피로했다. 김치와 달걀과 김을 반찬으로 끼니를 챙긴 뒤에는 소파에 앉아 멍하니 텔레비전을 바라보는 게 일상이었다. 그런 뒤 밤이 늦었음을 깨닫고 잠자리에 누우면 하루가 마무리됐다. 잠은 짧게 지나가고 눈을 뜬 아침에는 악몽 같은 기시감이 올가미처럼 숨통을 조였다. 분명히 치러낸 것 같은 아침에 벌거벗은 내가 누워있었다.

비슷한 하루가 끊임없이 반복됐다. 변화라고는 계절이 바뀌는 게 전부였다. 오전 여덟 시에는 농산물공판장으로 출근을 했고 바쁜 업무 속에서 더디게 흘러가는 시간을 확인하며 한숨지었다. 간신히 맞이한 퇴근 후에는 몸을 씻고 끼니를 챙긴 뒤 소파에 앉아 텔레비전을 바라보다 잠에 들었다.

벌써 겨울이었다. 잔뜩 몸을 움츠려도 가슴팍으로 한기가 스며들었다. 시끌벅적한 식당 안으로 들어서며 웃음을 떠올렸지만 마음은 썰렁했다. 그런 아쉬움 때문인지 거의 매일 사람들과 어울리며 술자리를 가졌다. 고기가 구워지고 술잔이 채워지는 것에는 이유가 없었다. 술잔을 기울이며 나눌 대화도 많지 않았다. 모두가 비슷하게 삶을 견디며 살아내고 있었기에 특별함은 없었다.

그런 오늘 유난히도 술이 받지 않았다. 별로 마시지 않았는데 메스꺼움이 목구멍을 타고 올랐다. 슬쩍 손에 들었던 술잔을 내려놓고 호흡을 가다듬었다. 가슴 한편이 아픈 듯이 시렸다. 억지로 삼키는 술로는 마음의 헛헛함을 달랠 수 없다는 사실이 분명하게 떠올랐다. 그러자 술자리에 앉아있기가 곤욕스러웠다. 슬쩍 자리를 떴지만 누구도 붙잡지 않았다.

밤이 깊은 거리의 우중충한 활기 속을 오래도록 걸었다. 으슬으슬 몸이 떨리는 한기를 가슴에 안은 채로 무작정 걸었다. 그러다 우뚝 걸음이 멎더니 건너편에서 불을 밝히고 있는 찻집으로 시선이 향했다. 불빛에 이끌리는 날벌레처럼 찻집으로 들어서자 보드라운 온기를 맞닥뜨렸다. 마음이 탁 풀리며 평온을 느꼈다.

찻집에 마련된 탁자마다 사람들이 가득했다. 젊은이든 늙은이든 삼삼오오 모여앉아 대화를 나누며 즐거운 모습이었다. 그런 광경을 뒤로 흘리며 계산대 앞에 섰다. 막상 점원을 마주하자 뭘 주문해야 좋을지 난감한 기분이었다. 얼결에 커피와 녹차를 뜨겁게 주문하고 창가를 마주 보는 자리에 앉았다. 뜨거운 녹차를 조금씩 삼키자 떨떠름했던 기분이 차분하게 가라앉았다. 허나 오래도록 자리를 지킬 여유가 없어 아직 뜨거운 커피를 손에 들고 찻집을 나섰다.

거리는 여전히 우중충한 활기를 머금고 있었다. 사람들은 저마다 허연 입김을 내뿜으며 숨을 쉬고 있었다. 모두가 그렇게 살아있었다. 그 속에서 자못 자조에 빠지려던 냉랭한 기분이 순간 밝아졌다. 발걸음이 멈춘 것은 뜻밖이었다. 무리지어 흘러가는 인파 속에서 그녀가 바라보였다. 추위에 붉어진 얼굴은 웃고 있었는데 그 미소가 무척이나 낯설게 느껴졌다.

그녀는 자선냄비의 곁에서 사람들에게 기부를 독려하고 있었다. 손에 쥔 종을 흔들며 따스한 온정을 나누자는 외침을 멈추지 않았다. 그런 그녀를 넋을 잃고 바라봤다. 첫눈에 반했다는 종류의 감정은 아니었다. 그녀의 외모는 무척이나 평범했고 눈에 띄는 특별함은 없었다. 다만 가슴이 근질거렸다.

지금 몽롱한 상태였는지 그녀에게 다가가고 있다는 사실을 알아차리지 못했다. 무리지어 흘러가는 인파의 흐름을 교묘히 비켜가며 그녀의 앞에 섰다. 나를 빤히 바라보는 그녀의 눈을 마주한 뒤에야 정신을 차렸다. 당혹감을 느꼈지만 할 수 있는 게 없었다. 내가 왜 그녀의 앞에 서있는지 영문을 모르겠는 기분이었다.

그녀에게 손에 든 커피를 내밀었다. 무의식에 의한 행동이었고 뒤늦게 그런 사실이 자각되자 얼굴이 화끈거렸다. 만약 그녀가 커피를 건네받지 않았더라면 창피는 더욱 커다랗게 부풀어 오래도록 괴로운 기억으로 남았을 것이었다.

그녀는 차갑게 식은 커피를 건네받고는 꾸벅 머리를 숙였다. 감사하다는 목소리가 들린 것도 같았지만 도망치듯 그 자리를 떠났다. 떠났지만 감정의 수습은 쉽지 않았다. 커피가 차갑게 식어있었다는 사실이 마음에 걸렸다. 다시 찻집에 들러 커피를 주문하며 아주 뜨겁게 부탁했다. 그제야 내가 저지른 돌발적인 행동에 서린 마음이 이해됐다. 그녀에게 전하고 싶었던 건 커피가 아니라 온기였다.

그녀에게 커피를 전하며 기쁜 마음이었다. 허나 창피와 구분이 어려운 화끈거림이 얼굴을 물들였고 다시금 도망치게 만들었다. 뒤에서 들려오는 그녀의 목소리가 선명하지 않아 알아들을 수 없었다.

새벽이 깊었지만 졸음은 느껴지지 않았다. 잠자리에 들어 한참을 뒤척여도 잠에 들 수 없었다. 며칠이 지나면 서른세 살이 되는 남자치고 유치한 짓을 저지른 것 같아 후회스럽기도 했다. 그런 새벽이 데리고 온 아침, 어김없이 출근을 해야 했다.

2. 새해 첫날부터 눈이 내리기 시작했다. 모두가 은근히 반기는 눈치였지만 며칠이 지나도록 그칠 기미가 없자 다들 질려버렸다. 기상청에서는 기록적인 폭설에 대한 뉴스 보도를 계속했다. 허나 거짓말처럼 따사로운 햇살이 쏟아지더니 두껍게 얼어붙은 땅을 녹여버렸다. 그러자 세상은 움이 트는 것처럼 싱그러운 활력으로 차올랐다. 내 마음에도 여유가 깃들었다. 퇴근을 한 뒤에는 거리를 거닐었다. 그러다 마음에 드는 찻집을 발견하면 들어가 커피와 빵을 먹었다. 그렇게 느끼는 여유는 일종의 방황이었다. 오늘과 다름없을 내일을 기다리는 고독한 표류. 그랬기에 찻집을 나서는 마음은 언제나 쓸쓸했다.

자정에 가까운 시간이었지만 거리는 꽤나 북적였다. 수많은 사람들이 저마다의 인생을 간직한 채 세상의 바탕색에 스며들어 있었다. 그 속에서 걸음을 옮기며 이유 없이 여유를 잃어가는 마음을 느꼈다. 횡단보도의 보행자 신호를 기다리며 멍하니 넋을 잃었다.

그때 누군가가 나를 알은 척 했다. 돌아보니 본 적 없는 모르는 여자가 입술을 질끈 깨문 채 나를 올려다보고 있었다. 애티가 있어 어려 보이는 내가 알 만한 사람이 아니었다. 여자는 그런 사실을 알아차렸는지 흠칫 놀라는 기색으로 말을 꺼냈다.

"그때 주신 커피 잘 마셨습니다. 감사를 전하지 못해 늘 마음이 무거웠는데 이제야 감사를 전하게 됐습니다."

그녀를 분명하게 떠올렸지만 어안이 벙벙했다. 그때 기억되는 그녀와 지금 내 앞에 서있는 여자의 느낌이 너무도 달랐다.

"아닙니다. 별말씀을요."

나는 붉어진 얼굴을 감추려고 머리를 꾸벅 숙였다. 그녀에게 커피를 내밀었던 그때의 쑥스러움이 되살아난 기분이었다. 그녀도 어쩔 줄 모르는 눈치였다. 살짝 미소를 머금었지만 특별히 할 말은 없는, 그러는 사이 횡단보도의 보행자 신호가 초록불로 두 번이나 바뀌었지만 모른 척 했다. 그녀는 횡단보도의 신호가 초록불로 두 번이 더 바뀐 뒤에야 어렵사리 말을 꺼냈다. 얼굴을 붉힌 채 떨리는 목소리를 진정시키지 못하는 모습이 귀엽다고 생각됐다.

"혹시, 시간을 내주신다면 저도, 차를 대접하고 싶습니다."

나는 무안을 느끼는 그녀를 앞에 두고 멍청해졌다. 흔쾌히 약속을 잡을 수도 있었지만 그녀의 얼굴이나 차림새를 살피며 시간이나 끌었다. 수수한 이목구비 속에 깃든 귀함이 은근하게 드러났다. 결국 그녀의 제안을 받아들이며 내가 이만큼 못났다는 사실을 실감했다. 어색하게 연락처를 교환하며 약속은 추후에 잡기로 했다.

그녀는 며칠이 지난 오후에 연락을 해왔다. 차를 대접하겠다며 시간과 장소를 정하는 태도가 자못 사무적으로 적극성을 보였다. 나는 어느 날이나 퇴근 후에는 제약이 없었지만 나흘을 건너 뛴 수요일이 괜찮겠다고 했다. 그녀는 수요일 저녁에 만나는 것으로 확정지었다. 그런 그녀의 모습이 생생하게 떠올랐다. 보통의 키와 몸매와 긴 머리카락이 먼저 떠오른 뒤 평범한 얼굴이 형상화됐다. 외양적으로는 내세울만한 매력이 없었다. 허나 그런 평가는 지금 이 시점에서 상관없다는 마음이었다. 묘한 욕망이 고개를 쳐들며 무모한 자신감이 차올랐다. 욕정은 구체적인 목표로 고체화됐다. 그녀와 섹스를 하고 싶었다. 단지 그녀가 여자라는 이유 하나만으로 섹스를 하고 싶었다. 다른 이유는 필요하지 않았다. 나는 남자였고 그녀는 여자였다. 더 필요한 것은 없었다.

그날 밤 잠자리에 들어 한참을 뒤척였다. 치근거리는 욕정이 끈질기게 잠을 방해했다. 그러다 못내 이기지 못하고 성기를 움켜쥐고 수음을 했다. 그녀를 밑에 두고 섹스를 하는 상상에 빠졌다. 그 속에서 그녀는 너무도 순진했고 순수했다. 어쩌면 처녀였고 아파하면서도 부끄러워 고개를 돌렸다. 움츠린 어깨가 안쓰럽게 느껴졌다. 들썩이는 내 가슴팍이 편히 쉴 수 있는 둥지가 되기를 바라며 꼭 끌어안았다. 여기까지가 상상의 끝이었다. 흥분이 고조된 끝에 사정을 했다. 손과 배에 묻은 정액을 닦아내며 끈적끈적한 허무를 견뎠다.

3. 그녀와의 약속 장소에 시간보다 일찍 도착했다. 그런데 뜻밖에도 그녀가 먼저 도착해 있었다. 당혹감을 느끼는 내게 그녀는 와줘서 고맙다며 인사를 했다. 또한 차와 함께 식사를 하는 것이 어떻겠냐고 물었다. 나는 어안이 벙벙한 채로 고개를 끄덕였다. 거절할 이유가 없었다.

그녀를 마주 보고 앉은 자리는 거리가 내려다보이는 이층의 창가였다. 밝은 조명이 화사하게 차오른 속에서 메뉴를 고르는 그녀는 침착하고 여유로웠다. 덮밥과 포크커틀릿이 맛있다며 웃어 보이기도 했다. 그런 그녀와는 반대로 나는 입술을 꾹 다문 채 그저 고개를 끄덕였다. 허공으로 붕 떠오르는 무중력감에 휩싸인 채 어떤 대응도 할 수가 없었다. 슬쩍 탁자를 붙들고 견뎠지만 무중력감은 사그라지지 않았다. 포크커틀릿을 앞에 놓고도 먹는 방법을 모르는 사람처럼 멀뚱히 앉아있었다. 간신이 식사를 시작했지만 여전히 무중력감에 휩싸인 상태라서 맛은 무미했다. 포크커틀릿 몇 조각이 입으로 향하는 중에 옷으로 떨어졌다. 그런 실수가 반복될 때마다 냅킨으로 닦아주는 그녀의 손길도 소용없었다. 접시가 바닥을 보인 뒤에야 무중력감에 무게가 더해졌다.

그녀가 나를 바라보고 있었다. 당혹스러운 순간이었지만 감출 수 없는 미소가 떠올랐다. 횡단보도 앞에서 마주했던 여자는 온데간데없이 사라지고 완전히 다른 사람이 눈앞에 앉아있었다. 매일 밤 수음을 하며 음란하게 되새김질했던 여자는 어디에도 없었다.

그녀를 바라보며 행복을 느꼈다. 웃음이 함박 떠올랐고 그칠 것 같지 않았다. 지금의 시간이 한없이 늘어져 끝이 멀기만을 바랐다. 허나 벌써 작별의 순간은 다가와 있었고 그녀는 공손한 태도로 오늘 시간을 내주어 고맙다며 인사했다. 나는 고개를 떨어뜨렸다. 분명하게 드러난 마음을 고백할 용기가 없었다. 침묵의 끝에서 아무런 희망 없는 말이 어렵사리 꺼내졌다. 다음에도 시간을 함께 보내고 싶다는 고백에 그녀는 깜짝 놀라며 붉어진 얼굴을 감췄다. 그리고는 고맙다고 말했다. 그 고맙다는 말이 뜻하는 바를 몰라 멀뚱히 서있자 그녀는 살짝 미소 지으며 발걸음을 돌렸다.

"언제라도 연락주세요"

그녀의 목소리가 믿기지 않았다. 새벽이 늦도록 잠에 들지 못했다. 눈을 감으면 그녀가 떠올라 가슴이 두근거렸고 몸을 뒤척이면 그녀에게 품었던 욕정이 떠올라 수치스러웠다. 후회의 감정은 부질없었다. 그녀에게는 밝은 빛과 따스한 온기가 깃들어 있었다. 마치 봄의 햇살처럼 아름다운 사람이었다. 그런 티끌 없이 맑은 사람에게 가소로운 흑심을 품다니 그랬던 내가 너무도 한심스럽게 생각됐다.

4. 시간은 허무하게 흘러갔다. 업무가 견디기 괴롭다고 느끼며 더디게 흘러가는 시간을 원망했지만 어느 순간에는 잠자리에 누워 내일을 걱정하고 있었다. 그렇게 잠에 들면 하루가 가버렸고 깨어난 아침에는 출근을 해야만 했다.

겨울은 끝에 다다랐지만 방황은 계속됐다. 시내를 배회하기 일쑤였고 찻집에서 커피를 마시며 시간을 죽였다. 주변으로 그려지는 사람들의 표정과 감정을 느끼며 내 존재가 현실 속에서 점점 희미해지는 느낌이었다. 바닥을 드러낸 찻잔을 남겨두고 찻집을 나서는 마음이 무거웠다.

밤거리는 어둡고 추웠다. 그 속에서 발걸음은 정처를 잃고 헤매더니 결국 환하게 빛을 밝힌 창가를 바라보며 멈춰 섰다. 그녀와 함께 저녁을 보냈던 식당이었다. 그때가 떠오르자 허공으로 붕 떠오르는 무중력감에 다시금 휩싸인 것처럼 머릿속이 아찔했다. 그녀는 언제라도 연락을 하라고 말했지만 그럴 수 없었다. 마음만 같다면 매일 만나기를 청했겠지만 아무 보잘 것 없는 내가 그러기에는 몰염치했다.

꿈처럼 믿기지 않은 순간이 찾아왔다. 그녀는 식사를 하던 중에 급히

나왔는지 외투를 걸치지 않은 차림으로 손에는 냅킨을 쥐고 있었다. 꾸벅 머리를 숙여 인사를 하는 모습은 그때와 똑같았다. 그녀는 의외로 태연한 나보다 더욱 놀란 얼굴로 내 연락을 기다렸다고 말했다. 그 말이 반갑고 또 놀라웠지만 내 처지를 알기에 자연히 작아졌다.

어설프게 자리를 떠나려는 나를 그녀가 붙들었다. 식사가 끝난 참이니 조금만 기다려줄 수 있겠냐고 물었다. 나는 못 이기는 척 고개를 끄덕였지만 식사가 끝난 참이라는 말이 거짓이라는 사실을 알고 있었다. 식당의 창가에서 그녀의 또래로 보이는 여자 몇이 이쪽을 바라보고 있었다. 그런 사실을 모른다고 스스로를 속였다.

그녀는 어색함을 느끼지 않는 모양이었다. 뜨거운 커피를 앞에 놓고는 왜 연락을 하지 않았냐고 물었다. 나는 밝히기 곤란한 진실 앞에서 작아졌다. 대충 얼버무려 넘길 요령도 없었다. 솔직하게 처음 커피를 건넸던 순간과 횡단보도 앞에서 만남을 약속했던 때의 감정을 고백했다. 함께 식사를 하며 느꼈던 무중력감도 고백했다. 그런 뒤 현실에서 보잘 것 없는 내 처지가 그녀와 도무지 어울리지 않으니 감히 연락할 수 없었다고 사실을 전했다.

그녀는 얼굴을 붉히더니 이내 웃었다. 그리고는 이성에게 흑심을 품고 욕정을 느끼는 감정은 자연스러운 본능이라며 이해한다고 말했다. 또 진지한 얼굴로 자신을 편하게 대하라고 말했다. 대학에서 사회복지학을 전공하는 평범한 학생일 뿐이라며 부담을 덜어줬다. 나는 이번에도 못 이기는 척 고개를 끄덕였지만 얼굴에는 숨길 수 없는 미소가 떠올라 있었다.

5. 긴 고민과 망설임 끝에 그녀에게 연락했다. 떨리는 마음을 애써 감추며 함께 차를 마시고 싶다고 아니라면 식사를 하고 싶다고 그것도 아니라면 함께 걷고 싶다고 말했다. 그녀는 짧은 침묵 뒤에 그러자고 대답했다. 약속을 잡을 필요도 없이 저녁에 만났다. 찻집에서 차를 마시며 서로를 바라봤다. 별다른 게 없었지만 무척 행복했다. 그랬기에 헤어짐은 너무도 아쉬웠다. 나는 뻣뻣하게 굳은 채 내일도 만나고 싶다고 말했다. 진심이었다. 그녀는 입을 가리며 웃더니 고개를 끄덕였다.

나와 그녀는 많은 시간을 함께 보내기 시작했다. 특별한 일이 없어도 즐거웠고 늘 보고 싶었다. 그런 마음은 시간이 흐르는 만큼 열렬해졌는데 분명한 사실 하나를 깨달았다. 나는 그녀를 너무도 사랑한다는 것이었다. 이 마음을 고백하며 무척이나 떨었다. 그저 꽃을 내밀며 사랑한다고 외친 것이 전부였지만 식은땀에 흥건히 젖을 만큼 힘겨운 부담을 짊어지고 있었다. 그녀는 상기된 얼굴로 꽃을 안아들며 지금 너무 행복하다고 혼잣말처럼 대답했다.

나와 그녀는 우리가 됐다. 우리는 함께 존재했다. 함께 존재한다는 것은 서로가 서로에게 자신을 허락한다는 약속이었다. 하루의 모든 시간이 행복에 잠겨들었다. 잠에 들어 꾸는 꿈조차 행복했다. 허나 어떤 꿈도 현실보다 행복할 수 없었다. 농산물공판장 경리과의 괴로운 업무를 낙낙하게 이겨낼 정도였다. 살그머니 다가와 있는 봄, 그 속에서 유난히 따스했던 하루가 영원히 계속되는 기분이었다. 그녀는 축복 그 자체였다.

6. 오늘 그녀와 함께 시간을 보내며 내일도 함께 시간을 보내리라고 기

대하는 마음이 행복의 전부였다. 오늘과 내일이 살아가는 시간의 전부인 것처럼 느껴지자 겨울로부터 겨울까지의 나날이 하룻밤처럼 짧게 줄어들었다. 그런 시간 속에서 그녀는 대학을 졸업한 뒤 곧장 직장을 얻었다. 하나하나의 일마다 야물고 정성을 다하는 고운 성품을 마다할 곳이 없었지만 가장 험하다고 악명이 자자한 복지관을 선택했다. 도심에서 멀리 떨어진 외지에다 버려지고 버려지기를 반복한 약자들이 마지막으로 모여드는 곳이었다. 그녀를 말리고 싶었지만 마음뿐이었다. 드디어 가엾은 사람들을 도울 수 있게 됐다며 즐거워하는 감정이 상할까 염려스러웠다. 그녀의 신념을 존중했기에 안타까운 마음을 털어내야만 했다.

그녀는 늘 웃는 얼굴이었다. 그 얼굴이 행복해 보인다고는 말하고 싶지 않았지만 충분히 만족스러워 보였다. 복지관에서의 힘든 노동은 작은 문제도 아닌 것 같았다. 상기된 얼굴로 늘 이런 삶을 꿈꿨다고 말했다. 그런 그녀를 이해했지만 공감하지는 못했다. 내색하지는 않았지만 그녀의 열심이 조금은 과하다고 생각했다. 육체와 정신에 장애를 가진 사람들을 잔뜩 모아놓은 복지관에서 자신을 희생해야 하는 그녀가 걱정되지 않을 수 없었다. 그런 걱정을 아는지 모르는지 그녀는 밝고 명랑한 태도로 늘 헌신적이었다. 그래서 평가가 좋았다. 단지 그녀의 연인이라는 이유만으로 내 평판이 좋을 정도였다.

그녀는 복지관에서 삼교대 근무를 했다. 그로인해 오전 여덟 시에서 오후 여섯 시까지 근무를 하는 나와 시간이 어긋나는 날이 많았다. 그녀가 보고 싶었지만 피로할 것을 알았기에 새벽에는 불러낼 수 없었다. 괜찮은 척 만날 수 없는 일주일을 견디며 안달이 났다. 그만큼 한 번의 만남이 소중했는데 오늘 저녁 식사를 하기로 했다. 저녁 식사라고는 했지만 그녀의 퇴근은 밤 아홉 시였다.

복지관의 주차장에 자동차를 멈춰 세우고 별관으로 걸어갔다. 오랜 경험을 통해 그녀가 어디에서 무슨 일을 하고 있을지 어림짐작할 수 있었다. 별관에 들어선 순간 심상찮은 분위기가 훅 끼쳤다. 짐승의 울음과 흡사한 악다구니가 날카롭게 날아들었다. 그런 소란에 놀랐는지 아이들의 크고 작은 울음소리가 여기저기에서 터져 나왔다. 불길함을 가슴에 삭이며 천천히 발걸음을 옮겼다.

발걸음이 우뚝 멈춰 섰을 때 눈에 들어온 장면은 어떤 아이를 품에 안고 있는 그녀의 모습이었다. 마치 야생의 삶을 보드라운 가슴으로 끌어안은 것처럼 상처를 입으면서도 견디고 있었다. 그녀의 품에서 좀처럼 진정하지 못하는 아이는 자신의 성질을 이기지 못해 악다구니를 쓰며 이를 딱딱 갈았다. 또 여기저기를 할퀴고 꼬집고 깨물며 눈을 부라렸다.

짧은 순간이었지만 목격한 장면은 커다란 충격으로 뒷머리에 부딪혔다. 곤경에 처한 그녀를 돕고 싶었지만 제지당했다. 도우려고 할수록 그녀의 곤경이 심화된다고 했다. 옳은 말이었지만 우두커니 방관하는 그들의 눈빛에는 다른 감정이 깃들어 있었다. 모두가 저 아이를 꺼려하며 외면했다. 나조차 동조하지 않을 수 없는 합의된 감정이었다.

별관을 빠져나오자 가슴 속에 응어리진 열기가 한숨으로 토해졌다. 자리를 피하는 게 그녀에게 이롭다고 판단했지만 사실은 그 순간을 견디는 게 고통스러웠다. 그녀의 가슴에 상처를 입히는 아이가 누군지 짐작됐다. 그녀는 이따금 미소를 띤 얼굴로 홍강기라는 이름을 가진 아이에 대해 말했었다. 너무 예쁘고 사랑스럽다며 웃었지만 지금 이 순간 현실이 올바르게 바라보이자 소름끼쳤다. 예감은 분명하게 저 아이가 홍강기라고 말하고 있었다.

속이 상해 심통 침통한 내게 다가오는 그림자가 있었다. 그녀에게 다가가려는 나를 제지했던 직원이었다. 복지관에서는 보기 드문 남성이었다. 그는 살짝 고개를 숙이며 멋쩍은 듯 인사했다. 그리고는 지금 그녀를 곤욕스럽게 하는 아이에 대한 이야기를 시작했는데 예상대로 홍강기였다. 그는 이야기를 마치고 후련하다는 얼굴로 발걸음을 돌렸다. 자갈을 밟는 발소리가 멀어지는 것을 느끼며 홀로 남을 고요를 기다렸다.

적막한 어둠 속에서 홍강기라는 이름의 아이에 대해 생각했다. 쉽게 흘려버릴 수 있는 이야기가 아니었다. 마음 한편이 시린 것처럼 찡했지만 왜 하필 그런 아픔을 그녀가 감당해야 하는지 도무지 알 수 없었다. 사연은 이러했다.

어느 날 신원 미상의 여자가 복지관을 찾아왔다. 앳되나 처연한 그림자가 드리운 여자는 미인이었지만 어쩐지 소름 돋는 기운을 머금고 있었다고 모두가 기억했다. 또 곁에는 말과 행동이 없는 아이가 우울한 모습으로 서있었는데 나이는 네 살이었다. 여자는 한참동안 말없이 눈물을 떨어뜨렸다. 그런 모습에서 저 아이를 위탁하려 한다는 사실이 드러났지만 먼저 물을 수도 없는 노릇이었다. 복지관의 관장이 직원을 여럿 대동하고 오랜 시간 위로를 전한 끝에야 여자는 아버지가 없는 아이를 맡기겠다고 했다. 그때 여자의 나이는 열여덟 살이었는데 아이의 나이를 뺀 숫자가 놀라웠다. 잉태와 출산이라는 성역에 올랐지만 분명 그때 여자는 영글지 못한 덜 익은 콩이었다. 그런데 누가 덜 익은 콩으로 밥을 지었단 말인가? 허나 덜 익은 콩에 불과했던 여자는 책임을 짊어졌다. 책임을 짊어진 삶은 가뭄에 이어지는 기근과 다름없었다. 궁핍에 찌들었고 견딜수록 부서졌다. 빛보다는 어둠 쪽으로 밀려나며 결국 자신도 아이도 살아남지 못한다는 공포에 갇힌 끝에 복지관을 찾았다. 여자는 자주 찾아오겠다는 다짐과 함께 얼마간의 돈을 꾸준히 전송하겠다고 약속했지만 지켜지지 않았다. 울며 떠나갔던 쓸쓸한 모습이 마지막이었다. 그런 뒤 아이에게 감춰졌던 심한 발작과 정신질환의 증세가 복지관의 가장 커다란 문제로 대두됐다. 여자에게서 아무런 언질이 없었기에 충격은 더욱 컸다. 시간이 지날수록 살기가 어리고 기괴한 분위기가 더해졌다. 아이와 엮이면 사고가 빈번했고 험한 꼴이 뒤따랐다. 고로 자연스럽게 소외되며 모두에게 외면 받았다. 근심의 해소는 가정으로의 복귀가 유일했지만 누구도 기대하지 않았다.

그럴 때 그녀가 아이를 맡은 것이었다. 그녀는 아이에게 마음을 줬다. 아이에 대한 일이라면 열성과 측은지심을 다했다. 그랬기에 복지관의 모두가 아이에 대한 부담과 업무를 노골적으로 떠넘길 수 있었다. 나는 어떤 직감이었는지 그녀가 아이에게 정을 주는 것이 싫었다. 어쩌면 아이에게서 야기될 불행을 미리 감지했는지도 몰랐다. 아니, 완전한 파탄을 예감했는지도 모른다.

시간은 자정에 가까웠다. 복지관을 빠져나와 자동차를 몰아갔지만 어떤 기대도 계획도 없었다. 그녀가 내 눈치를 살핀다는 사실을 알았지만 모르는 척 무심히 전방을 주시하며 어둠 속을 내달렸다. 아이를 달랜 뒤 잠자리를 살피고 자장가를 불러주던 그녀가 서운하게 생각됐다.

그 열심을 이해했지만 서운한 감정은 어쩔 수 없었다.

그녀는 나를 발견하더니 깜짝 놀라며 언제 왔느냐고 물었다. 그러더니 시간을 확인하고는 이렇게 늦은 줄 몰랐다며 다시금 놀랐다. 나는 괜찮다고 대답했지만 기분은 축 가라앉아 도무지 나아지지 않았다. 그녀를 너무도 사랑했지만 지금의 감정은 완전히 별개였다. 감출 수 없는 불만이 겉으로 드러났는지 그녀의 목소리가 차분하게 들려왔다.

"지금 무얼 걱정하는지 알고 있어요. 또 누구의 잘못이 아니라는 사실을 알고 있기에 근심하는 줄도 알아요. 무리한 부탁인지도 모르지만 저에 대한 걱정은 놓으셔도 괜찮아요. 저와 같은 마음을 가져달라는 말은 하지 않을게요. 대신에 조금만 이해를 해주세요. 저들에게 결함이나 약점이 없다면 이런 일은 일어나지 않았을 거예요. 누군가에게 상처가 될 결함과 약점을 보조하는 게 저의 사명이에요. 저는 정말 괜찮아요."

나는 고개를 끄덕였다. 여전히 울적한 기분이었지만 마음을 누그러뜨려야 한다고 스스로를 타일렀다.

'그녀는 불완전한 존재들을 위해 태어났구나. 그녀는 내게 그런 것처럼 불완전한 존재들에게도 축복이자 행복이구나. 이토록 자애로운 사람이 세상에 또 있을까.'

그녀를 있는 그대로 받아들여야 했다. 그래야지만 이해할 수 있었다. 그녀의 세상은 자신을 중심으로 움직였고 변치 않을 신념을 지키며 그 중심에서 선명하게 빛났다. 그녀는 그런 존재였다.

7. 토요일 오후, 한적한 찻집에서 흘려보내는 시간이 평온했다. 그녀는 같은 시간에 퇴근을 하는 동료의 자동차를 얻어 타고 오겠다며 고집을

부렸다. 애써 마중 오지 않아도 괜찮다며 해맑게 웃던 고집을 꺾을 수 없어 그러마고 했지만 후회스러웠다. 도착할 시간이 지났음에도 늦는다는 연락조차 없었다. 불안이 고개를 쳐들자 억누를 방법이 없었다. 지금까지 이랬던 적이 없었기에 흘러가는 시간이 곤욕스럽게 변했다. 그렇게 밤이 깊어서야 짧은 문자메시지가 수신됐다.

「부주의로 다리를 다쳐 병원에서 치료를 받았어요. 경황이 없어 연락이 늦었네요. 미안해요.」

문자메시지를 받은 즉시 전화를 걸었지만 연결되지 않았다. 몇 잔을 마시는지 모를 커피를 한 모금 삼킨 뒤 한숨을 내쉬었다. 그녀와 연락이 닿았다는 사실에 안도했지만 다리를 다쳤다는 소식에 상심했다.

기다림의 시간은 더욱 더디게 흘러갔다. 그녀는 찻집의 영업이 끝날 무렵에야 힘겹게 문을 밀고 들어왔다. 다쳤다는 다리의 상태는 생각보다 심각한 모양이었다. 내 부축을 받으면서도 심하게 절뚝였고 종아리를 칭칭 동여맨 붕대의 두께는 환부의 크기를 간접적으로 보여줬다. 두꺼운 붕대에는 벌써 붉은 핏기가 올라있었다.

"어쩌다가 그랬어요? 조심을 하지 그랬어요!"

성급하게 언성을 높인 것을 후회했다. 다짜고짜 침착하지 못했다. 그녀는 그런 나를 이해한다는 것처럼 배시시 웃으며 걱정을 불식시키려고 했다.

"다리는 괜찮아요. 심각하지 않으니 걱정할 필요가 없어요."

그녀의 말과는 달리 콧방울에 식은땀이 맺혀있었다. 또 간헐적으로 인상을 찌푸리는 것을 보니 치미는 통증이 심한 모양이었다. 그런 그녀를 바라보는 마음이 너무도 아팠다. 괜찮다는 말을 들으면 꼭 눈물이 차오를 것처럼 짠했다. 그녀는 여전히 나를 안심시키려고 웃으며 말을 보탰다.

"퇴근을 서두르는 마음이 분주했는지 뒤에 가위가 있는 것을 보지 못했어요. 가위에 종아리를 조금 베었는데 치료를 마쳤으니 괜찮아요. 시간이 지나면 어련히 낫는다고 하니까 걱정하지 마세요."

그녀에게 일어난 사고가 꼭 내 탓만 같아 속이 상했다. 그녀를 데리러 갔다면 사고는 일어나지 않았을지도 몰랐다. 심한 자책감을 느끼며 그녀를 부축해 일어서는 것을 도왔다. 혼자서는 잘 걷지도 못했고 애써 웃는 얼굴이 일그러졌다. 귀가를 도운 뒤 돌아서는 발걸음이 떨어지지 않았다.

다음날 아침, 평소보다 이른 시간에 집을 나섰다. 다리가 불편한 그녀의 출근과 퇴근을 책임지려는 결심이었다. 복지관에서는 여러 날 원하는 만큼 출근을 미뤄줬지만 그녀가 응하지 않았다. 도리어 다리가 불편해 노고에 힘을 보태지 못한다며 고개 숙여 사과할 정도였다. 누구도 그녀를 탓하지 않았지만 자신의 양심을 이겨내지 못했다. 그런 마음의 짐을 조금이라도 덜어주고 싶었지만 현실에서 할 수 있는 일이라고는 부축이 전부였다.

나는 뻔뻔해졌다. 오랜 세월 거스르지 않았던 출근과 퇴근을 편의에 따라 조정했다. 가족 중에 편찮은 사람이 있으니 당분간은 반드시 그래야겠다고 경리과장에게 통보했다. 강직한 태도에 경리과장은 달리 거스르지는 못하고 업무에 차질만 없다면 괜찮다고 승낙했다. 그런 의무가 전제됐기에 새벽에라도 농산물공판장에 들러 그날그날의 업무를 처리했다. 그렇게 얻게 된 오후 네 시의 퇴근에 그녀를 데리러 갔다. 오늘은 병원 진찰이 있는 날이었다.

그녀는 침상에 앉아 의사를 기다렸다. 의사는 무표정한 얼굴로 다가오더니 환부를 동여맨 붕대를 휙휙 풀어대기 시작했다. 그 과정이 얼마나 고통스러운지 그녀는 비명을 참지 못했다. 사흘에 한 번 고통스러운 치료를 견뎌야 하는 가여움은 이루 말할 수 없었다. 그녀에게 끼얹어지는 고통은 너무도 부당했다. 천사처럼 순결하고 아름다운 마음을 지닌 그녀가 아파야 하는 이유는 세상 어디에도 없었다. 그런 그녀가 복지관으로 돌아가는 자동차 안에서 내게 물었다.

"아직도 제가 걱정되죠?"

내가 고개를 끄덕이자 그녀는 시선을 창밖으로 던지며 말을 이었다.

"하지만 어쩔 수 없는 걸요. 상처가 나으려면 시간이 필요해요. 걱정 말아요. 불치병이 아니니까요. 하루가 지날수록 고통이 크게 줄어들고 있어요. 걱정은 고맙지만 조금은 부담스러워요."

그녀의 마음을 모르지 않았다. 마찬가지로 내 마음을 그녀가 모르지 않았지만 서로가 안쓰러운 것은 어쩔 수 없었다.

8. 세상에는 차라리 몰랐더라면 더 좋았을 진실이 즐비하다. 그런 진실은 도무지 외면할 수 없는 끌림을 인력처럼 가지고 있기에 몰랐더라면 더 좋았겠다는 후회는 계속된다. 이번 역시 같은 경우였다.

여느 때처럼 그녀의 퇴근을 기다리며 시간을 죽이고 있었다. 편안한 마음으로 공터를 거닐었다. 그녀는 누구보다 열심히 또 즐겁게 업무에 몰두했기에 퇴근 시간을 도무지 느끼지 못했다. 하나둘씩 퇴근을 하는 직원들이 복지관을 빠져나갔지만 역시나 그녀는 보이지 않았다. 하릴

없이 공터를 걷는 내게로 누군가가 다가왔다. 홍강기라는 이름의 아이에 대한 사연을 들려줬던 남성이었다. 시답잖은 대화가 의도하지 않은 쪽으로 방향을 비튼 이유는 몰랐더라면 더 좋았을 진실이 가진 인력 때문이었다. 그녀가 다리를 다치게 된 경위를 처음 듣게 됐다. 그는 짐짓 심각한 얼굴로 진술을 시작했다.

그녀는 퇴근 시간을 잊고 열심히 일을 하는 중이었다. 그런 몰입 속에서 문득 나와의 약속이 떠올랐고 서둘러 퇴근을 준비했다. 옷을 갈아입으며 하루를 열심히 그리고 무사히 보냈다는 뿌듯함을 느꼈다. 그런 순간 날카로운 것이 뒤에서 다가온다는 사실을 알아차리지 못했다. 홍강기라는 이름의 아이는 은밀하게 다가와 일을 벌였다. 마치 작심한 것처럼 망설임 없이 섬뜩하고 예리한 고통을 그녀에게 안겼다.

그녀는 놀란 얼굴로 뒤를 돌아봤지만 자신에게 무슨 일이 일어났는지 깨닫지 못했다. 피와 살점이 묻은 가위를 손에 들고 웃고 있는 아이를 바라보면서도 도무지 현실감을 되찾지 못했다. 뒤늦게 극심한 통증이 일었고 다리를 부여잡고 쓰러진 뒤에는 고통을 견디지 못하고 비명을 질렀다. 다행이도 비명을 들은 동료 직원이 달려왔기에 더 큰 비극은 일어나지 않았다. 이런 와중에도 그녀는 아이를 향해 미소를 보내며 안심시키려고 했다. 놀랐을 아이를 위한 배려였다.

복지관의 관장이 허옇게 질린 얼굴로 운전대를 잡았다. 너무 외진 곳이라서 구급차가 오고가는 시간을 기다렸다가는 환부가 굳어 봉합이 어려울 지도 몰랐다. 그녀는 곧장 응급수술을 받았다. 수혈을 받으며 상처를 봉합하는데 두 시간이 소요됐다. 수술을 마친 의사는 입원을 권하며 활동에 대한 무조건적인 자제를 당부했다. 자칫 환부에 감염과 염증 반응이 일어난다면 치명적인 결과가 초래될 수도 있다고 했다. 허나 마취에서 깨어난 그녀는 생기롭게 웃으며 모두를 안심시키기 위해 자신은 괜찮다고 아무도 믿지 않는 거짓말을 반복했다.

복지관의 관장과 직원들은 이번 기회에 골칫거리였던 아이를 퇴출하려고 계획했다. 모두가 찬성한 일이었다. 그녀의 진단서에는 완치까지 최소 십육 주가 필요하다는 치명적인 상처(fatal injury)가 부제목으로 달려있었다. 아이를 퇴출할 명분과 사유가 충족됐다. 허나 이런 사실을 알게 된 그녀는 대노했다. 만약 아이가 퇴출된다면 자신도 사직을 하겠노라 선언했다. 그녀는 자신의 전부를 동원해 아이를 보호했다. 진짜 피해자는 자신이 아니라 아무 것도 모르는 아이라고 모두를 가르쳤다. 아이에게 위험한 도구가 닿도록 한 자신의 부주의가 만들어낸 사고라고 딱 잘라 말했다. 그녀는 정말이지 그렇게 믿는 것 같았다. 그렇게 아이의 퇴출은 없던 일이 됐고 상처는 천천히 아물어갔다.

그는 말을 마친 뒤 고개를 가로저었다. 그 가로저음이 아이의 잔인성에 대해서인지 아니면 그녀의 극성에 대해서인지 분간하기란 쉽지 않았다. 사건의 전말에 꽤나 큰 충격을 받아 다른 생각을 할 여유가 없었다. 지금 홍강기라는 이름의 아이에게 느끼는 분노는 증오에 가까웠다. 어쩌면 버림받은 자신을 진심으로 아껴준 은인에게 이런 상처를 줄 수 있는지 납득할 수 없었다. 무엇보다 내가 사랑하는 그녀였다. 그녀를 사랑하는 크기만큼 아이에 대한 미움도 컸다.

9. 여름이 닥친 것처럼 날이 더웠다. 오 월의 초입이니 초여름에 접어들었는지도 몰랐지만 하늘은 여전히 봄의 연한 빛을 머금고 있었다. 자

동차를 몰아 그녀를 만나러 가는 기분이 상쾌했다. 그녀가 보고 싶은 마음은 오늘도 어제와 같이 설레었다.

복지관의 주차장을 지나쳐 본관 가까이에 자동차를 멈춰 세웠다. 자동차의 통행이 금지된 보도였지만 그녀의 아픈 다리를 이유로 허락됐다. 시간은 정오에 가까웠다. 오늘 새벽에 출근한 그녀의 퇴근이 임박했지만 여전히 업무에 몰두한 채 시간을 잊고 있었다. 산책로를 걸으며 시간을 죽였다. 오 월의 따사로운 햇볕 때문인지 산책로를 걷는 장애인과 치매 노인이 많았다. 그 비정상의 행렬을 정상의 걸음으로 추월하는 마음은 늘 겸연쩍었다.

그녀의 퇴근이 예상보다 늦어졌다. 세탁된 빨래를 마저 널기 전까지는 퇴근을 떠올리지 못할 것이었다. 마음은 이제 조급하지 않고 여유로웠다. 다용도실의 소파에 앉아 느긋하게 텔레비전을 바라봤다. 한껏 화려하게 치장한 가수의 열창이 이어졌지만 흥미는 일지 않았다. 신문을 집어 들었지만 활자마저 눈에 읽히지 않았다. 그러다 깜박 졸았는지 정신이 멍멍했다. 흐릿한 시선으로 주위를 살피자 텔레비전의 전원은 꺼져있었고 고요하여 괴괴한 흐름에 잠겨있었다. 그 속에서 섬뜩한 시선은 뾰족하게 모난 면을 드러냈다. 홍강기라는 이름의 아이였다. 아이는 열린 문의 틈으로 몸의 반을 내놓은 채 드러난 한쪽의 눈으로 나를 주시하고 있었다.

"뭘 봐?"

아이의 눈빛이 싫었다. 살기와 기괴함이 담긴 눈에는 자연히 거부감이 들었다. 더구나 내가 사랑하는 그녀에게 고통을 안긴 원수였다. 그런 사실이 깨달아지자 불순한 의지를 꺾어버리겠다는 충동에 휩싸였다.

매서운 눈으로 아이를 노려봤다. 허나 아이는 조금도 주눅 들지 않고 여전히 같은 눈으로 나를 주시하기를 계속했다. 그 순간 피식 웃음이 새나왔다. 지금 나와 저 아이를 지켜보는 눈이 없다는 사실이 비열하게 깨달아졌다. 조용히 몸을 일으키는 마음은 잔혹한 빛을 쫓고 있었다. 아이를 향해 나아가는 발걸음은 은밀했고 거리가 가까워질수록 대담해졌다.

아이를 마주하며 우뚝 멈춰선 순간 입아귀는 싸늘하게 굳었다. 아이는 조금도 위축되지 않고 여전히 나를 주시하기를 계속했다. 당연히 겁을 집어먹을 줄 알았는데 아니었다. 지금 느끼는 감정이 무언지 머리는 몰랐지만 마음은 알고 있었다. 두려움이었다.

탁-

아이의 머리통을 쥐어박았다. 단단하게 말아 쥔 주먹이 욱신거릴 만큼 힘껏 때렸다. 아이의 머리에서 울린 둔탁한 소리가 만족스러웠다. 이것으로 두려워해야 할 것을 마땅히 두려워하라는 교훈을 줬다고 믿어졌다. 허나 얼마 지나지 않아 모든 게 오산이라는 사실을 깨달았다. 아이는 여전히 살기와 기괴함이 담긴 눈으로 나를 주시하기를 계속했다. 지금 느끼는 감정이 무언지 머리는 몰랐지만 마음은 알고 있었다. 두려움이었다.

탁-

아이의 머리통을 단단하게 말아 쥔 주먹으로 후려쳤다. 당혹감에 휩싸인 터라 주먹에 깃든 힘은 강하고 매웠다. 욱신거리는 주먹을 다른 손으로 감싸야 할 정도였다. 그런 순간 아이가 울음을 터뜨리기를 바랐다. 울음으로 상황이 정리되기를 바랐다. 허나 바드득 이를 가는 소리가 귓전을 파고들었다. 아이에게서 내뿜어지는 살기가 이빨을 드러낸 사자로 변해 나를 덮쳤다. 몸이 떨리기 시작했다. 붉어진 얼굴을 땅으로 떨어뜨렸다.

현실이 직시됐다. 나는 아이를 상대로 무력을 사용하고도 패배했다. 그런 사실이 굴욕적이었고 부정하고픈 치부가 됐다. 허나 후회로는 어떤 현실도 되돌릴 수 없었다. 인간의 시간은 행동으로 채워지고 행동은 미래에 갚아야 하는 빚을 남겼다.

나는 지금의 행동으로 인해 갚아야 하는 빚이 얼마인지 차용증도 쓰지 않은 채 도망치려고 등을 돌렸다. 마치 아무 일도 없었던 것처럼 시치미를 뗀다면 미래에 갚아야 할 빚을 모두 탕감 받을 거라고 믿었다. 허나 뿌리가 내린 것처럼 그대로 굳어버렸다. 그녀가 나를 바라보고 있었다. 그 눈에 서린 절망 한탄 붕괴가 커다란 소용돌이로 변해 뇌리를 파고들었다. 그녀에게서 내쏘아지는 경멸과 실망의 빛은 아이의 머리통을 쥐어박았던 주먹보다 열 곱절 이상의 충격으로 정신을 멍하게 만들었다.

그녀는 이성을 잃고 매섭게 다그치기 시작했다. 도대체 왜! 뭣 때문에 그랬냐고 추궁하며 궁지로 내몰았다. 나는 아무런 변명도 하지 못한 채 낭떠러지로 내몰리며 눈물을 흘렸다. 머릿속이 아득했고 질식할 것처럼 숨이 막혔다. 어떤 것도 되돌릴 수 없다는 분명한 사실만이 깨달아졌다.

아이의 머리를 쥐어박았던 순간은 미래에까지 이어졌다. 족쇄를 채운 현실에서 도망치고자 발목을 잘라냈지만 곧장 정강이에서 뿌리가 내려 땅에 박혔다. 정강이를 잘라내자 무릎에서 뿌리가 내려 땅에 박혔다. 다리를 모두 잘라냈지만 뿌리는 계속해서 땅에 박혔다. 이제는 몸통을 잘라냈다. 더 이상 자를 몸통이 없자 남은 목을 잘랐다. 그럼에도 도망칠 수 없었다. 미래는 과오가 저질러지는 순간에 붙들렸다.

10. 나는 내가 저지른 잘못을 인정했다. 심한 양심의 가책에 괴로워하며 하루하루 말라갔다. 실의에 빠진 채 잠과 휴식도 취하지 않았다. 처참하게 망가진 모습에서 위로를 얻었다. 회색빛으로 죽어가는 모습을 그녀가 가엾게 여기리라 기대했다. 비록 동정을 구걸하기 위한 자해에 불과했지만 그렇다고 거짓으로 꾸며낸 모습만은 아니었다.

하루가 허무하게 지나갔다. 다음 하루도 허무하게 지나갔다. 온종일 허공의 한 점을 응시한 채 넋을 잃었다. 그녀의 연락을 기다렸지만 오지 않았다.

11. 그녀의 연락을 기다리는 방법으로는 문제를 해결할 수 없었다. 덥수룩하게 긴 머리카락과 수염을 단정히 할 정신도 없이 힘겹게 세상으로 나왔다. 오랜 시간 스스로를 감금했던 다세대 주택의 한 칸에서 벗어나는 순간이었지만 어떤 감흥도 없었다. 내 삶에서 가장 특별한 그녀와의 관계를 회복하고만 싶었다. 사랑은 여전히 뜨겁게 타오르고 있었다.

자동차는 빠르지도 느리지도 않은 속도로 도로 위를 내달렸다. 그녀에 대한 그리움은 무작정 속도를 높이게 했지만 그럴 때 치솟은 두려움이 곧장 속도를 감해 어정쩡한 속도가 유지됐다. 한적한 도로가 아니었다면 위태로웠을 운전으로 복지관에 도착한 것은 다행인 일이었다. 자동차를 주차장에 멈춰 세우고 내려서자 마치 초행의 목적지에 도착한 것처럼 낯선 기분에 휩싸였다. 덜컥 마음에 부담이 실리더니 입술이 마르고 푹푹 내쉬어지는 한숨이 잦아졌다. 등줄기가 땀으로 젖어들었다.

발걸음이 무거웠다. 마음만 같다면 단숨에 그녀에게로 달려가고 싶었지만 두려움이 앞섰다. 자칫 일이 복잡하게 꼬일까 염려스럽기도 했다. 사랑은 그녀의 닫혀버린 마음을 여는 유일한 열쇠라고 믿었지만 자신이 없었다. 나를 알아보는 눈들이 많은 것도 부담이었다. 저들에게 나는 어린 아이에게 폭력을 행사한 무뢰한쯤인지 아니면 더욱 심한 패륜아쯤인지 알 수가 없었다.

그녀는 창고에서 선풍기를 닦고 있었다. 그 모습을 바라보자 삽시간에 호흡이 거칠어지더니 허공으로 붕 떠오르는 무중력감에 휩싸였다. 지금 유일하게 느껴지는 감각은 차오르는 눈물뿐이었다. 방죽이 무너진 것처럼 주르륵 주르륵 흘러넘쳤다. 그녀를 눈에 담았다. 바라보이는 모습은 밝고 명랑하며 힘이 넘쳤다. 여전히 내 세상의 중심이었다.

시간의 흐름을 잊은 아득함 속에서 그녀가 나를 발견했다. 벌떡 일어나더니 부들부들 몸을 떨었다. 그 순간 무거운 중력감이 족쇄처럼 발목을 붙들었다. 도망칠 수 없는 내게로 성큼성큼 그러나 절뚝이며 다가오는 그녀를 바라봤다.

"미안해요."

나는 고개를 떨어뜨렸다. 어떤 대답도 되돌아오지 않았다. 슬쩍 고개를 들자 그녀의 모습이 눈에 들어왔다. 시뻘겋게 물든 눈자위는 결코 슬픔 때문이 아니었다. 그 눈은 분명한 사실을 말하고 있었다. 내 존재에 대해 분노를 느끼고 있었다.

"여기가 어디라고 감히 발을 들였나요? 어쩌면 사람이 이리도 뻔뻔할 수 있는지 치가 떨리네요! 다시는 이곳에 얼씬도 하지 말라고 엄중히 경고하겠습니다."

그녀는 휙 돌아서더니 그대로 가버렸다. 아픈 다리를 땅에 쾅쾅 찧을 만큼 화가 난 모양이었다. 시뻘겋게 물든 눈자위만 잔상처럼 그 자리에 남아있었다. 현실에서 기대할 수 있는 희망이 전부 끊겼다는 절망은 모든 것을 허무하게 만들었다. 무릎을 꿇고 잘못을 빌어봤지만 아무런 목적도 그래서 결과도 없는 무위한 행동에 불과했다.

반쯤 정신을 놓았다. 육체와 정신이 온전치 못한 사람들을 위해서는 자신을 아낌없이 내어주는 그녀가 내게는 이리도 잔혹할 수 있는지 이해할 수 없었다. 내가 저지른 잘못은 분명히 사악한 것이었지만 그건 그녀를 사랑하기 때문이었다. 그녀를 사랑하지 않았다면 그 사랑이 열렬하고 완전하지 않았다면 결코 그런 잘못을 범하지 않았을 것이었다.

나를 이해하지 못하는 그녀가 원망스럽기도 했다. 그때마다 그런 감정을 품어서는 안 된다고 스스로를 꾸짖었다. 그녀는 나를 특별하다고 다른 사람과는 완전히 다르다고 믿었던 모양이었다. 어쩌면 자신만큼 순수하고 순결하다고 믿었는지도 몰랐다. 그랬을 때 내 잘못은 얼마나 커다란 배신이었을지 가늠하면 죄악감에 소름이 끼쳤다. 나는 도끼로 변해 그녀의 발등을 찍었다. 아주 깊숙이 박혀 커다란 상처를 안겼다. 모든 게 내 잘못이었다.

12. 눈을 떴지만 의식은 흐리멍덩했다. 악취가 진동하는 침대 위에서 지금이 아침인지 낮인지를 가늠하며 정신을 차렸다. 그러자 그녀가 떠오르며 가슴이 아파왔다. 시뻘겋게 물든 눈으로 바드득 이를 갈던 모습이 잊히지 않았다. 그때의 기억이 꼭 꿈처럼 믿기지 않았다. 허나 부정할 수 없는 현실이었다. 현실, 그 가벼운 단어가 무거운 철퇴로 변해 가슴을 내리쳤다.

힘겹게 몸을 일으켜 욕실로 향했다. 익숙해진 악취 속에서 모든 것을 포기한 채 한없이 견딜 수도 있었지만 그보다는 벗어나고 싶었다. 더러운 공간 안에서 나 역시 더러움과 다르지 않다는 사실이 싫었다. 머리를 감고 면도를 했다. 검은 땟물이 욕실 바닥에 흥건했다. 그녀를 찾아가겠다는 결심이었다.

자동차는 빠르지도 느리지도 않은 속도로 도로 위를 내달렸다. 열린 창문으로 쏟아져 들어오는 바람이 어제와 비슷한 감촉으로 느껴지니 불길했다. 그런 불길함을 떨칠 이유도 찾지 못한 채 복지관의 주차장에 도착했다. 터벅터벅 옮기는 발걸음은 불에 달궈진 숯 위를 걷는 기분이었다. 그녀에게 건넬 말을 고민했지만 떠오르지 않았다. 막연하게 언젠가는 닫힌 마음이 열릴 거라고 믿었다. 허나 복지관을 기웃거리는 시간이 길어질수록 두꺼운 암막에 휩싸인 것처럼 앞이 캄캄했다. 미래의 암울함이 벌써 여기까지 끝자락을 드리운 모양이었다.

그녀를 발견했지만 나설 수 없었다. 몸을 숨긴 채 한참을 훔쳐봤다. 주방에서 앞치마와 두건을 두른 채 간식을 만들고 있는 모습은 내가 사랑하는 그녀가 맞았다. 말릴 새도 없이 눈앞이 뿌옇게 흐려졌다. 그런 나를 발견한 직원 하나가 깜짝 놀라며 손에 들고 있던 사과를 떨어뜨렸다. 그녀에게 내 존재가 알려지는 순간이 너무도 고통스럽게 다가왔다.

그녀의 얼굴에 형언할 수 없는 혐오가 드리웠다. 일그러진 얼굴은 도저히 내가 사랑하는 그녀라고 생각할 수 없을 만큼 징그러웠다. 내가 사랑하는 그녀가 아니었다. 내가 사랑하는 그녀는 누군가를 혐오할 수 없는 순정한 사람이었다. 벌레가 들끓는 것 같은 얼굴로 나를 노려보는 눈은 그녀의 것이 아니었다. 마찬가지로 그녀의 것이 아닌 악다구니가 납을 단 채찍으로 변해 내 가슴을 후려쳤다. 그때마다 찢겨지는 것처럼 고통이 치밀었다.

"사람을 무시하는 것에도 정도가 있지요! 다시는 마주 보는 일이 없을 거라고 믿었습니다!"

그녀는 분노에 치를 떨었다. 차오르는 분노는 증오로 응어리졌다. 사방에서 커다란 바위가 쏟아져 나를 덮치는 것 같았다. 바위에 짓이겨진 목소리가 운율을 잃었다.

"우 리 사 이 에 틀 어 진 부 분 을 바 로 잡 아 야 하 잖 아 요 언 제 까 지 이 렇 게 지 낼 수 는 없 잖 아 요"

그녀의 눈자위가 시뻘겋게 물들었다. 바드득 이를 가는 소리가 귓전을 때렸다. 고개를 저어봤지만 현실감은 되돌아오지 않았다.

"저 를 이 해 해 줄 수 는 없 나 요 이 해 하 면 안 되 는 건 가 요 제 가 얼 마 나 괴 로 운 지 죽 고 싶 은 지 모 를 거 예 요"

길고 두꺼운 작살이 가슴을 관통한 것처럼 마음이 아팠다. 자꾸만 걸음의 중심이 흐트러졌다. 그녀는 내게 있어 마음의 성역이었다. 고결하고 거룩하며 작은 한 점도 검을 수 없는 신성이었다. 어떤 것이 희생되더라도 지켜내야만 하는 보배였다. 그런 그녀의 앞에 서는 일은 아귀를 벌린 작두에 몸을 집어넣는 것과 다르지 않았다. 시퍼런 날에 잘려질 것이 빤했지만 몸을 집어넣는 시도를 멈출 수 없었다. 아직도 하찮게 눈물이 흘러내렸다. 그녀에 대한 사랑은 내 전부와 같아서 결코 포기할 수 없었다.

그녀에게 용서를 비는 의지도 대단했지만 그런 나를 외면하는 의지도 대단했다. 그토록 싫은지 경멸 혐오 증오 원망 멸시 냉소… 완전한 거부로 일관했다. 나는 작은 희망도 찾을 수 없는 절망의 끝에 내몰렸다. 그녀를 마주할 때면 한줄기 빛도 스미지 않는 어둠 속에서 방향을 가늠해야 하는 허무가 밀어닥쳤다.

그녀의 눈동자는 텅 비어 무엇도 찾을 수 없었다. 감정은 모래조차 증발한 사막처럼 흔적 없이 말라있었다. 그런 눈동자를 마주한 채 웃음 짓는 마음이 메말랐다. 긴 시간 할 수 있는 모든 방법을 동원해 노력했지만 실패했다. 어떤 성과도 없이 그녀와의 관계가 악화되는 심화가 이뤄졌다. 악화의 극단에서 점점 희미해지는 사랑을 발견했다. 더는 할 수 있는 시도가 남아있지 않았다.

그녀를 찾아가지 않았다. 악취가 진동하는 침대 위에서 흐느껴 울며 스스로를 책망했다. 비명을 지르다가 폭소를 터뜨리는 착란이 일었다. 그런 순간에도 마음은 오로지 그녀를 바랐는데 기도하고 또 기도했다. 무엇이라도 희생할 수 있으니 그녀의 마음을 되돌릴 기회를 달라고 간절히 빌었다. 시간을 되돌릴 수 있다면 결코 아이의 머리를 쥐어박지 않을 것이었다. 시간을 되돌릴 수 있다면… 시간을 되돌릴 수 있다면…

시간을 되돌릴 수 있다면… 되돌이표처럼 머릿속을 뱅뱅 도는 바람이 이뤄질 가능성은 없었다. 허나 이런 미련조차 붙들 수 없다면 더 나아갈 수 없는 끝에 부딪혀야만 했다.

시간을 되돌리고픈 부질없는 욕망은 사그라지지 않았다. 시간을 되돌려 과거에 새겨진 오점을 지울 수만 있다면 그녀와 다시 행복할 수 있다고 믿어졌다. 그럴 것이라는 가정만으로도 희망이 차올랐다. 가소롭기 그지없었지만 이렇게라도 웃으니 좋았다. 넋이 나간 채 주문을 외듯 중얼거렸다. 시간을 되돌릴 수 있다면. 시간을 되돌릴 수 있다면. 시간을 되돌릴 수 있다면.

13. 비극은 순식간에 극단으로 치달았다. 그녀가 존재하지 않는 세상은 지옥과도 같아서 고통을 이겨낼 수 없었다. 모든 희망을 버리자 도리어 편안해지는 모순된 부조화가 찾아왔다. 이 편안은 죽은 살이 썩어가는 것처럼 통증이 없었는데 그래서 치명적이었다. 창문으로 비쳐드는 햇빛마저 견딜 수가 없어 암막을 두르고 캄캄한 어둠을 불러들였다. 어느 순간 의식은 반쯤 잠에 빠진 것처럼 기운을 잃었다. 극복의 의지 없이 끝을 기다렸다. 모든 것이 간단해질 결말, 죽음도 두렵지 않았다. 현실의 고통에 비하면 죽음은 미지에 대한 작은 불안에 불과했다.

잠에 들고 싶었다. 잠에 들면 현실의 어떤 고통도 내 것이 아니었다. 또한 꿈은 이따금 이상을 실현시켰는데 환하게 빛나는 그녀가 바라보였다. 성스러운 빛에 휩싸인 모습은 천사라고 믿어지며 모든 아픔을 위무했다. 허나 꿈은 짧게 끝나며 우울한 현실을 불러들였다. 계속해서 잠에 들기를 청했지만 얕은 수면의 경계를 불쾌하게 더듬을 뿐이었다.

더구나 시계의 태엽이 구르는 기계적인 반복이 신경을 자극했다. 무시하는 방법으로는 이겨낼 수 없는 훼방이었다.

암울한 현실을 마주했다. 침대 맡 탁상에 놓인 시계는 시간을 셈하는 기계적인 반복을 멈추지 않았다. 건전지를 분리하고 나서야 적막을 되찾았다. 다시금 잠에 들기를 기다렸다. 몽롱한 의식은 잠의 경계를 불쾌하게 더듬었다. 곧 꿈을 꾸는 것 같은 기분에 잠겨들었다. 그러나 시간을 셈하는 기계적인 반복이 다시금 신경을 자극했다. 슬그머니 눈을 떠 암울한 현실을 마주하자 신경질이 치솟았다. 시계에서 건전지를 분리하는 지금의 순간이 익숙했지만 기시감을 인지할 만한 여유가 없었다.

눅눅한 이불을 뒤집어쓰고 잠에 들기를 기다렸다. 부디 잠에 들어 현실을 잊고 싶었다. 몽롱한 의식은 잠의 경계를 불쾌하게 더듬었다. 그런 순간 시간을 셈하는 기계적인 반복이 신경을 자극했다. 귀신에 홀린 것도 같았지만 특별히 놀랍지는 않았다. 죽음에 가까워 정신이 붕괴됐다고 생각하면 이상한 일이란 없는 법이었다. 시계에서 건전지를 빼내고 몸을 눕혔다. 잠이 간절했다.

14. 시계를 집어 드는 마음에 두려움이 서렸다. 거듭거듭 벽을 향해 집어던져 망가뜨렸는데 멀쩡하게 되돌아와 시간을 셈하는 기계적인 반복을 계속하고 있었다. 내가 미쳤다는 사실을 받아들였음에도 감각되는 현실의 감촉은 두려움을 깃들게 했다. 죽음도 기꺼운 지금의 현실에서 느끼는 두려움은 설명이 불가능했다. 환각에서 깨어나려는 노력은 모두 허사였다. 뺨을 후려치고 꼬집어봐도 고통만 분명할 뿐 변화는 없었

다. 어쩌면 지금의 순간 역시 환각인지도 모른다는 혼란이 의식을 지배하자 더는 현실의 어떤 점도 가늠할 수 없었다. 그때 등줄기로 서늘하게 식은땀이 흘러내렸다. 어쩌면 망가뜨린 시계가 멀쩡하게 되돌아오는 지금의 비현실이 환각이 아닐지도 모른다는 의심이 처음으로 뇌리를 스쳤다.

15. 현실을 받아들여야 했다. 정신의 붕괴 때문이라고 여겼던 비현실은 진짜 현실이었다. 시간이 반복되고 있었다. 정말로 시간이 반복되고 있었지만 비현실을 받아들이는 일에는 시간이 필요했다. 아무런 대처 없이 시간을 흘려보냈다. 시간을 흘려보냈다고 말했지만 시간은 반복됐기에 의식만 흘러가고 있었다.

시간은 세 시 사십 분에서 네 시 사십 분을 왕복했다. 네 시 사십 분에 다다른 순간 세 시 사십 분으로 되돌아왔다. 세 시 사십 분에 존재하는 모든 것을 초기의 기준으로 삼아 네 시 사십 분까지의 모든 변화를 원상으로 복구했다. 세 시 사십 분은 시간의 시작이었고 네 시 사십 분은 시간의 끝이었다.

시간이 반복되는 세 시 사십 분에 나는 침대에 누워 몽롱한 잠에 취해있었다. 밖을 돌아다니다가도 시간이 반복되면 초기의 기준대로 침대에 누워 몽롱한 잠에 취해있었다. 받아들이기 힘든 현상이었지만 현실이 아니더라도 상관없었다. 깨지지 않는 환각이라면 그게 바로 현실이었다. 아직 목숨이 붙어있다는 사실만이 진실을 가리키는 유일한 나침반이었다.

16. 시간이 반복되면 가장 먼저 창문을 가린 암막을 걷어내고 햇볕을 쬈다. 햇볕은 정신을 깨우는데 아주 효과적이었다. 정신이 깨어나면 냉장고에서 깡통에 담긴 파인애플을 꺼내 먹었다. 모든 음식이 변질돼 깡통에 담긴 파인애플만 먹을 수 있었다. 욕실에 들어가 몸을 씻는 것으로 준비를 마쳤다. 그녀를 만나겠다는 결심으로 자동차에 올라 복지관을 향해 달려갔다.

시간의 반복은 다시금 그녀 앞에 설 수 있는 용기를 줬다. 아직까지 떳떳하게 나서지는 못했지만 미래는 희망적이었다. 현실에서의 제약과 불가능은 대부분 시간의 유한성에 근거했다고 믿어졌다. 현재는 과거에 삼켜질 뿐이라서 바꿀 수 있는 미래도 없었다. 시간의 반복은 기존의 모든 제약과 불가능의 법칙을 무효로 만들었다. 발을 헛디딘 개미를 끝내 삼키고야 마는 모래무덤과 같았던 시간이 단단한 평지로 변화했다. 그릇된 판단과 잘못은 시간의 반복을 통해 원상으로 복구되며 무효가 됐다. 그녀에게 저질렀던 과오 역시 같은 방식으로 면책되리라 판단됐다. 시간의 반복을 통해 그녀의 마음을 되돌릴 수 있는 방법을 찾아내겠다는 결심이었다.

그녀는 앞치마를 두른 차림으로 노인들의 산책을 돕고 있었다. 수세미덩굴이 지붕을 이뤄 그늘진 아래를 지나는 모습이 바라보였다. 지금 무척이나 행복해 보이는 그녀가 나로 인해 돌변할 것을 생각하면 마음이 아팠다. 허나 틀어진 관계를 되돌리는 게 우선이었다. 마땅한 아픔을 견뎌야만 했다.

그녀의 뒤에서 어깨를 톡톡 두드리자 싱그러운 미소를 머금은 얼굴이 나를 돌아봤다. 황홀한 순간이었다. 시간이 반복되는 것처럼 시간을 멈추는 것도 가능하다면 영원히 정지했으면 싶었다. 허나 시간은 찰나의 순간만으로도 그녀의 얼굴을 흉측하게 일그러뜨렸다.

"그동안 잘 지내셨나요?"

짧은 인사를 끝마치기도 전에 눈물이 흘러내렸다. 그녀는 바드득 이를 갈며 몸을 떨었는데 이만큼 잔인할 필요가 있는지 원망스러웠다.

"한동안 모습이 보이지 않아 잘 지냈습니다. 그런데 오늘로 망친 것 같습니다."

"너무… 보고… 싶었… 습니다. 보고 싶은… 마음을 견딜 수… 없어 이렇게… 찾아왔습니다."

"다시는 마주 보는 일이 없었으면 합니다. 부탁드리겠습니다."

그녀는 멀뚱하게 이쪽을 바라보고 있는 노인들에게로 달려갔다. 그 모습을 바라보며 분명한 사실 하나를 깨달았다. 그녀의 발치에는 여전히 아귀를 벌린 작두가 놓여있었다. 벌써 나는 동강동강 잘려있었다. 허나 비관하지 않았다. 지금의 비참함은 곧 사라질 신기루에 불과했다. 상황은 점차 나아질 것이었다. 길고 긴 인고의 시간이 필요하더라도 마땅히 견디겠다는 마음이었다. 시간의 반복은 모든 것을 이뤄 낼 것이었다. 벌써 시간의 끝에 다다랐다.

침대에서 몸을 일으키며 시간을 확인했다. 정확히 세 시 사십 분이었다. 새로이 얻게 된 시간의 시작에서 이전과 마찬가지로 창문을 가린 암막을 걷어내고 햇볕을 쬈다. 냉장고에서 깡통에 담긴 파인애플을 꺼내 먹은 뒤 욕실에 들어가 몸을 씻고 자동차에 올랐다. 잃어버린 사랑을 되찾아야 했다.

그녀는 노인들의 산책을 돕고 있었다. 수세미덩굴이 지붕을 만들어

그늘진 아래를 지나며 웃고 있었다. 이번에도 그녀의 뒤에서 어깨를 톡 톡 두드렸다. 싱그러운 미소를 머금은 얼굴이 나를 돌아봤다. 적극적으로 대화를 시도하겠다는 결심이었지만 시뻘겋게 날이 선 눈을 마주하자 버틸 수 없었다. 무기력한 패배였지만 희망은 굳건했다.

나는 무척 서두르는 마음이었다. 복지관을 향해 내달리는 자동차의 속력을 계속해서 높였다. 그녀와의 시간을 늘리고 싶었다. 단 몇 초라도 포기할 수 없었다. 그러나 은색 승합차가 오른편에서 갑자기 튀어나올 줄은 몰랐다. 또 정확하게 자동차의 옆구리를 들이받을 줄도 몰랐다. 내 자동차는 오래된 소형으로 가볍게 데굴데굴 구르더니 종잇장처럼 구겨졌다. 그 틈바구니에 끼어 옴짝달싹 할 수 없었다. 몸 여기저기가 찢기고 부러진 것 같았다. 통증이 불을 끼얹는 것처럼 전신을 휩쌌다. 다행이도 서서히 눈이 감겼다. 의식을 잃은 뒤에야 고통에서 벗어날 수 있었다.

침대에서 몸을 일으키며 시간을 확인했다. 세 시 사십 분이었다. 정신은 몽롱했지만 사고에 대한 기억은 분명했다. 시간이 반복되며 모든 게 원상으로 복구된 모양이었다. 자동차도 멀쩡하게 되돌아와 있었다. 복지관을 행해 내달리며 최대한의 속도를 내는 동시에 사고가 일어나지 않는 접점을 찾으려고 했다. 그런 노력에도 불구하고 그녀는 흉측하게 얼굴을 일그러뜨렸다. 횟수를 셈할 수 없을 만큼 무너지고 부서졌지만 모든 게 여전했다. 아직까지 희망은 굳건했다. 시간의 반복은 모든 실패를 원상으로 복구했기에 어떤 경우에도 손해는 없었다.

17. 시간이 반복됐지만 몸을 일으키지 않았다. 창문을 가린 암막을 걷

어내지도 않았고 냉장고에서 깡통에 담긴 파인애플을 꺼내 먹지도 않았다. 그저 그녀를 떠올리는 게 하는 일의 전부였다. 지금 노인들의 산책을 돕고 있을 그녀의 뒤에서 어깨를 톡톡 두드리면 싱그러운 미소를 머금은 얼굴이 나를 돌아볼 것이었다. 그 순간을 사진처럼 평면으로 바라보려고 노력했다. 나를 발견하는 동시에 얼굴을 흉측하게 일그러뜨리는 그녀는 커다란 비극이었다. 결코 포기하지 않겠다는 결심은 지켜지지 않았다. 어떤 경우에도 내 마음의 성역, 천사와도 같은 그녀가 빛을 잃어서는 안됐다. 모든 게 내 잘못이었다.

18. 시간의 반복은 무기력을 용납하지 않았다. 실의에 빠져 이따금 눈물이 새나오던 시간은 금방 지루해졌다. 언제까지 이렇게 누워있을 수만은 없었다. 창문을 가린 암막을 걷어내고 깡통에 담긴 파인애플을 꺼내 먹었다. 마음 한편에 머물던 불안이 스르륵 사그라졌다. 낮게 드리운 구름 하나가 푸른 하늘 밑을 지나고 있었다. 물끄러미 그 하늘을 올려다보며 생각했다. 내가 바라볼 수 있는 유일한 하늘이라고.

19. 시간의 반복이 부여하는 특권을 마음껏 누렸다. 모든 게 자연히 깨달아졌다. 세상에 존재하는 모두가 시간이 반복된다는 사실을 모른 채 멍청하게 살아있었다. 계속해서 무의미한 노동에 매달리며 존재했다. 어느 순간에는 모든 게 무가치하다고 느껴졌다. 강간을 벌이고 살육을 저지르는 행위가 콧노래를 부르는 것과 다르지 않았다. 모든 행위가 자각 없이 이뤄졌다.

손에 들린 식칼만이 무가치한 세상에 의미를 부여할 수 있었다. 시간이 반복된다는 진실에 의심을 품으면 가차 없이 찔렀다. 배를 가르고 토막을 내는 것으로 불신에 대한 벌을 줬다. 그럼에도 살려달라는 외침이 얼마나 보잘 것 없는지를 깨닫는 존재가 없었다. 그저 목숨이 소중하다는 사실을 실감하는 정도가 전부였다. 시간이 반복되면 피를 쏟고 죽은 시체가 되살아났고 살아나면 계속해서 무의미한 노동에 매달렸다. 정말이지 역겨운 윤회였다.

시간의 반복 속에서 내가 어떻게 변해갔는지를 되돌아봤다. 나는 고작 살육에 익숙해졌을 뿐이었다. 인간 정신이 공포를 느끼는 일정한 규칙을 깨우쳤고 인간 신체의 모든 부위에 식칼을 쑤셔보며 실험했다. 단번에 급소를 찔러 목숨을 빼앗을 수도 있었고 목숨을 붙여둔 채 처절한 고문을 가할 수도 있었다. 인간 백정이나 다름이 없었지만 시간이 반복되는 세계에서는 기존의 인식은 무의미했다.

나는 시간의 반복을 통해 인간의 영역을 초월했다. 시간의 무한성과 행위에 대한 자유는 처음 자각했던 성질에 불과했다. 모든 공백으로 우월함이 차올랐다. 유아독존이었다. 우주 가운데 나보다 존귀한 존재가 없었다. 허나 허무와 공허는 숙명이었다. 고독했다. 번뇌는 시간의 반복 속에서 무한하게 복제됐다. 그런 번뇌의 끝에는 양심이 있었다. 자유라고 믿었던 행위들이 죄책감으로 변해 양심을 짓누르기 시작했다. 어쩌면 그럴 수 있었는지 경악스러웠다. 모든 엽기적인 순간들이 켜켜이 겹쳐지며 날카로운 비수로 변해 날아들었다. 정직한 죄책감이었다. 이보다 더한 고문은 없었다. 공명하고 정대한 심판이었기에 변명조차 허락되지 않았다. 유아독존의 지위도 소용없었다. 극렬한 박탈과 소외였다.

시간의 반복은 계속됐다. 악취가 진동하는 침대 위에서 끝을 기다렸다. 끝에 다다르면 즉시 시작으로 되돌아가는 반복이 고통스럽게 이어지고 있었다. 무한과 자유라고 여겨졌던 시간의 반복은 사실 유한과 구속에 불과했다. 행위에 대한 자유 역시 모순이자 사기였으며 배신이었다. 그런 사실을 깨닫는 만큼 시간의 반복은 좁다란 감옥으로 변해 나를 가뒀다. 차라리 사형이 낫다고 의지를 정했다. 모든 것을 끝내야만 고통의 굴레에서 벗어날 수 있다면 그렇게 하겠다는 결심이었다.

두 손으로 움켜쥔 식칼의 끝을 목울대에 겨눴다. 날카로움이 목을 꿰뚫는 순간 고통은 불에 타는 것처럼 맹렬했다. 그럼에도 의지는 꺾이지 않았다. 비극의 고리를 끊자는 마음의 외침이 암전되는 머릿속에 떠오른 마지막 기억이었다. 눈을 감았다. 아니, 감겼다. 새까만 어둠이 드리웠고 완전한 끝이라고 믿었다.

침대에서 몸을 일으키며 목 언저리를 더듬었다. 시계는 탁상 위에서 시간을 셈하는 기계적인 반복을 계속하고 있었다. 죽음을 맞이했음에도 시간의 반복은 여전히 유효했다. 모든 것이 원상으로 복구됐다. 식칼이 꿰뚫었던 목에는 작은 생채기도 남지 않았다. 지독스러운 절망감에 오래도록 슬피 울었다. 죽음조차 끝이 아니었다. 죽음이 끝이 아니라면 죽음을 넘어선 그 끝은 어디를 향해있냐고 외쳤지만 듣는 귀도 대답할 입도 존재하지 않았다. 침묵만이 유일한 대답이었다.

시간이 반복될 때마다 계속해서 목에 식칼을 들이댔다. 거듭 목숨을 잃으며 언젠가는 시도가 성공하기를 바랐다. 허나 무의미한 시도를 영원히 지속할 끈기가 없었다. 시간의 반복이 허락하지 않았다. 결국 포기하고 세상으로 나와야만 했다. 죽음이 끝이 아니라면 천국조차 지옥과 다름이 없다는 사실을 살아있는 인간 누구도 알지 못할 것이었다.

20. 시간이 반복되는 세상은 지옥과 다를 게 없었다. 희망조차 허락되지 않았다. 저주에서 벗어나려는 시도는 모두 무위에 그쳤고 단념은 포기를 불러왔다. 이제는 시간이 반복되는 횟수조차 헤아릴 수 없었다. 그런 포기 상태에서 깨닫게 된 변화는 기적과도 같았다. 시간은 반복되는 동시에 흘러가고 있었다. 반복의 시작이었던 세 시 사십 분이 세 시 사십일 분으로 변해있었다. 기준이 바뀐 것이었다. 시간의 반복에 붕괴의 증후가 나타난 것이라고 판단했다.

시간의 반복을 주시하며 변화를 기다렸다. 시간의 반복이 기준점을 옮기는 순간을 포착하려고 했지만 소득이 없었다. 기다리고 또 기다렸지만 헛수고였다. 인간의 인내심으로는 불가능한 기다림이었다. 저주를 깨뜨릴 수 있다는 기대가 빛을 잃고 사라졌다. 결국 포기할 수밖에 없었다.

21. 저물녘의 하늘이 붉게 물들었다. 시간은 무한하게 반복되며 해가 저무는 지금으로 밀려났다. 허나 단 한 번도 반복의 기준점이 옮겨지는 순간을 허락하지 않았다. 더욱 무기력하다고 느껴지는 현실에서 할 수 있는 일이라고는 뚜벅뚜벅 걷는 게 전부였다.

냇물이 흐르는 다리 난간에 몸을 기대며 멈춰 섰다. 저물녘의 하늘을 머금은 물결이 투명하게 그 속을 드러내고 있었다. 물끄러미 바라보며 시간을 흘려보냈다. 의식은 둔감해 잔잔한 물결이 부서지는 파동을 바라보면서도 인지하지 못했다. 작은 물고기 한 마리가 물살을 거스르지도 떠내려가지도 못하고 있었다.

버려진 낚싯대가 눈에 들어왔다. 지키는 주인 없이 끝에 매달린 줄을 물속에 담그고 있었다. 그 줄의 끝에 매달린 바늘을 깨물었는지 작은 물고기 한 마리가 미미한 물의 흐름 속에서 나부끼고 있었다. 죽었을까? 아마도 죽었겠지, 생각했다. 버려진 낚싯대에 매달린 바늘을 깨무는 멍청한 물고기는 동정 받을 가치도 없었다. 허나 물고기는 살아있었다. 지쳤는지 허연 배를 내보이며 아가미를 달싹였다. 물고기가 어서 죽기를 바라는 마음이었다. 비참한 현실에서 벗어날 수 있다면 죽음은 나쁘지 않은 방법이었다.

물고기의 죽음을 기다렸지만 시간이 반복되며 새로운 시작을 맞이했다. 아쉬움도 없으면서 어떤 집착에서인지 곧장 냇물이 흐르는 다리를 찾았다. 물고기는 여전히 버려진 낚싯대의 바늘을 깨문 채 살아있었다. 물고기의 시간도 반복되고 있었다. 끔찍한 현실이 계속해서 이어지고 있었다. 그 순간 나도 바늘을 깨물고 있다는 사실을 깨달았다. 바늘에 매달린 줄의 끝을 바라보니 역시나 낚싯대가 있었다. 버려진 낚싯대였다. 커다란 충격과 함께 잔인한 진실을 마주했다. 내가 깨문 바늘을 감췄던 미끼는 바로 그녀였다.

자동차는 복지관을 향해 빠르게 내달렸다. 반드시 확인해야만 했다. 그런데 그녀는 어디에도 없었다. 홍강기라는 이름의 아이와 함께 감쪽같이 사라졌다. 시간의 반복 속에서 그녀가 닿을 수 있는 모든 공간을 샅샅이 뒤졌지만 찾을 수 없었다. 처음부터 존재하지 않았던 것처럼 누구의 기억에도 없었다. 모두가 그녀와 아이는 존재하지 않았다고 입을 모았다. 그 완벽한 인멸이 내가 깨문 바늘에 대한 증거가 됐다. 오히려 그녀가 사라지지 않았다면 이만큼 확신할 수 없었을 것이었다. 낚싯대를 버리고 떠난 존재를 추적한다면 엉킨 실타래를 풀 수 있다고 믿었다. 시간이 반복되는 저주에서 벗어날 수 있었다.

22. 저주를 깨뜨릴 수 있다는 믿음은 절망을 이겨내는 유일한 힘이었다. 허나 시간의 반복에는 많은 제약이 따랐다. 한 시간이라는 유한성은 반복이라는 현상으로 극복되지 않았다. 모든 갈래갈래 길을 뒤지며 마주치는 사람을 고문했지만 더는 뻗어나갈 수 없는 한계에 닿았다. 고로 성과는 없었다.

하늘에는 별이 반짝였다. 시간은 무한하게 반복되며 어두운 밤으로 밀려났다. 뚜벅뚜벅 힘겹게 내딛는 발걸음은 냇물이 흐르는 다리를 찾았다. 밤하늘을 머금은 물결이 그 속을 투명하게 드러내고 있었다. 물고기는 허연 배를 뒤집은 채 미동이 없었다. 비로소 죽음을 통해 자신을 구속했던 바늘에서 자유로워진 것이었다. 바늘을 깨문 속박된 운명에게 이보다 완전한 자유는 없었다. 존재의 증발, 내가 간절히 바라는 것이었다.

23. 야트막한 야산을 오르는 발걸음이 힘에 부쳤다. 산책로의 경사는 완만했지만 온전하게 빛을 밝힌 가로등이 없어 음침하고 으슥했다. 발밑을 조심하며 앞을 향해 걷다 보니 너른 공터에 이르렀다. 팔각정 하나가 어둠을 짙게 머금고 있었다.

팔각정에 앉아 멀리 야경을 바라봤다. 세상은 차분하게 가라앉아 있었다. 나는 이토록 심각한데 전혀 상관없다는 것처럼 무심한 모습이었다. 그런 침묵이 감정의 변화를 일게 했다. 울컥 억울함이 치솟더니 울분이 토해졌다.

"어디에 숨은 거야? 어디에 숨었냐니까! 아직도 만족하지 못했어? 만족할 때도 됐잖아!"

울분을 토해냈지만 세상은 여전히 대꾸가 없었다. 당연한 침묵이었다.

"나를 그만 놓아줘! 놓아달란 말이야! 아니면 죽여줘! 죽이란 말이야!"

그때 등 뒤에서 인기척이 느껴졌다. 돌아보니 캄캄한 어둠 속에서 나를 주시하는 시선이 있었다. 본능적으로 알아차렸다. 내가 깨문 바늘이 매달린 낚싯대를 버리고 달아난 범인이었다.

"너냐?"

비장하게 물었지만 대답은 없었다.

"너구나?"

다시금 대답을 기다렸지만 묵묵부답이었다.

"너로구나?"

마지막 물음을 던진 뒤 확신했다.

"너였구나."

상대에 대한 확신이 서는 순간 범인은 줄행랑을 치기 시작했다. 새까만 어둠이 아무런 방해가 아니라는 것처럼 거침이 없었다. 범인이 달아나는 모습을 바라보면서도 초조하지 않았다. 만약 범인이 시간의 반복에 속해있다면 이미 잡은 것이나 같았기 때문이었다. 얼마든지 취조할 수 있었다. 식칼이 필요했다.

24. 야트막한 야산을 오르며 혹시라도 범인이 사라졌을까 염려했다. 혹시라도 시간이 반복된다는 사실을 알고 있다면 내가 가진 무기는 없는 셈이었다. 팔각정에 앉아 숨을 고르며 세상의 밤으로 시선을 던졌다. 평정심을 잃지 않으려고 애를 썼지만 초조함에 입술이 말라붙었다. 캄캄한 어둠 속에서 나를 주시하는 시선의 무게를 느끼고 돌아봤지만 착각이었다. 놓치고 말았다는 사실에 좌절했지만 이른 포기에 불과했다. 얼마 뒤 범인이 새까만 어둠 속으로 줄행랑을 쳤다. 그 모습을 바라보며 기쁜 마음이었다. 범인은 시간이 반복된다는 사실을 모르는 게 분명했다.

범인을 붙잡았다. 할 수 있는 최선을 다해 고문하며 자백을 강요했다. 인간이 느낄 수 있는 최대치의 고통을 안기며 진실을 실토하게끔 유도했다. 허나 원하는 대답을 내놓지 않았다. 고통을 견디지 못하는 유약한 모습으로 같은 진술만 반복했다. 그는 범인이 아니었다. 밤이면 변태 성욕을 이기지 못해 팔각정의 천장으로 숨어드는 가엾은 존재에 불과했다. 긴 세월을 어둠 속에서 누군가를 엿듣고 엿보며 마음 졸였을 변태성욕자가 한심하면서도 가엾게 생각됐다.

한동안은 야트막한 야산으로 발걸음을 하지 않았다. 허나 범인을 붙잡을 수 없다는 체념과 함께 떠오른 희망이 발걸음을 불러들였다. 내가 직접 미끼가 돼 감춘 바늘을 누군가가 삼킨다면 저주에서 해방되리라 믿어졌다. 내가 만난 인간 중에 가장 나약한 마음을 가진 변태성욕자라면 미끼에 감춘 바늘을 깨물지도 모른다는 기대가 떠올랐다.

팔각정 천장에 숨어있는 그를 낚아야만 했다. 미끼가 된 나를 삼키라고 갖은 방법으로 회유했다. 가장 효과가 탁월한 방법은 고문이었다. 변태성욕자는 고통에서 벗어날 수 있다면 얼마든지 바늘을 삼키겠다고 빌었다. 약속하고 맹세했다. 협박을 통한 강요가 무슨 소용이 있을까 싶었지만 어떤 시도라도 포기할 수 없었다. 이마저도 하지 않으면 달리 할 일도 없었다.

어느 순간 변태성욕자가 보이지 않았다. 팔각정 천장은 텅 비어있었고 주변을 뒤져봐도 흔적이 없었다. 존재의 증발을 확신한 순간 환희가 차오르며 해방에 대한 기쁨을 느꼈다. 내가 미끼가 돼 감춘 바늘을 삼킨 것이 분명했다. 나를 대신해서 지옥과도 같은 저주에 고통 받겠지만 조금도 가엾지 않았다. 결국 그도 언젠가는 누군가를 희생양 삼아 자신의 저주에서 해방될 것이 분명했다. 이 모든 것들이 누군가에게 공을 전달하는 간단한 놀이에 불과했다. 그랬기에 누구의 죄도 아니었다.

첫 번째 조각 - 변태

1. 눈앞에 어둠이 드리워 있었다. 너무도 새까만 어둠이라서 보이는 게 없었다. 화들짝 놀라 신체 여기저기를 매만지며 무사한지를 확인했다. 멀쩡했다. 상한 곳이 없었다. 무사하다는 사실에 안도했지만 악몽 같은 기억은 너무도 생생했다. 깊숙한 폐부까지 소름이 끼쳐있었다.

팔각정 천장에 숨어있는 나를 정신이상자가 유인해냈다. 어찌된 영문인지 나조차도 까맣게 잊은 내 치부를 전부 알고 있었다. 일방적인 폭로가 너무도 수치스러웠다. 인내심이 한계를 넘어서자 위해를 가하겠다는 마음이 굳게 정해졌다. 정신이상자를 약골이라고 판단했지만 뜻밖에도 칼을 소지하고 있었다.

어둠 속에서 번뜩이는 날카로움이 가차 없이 날아들었다. 무자비한 고문이 자행됐다. 정신이상자는 능숙하게 내 손가락을 둘로 쪼개더니 팔뚝의 뼈를 비틀고 늑골의 틈을 벌렸다. 그러는 동시에 미끼를 삼키라고 강요했는데 지금의 고통에서 벗어날 수만 있다면 뭐든지 하겠다는 마음이었다. 부디 목숨에만 지장이 없기를 바라며 그러겠다고 다짐했다. 누구라도 좋으니 서둘러 구급차를 불러주기를 바랐다.

정신이상자는 가쁜 숨을 몰아쉬며 끔찍한 미래를 예고했다. 내가 미끼를 삼킬 때까지 고문을 멈추지 않겠다고 했다. 시간이 반복될 때마다 찾아오겠다며 잔인하게 웃어보였다. 미끼를 삼키라는 강요가 이해되지 않았지만 지금의 상황이 종결되기를 바라는 마음에 고개를 끄덕였다. 끄덕이는 중에 눈이 감겼다. 흐려지는 의식을 붙들만한 여력이 없었다. 혹여나 목숨에 지장이 있을까 염려스러웠다.

이토록 생생하게 기억되는 공포와 고통이 허위에 불과했다니 믿기지 않았다. 내가 미쳐가고 있는 게 분명했다. 십 년이 넘는 긴 세월을 팔각정 천장에 숨어들었었는데 미치지 않는 게 이상했다. 그럼에도 불구하고 변태 성욕은 벌써 인기척을 기다리고 있었다. 이런 내가 너무도 싫었다.

그런데 이상하리만큼 주위가 고요했다. 마치 청력을 잃은 것처럼 주변의 소음이 차단됐다. 고개를 돌려봤지만 감각이 없었다. 지금 앞을 바라보는지 위를 바라보는지 밑을 바라보는지 구분되지 않았다. 어느 순간에는 새까만 어둠이 응축되는 한 점이 응시되고 있었다. 응시를 의식하는 순간 새까만 어둠 속에서 보다 새까만 존재가 슬그머니 모습을 드러냈다.

낯선 존재는 둥근 두상에 뾰족한 귀를 달고 있었다. 머리는 몸집에 비해 큼직했고 팔과 다리는 막대기처럼 얇고 곧았다. 그 끝에 매달린 손톱과 발톱은 식칼처럼 우악스러웠는데 채찍 같은 꼬리를 흔들며 천천히 다가왔다. 얼마간의 거리가 좁혀지자 눈꺼풀이 없는 눈동자가 드러났다. 동그란 눈동자를 바라보며 뒤늦게 의문을 떠올렸다. 신기하게도 즉시 대답이 들려왔다.

“이곳은 인지의 영역이다. 불필요한 생각이나 감정은 느껴지지 않는다. 만약 감정을 느낀다면 그것은 필요에 의한 것이다. 또한 어떤 의문이라도 마땅히 알아야 할 사실에 대해서는 대답을 들을 것이며 미련한 의문은 묵살된다. 지금 바라보이는 형상은 네가 상상하는 악마에 대한 구상일 뿐이다. 나는 빛이 꿰뚫지 못하는 어둠 그 자체, 형상이 아닌 세상을 뒤덮은 전부이다.”

사실이라면 놀라운 말을 들었지만 조금도 동요되지 않았다. 그저 이곳이 인지의 영역이라는 사실을 이해했으며 인지의 영역에서의 법칙을 받아들였다. 다시금 악마의 목소리가 들려왔다. 대지에 물이 스미는 것처럼 자연스럽게 인지됐다.

“나는 너희들의 왕이다. 너희들을 시험할 권능을 가졌으며 목숨을 빼앗는 권세를 제외한 모든 권리를 가졌다. 이에 대한 반항은 죽음이 간절할 고통으로 정하며 밝히는 바 나는 스스로 너희들의 왕이기를 자처하지 않았다. 아무 짝에도 쓸모없는 너희들은 살인도 강간도 배신도 태연하게 저지르는 더러운 족속이 아니더냐. 그저 추악할 뿐이다. 그런 너희들에게 신의 선물이 주어졌다는 사실이 원통하고 괘씸하다.”

나는 고개를 끄덕였다. 모든 게 저절로 이해됐다. 불필요한 감정을 느끼지 않으니 이리도 소통이 원활했다. 나는 공손하며 조심스럽게 의문을 품었다. 밖으로 뱉어낼 목소리가 없었지만 생각은 또렷하고 분명하게 새까만 어둠을 왕래했다.

“말씀대로라면 저는 하찮은 존재인데 무엇에 사용하려고 이런 수고를 하십니까?”

악마의 목소리는 단호했다.

“너희들을 통해 명백한 실수를 증명하려고 한다. 그래서 침묵에 대한 대답을 듣겠다.”

나는 이해하는 동시에 수긍했다. 허나 어떤 쓰임으로 사용될지에 대해서는 여전히 의문을 느꼈다. 그러자 목소리가 들려왔다.

“너 따위가 얼마나 요긴하게 쓰이겠느냐. 그저 미끼를 삼켰다는 그 말을 기억한다면 책임을 다하면 된다. 미끼가 감춘 바늘이 무언지는 훗날 알게 될 것이다. 너는 이곳에서 하나의 선택을 하게 될 것이다. 원한다면 어둠 속에서 남을 엿듣고 엿보는 본래의 현실로 보내줄 것이다. 아니라면 네게서 변태 성욕을 제거한 뒤 사랑을 선물해줄 것이다. 둘 중에 하나를 선택하면 된다.”

악마의 말이 사실이라면 당장에라도 변태 성욕을 없애달라고 빌고 싶었다. 긴 세월 간절히 바랐던 소원이었고 더구나 사랑을 선물한다니 나쁠 게 없었다. 생각이 정리되자 악마가 뒤에서 나타났다. 의식한 것보다 몇 배나 덩치가 컸고 번뜩이는 날카로움이 목덜미를 훑었다. 식칼처럼 우악스런 손톱은 반항을 허락하지 않았다. 곧장 땅에 처박히면서도 불만은 없었다.

새까만 어둠 속에서 작은 구멍이 열리더니 곧 빛으로 변해 저 멀리를 향해 쏘아졌다. 그 빛의 머리에 눈이 달린 것처럼 시야가 트였는데 어떤 여인이 바라보였다. 미소 띤 얼굴에는 봄의 햇살이 내려앉았고 여전히 아름다웠다. 여전히… 과거에 묻혔던 사랑이 현재에 되살아났다. 내가 사랑했던… 바라보면 투명하게 빛나는… 그녀의 이름은… 지승이었다. 허나 그 이름을 떠올리는 것만으로도 부담스러웠다. 악마는 과거의 시간을 바라보도록 강요했다. 비극의 뿌리가 드러났다.

나는 미술 대학에서 밤을 지새우며 그림을 그리던 평범한 학생이었다. 내게 그림을 그린다는 현실은 자랑이자 동시에 열등감의 원천이기도 했다. 예술이라는 성역으로 현실의 비루함을 포장했지만 내세울 것 없는 처지는 감춰지지 않았다. 현실을 깨닫는 만큼 자연히 내성적으로 변했고 딱 몇으로 줄어든 사람과만 교제했다. 그런 나는 수요일과 일요일이면 빠지지 않고 교회에 나갔는데 그 시간이 참 행복했다. 교회에는 지승이 있었다.

지승은 예배가 시작되기 전이면 오래도록 기도를 했다. 두 손을 모아 쥐고 간절함을 드러낸 모습은 정말이지 영롱했다. 비록 거리가 멀었지만 곁눈질로 훔쳐볼 때 떨리는 가슴은 언제나 얼굴을 붉게 물들였다. 그럼에도 가까이 다가갈 수 없었다. 용기가 없는 탓도 있었지만 고등학교에 다니는 학생이라는 사실이 범할 수 없는 금기처럼 느껴졌다.

위태로운 사랑이 담긴 가슴은 하루에도 몇 번씩 깨질 것처럼 달아올랐다. 몰래 품은 연정이었지만 정말이지 진실했다. 언젠가는 이 마음을 고백하리라 다짐하고 상상했다. 바로 국전에서 대상을 받아 스스로가 떳떳하게 여겨질 때였다. 내가 그린 그림이 국전에서 대상을 거머쥐리라 믿어 의심치 않았다. 다만 시기의 문제일 뿐이었다. 허나 모든 계획이 파멸에 이르는 건 순식간이었다.

어느 날 지승의 곁으로 미지의 사내가 불쑥 나타났다. 대담하게도 나보다 가까이에 자리를 잡고 앉아 지승을 빤히 쳐다봤다. 그런 사실에 분노를 느꼈지만 표출할 수 없었다. 현실은 너무도 무기력할 뿐이라서 미지의 사내와 지승이 가까워지는 모습을 지켜볼 수밖에 없었다.

미지의 사내는 갓 군대에서 전역한 까까머리로 서글서글한 성격 때문인지 사람들의 호감을 샀다. 그런 태도로 지승에게 접근했는데 어느 순간에는 나란히 앉아 예배를 기다리며 기도를 하고 있었다. 그 모습을 바라보며 지독한 수치심을 느꼈다. 홀로 삼켜야만 하는 쓰디쓴 독이었다. 몰래 사랑했던 마음은 꺼지지 않고 더욱 활활 타올랐다.

미지의 사내와 지승이 행복에 겨운 얼굴로 속삭이는 말이 무언지 알고 싶었다. 집착은 가슴에 담긴 사랑의 크기만큼 커다랗게 부풀더니 금단을 넘어서게 했다. 야트막한 야산에 놓인 팔각정은 미지의 사내와 지승이 곧잘 엉덩이를 붙이고 앉아 대화를 나누는 장소였다. 처음으로 팔각정 천장에 숨어들었다. 가슴을 쓸고 내려가는 묘한 흥분이 단번에 전신을 휩쌌다. 변태 성욕이었다.

시간은 빠르게 흘러갔다. 대학을 졸업한 뒤에는 학원에서 그림을 지도하며 생계를 꾸렸다. 여전히 그림을 그렸지만 국전에서의 성과는 없었다. 허나 국전에서 대상을 받는다면 지승에게 사랑을 고백하겠다는 결심은 여전히 유효했다. 미지의 사내와 지승의 주변을 맴돌며 자학에 가까운 하루하루를 보냈지만 후회는 없었다.

시간은 허접한 궁상마저도 허락하지 않았다. 미지의 사내와 지승이 고향을 떠나버렸다. 내게 남은 것은 사랑도 실의도 아닌 매일 밤 야트막한 야산을 올라 팔각정 천장으로 숨어드는 변태 성욕과 국전에서 입선도 받지 못하는 그림뿐이었다.

2. 과거를 바라보는 눈앞에 새까만 어둠이 드리웠다. 새까만 어둠 속에서 악마는 비스듬히 서있었는데 이곳이 인지의 영역이라는 사실을 깨닫자마자 목소리가 들려왔다.

"너는 여전히 저 여자를 사랑하고 있다. 또한 인생을 망친 원흉이라고 원망하고 있다. 그렇다면 너는 저 여자를 사랑하는가? 원망하는가? 직접 대답하라."

악마의 말대로 나는 지승을 사랑하는 동시에 원망하고 있었다. 고민이 깊었지만 어떤 확신도 내릴 수 없었다. 다만 사랑은 숙고의 문제가 아니었다. 사랑은 빛을 잃지 않는 이상 그대로 사랑이었다.

"도대체 사랑이 뭐라고 그렇게 심각하느냐? 자신의 비참함을 이리도 쉽게 잊다니 참으로 가소롭구나. 선택은 빤하나 스스로 결정해야 한다. 본래의 현실로 되돌아갈 것인지 아니면 변태 성욕을 제거하고 사랑을 얻을 것인지를 말이다. 보아하니 네게는 저 여자가 무척 소중한 모양이구나. 허나 저 여자에게는 이미 맺어진 짝이 있다. 오랜 시간이 지났음에도 변하지 않는 사랑이더구나. 어쩌면 약속했던 영원을 지킬 수 있을지도 모르겠다. 내가 너를 저 여자의 짝으로 뒤바꿔주마. 어떤 노력도 운명도 필요 없이 간절히 원했던 사랑을 얻게 되는 것이다."

악마의 제안은 놀랍고도 솔깃했다. 반론의 여지가 없었다. 허나 알 수 없는 거부감이 들었다. 내 자아가 느끼는 두려움이었다. 비록 변태 성욕에 시달리는 비루한 삶을 살고 있다지만 소멸을 거부했다. 그러자 악마의 목소리가 들려왔다.

"너에게 저 여자는 빠져들 수 있는 가장 행복한 꿈이자 그릴 수 있는 가장 완벽한 그림이다. 원한다면 진짜 사랑을 선물하겠다."

악마의 목소리는 확신보다는 욕심을 불러냈다. 악마의 제안이 진실이라고 가정했을 때 가장 이상적인 선택은 지금의 나를 잃지 않은 채로 사랑을 얻는 것이었다. 허나 변변찮은 불안이 떠올랐다. 밑바닥을 드러낸 인생을 과연 누가 사랑할 수 있을까 의심스러웠다.

"너 자신을 믿지 못하는 마음을 이해한다. 허나 의심은 접어두라. 나의 권능은 이뤄낼 수 있는 것과 없는 것을 명확히 구분하느니라. 믿음과는 별개로 네가 선택하는 약속이 이뤄질 것이다. 명백하게 천명하는 바 너는 너를 잃지 않는 이상 얻게 될 사랑을 지켜낼 수 없다. 스스로 버리게 될 것이다."

악마의 말은 묘한 떨림을 일게 했다. 귀하게 얻은 사랑을 스스로 버리게 된다니 결코 있을 수 없는 일이었다. 사랑을 지켜낼 자신이 있었다. 그러자 악마의 목소리가 들려왔다.

"이제는 선택을 해야 한다. 네가 원하는 것을 주겠다고 약속하겠다. 변함없는 현실로의 귀환을 원한다면 그리하겠고 저 여자와 맺어진 사랑으로의 변환을 원한다면 그리하겠다. 또 억지를 부려 저 여자와 맺어진 짝을 떼어내고 그 자리에 너를 보내달라고 한다면 그렇게 해주겠다. 허나 억지로 얻으려는 사랑은 결코 지켜낼 수 없다는 사실을 명심하라."

선택을 머뭇거리는 이유는 면구함 때문이었다. 변태 성욕을 없애주는 것만으로도 은혜를 갚을 길이 없는데 사랑까지 선물한다니 황송했다. 마음은 이미 결정을 마쳤다. 변태 성욕을 없앤 뒤 사랑을 얻고 싶었다. 물론 내 자아를 잃지 않은 상태에서 말이다. 그러자 악마의 목소리가 들려왔다.

"선택을 받아들이겠다. 지금의 선택은 너의 책임이며 미끼 속에 감춰진 바늘이다. 모든 기억은 잠시 잊히고 훗날 되살아나리라."

악마의 형체가 어둠 속으로 스며들며 사라졌다. 그와 동시에 의식을 잃었다.

3. 불투명한 창문으로 하얀 달이 드리웠다. 은근하게 뭉그러지는 달빛을 바라보며 그림에 녹여낼 수 있다면 얼마나 좋을까 생각했다. 소파에 누워 붓을 쥔 것처럼 그림을 그리는 시늉을 했지만 냉랭한 공기에 시린 손을 거둬들였다. 이음새가 부실한 창틈으로 외풍이 쏟아져 들어왔다. 한겨울이었지만 골방의 난방은 몇 년째 가동된 적이 없었다. 멍한 눈으로 뭉그러진 달빛을 바라봤다. 아름다웠다.

골방을 나서자 겨울의 칼바람이 매섭게 할퀴기 시작했다. 한참을 걸어 학원에 도착해서야 몸을 녹일 수 있었다. 복도를 지나며 수업이 진행되고 있는 교실을 들여다봤다. 학원의 원장이자 대학의 선배인 승옥이 학생들에게 그림을 지도하고 있었다. 학원에 다니는 학생들은 대부분 미술 대학으로의 진학을 준비했지만 수업의 난이도는 보통 이하였다. 미술 대학을 졸업한 누구라도 어렵지 않게 해낼 수 있는 수준이었다.

연달아 몇 개의 수업을 마치자 허기가 느껴졌다. 학원에서 식대를 지불해 주는 식당이 있었지만 가는 걸음이 귀찮아 주전부리로 대충 끼니를 때웠다. 정해진 수업을 마치고 퇴근을 준비했다. 준비라고 해봐야 허름한 외투를 챙겨 입는 게 전부였지만 마음은 하루를 마쳤다는 피로감에 젖어있었다.

막 학원을 나서려는데 승옥과 마주쳤다. 승옥은 잠깐 기다리라며 원장실에 들어가더니 후딱 채비를 마치고 나왔다. 그리고는 따라오라며 앞장을 섰다. 발걸음은 인근에 위치한 식당으로 향했다. 불판을 가운데에 놓고 앉아서도 별다른 말이 없었다. 허나 승옥은 단호한 얼굴이었고 고기가 노릇하게 구워질 때쯤 본론을 꺼내놓았다. 올해가 지나면 나도 서른의 중반이라고 현실을 깨우치며 좋은 자리가 났으니 취직을 하라는 구체적인 계획을 밝혔다. 중학교의 미술 강사로 경력을 쌓으면 훗날을 기대할 수 있다고 했다.

나는 멋쩍게 뒷머리를 긁적였다. 일단은 그림을 더 그리고 싶다는 대답으로 제안을 거절했지만 초조했다. 비루한 삶을 무작정 견디기에는 궁핍은 현실적이었다. 끼니야 굶더라도 화포와 물감은 돈을 주고 사야만 했다. 학원에서 얼마간 버는 수입으로는 그마저도 부족했다. 승옥의 제안이 최선이라는 사실을 모르지 않았지만 망령과도 같은 그림에 대한 집착이 고개를 가로젓게 했다.

집으로 돌아오는 내내 고민에 잠겼다. 매서운 추위가 올바르게 느껴지지 않을 만큼 고민이 깊었지만 답은 보이지 않았다. 그림을 그리려고 삼각대를 앞에 놓고 앉았지만 어쩐지 뒤숭숭한 마음에 일찍 붓을 놓았다. 소파에 누워 전기장판의 미지근한 온기에 의지해 잠을 청했다.

다음날 학원 원장실에서 승옥을 독대했다. 그러고도 긴 침묵 끝에서야 겨우 말을 꺼낼 수 있었다.

"그림을 포기하지 않은 것이 잘못이었을까요?"

승옥은 갑작스러운 물음에 당황하더니 이내 씁쓸하게 웃었다.

"나는 늘 응원하는 마음이었다. 너는 지금까지 잘 견뎌낸 거야. 알다시피 대부분 힘들다고 금방 포기해 버리는 일이잖아. 나도 그랬으니 말이야. 그렇다고 너까지 그림을 포기하라는 말이 아니다. 건실하게 일을 하고 경력도 쌓으면서 그림을 그리면 된다. 나는 그렇게 생각한다."

나는 힘없이 고개를 끄덕였다. 구구절절 옳은 말이었다. 허나 내게 내밀어지는 서류 봉투를 마주하자 유치하게도 반발심이 일었다.

"선배! 일 하겠다고 한 적 없습니다. 너무 이른 거 아닙니까? 정말 막무가냅니다."

승옥은 개의치 않고 내 손에 서류 봉투를 쥐어 주며 말을 맺었다.

"이번만큼은 나도 물러서지 않을 결심이야. 중학교에 제출할 추천서와 이력서가 담겨있으니까 되도록 빠른 날짜에 찾아가서 면담을 해라. 널 믿고 추천하는 내 얼굴을 봐서라도 중간에 그만두지 말고 일단 일 년만 버텨보자. 그림을 가르치는 일이니 장소만 바뀔 뿐이다. 누구나 삶의 일부를 희생하며 사는 거야. 나도 너처럼 그림이 좋았다. 그렇지만 세상은 그림을 그리듯이 되는 게 아니더라. 무슨 말인지 이해가 어렵더라도 내 말을 들어라. 그래서 원망을 들어도 좋으니까 말이다. 정수야. 더는 도망치지 말자."

나는 벙어리가 된 것처럼 입을 다물었다. 승옥의 말은 외면할 수 없는 현실을 그대로 보여주고 있었다. 마음이 차분하게 가라앉았다.

"선배. 고맙습니다."

내가 앉은 채로 고개를 숙이자 승옥은 다정하게 내 어깨를 토닥였다.

4. 이력서의 빈칸을 채울만한 말들이 떠오르지 않았다. 학교를 졸업한 년도조차 가물가물했다. 대충 적어 넣는 것으로 마무리하고 욕실에 들어가 몸을 씻었다. 한겨울에 차가운 물을 뒤집어쓰려니 몸이 벌벌 떨렸다. 면도를 마치고 들여다본 거울에 비친 모습이 초라했다. 희고 여윈 몸에 덥수룩한 머리카락이 어색하게 얹어져 있었다. 손으로 빗질을 해

이쪽저쪽으로 넘겨봤지만 정돈되지 않았다.

옷장에서 양복을 꺼내 입었다. 대학을 졸업하던 날을 위해 장만했던 밤색 양복이었다. 허나 묵혀지는 세월에 자줏빛으로 변해있었다. 그런 양복을 차려입은 모습이 꼭 허수아비처럼 허술해 보였다. 길고 마른 몸에 걸친 양복은 정말이지 볼품이 없었다. 허나 외양을 신경 쓰는 성격이 아닌지라 태연하게 밖을 나섰다. 외투를 걸치지 않은 양복 차림으로 견디는 추위는 고생스럽다 못해 고통스러웠다. 교문을 지나 운동장을 가로지르는 발걸음이 고난스러웠다.

교감과의 면담은 얼어붙은 몸에 온기가 스미기도 전에 마무리됐다. 교감은 서류 봉투 안에 담긴 추천서와 이력서를 꺼내보더니 무심히 돌아가도 좋다고 말했다. 매서운 칼바람을 맞으며 버스를 기다리는 마음은 덤덤했다.

5. 첫 출근이었다. 교감의 뒤를 좇아 교무실에 들어서자 교사들이 한데 모여 있었다. 머릿수가 꽤 많아 눈으로는 숫자를 헤아릴 수 없었다. 교감은 형식적으로 나를 소개했다.

“올해 미술 과목을 맡아 지도하게 된 조정수 선생님입니다. 인사들 나누시고 미흡한 부분에는 도움을 주시기 바랍니다.”

교감의 소개말이 끝났지만 교사들은 어색한 얼굴로 어찌할 바를 몰라 했다. 아마도 초라한 내 모습에서 당혹감을 느끼는 것 같았다. 정적이 흐르자 교감이 조금 신경질적으로 다시 말했다.

“뭣들하십니까? 인사들 하라니까.”

교감의 성화에 못 이긴 몇 개의 형식적인 인사말이 날아들었다. 허나 듣지 못한 척 외면하며 가장 말단에 엉덩이를 붙이고 앉았다. 교무회의가 진행되는 내내 잠자코 있었다. 내가 없어도 무방한 시간이었다. 교무실의 책상에는 미술 교과서가 덩그러니 놓여있었다. 자리에 앉아 시간을 죽이는 일이 괴로웠다. 벌써부터 일을 그만두고 싶다는 충동이 거세게 일었다. 그런 내게 다가와 인사를 건네는 상냥한 목소리가 있었다.

"처음 뵙겠습니다. 저는 국어 과목을 맡고 있는 이지승이라고 합니다. 앞으로 잘 부탁드리겠습니다."

나는 어떤 대꾸도 할 수 없었다. 토마토주스를 내밀며 생긋 웃고 있는 그녀는 내가 사랑했던 지승이었다. 오래 전의 기억이었지만 그때의 감정은 순식간에 얼굴을 달아오르게 했다. 다행히도 지승은 나를 알아보지 못하는 눈치였다. 어쩌면 기억에도 없는지 몰랐다.

내가 퉁명스럽게 외면하자 지승은 얼굴을 붉히며 당황했다. 상냥한 성격이라서 아무도 거들떠보지 않는 내게 먼저 다가와 인사를 건넸을 것인데 지금 얼마나 민망하련지 마음이 아팠다. 더구나 그런 광경이 많은 교사들의 눈에 목격됐다. 이미 따돌림을 당하는 신세인 내가 남루한 꼬락서니로 까칠하게 구는 모습이 좋게 보일 리 없었다. 더는 주위의 시선과 수군거림을 견딜 수 없어 교무실을 빠져나왔다. 병든 기린처럼 저축저축 복도를 걸어 미술실에 닿아서야 숨이 돌려졌다.

수업은 어렵지 않았다. 중학생이 가질 수 있는 미술에 대한 관심은 거의 의무적이라서 교과서에 충실하면 됐다. 그럼에도 몇 시간의 수업을 치러내자 힘에 부치는 느낌이었다. 오늘 하루가 영원히 끝나지 않을 것처럼 길게 늘어졌다. 창밖을 바라보며 긴 한숨을 내쉬었다. 그림을 그려야 할 시간을 낭비하고 있다는 자책감이 마음을 꼬집었다. 머리가 지끈거렸다. 골방에서 그림을 그린다고 해도 그 현실은 지금보다 비참할 뿐이었다. 견뎌야만 했다. 내게는 선택의 여지가 없었다.

간절히 바랐던 퇴근이었지만 조금도 즐겁지 않았다. 짧은 해는 일찍 저물었고 겨울의 칼바람에 자줏빛 양복의 넓은 자락이 펄럭였다. 풀이 죽은 어깨에는 처량함과 함께 삶의 무게가 얹어졌다. 소파에 드러눕자 온종일 벽돌을 나른 것처럼 앓는 신음이 새나왔다. 퇴근을 하면 반드시 그림을 그리겠다는 결심이었지만 붓은 손에 잡히지 않았다. 내일을 걱정하며 밤새 뜬눈이었다. 한숨이 푹 새나왔다.

6. 견디지 못할 것 같았던 학교에서의 시간이 그럭저럭 이겨졌다. 수업은 형식적으로 진행됐고 빈 시간에는 그림을 그리며 세월을 보냈다. 그저 지루한 시간을 버릴 요량이었는데 사람들의 눈에는 나름대로 열심을 다하는 것으로 비쳐졌는지 딴죽을 거는 경우가 없었다. 불시에 찾아와 늘 잔소리를 늘어놓던 교감마저도 뒤에서 고개를 끄덕이고는 말없이 돌아갔다.

내가 미술실에 그림을 걸게 된 계기는 단순했다. 미술실 벽에 압정을 박아 붙인 그림들이 자꾸만 눈에 거슬렸다. 작자 미상의 그림들은 너무도 조잡했고 정물화가 됐든 수채화가 됐든 어울리지 않았다. 무작정 그림을 뜯고 보니 휑하게 드러난 벽이 지저분했다. 행여나 교감에게 잔소리를 들을까 싶은 걱정에 직접 그린 그림을 걸어봤는데 얼추 잘 어울렸다. 괜한 의욕은 미술실의 복도에까지 욕심을 뻗쳤는데 뿌듯함은 잠시였다. 그에 따른 부작용을 예상하지 못한 건 명백한 실책이었다.

점심시간이었다. 미술실의 문을 걸어 잠그고 그림을 그리는데 유리문에서 쾅 부딪히는 소음이 일었다. 깜짝 놀라 다가가보니 여학생 하나가 이마를 부여잡고 발라당 자빠져 있었다. 잠긴 문을 열고 괜찮으냐고 물으니 벌떡 일어나 웃는 모습은 어딘가 불안했다. 여학생은 뜬금없이 그림을 구경하고 싶다며 그래도 되는지를 물었다. 그 순간에는 경황이 없는지라 그러라고 허락하고야 말았다. 다시 그림을 그리려고 붓을 들었지만 시선은 그림을 바라보는 여학생의 눈망울로 향했다. 누구라도 내 그림을 이만큼 만족스러운 눈으로 바라봤던 적이 있었는지 기억에는 없었다.

여학생이 다녀간 뒤로는 그림에 집중할 수 없었다. 그런 상태가 종일 지속됐다. 다음날도 뒤숭숭한 기분이라서 그림에 집중할 수 없었다. 더는 누구도 미술실을 찾지 않았으면 바랐지만 불행한 인간의 기도는 언제나 반대로 이뤄지는 법이었다.

미술실은 교사들과 학생들이 가벼운 마음으로 둘러보기에 적당한 화랑으로 전락했다. 미술실을 찾는 학생들의 발걸음이 늘어나더니 쉬는 시간에는 늘 붐빌 정도였다. 수업이 없는 빈 시간에는 교사들이 찾아와 부담을 줬다. 가식적인 인사와 함께 그림에 대해 이러쿵저러쿵 젠체하며 늘어놓는 말들에 도무지 대응이 힘들었다. 끝내는 강탈당하고 말았다. 그로인해 학교에서의 시간은 더욱 고달파졌다. 견디려고 노력하고 애썼지만 적응이 힘겨웠다. 미술실을 드나드는 발걸음이 꼭 나를 내쫓으려는 농성처럼 느껴졌다. 빈번하게 일어나는 소요를 참아줄 수 없었다.

나는 옥상으로 도피했다. 따스한 햇살이 무더기로 쏟아지며 세상을 온통 노랗게 물들이고 있었지만 우울한 가슴에서는 한숨만 푹푹 새나왔다. 따스한 햇살이 개구쟁이처럼 웃으며 간지럼을 태웠지만 기분은 좀처럼 나아지지 않았다. 슬며시 풀릴 만도 했지만 그만큼 여유가 없었다.

사생첩과 연필을 주워들고 그림을 그리기 시작했다. 하늘에서 떨어지는 햇살을 그리려고 했지만 얼마 지나지 않아 그림을 찢어버렸다. 햇살은 이토록 밝고 따스한데 그림은 검게 더러워질 뿐이었다. 극복할 수 없는 한계였다. 바람이 한쪽으로 몰아간 모퉁이에 구겨진 도화지가 잔뜩 모여 있었다. 미술실을 빼앗긴 뒤로는 거의 옥상에서 시간을 보내고 있었다.

7. 지승은 화장대에 앉아 거울을 바라보며 싱긋 웃었다. 유난히도 기분 좋은 아침이었다. 머리를 틀어 올리고 화장을 하기 시작했다. 과하지 않은 화장은 특유의 화사함과 어울리며 아름다움을 은근하게 드러냈다. 집을 나서는 기분은 상쾌했지만 교무실에 들어서며 비장해졌다. 여섯 시간의 수업이 빽빽하게 들어차 있었다. 숨을 돌릴 틈도 없이 교무회의가 시작됐다. 지승에게 교무회의는 특별할 것이 없었다. 아직 교직 삼 년차였기에 부여되는 임무는 적었다.

오전이 어떻게 가는 줄도 모르고 정신없이 수업에 몰두했다. 오늘따라 유난히 밝아 보인다는 말을 자주 들었다. 그 말에 얼굴을 붉히는 지승은 여전히 소녀 같았다. 점심시간을 알리는 종이 울리자 학생들은 급식소를 향해 일제히 달음질을 쳤다. 우당탕탕 매일 일어나는 전쟁이었다.

지승은 잠시 빈 교실에 머물렀다. 아우성이 지나고 난 자리에 머무는 고요를 느끼며 물끄러미 창밖을 바라봤다. 같은 자리에서 바라보는 풍경은 매번 새롭고 항상 푸근했다. 입가에 미소가 떠올랐다. 지금 이 순간 호흡이 착 가라앉은 기분이 좋았다. 교탁에 선다는 것 자체가 행복이었다.

지승은 교무실 자신의 자리에 앉아 따뜻한 차를 마시며 여유를 되찾았다. 그런 지승에게 동료 교사들이 연이어 점심을 먹었느냐고 물으며 관심을 보였다. 지승은 생각이 없다고 대답하며 싱긋 웃어보였다. 아침을 맛있게 먹어서인지 정말 허기지지 않았다. 그런 뒤 찾아온 한가로움을 누렸다. 빈 교무실의 고적함은 사소하게 즐기는 여유였다. 그런 지승을 알은척하는 새침한 목소리가 있었다. 지승이 돌아보자 동료 교사 셋이 어딘가를 가려는 모양새로 서있었다.

"지승 씨. 지금 바빠?"

"무슨 일이세요? 수업 준비를 빼면 괜찮아요."

"그럼 우리와 함께 미술실에 가볼 테야?"

지승은 고개를 갸웃했다.

"미술실이요? 미술실은 무슨 일로 가시는 거예요?"

지승을 알은척했던 동료 교사는 눈을 동그랗게 뜨며 놀라는 시늉을 했다.

"어머머, 미술실에 대한 소문도 못 들은 거야? 미술실에 근사한 그림이 얼마나 많은데. 정말 가본 적 없어? 그 멀대같은 미술 강사가 말이야 생긴 건 고루해도 그림으로 잘 꾸며 놨어."

지승은 미술실에 대한 소문을 떠올리고는 살짝 미소 지었다. 동료 교사 중 하나가 바쁘게 말을 던졌다.

"지승 씨도 우리와 같이 가볼 테야? 그럴 거면 따라오고."

지승은 잠시 어떡할까 고민했다. 그러자 무심한 얼굴에 꼬장꼬장한 미술 강사의 모습이 떠올랐다. 그런 모습으로 어떤 그림을 그렸을지 도무지 상상되지 않았다. 어려운 상상에서 깨어난 지승이 배시시 웃었다. 즐거운 기분이었다.

"저도 같이 가요!"

지승은 씩씩하게 따라나섰지만 동료 교사들과 섞이지 못했다. 동료 교사들은 저들끼리 팔짱을 낀 채 앞에서 걸어갔다. 지승은 그 뒤를 쫓으며 오히려 안도했다. 동료 교사들의 종잡을 수 없는 대화의 주제와 웃음이 터지는 지점을 예측할 수 없었다. 그 속에 껴야한다면 오히려 곤욕스러울 것 같았다.

지승의 발걸음이 미술실 복도에서 우뚝 멈춰 섰다. 그림을 마주하자 가슴이 두근거리기 시작했다. 심장의 박동이 빨라지는 게 느껴질 정도였다. 우울한 남자의 손에서 이만큼 아름다운 그림이 그려질 수 있다니 놀라웠다. 또한 그런 그림으로 인해 자신이 아끼고 사랑하는 학교와 학생들이 밝아졌다는 사실에 감사를 느꼈다.

지승은 급식소의 전경을 담은 그림의 왼편 아래 모서리 부분을 골똘하게 바라봤다. 숟가락을 입에 떠 넣고 있는 여자가 꼭 자신인 것 같다는 생각이 들었다. 마음에서 가장 먼 곳에 서있었던 미술 강사가 마치 곁에 다가와 있는 것처럼 가깝게 느껴졌다. 그런 순간 미술 강사에게서 맡아졌던 퀴퀴한 냄새가 코끝을 스쳤다. 깜짝 놀란 지승이 작은 비명을 지르며 뒤를 돌아봤지만 아무도 없었다. 놀람이 진정되자 주변의 소음이 들려오기 시작했다. 꿈에서 깬 것처럼 어리둥절한 기분이었다. 지승은 아랫입술을 삐죽 내밀었다. 오래된 버릇이었다.

8. 지승은 틈틈이 시집을 읽었다. 시를 읽을 때의 몰입이 좋았다. 허나 지금 시를 읽는 머리에는 딴생각이 가득했다. 미술실에서 봤던 그림들이 아른거렸다. 지승은 그런 사실을 깨닫고는 얼굴을 붉혔다. 지금의 감정 상태가 왜인지 쑥스러웠다. 시집을 책꽂이에 꽂아 넣으며 시간을 확인했다. 다음 수업까지 얼마간의 여유가 있었다. 슬그머니 교무실을 빠져나오는 마음이 들떴다.

지승의 발걸음이 미술실 복도에서 멈춰 섰다. 그림을 마주하자 마음은 고요하게 가라앉았다. 그림을 구성하는 따스한 빛과 부드러운 선이 마치 아름다운 시를 읽는 기분에 휩싸이게 했다. 스물여섯 살, 시를 좋아하는 지승은 그림을 이토록 잘 그리는 미술 강사가 그저 감탄스러웠다.

지승은 한쪽 발을 축으로 딛고 나머지 발을 든 채 한 바퀴를 빙그르 돌았다. 기분이 좋아 하게 된 돌발적인 행동이었다. 허나 갑작스러운 마주침에 놀라 눈을 동그랗게 떴다. 텅 빈 미술실 한편에서 삼각대를 앞에 놓고 앉아 그림을 그리고 있는 미술 강사를 발견했다. 서로를 바라보는 눈동자가 불안하게 떨렸다.

"수업이 없으신가 보네요."

미술 강사의 느릿한 목소리가 지승에게 더 큰 놀람을 안겼다. 별다른 의미가 담기지 않은 말이었지만 현실감을 되찾은 지승의 얼굴이 하얗게 질렸다. 황급히 시간을 확인했다. 오후 세 시 사십 분을 막 지나고 있었다. 수업이 끝나는 종에 다다른 시간이었다.

지승은 울먹이며 미술실을 뛰쳐나갔다. 교편을 잡은 뒤 처음으로 수업을 잊어버렸다. 이토록 황당한 일이 자신에게 일어나리라고는 상상으로도 하지 못했기에 교무실에 들어서며 그만 울어버렸다. 그러나 금방 활기를 되찾았다. 다시는 같은 실수를 반복하지 말자고 수백 번 다짐한 뒤였다.

지승은 그런 일을 겪은 탓인지 아니면 그림과 먼저 친해진 탓인지 미술 강사에게 먼저 인사를 건넬 수 있었다. 미술 강사와의 마주침에 반가움을 느꼈다. 허나 미술 강사는 고개를 끄덕였는지 외면했는지 분간이 되지 않는 뻣뻣한 몸짓으로 자리를 피했다. 애써 쥐어짜낸 용기는 언제나 무안으로 되돌아왔지만 반가움은 그 뒤로도 계속됐다. 허나 계속되는 무안이 견디기 힘들어 더는 인사를 하지 않게 됐을 때 지승은 아쉬움을 느꼈다. 웃으며 인사를 주고받는 사이가 됐더라면 좋았겠다고도 생각했다.

9. 옥상의 맨바닥에 오래도록 누워있으니 어깨와 허리가 결렸다. 시간은 오후 세 시에 가까웠다. 힘겹게 몸을 일으켜 미술실로 향하는 발걸음이 무거웠다. 별다른 생각 없이 미술실에 들어섰는데 깜짝 놀랐다. 지승이 텅 빈 미술실에서 홀로 그림을 구경하고 있었다. 미소를 띤 얼굴에 까치발까지 들어가며 열심이었다. 그대로 자리를 피할 수도 있었지만 삼각대를 앞에 놓고 앉아 연필을 들었다. 봄의 햇살 속에서 그림을 바라보는 지승의 투명한 모습을 그리고 싶었다.

지승의 모습이 밑그림으로 도화지에 내려앉았다. 세밀한 부분을 처리하는데 지승이 돌연 한쪽 발을 축으로 딛더니 한 바퀴를 빙그르 돌았다. 그 때문에 시선이 마주쳤는데 당황한 나머지 아무 말이나 불쑥 튀어나왔다. 지승은 시간을 확인하더니 허옇게 질려 미술실을 뛰쳐나갔다. 그 모습이 너무도 다급했기에 걱정이 앞섰지만 달리 할 수 있는 게 없었다. 홀로 남게 된 미술실에서 밑그림을 마무리했다. 그림을 완성하는데 지장을 없을 만큼 담아낸 상태였다.

10. 지승의 얼굴이 밝았다. 상욱의 손을 잡고 거리를 걷는 지금이 너무도 행복했다. 상욱은 누구의 눈에라도 멋진 남자였다. 부유한 집안에서 바르게 자라 뽐내는 품위가 귀했다. 허나 지승은 그런 이유로 상욱을 사랑하는 게 아니었다. 함께 있을 때 행복하고 즐거운 그 기분이 사랑을 설명한다고 믿었다. 따로 약속하지는 않았지만 둘의 결혼은 누구에게나 당연하게 여겨졌다. 긴 세월 변치 않는 사랑은 서로를 가까운 사이라고 믿게 만들었다.

상욱은 지승의 손을 붙든 지금의 순간이 가끔은 믿기지 않았다. 오래전 교회에서 예배를 기다리는 지승의 곁으로 다가가 앉았던 순간이 기적처럼 여겨졌다. 두 손을 모아 기도를 하는 지승의 곁에서 마찬가지로 간절히 기도했다. 신에 대한 믿음은 없었지만 기도의 간절함은 하늘에 닿을 만큼 높았다. 그때 간절했던 기도는 다름 아닌 지승이었다. 상욱은 자신의 기도가 이뤄짐을 증거로 신은 존재한다고 간증했다. 그 우스꽝스러운 간증에 사람들은 웃었지만 물론 상욱도 웃었지만 결코 농담만은 아니었다. 지승은 신의 선물이나 다름없었다. 인생에서 가장 소중한 사람이었다.

지승은 상욱을 처음 본 순간 느꼈던 가슴 떨림을 지금도 잊지 못했다. 가끔은 상욱이 맞은편에서 걸어올 때면 그때의 설렘이 떠올라 얼굴이 발그레 달아올랐다. 이제는 서로의 숨소리마저 기억할 정도로 익숙해졌지만 그때의 마음은 조금도 변하지 않았다. 지승에게 상욱은 삶의 가장 큰 행복이었다.

11. 교감과 독대했다. 직접 신청한 면담이었지만 아무래도 껄끄러운 말을 하려니 내키지가 않았다. 교감의 반응은 빤히 예상됐다. 허나 더는 견딜 수 없는 지경에 이르렀기에 물러날 수 없었다.

"미술실에 전시된 그림을 모두 내리겠습니다."

교감은 황당한 말을 들었다는 것처럼 미간을 찌푸렸다.

"교직원과 학생들의 출입이 잦아 수업에 심각한 차질을 빚고 있습니다. 어쩔 수 없는 선택입니다."

교감은 손바닥으로 책상을 내리치며 노발대발했다.

"학교의 녹을 먹는 사람이 그깟 그림 좀 걸었다고 이렇게나 생색을 냅니까! 그게 그렇게 대수라고 아침부터 따지듯이 덤벼드느냐는 말입니다! 아무렴 그림을 보려고 왕래를 했다손 치더라도 마땅히 즐겁고 기쁘게 생각해야지요! 너무 본인만 생각하시는 게 아닙니까? 내 말이 틀렸습니까?"

교감의 반응은 예상과 조금도 다르지 않았다.

"벌써 넉 달째 시달리고 있습니다. 쉬는 시간은 물론이고 수업시간까지. 정말 노이로제에 걸릴 것 같습니다. 반대로 그깟 그림을 내리는 게 뭐가 어려운 일이라고 이렇게 노발대발하시는지 모르겠습니다."

교감은 감정이 격앙됐는지 자리에서 벌떡 일어나 소리쳤다.

"이보세요! 좋은 말로 설명하고 타이르면 알아듣고 물러날 줄도 알아야지. 그렇게 사회생활을 해서야 쓰나요. 돌아가 보세요. 앞으로 다시는 같은 이유로 찾아오지 마십시오."

나는 착잡한 심정으로 교무실을 나섰다. 그동안 참고 참다 또 질리고 견디다 못해 어렵게 꺼낸 말이었지만 돌아오는 건 면박과 무시뿐이었다. 거칠게 마른세수를 하며 감정을 가라앉혔다. 학교에 대한 회의감이 걷잡을 수 없이 커져갔다. 골방에 틀어박혀 그림을 그리던 시간이 그리울 정도였다.

미술실 문을 열고 여학생 둘이 빠끔히 고개를 내밀었다. 내가 쳐다보자 고개를 살짝 숙이더니 그림을 구경해도 되겠냐고 물었다. 고개를 끄덕이는 것으로 승낙하자 쪼르르 그림이 있는 벽으로 달려가 웃는 얼굴로 구경을 하기 시작했다. 그 모습을 바라봤지만 아무런 감흥도 일지 않았다. 그런데 갑자기 무슨 마음이 들었는지 퉁명스럽게 물음을 던졌다.

"그림이 마음에 들어?"

여학생 둘은 얼떨떨한 얼굴로 나를 돌아봤다. 물음이 뜻밖이었는지 아무런 대답도 하지 못했다.

"마음에 드는 그림으로 골라서 가져가. 선물로 줄게."

여학생 둘은 어리둥절한 얼굴로 서로를 쳐다봤다. 허나 신중하게 그림을 고르더니 손가락으로 가리켰다. 그림을 액자에서 분리해 건네자 좋다며 미술실을 빠져나갔다. 그런 뒤 예상대로 많은 학생들이 몰려들었다. 평소 어려워하던 내게 그림을 달라고 조를 만큼 문전성시였다.

그런 요구마다 흔쾌히 그림을 선물했다. 선물했다기보다는 버렸다는 표현이 옳았다. 그날 하루가 다 가기도 전에 미술실의 그림이 전부 동이 났다. 그림을 구경하기 위해 미술실을 찾았던 발걸음은 전부 당혹감에 휩싸인 채 되돌아가야만 했다.

교감은 미술실에 들이닥치더니 다짜고짜 일장연설을 쏟아냈다. 목구멍까지 차오르는 욕지거리를 참아내느라 곤욕스러운지 목에는 핏대가 섰다. 그럼에도 내 마음은 고요했다. 조금도 짜증스럽지 않았다. 오히려 피식 새나오려는 웃음을 참느라 힘들었다. 사표를 내리라는 결심이 확고한 상태였다. 몇 달의 월급을 고스란히 저축했기에 금전적으로 여유가 있다고 체감했다. 그런 나의 무성의한 태도 때문인지 교감은 분을 풀지 못하고 교무실에서 공개적으로 야단을 쳤다.

"이보세요! 세상에 미술 강사가 당신 하나밖에 없는 줄 알아요? 널리고 널린 게 사람입니다! 애초에 추천서가 없었다면 받아주지도 않았어요! 우리가 당신 같은 사람을 아쉬워할 것 같아요? 내가 가만히 있으니까 어디 당신이 잘하고 있어서 내버려둔 줄 아는가 본데 매사에 열의가 없고 시큰둥하다는 사실을 모르는 줄 아셨습니까? 붓 좀 잡았다고 본인을 무슨 위대한 예술가라고 착각하는 모양인데요. 당신이 밖에서 무슨 일을 했든 이곳에서는 학생을 가르치는 미술 강사에 불과합니다. 맡은 바 직책과 임무에 최선을 다해야 한단 말입니다!"

교감의 훈계는 같은 내용의 반복이었다. 견디기가 지루하고 따분했다. 그런 끝에서 교감은 침을 튀기며 한마디를 보탰다.

"그러니 서른이 넘도록 입선 한 번을 못 받았지요."

교감이 마침표처럼 보탠 말이 비수처럼 날아들었다. 자칫 평정을 잃을 뻔했다. 속에서 일렁이는 분노와 수치심은 결코 작지 않았지만 스스로에게 느끼는 무능에 삼켜졌다. 모두 내 무능에서 비롯된 일이었다. 교감은 질렸다는 듯이 진저리를 치며 자리를 떠났다. 나는 교무실 한가운데서 덩그러니 고개를 떨어뜨렸다. 발걸음이 떨어지지 않았다.

12. 지승은 교무실에서 교감에게 야단을 맞는 미술 강사의 처지가 가여웠다. 가시방석을 깔고 앉은 것처럼 마음이 불편했다. 미술실을 들락거리는 발걸음이 많아 괴로웠다는 항변을 듣고는 얼굴을 붉혔다. 자신도 미술실에 여러 번 발걸음을 했었기에 고충의 무게를 더한 것만 같아 미안했다. 허나 학교와 학생들을 밝게 만들었던 그림이 사라졌다는 사실에는 서운함을 느꼈다. 벌써 동료 교사들은 혀를 차며 뒷말을 하기 시작했다. 지승은 그것이 언짢았다. 이러쿵저러쿵 미술 강사에 대해 뒷말을 하는 것이 마뜩잖았다. 미술 강사를 둘러싼 악재들이 마음 아파 위로를 건네고 싶었지만 이런 감정은 아무래도 도움이 될 것 같지 않았다.

그때 지승의 전화기에 문자메시지가 수신됐다. 상욱에게서 보내진 메시지였다. 전화기를 확인하는 얼굴이 환했지만 금세 어두워졌다. 바빠, 짧은 두 글자가 내용의 전부였다. 언제부턴가 상욱은 부쩍 바빠졌다. 아무리 바빠도 전화통화를 할 여유는 있을 것 같은데 그마저도 어려울 만큼 바빴다. 함께했던 오랜 세월 동안 이렇게 바빴던 적이 없었다.

지승은 한 달이 넘도록 만나지 못한 상욱이 그리웠다. 허나 상욱은 전화를 걸어도 받지 않았고 받더라도 건성건성 끊기 일쑤였다. 문자메시지를 보내도 바쁘다는 감정 없는 회답이 전부였다. 지승은 애써 마음을 다잡았다. 정말로 여유 없이 바쁠 거라고 믿었다. 감정을 억누르며 오래 고민한 끝에 답장을 보냈다.

「바쁜데 귀찮게 해서 미안해. 보고 싶어.」

지승은 얼마든지 기다릴 수 있었다. 단지 자신에게로 향하는 감정이 느껴지지 않으니 견디기가 힘들었다. 그럼에도 상욱을 믿었다. 또 사랑했기에 항상 같은 애틋함과 그리움으로 기다렸다. 친구들에게 넋두리를 하는 성격도 아니었다. 부쩍 바빠진 상욱에 대한 서운함을 누구에게도 드러내지 않았다. 사랑을 지켜내고 싶었다.

13. 상욱은 건실하며 바른 사람이었다. 잘생긴 외모와 듬직한 체구는 동성과 이성을 가리지 않고 호감을 얻었다. 맡은 바 일에 최선을 다했고 성과가 좋아 직장에서의 입지도 탄탄했다. 동기와의 비교에서 늘 앞서나갔고 승진은 누락된 적 없었다.

그런 상욱은 늦은 밤 갑작스러운 지방으로의 출장길에 나섰다. 막 잠자리에 들려는데 상사로부터 전화가 걸려왔다. 부랴부랴 짐을 챙겨 센트럴시티로 향했다. 버스를 기다리며 남는 시간에 맥도날드의 좁은 의자에 앉아 햄버거를 먹으며 헛헛한 속을 채웠다. 햄버거를 우물거리는 그때 어떤 여자에게로 시선이 향했다. 첫눈에 예쁘다고 생각됐다. 몸매가 드러나는 레오파트 무늬의 스커트와 검정색 재킷 차림이 도시적인 분위기와 잘 어울렸다. 여자는 미리 주문을 해뒀는지 상냥하게 웃으며 포장된 햄버거를 받아갔다. 그 모습이 뇌리를 파고들었다.

상욱은 뒤늦게 여자를 찾아 나섰다. 드넓은 대합실을 두 바퀴나 돌아본 뒤에야 정신이 들었다. 밝게 웃고 있는 지승을 떠올리고는 죄책감을 느꼈다. 햄버거를 우물거리며 바라봤던 여자를 찾기 위해 터미널 대합실을 배회했다는 사실이 부끄러웠다. 순간적인 감정의 일탈이었지만 스스로가 실망스러웠다.

상욱은 아직 출발하지 않은 버스 좌석에 앉아 창밖을 바라봤다. 기분은 우울한 것처럼 바닥으로 가라앉았다. 승무원의 검표가 끝나고 버스에 시동이 걸렸다. 그때 거짓말처럼 옆자리에 그 여자가 앉았다. 여전히 도도한 얼굴이었다. 상욱은 여자를 의식하며 각목처럼 뻣뻣하게 굳어버렸다. 버스가 목적지에 거의 다다랐을 무렵에야 처음으로 여자를 바라봤다. 늘 당당하고 여유롭던 상욱과는 어울리지 않는 소심한 모습이었다.

"실례지만 이름을 여쭙고 싶습니다."

여자는 무심하게 시선을 옮겨 상욱을 쳐다봤다. 쌍꺼풀이 진한 눈동자가 무척 검었다.

"알라에요."

상욱은 여자가 거짓으로 이름을 알려준다고 생각했다. 낯선 남자가 이름을 묻는데 이상한 반응도 아니었다. 여자는 그런 눈치를 챘는지 가방에서 지갑을 꺼내 신분증을 보여줬다. 정말로 이름이 알라였다. 상욱은 대한민국에 알이라는 성씨가 있는지 처음 알았다. 또 애써 알려준 이름을 거짓이라고 판단한 자신이 민망스러웠다.

버스는 목적지에 도착해 멈춰 섰다. 상욱은 버스의 화물칸에서 가방을 찾은 뒤 서둘러 라를 쫓았다. 굽이 높은 구두를 신고 또각또각 출구를 향해 걸어가고 있었다. 상욱은 식은땀을 훔치며 거리를 좁힌 뒤 마음을 다잡았다. 라의 손에 자신의 명함을 쥐어 주고는 도망쳤다. 용기 없는 모습이었지만 할 수 있는 최선이었다.

상욱은 날이 새도록 잠에 들지 못했다. 자신의 행동이 창피하고 후회됐다. 허나 전화기를 손에 쥔 채 연락을 기다리고 있었다. 라가 벌써 마음에 담겨버렸다. 허나 그 자리의 주인은 오래 전부터 지승이었기에 어쩔 수 없는 괴로움을 느꼈다.

상욱은 졸음을 참아가며 업무에 열중했다. 점심 식사를 마친 뒤 확인한 전화기에는 놀랍게도 라에게서 보내진 문자메시지가 도착해 있었다. 온종일 라와 연락을 주고받았다. 라는 자신에 대해서 말하기를 주저하지 않았다. 현재 전남대학교 철학과에 재학 중이며 별명은 신여성이라고 했다. 하고픈 일은 모두 해버려야 직성이 풀리는 성격이라고도 덧붙였다. 올해 스물다섯 살이며 취업을 준비하고 있다는 근황은 상욱의 걱정을 샀다. 잘 될 거라고 응원하는 마음은 진실했지만 전남대학교 철학과라는 이력서의 한 칸이 취업에 걸림돌이 되리라는 사실을 알고 있었다.

상욱은 라에게 매력을 느꼈고 라는 충분히 매력적이었지만 불쑥 고개를 쳐드는 지승에 대한 죄책감에 연락을 지속할 수 없었다. 그렇다고 연락을 끊지도 못했다. 양심이 감당할 수 있는 선에서 가끔 연락을 주고받았다. 식사를 함께 하기도 했다. 라와의 인연이 실처럼 가느다랗게 이어졌지만 상욱은 여전히 지승을 사랑한다고 믿었다. 문제될 것 없다고 스스로를 속였다.

상욱은 라에게서 취직을 했다는 연락을 받았다. 라는 승무원이 되었다고 알리며 기쁜 기색을 감추지 못했다. 최종 발표가 남았지만 신체검

사에 불과하니 합격이나 다름없다고 자신했다. 상욱은 기쁨보다 먼저 황당함을 느꼈다. 취업을 준비하던 라가 승무원을 꿈꿨으리라고는 짐작조차 하지 못했다. 더구나 라는 자신이 취직을 하면 만년필을 선물하겠다고 약속을 하지 않았냐고 주장했다. 상욱은 고개를 갸웃거렸다. 약속에 대한 기억이 없었다. 허나 기억나지 않는 약속을 지키기 위해 만년필을 선물했다. 라와의 만남에는 이유가 필요했다.

상욱의 눈에 라의 미모는 무르익는 것 같았다. 라는 햇볕이 잘 드는 카페 창가에 앉아 졸업 논문을 쓰고 있었다. 담갈색 옷깃이 달린 쉬폰 원피스가 무척 잘 어울렸다. 라가 준비하는 논문의 제목은 치유의 인문학이었다. 상욱은 읽어보려고 손을 뻗었지만 창피하다며 감추는 라의 웃는 얼굴을 물끄러미 바라봐야만 했다. 진정으로 사랑스러웠다. 자신도 모르게 따라 웃고 있었다. 허나 쓸쓸함을 느꼈다. 오늘의 만남이 마지막이라고 생각했다. 승무원이 된 라가 저 멀리 닿을 수 없는 먼 곳으로 날아가 버린 것만 같았다.

만년필을 선물하기 위함이었던 만남 이후로 상욱도 라도 서로에게 연락을 하지 않았다. 그렇게 모든 게 정리됐다고 믿어졌지만 어느 날 새벽 라에게서 보내진 문자메시지가 다시 시작을 알렸다. 상욱은 설핏 들었던 잠에서 깨어나 전화기를 확인했다. 라는 잘 지내느냐고 묻고 있었다. 상욱은 곧장 잘 지내고 있다고 대답했다. 오랜만의 연락이었지만 어색함은 없었다. 사소한 이야기가 아침을 밝혔다. 밤을 지새운 몽롱한 아침에 상욱이 먼저 만남을 청했다. 차 혹은 식사를 하자는 담백한 요청이었다. 라도 그만큼 담백하게 그러자고 승낙했다.

상욱과 라는 약속으로 정한 날 만남을 가졌다. 장소는 김포공항이었다. 라는 단정한 제복 차림으로 비행을 앞두고 있었다. 어깨를 맞댄 채 공항의 로비를 걸으며 웃고 또 웃었다. 상욱과 라는 햇볕 드는 테라스에 나란히 앉았다. 라는 자꾸만 기분이 좋다는 말을 반복했다. 따스한 햇볕이 좋다고 자신은 일광욕을 좋아한다고 했다. 그러면서 상욱의 넓은 어깨에 머리를 기댔다. 졸음을 핑계로 한참을 기대었다. 그런 라를 쳐다보지도 못하는 상욱은 얼굴을 붉힌 채 몸을 떨었다. 라는 따스하다고 말했지만 사실은 바람이 차가웠다.

라는 오슬오슬 떨리는 몸을 감출 수가 없어 서점에 가고 싶다고 말했다. 상욱이 어깨에 멘 가방의 줄을 붙들고 따라 걸으며 놀랐다.

"오늘따라 엄청 커 보여요."

상욱은 얼굴을 붉혔다. 라의 말에 기분이 좋았다.

"저 키가 백팔십이입니다."

라는 대꾸하지 않았다. 오늘따라 엄청 커 보인다는 말이 키를 뜻한 게 아님을 상욱은 알지 못했다. 라는 상욱의 뒤를 쫓아 서점을 두 바퀴나 돌았다. 상욱의 듬직한 모습을 한걸음 뒤에서 바라보며 이렇게나 멋진 남자였는지 깨달으며 두근거리는 가슴을 간신히 참아냈다.

상욱은 라가 좋았다. 그것에는 이유가 없었다. 라의 손을 잡기 위해 일부로 어깨에서 가방을 흘러내리게 했다. 잡을 게 없어진 라는 가만히 서있었다. 상욱은 용기가 부족해 다시 가방을 어깨에 걸쳤다. 그때 라가 당돌하게 상욱의 팔을 껴안았다. 상욱의 단순해진 머리는 여전히 손을 잡고 싶었다.

"손을 잡고 싶어요."

상욱의 땀에 젖은 손이 닿자 라의 손도 금방 젖어들었다. 상욱과 라의 얼굴에 행복이 떠올랐다. 허나 허락된 시간은 길지 않았다. 비행시간이 임박했다. 상욱은 서운했지만 감정을 솔직하게 드러낼 수 없었다. 그저 속을 알 수 없는 사랑스러운 라의 마음이 궁금할 뿐이었다. 헤어져야 하는 순간까지 잡은 손을 놓지 않았다. 말은 필요하지 않았다. 잡은 손과 얼굴에 떠오른 미소가 모든 것을 설명했다.

상욱은 공항을 빠져나오며 전화기를 꺼내 들었다. 라에게 보고 싶다는 문자메시지를 전송하기 위해서였다. 그런 상욱의 얼굴이 딱딱하게 굳었다. 지승이 보낸 문자메시지가 눈에 들어왔다. 내용은 읽지도 않고 답장을 보냈다.

「바빠.」

상욱은 지승에게 이유 없이 바빠지기 시작했다.

14. 지승은 이른 아침부터 화장에 공을 들이며 머리를 매만졌다. 오래도록 옷장 앞을 떠나지 못하고 무얼 입을까 고민했다. 분홍색 원피스가 눈을 끌었다. 상욱이 첫 직장에서 첫 월급을 받은 날 선물한 옷이었다. 아무리 멋진 남자가 다가와도 자신을 불쌍히 여겨 사랑을 지켜달라는 우스갯소리와 함께였다. 분홍색 원피스를 입은 지승을 바라보며 상욱은 입이 귀에 닿을 것처럼 좋아했다. 행복에 겨워 지승을 와락 껴안아 하늘 높이 들어올렸다. 그때 왼쪽 발에서 흘러내리던 구두의 감촉이 지승의 마음에 여전히 생생했다. 그때의 행복이 고스란히 스며있는 원피스는 바라보기에도 아까운 보물이었다. 그런 원피스를 차려입은 지승은 오랜만에 만나는 상욱이 그때의 사랑이 가득한 눈으로 자신을 바라봐 주기를 바랐다.

지승이 발하는 화사한 빛은 거리를 지나는 어느 여자보다 밝았다. 상욱을 만난다는 사실에 행복을 느꼈다. 느긋함을 잃은 마음에 서두르다 보니 약속 시간보다 한 시간 일찍 도착했다. 커피를 앞에 놓고 출입문을 물끄러미 바라봤다. 허나 상욱은 도통 모습을 보이지 않았다. 하염없이 기다렸지만 늦는다는 연락조차 없었다. 혹시나 독촉으로 느껴질까 염려스러워 늦느냐는 물음도 보낼 수 없었다. 온통 바쁘다는 답장으로 가득한 전화기를 들여다보며 흐트러지는 마음을 겨우 가라앉혔다.

상욱은 심드렁한 얼굴로 지승의 맞은편에 앉았다. 한 시간이나 늦었음에도 미안하다는 사과조차 하지 않았다. 그럼에도 지승의 얼굴은 거짓말처럼 밝았다. 바보처럼 헤헤 웃고 있었다. 그 때문에 상욱의 마음은 불편하고 언짢아졌다. 라와의 만남 이후 지승의 존재는 언제나 목에 걸린 가시처럼 성가셨다. 그런 줄도 모르고 지승은 오랜만에 만나는 상욱이 반가워 파르르 목소리까지 떨었다.

"목마르지? 내가 주문할게."

상욱은 눈을 떨어뜨린 채 고개를 가로저었다. 지승은 몸을 앞으로 기울이고 애틋한 눈을 반짝였다.

"요즘 많이 바빴지? 일이 많이 힘들지?"

상욱은 이번에도 눈을 떨어뜨린 채 고개를 가로저었다. 지승은 아랑곳 않고 계속해서 뭔가를 물으며 대화를 이어나갔다. 지승에게 갑자기 바빠졌던 상욱은 심한 갈증과 다르지 않았다. 그런 지승이 지금 간절하게 해갈을 요구하고 있었지만 상욱은 단 한 방울의 물도 허락하지 않았다. 상욱의 마음은 이미 지승을 밀어내 버렸다. 지승과의 시간이 지루하고 갑갑하고 싱거웠다. 마주 앉아 나누는 대화의 시답잖음에 질려 인내심을 잃은 순간 혼자 재잘거리고 있는 지승의 말을 딱 잘랐다.

"이제 뭐할까?"

지승의 밝았던 얼굴이 순간 딱딱하게 굳었다. 지금까지 한 번도 들어 보지 못했던 물음이었다. 지승은 입술을 질끈 깨물었다.

"이제 뭘 하기는… 같이 있으면 되잖아…."

지승에게 있어 상욱과의 만남은 밥을 먹고 차를 마시고 영화를 보는 단순한 의미가 아니었다. 서로의 곁에 있을 수 있다는 사실이 이유의 전부였다. 상욱도 마찬가지였다. 라를 만나기 전까지의 상욱도 마찬가지였다. 지승을 바라보는 것만으로도 마음이 벅찼다. 그런데 이제는 아니었다. 상욱은 인상을 찌푸린 채 자리를 박차고 일어섰다.

"답답해. 나가자."

상욱은 대답을 기다리지 않고 먼저 밖으로 나가버렸다. 지승은 서운함을 느꼈지만 멀어지는 상욱을 놓칠까 싶어 얼른 뒤를 쫓았다. 상욱은 흥밋거리를 찾아 주변을 두리번거리며 무작정 걷기만 했다. 그런 상욱의 빠른 걸음을 뒤쫓는 지승은 높은 구두를 신은 탓에 발목이 꺾이고 비틀거리며 모습이 우스워졌다.

지승이 간신히 상욱의 손을 붙들었지만 간단하게 풀려버렸다. 애써 잡은 손이 간단하게 풀리기를 반복하자 서러움이 치솟았다. 눈물을 삼키려고 입술을 깨물었지만 소용없었다. 다정하게 손을 잡아줬던 상욱은 이제 어디에도 없었다. 그래서 슬펐다.

상욱은 섬뜩한 기운을 느끼고 우뚝 멈춰 섰다. 의식 없이 걷는 중에 뒤가 썰렁해 돌아보니 지승이 멀리에서 서럽게 흐느끼고 있었다. 지승이 입고 있는 분홍색 원피스가 그제야 눈에 들어왔다. 상욱은 저 원피스를 고르던 과거의 자신을 떠올렸다. 또 원피스를 입은 한없이 사랑스럽던 과거의 지승을 떠올렸다. 상욱은 아파오는 마음을 감추려고 애를 썼다. 긴 세월 변함없던 사랑의 끝이 처음으로 실감됐다.

상욱의 눈에 지승은 여전히 사랑스럽고 아름다웠다. 와락 껴안아주고 싶은 여자였다. 허나 뭔가를 하지 않으면 그 시간이 지루했다. 서로를 바라보는 것만으로도 행복했던 사랑은 가슴에서 증발했다. 그 빈자리는 상욱에게도 아픈 상처였다. 그런 순간 상욱의 전화기에 라가 보낸 문자메시지가 수신됐다.

「방금 세부에서 돌아왔어요.」

상욱은 성큼성큼 지승에게 다가갔다. 안주머니에서 손수건을 꺼내 서럽게 흐느끼는 지승의 손에 쥐어 줬다. 그렇게 자신을 올려다보는 만신창이가 된 얼굴을 외면했다. 자신이 아니라도 사랑받을 여자였다. 사랑받을 자격이 충분하다고 믿었다.

“바빠.”

상욱은 짧은 말을 남기고 돌아섰다. 멀어지는 상욱의 뒷모습을 지승은 흐르는 눈물을 닦으며 바라봤다. 그 모습이라도 오래도록 바라보고 싶었지만 인파에 묻혀 허락되지 않았다. 지승의 몸이 떨리기 시작했다. 떨림을 멈추기 위해 스스로를 껴안았지만 서러움만 차올랐다. 손에 쥔 손수건이 야속했다. 창피함도 느낄 수 없었다. 손수건에 얼굴을 파묻고 서럽게 흐느껴 울었다. 그런 지승에게 세상 무엇도 위로가 될 수 없었다.

15. 라는 감기에 걸려 몹시 아팠다. 비행기에 오르기 전부터 미열이 있

더니 비행을 하는 내내 서있기도 힘들만큼 아팠다. 상욱의 어깨에 기대는 기분이 좋아 찬바람을 오래 맞은 탓도 있겠지만 승무원이 되고부터 감기를 떨친 적이 없었다. 건조하고 먼지가 많은 기내에서 오랜 시간 일을 하는 때문이었다.

라는 높은 고도에서 상욱을 떠올렸다. 고속도로를 내달리는 버스 안에서 식은땀을 흘리며 뻣뻣하게 앉아있던 모습은 어딘가 이상이 있는 사람 같았다. 그런 상욱이 말을 걸어왔는데 순간 느낌이 달라졌다. 또 명함을 쥐어 주고 도망치는 모습을 바라보며 터져 나오는 웃음을 간신히 참았다. 명함을 들여다보며 연락을 할까 말까 고민했지만 선택에 후회는 없었다. 처음부터 호감을 느꼈다. 허나 상욱은 좀처럼 틈을 주지 않았다. 가까워지는 것 같다가도 어느 순간 겉만 맴돌았다. 라는 그것을 서운하게 생각하지 않았다. 취업을 준비하느라 여유가 없었고 또 자신을 흠모하는 남자들이 더러 있었기에 아쉽지 않았다.

라는 상욱을 떠올리며 넋을 잃었던지 선임에게 근무 태도를 지적받았다. 거듭 반성한다고 말했지만 몸이 아픈 탓에 정신이 없었다. 힘겨웠던 비행을 마치고는 가장 먼저 상욱에게 연락했다. 그렇게 만나게 된 상욱에게 몸이 아프다고 투정을 부렸다. 상욱의 품에서 어린아이로 변하는 자신을 발견했지만 그 모습이 싫지만은 않았다.

상욱은 라를 바라봤다. 뜨거운 모과차를 마시며 발그스름하게 물든 얼굴이 사랑스러웠다. 바라보는 것만으로도 행복이 차올랐다. 상욱에게는 더 필요한 것이 없었다. 허나 라는 자꾸만 뭔가를 하자고 졸라댔다. 상욱이 난감함을 느낀다는 사실을 아는지 모르는지 떼를 쓰며 조를 때는 막무가내였다. 상욱은 라가 사랑을 알지 못한다고 생각했다. 그런 속도 모르고 라는 상욱에게 여자를 몰라도 너무 모른다고 타박했다. 상욱은 살며시 웃으며 라의 머리를 쓰다듬었다. 이토록 사랑스러운 존재가 세상에 또 있을까 싶었다. 그런 라가 진정 사랑이 무언지 깨닫도록 돕고 싶었다.

상욱은 지승과 라의 차이를 분명하게 느꼈다. 이제 지승과는 뭔가를 하지 않으면 함께하는 시간이 지루했고 라와는 뭔가를 하지 않아도 함께하는 시간이 행복했다. 사랑하느냐 사랑하지 않느냐의 차이였다. 라에게서 눈을 뗄 수 없었다.

16. 저무는 해를 바라보며 한참을 걸었다. 머릿속의 고민이 복잡했다. 골방에 도착했을 때는 해가 저물어 어둑어둑해진 뒤였다. 천장에 매달린 형광등이 어둠을 밝혔다. 우두커니 내부를 바라보자 익숙한 면면들이 지긋지긋하게 느껴졌다. 소파에 드러누워 마음을 정리했다. 긴 동면과 다르지 않은 골방으로의 도피 말고는 선택지가 없었다. 세상에는 내가 발 디딜 곳이 없었다.

교감은 사표를 받아들고는 이유도 묻지 않았다. 다만 후임자가 올 때까지는 책임을 다해달라고 비교적 상냥하게 부탁했다. 내가 지금 당장 학교를 뛰쳐나가도 아쉽지 않다는 사정을 아는 모양이었다. 후임자가 오는데 필요하다는 빠르면 일주일과 늦으면 한 달을 받아들였다. 지긋지긋했던 학교에서의 시간이 드디어 끝을 보였지만 마음은 꼭 후련하지만은 않았다.

교무실을 나서려는데 발이 떨어지지 않았다. 지승의 모습이 잔뜩 우울했다. 언제나 밝고 명랑했기에 근래의 변화가 무척 걱정스러웠다. 그런 지승에 대한 추측과 뒷말들이 오고가는 것도 못마땅했다. 교직원들 사이에서 따돌림을 당하는 내 귀에까지 들릴 정도니 상황은 자못 심각했다.

수업을 마친 뒤 잠깐 앉아서 숨을 돌리는데 교내에 방송이 울려 퍼졌다. 국어 교사와 미술 강사를 교장실로 호출한다는 내용이었다. 귀찮았지만 가지 않을 수 없는 초라한 신세였기에 기나긴 복도를 걸어 교장실에 도착했다. 문을 열고 들어가자 지승이 먼저 와있었다. 쭈뼛대며 곁으로 다가가 섰다. 교장은 안락의자에 몸을 파묻은 채 연신 손수건으로 벗겨진 머리를 닦았다. 이쪽으로는 시선도 주지 않은 채 물음을 던졌다.

"국어 선생님 얼굴은 왜 그리 어둡습니까?"

교장의 물음에도 지승은 고개를 들지 못했다. 그림자가 드리운 얼굴로 겨우 대답했다.

"죄송합니다."

교장은 그제야 고개를 들어 이쪽으로 시선을 던졌다.

"다름이 아니고 말입니다. 다가오는 학교 축제에 시화전을 개최하면 어떨까 싶어서요. 미술실에 전시했던 그림의 호응이 아주 좋았다고 들었습니다. 한 번 가본다는 것이 바빠서 가보지는 못했습니다만 흐뭇하게 생각하고 있었습니다."

교장은 서랍에서 서류 봉투를 꺼내 이쪽으로 툭 던졌다.

"행사의 계획을 대충이나마 미리 짜봤습니다. 축제에는 교육청에서 손님이 오신다고 하니까 두 분이서 열심히 준비를 해보세요. 시는 국어 선생이 맡으시고 그림은 미술 선생이 맡았으면 합니다."

교장의 말이 끝났지만 지승은 고개를 떨어뜨린 채 미동이 없었다. 그 옆에서 눈치를 살피던 내가 어찌할 바를 몰라 하며 서류 봉투를 주워들었을 정도로 분위기는 어색했다. 교장은 손수건으로 벗겨진 머리를 닦으며 말을 이었다.

"이제 그만 나가보세요."

지승은 인사도 없이 교장실을 빠져나갔다. 그 뒤를 쫓으며 난감함을 느꼈지만 도통 해답을 찾을 수 없었다. 나는 곧 학교를 떠날 사람이었다. 지승에게 사정을 설명해야지 훗날 곤란을 겪지 않을 것이었다. 허나 입술이 딱 달라붙었다. 지승의 모습이 너무도 슬퍼보였다.

미술실에서 서류 봉투에 든 내용물을 확인하자 암담함은 더욱 높은 벽처럼 드리웠다. 육십 편에서 칠십 편의 시에 시화를 얹어 만든 액자를 전시하라는 짤막한 희망사항은 너무도 과분한 요구였다. 게다가 축제는 이십 일이 채 남지 않았다. 일이 착착 진행돼도 촉박한 시간이었다. 지승의 어두운 모습이 떠오르자 암담함은 암울하게 느껴질 만큼 짙어졌다.

지승을 위해서라도 사정을 설명해야 한다고 결심한 뒤 교무실을 찾았다. 걱정과 불안이 담긴 가슴은 도무지 진정되지 않았다. 지승은 교무실 창가에서 밖을 내다보고 있었다. 열린 창문으로 불어오는 바람에 머리카락이 휘날렸고 그 사이로 바라보이는 창백한 얼굴은 여전히 회색빛이었다. 단단히 결심을 했지만 마음은 두부처럼 쉽게 바스러졌다. 다가갈 수 없었다.

교장의 지시로 전교생이 시화전에 사용될 시를 썼다. 그 시간을 감독했던 교사들이 지승의 책상 위에 원고를 한 뭉텅이씩 척척 쌓았지만 정작 당사자는 고개를 떨어뜨린 채 관심이 없었다. 그 모습을 바라보는 마음이 졸아들었다. 지승은 울고 있었다. 흐느낌도 눈물도 말라버린 건조한 울음이었다. 서글픈 마음으로 지승에게 다가갔다. 허나 왜 우느냐고 이유를 묻기에는 내 자신이 너무도 초라했다. 어떤 위로도 건넬 수 없었다.

미술실에서 돌돌 말린 그림을 손에 들고 교무실을 찾았다. 지승과의 거리가 가까워질수록 그림을 쥔 손에 힘이 들어갔다. 그림을 뒤에 감춘 채 지승의 가녀린 어깨를 손가락 끝으로 두드렸다.

"저기요…."

지승은 내 목소리를 듣지 못하는 것처럼 넋을 잃은 채 미동이 없었다.

"저기요… 선생님."

지승은 힘겹게 나를 올려다봤다. 깊은 눈동자에 얼마나 많은 슬픔이 깃들었는지 그 눈을 마주하자 가슴이 졸아들었다. 마음을 다잡고 뒤에 감췄던 그림을 내밀었지만 아무런 반응이 없었다. 짐작보다 견디는 아픔이 커다란 모양이었다.

"허락 없이 그림을 그려 죄송합니다. 그때 봄의 햇살 속에 계시던 선생님의 모습입니다. 선물로 드리겠습니다."

지승의 앞에 그림을 내려놓고 서둘러 교무실을 빠져나갔다. 지승이 지금 이 순간을 기억하지 못하리라는 예감은 무척 서글펐다.

17. 늦은 밤 지승의 집 앞으로 상욱이 찾아왔다. 멀찌감치 자동차를 멈춰 세운 뒤 전화로 지승을 불러냈다. 그때 지승은 울다 지쳐 잠에 들었

는데 초췌한 모습으로 단번에 뛰쳐나갔다. 상욱의 자동차 보조석에 앉기까지 가슴이 떨렸고 그만큼 기뻤다. 허나 불길함은 어떤 희망으로도 잠재울 수 없었다.

상욱은 딱딱하게 굳은 얼굴로 자동차를 움직였다. 보조석에 앉은 지승의 형편없는 몰골에는 시선을 주지 않고 그저 앞만 바라봤다. 자동차는 인적 드문 야외의 공원을 빙빙 돌더니 가장 후미진 곳에 멈춰 섰다. 침묵이 지승의 가슴을 무겁게 짓눌렀다. 두 팔을 껴안아도 소용없었다. 부정하고 싶었지만 믿기지 않았지만 아직 닥치지 않은 이별이 벌써 실감됐다. 멀어지는 사랑을 붙잡고 싶었지만 하늘로 날아가 버린 풍선과 다르지 않았다.

상욱의 두 뺨으로 눈물이 흘러내렸다. 지승에게 미안했고 사랑의 끝은 너무나도 아팠다. 그때 지승이 상욱의 손을 붙들어 자신의 가슴으로 가져갔다. 간절히 기도하듯 눈을 감고 애원했는데 서러운 울음이 터져 나왔다. 떠나지 말아달라는 부탁이 무의미하다는 사실을 지승 자신도 알고 있었지만 마지막 남은 호소였다.

상욱은 눈을 질끈 감았다. 상처를 받기에는 연약한 여자였다. 애써 지승의 품에서 손을 빼내는 마음이 찢기는 것처럼 아팠다.

"우리는 단지 함께 한다는 사실만으로도 서로에게 위안이 됐잖아. 그런데 이제는 우리가 함께 한다는 사실만으로는 위안을 얻을 수 없게 됐어. 너도 나도 행복을 잃은 거야. 이제 너를 사랑하지 않나 봐."

지승은 두 손에 얼굴을 파묻고 서럽게 흐느끼기 시작했다. 마음에 들어찼던 아픔이 찢겨진 틈을 비집고 나오는 것 같았다. 상욱은 사랑이 끝났다고 못을 박았다. 지금 바라보는 상욱의 모습이 마지막이라고 생각하니 눈이 감기지 않았다. 사랑이 떠나버린 이유를 알 수 없었다. 영영 알 수 없었다.

지승은 밤길을 터벅터벅 걸었다. 상욱을 향한 자신의 사랑은 이렇게 멀쩡한데 자신을 향한 상욱의 사랑은 변했다니 꼭 거짓말 같았다. 가슴이 아팠다.

18. 승옥에게 사실을 털어놨다. 사표를 냈다는 말을 들으면 버럭 화를 내리라고 예상했는데 의외로 너털웃음이라 도리어 당혹스러웠다. 승옥은 내가 한 달도 견디지 못하리라 예상했는데 의외로 다섯 달을 견디니 놀랍고 대견하다고 했다. 나도 웃고야 말았다. 즐거운 분위기 속에서 삼겹살과 소주를 먹고 마셨다. 기분 좋은 밤이었다.

다음날 잠에서 깨어나자 머리가 아팠다. 숙취가 남았는지 어지럽고 속이 쓰렸다. 게다가 짧은 반바지 차림이었다. 보아하니 술을 진탕 마시고 승옥의 집으로 온 모양이었다. 갈증이 느껴져 부엌으로 가보니 승옥의 부인이자 대학 선배이기도한 희정이 앞치마를 두른 모습으로 나를 째려봤다. 애정 어린 눈총이었다.

"북엇국 끓여놨으니까 와서 먹어. 시간이 벌써 세 시야. 너도 이제 젊은 나이 아니다. 술은 적당히 마셔."

시간을 확인하자 정말로 오후 세 시가 지나있었다. 허나 오늘은 일요일이었고 별다른 일이 없었기에 대수롭지 않게 식탁에 앉았다. 뜨거운 김이 모락모락 피어오르는 북엇국을 입에 떠 넣자 속이 풀리는지 무척 개운했다. 그때 희정이 맞은편에 앉으며 슬며시 말을 꺼냈다.

"네 선배가 그러던데 좋아하는 여자가 생겼다며?"

나는 어리둥절한 기분이었다. 도무지 그런 물음에 대한 근거를 찾을 수 없었다.

"무슨 말도 안 되는 소리를."

희정은 배시시 웃었다.

"사람을 좋아하는 마음이 뭐 나쁜 건가? 당연한 거야."

희정의 말을 깊이 들었지만 내 처지에 누군가를 좋아한다는 감정은 가당찮다고 생각했다. 대접을 깨끗이 비우고 한 그릇을 더 부탁했다. 뜨끈한 북엇국이 속을 따듯하게 달래줬다.

19. 지승은 이유 없이 아팠다. 고열이 끓더니 크고 작은 포진과 수포가 피부를 뒤덮었다. 지독한 한기에 시달리다가 피를 토했다. 급하게 실려 간 대학 병원에서도 진단을 내리지 못했다. 가뭄에 갈라진 논바닥처럼 입술에는 검게 굳은 딱지가 내려앉았다. 집중치료를 통해 열흘만에야 의식을 회복했지만 미음을 삼키는 일조차 버거울 만큼 허약한 상태였다. 지승은 병상에 누워 눈물만 뚝뚝 흘렸다. 사랑의 끝이 너무도 아팠다.

지승은 보름 만에 퇴원 수속을 밟았다. 본인의 의지가 강해 허락된 퇴원이었다. 양쪽으로 부축을 받으며 창밖을 바라봤다. 여름의 활력이 세상을 뒤덮고 있었다. 서글픈 미소와 함께 상욱이 떠올랐다. 사랑을 잊는데 필요한 대가가 아픔으로 지불됐는지 이제는 무턱대고 울음이 터져 나오지 않았다. 허나… 허나…

지승은 상욱의 흔적을 지우려고 했다. 상욱과 관련된 모든 것들을 쓰레기통에 버리며 참담한 심정이었다. 허나 이겨내야 한다고 스스로를 다독였다. 불을 붙이기까지 혹시나 희망이 남아있지는 않을까 망설였지만 끝내는 불이 붙었다. 타들어가는 불길을 차마 바라볼 수 없어 질끈 감은 눈으로 값없는 눈물이 흘러내렸다. 타들어간 잿더미를 바라보며 이제는 잊자고 다짐했다.

이틀 뒤에는 부여받은 병가를 다 채우지 않고 출근했다. 물론 수업이 맡겨지지는 않았지만 교정을 거닐며 아직 어지러운 마음을 추슬렀다. 그러자 여유가 깃드는 것도 같았다. 허나 까맣게 잊었던 현실이 불쑥 모습을 드러냈다. 교장은 지승을 호출해 퉁명스럽게 물었다.

"몸은 이제 괜찮습니까?"

지승은 창백한 얼굴로 송구스러움에 고개를 조아렸다.

"몸 관리를 제대로 하지 못해 죄송합니다. 배려해 주셔서 감사합니다."

교장은 품 안에서 손수건을 꺼내 벗겨진 머리를 닦은 뒤 안경을 닦았다.

"아픈 게 꼭 본인의 잘못만은 아니잖습니까. 이해합니다."

지승은 몸이 온전치 못한 데다 자리가 불편하니 식은땀을 흘렸다. 교장은 퉁명스럽게 말을 보탰다.

"시화전 준비는 차질 없이 진행되고 있겠죠? 미술 선생이라는 인간은 어째 보고라는 것을 모르는 모양입니다."

지승은 까맣게 잊고 있었던 시화전을 떠올리고는 식겁했다. 창백한 얼굴이 부서질 것처럼 하얗게 질렸다. 떨리는 손을 감춰보려 치맛자락을 붙들었지만 소용없었다. 당혹감은 거대한 파도처럼 밀려들었다. 교장과의 면담이 끝나는 곧장 교무실로 달려와 시의 원고를 찾았다. 입술을 질끈 깨문 채 자리를 뒤졌지만 어디에도 보이지 않았다. 아직 시화를 그릴 시도 추려내지 못했는데 마음만 급해졌다.

다급한 발걸음이 종종거리며 미술실로 향했다. 자신과 함께 시화전을 맡았다는 미술 강사는 뭔가를 알고 있지 않을까 싶었다. 허나 기대는 머릿속을 맴돌 뿐이었다. 늘 무심하고 의욕 없던 미술 강사에게 뭔가를 바라는 것은 욕심이었다. 더구나 시화를 그릴 시도 추려주지 않았다는 변명거리가 있었다. 분명히 자신에게 모든 책임을 떠넘길 거라고 생각했다.

지승이 미술실에 들어서자 미술 강사의 무기력한 뒷모습이 맥없이 눈에 들어왔다. 우두커니 그 모습을 바라보며 믿기지 않는 현실에 어안이 벙벙했다. 삼각대를 앞에 놓고 앉아 시화를 그리고 있는 광경은 뭐랄까 감동적이었다. 게다가 일손이 모자랐는지 사람을 대동해 시화를 그리고 있었다. 그때 지승을 발견한 미술 강사가 벌떡 자리에서 일어났다.

"몸은 괜찮으십니까?"

미술 강사의 소심한 목소리가 창백했던 지승의 얼굴에 파리한 미소를 떠오르게 했다.

"죄송합니다. 시화전을 깜박 잊고 도와드리지 못했습니다."

미술 강사는 물감이 묻은 손으로 머리를 긁적였다. 몸이 아팠다는 사실을 알고 있다고 말하려는 입이 떨어지지 않았다. 지승이 떨리는 목소리로 물었다.

"제가 도와드릴 일은 없을까요?"

미술 강사는 물감이 묻은 손으로 머리를 긁적이며 살짝 웃었다.

“그냥 옆에서 시화가 잘 그려지는지를 감독하시면 될 것 같습니다.”

지승은 의자를 가져와 미술 강사의 옆에 앉았다. 지승의 눈은 붓을 쥔 미술 강사를 바라봤다. 헝클어진 머리카락과 면도를 잊은 거뭇한 턱 주변이 왜인지 편안하게 느껴졌다. 자줏빛 양복에 묻은 노란 물감 얼룩이 꼭 병아리처럼 귀엽게 느껴졌다.

20. 지승의 입원 소식은 현기증을 불러일으켰다. 지승에 대한 걱정과 시화전에 대한 부담이 촉박한 시간만큼 커다란 압박으로 다가왔다. 졸지에 떠맡게 된 책임이 무거웠다. 무엇보다 잘해내고픈 의지가 강했다. 학교를 떠나버리면 그만이었지만 그런 뒤 지승이 짊어질 감당이 걱정됐다. 부담을 조금이라도 덜어주고 싶었다.

시의 원고를 가져와 차분히 읽었다. 내게는 좋은 시를 선별할 능력이 없었기에 고심을 거듭했다. 시를 읽으며 받았던 느낌을 바탕으로 시화를 그리기 시작했다. 허리도 펴지 않고 온종일 그렸지만 수업과 병행했기에 네 점이 한계였다. 앞으로 열흘도 남지 않은 시일에 맞추기란 사실상 불가능했다. 그래서 희정에게 부탁을 했다. 내가 처한 사정을 설명하자 흔쾌히 수락했다. 손이 하나 늘었기에 부지런만 떤다면 늦지 않을 수 있겠다는 계산이었다.

시화전의 준비가 막바지에 다다랐을 때 지승이 찾아왔다. 부쩍 수척해진 모습으로 근심을 한가득 달고서는 시화전에 대해 물었다. 그 모습이 비를 맞은 새처럼 애처로웠다. 다행이도 시화를 그리는 일이 마무리 단계에 접어들어 액자의 제작도 순조롭게 진행되고 있었다. 더구나 교감에게서 후임자가 구해졌으니 언제라도 떠나도 좋다는 통보를 받았다. 더없이 홀가분한 마무리였다. 만감이 교차했지만 떠나는 게 옳다고 판단됐다.

시화전의 준비를 마무리한 뒤 퇴직했다. 골방에 틀어박혀 연말에 있을 국전에 출품할 그림을 그리기 시작했다. 이제는 국전에서의 대상이나 천재의 데뷔 같은 허황된 꿈은 품지 않았다. 다만 그림으로 나아갈 수 있는 길이 놓이기를 바랐다. 비록 현실은 비루할지라도 마음은 편안했다. 하루하루가 덧없이 흘러갔다.

21. 지승은 시화전의 성공을 칭찬받았다. 모두가 시화를 감상하며 즐거워했고 교장이 염려했던 교육청의 손님 역시 만족했다. 지승은 그 공로를 인정받았다. 금일봉이 있는 것은 아니었지만 공개적인 자리에서 동료 교사들에게 박수를 받았다. 그때 지승은 시화전의 성공은 자신이 아니라 미술 강사의 노고라고 말하고 싶었지만 모두가 미술 강사가 못미더웠다며 흉을 보는 탓에 입을 다물 수밖에 없었다.

지승은 교무실에 낯선 젊은 여자가 들락거림에도 눈치가 없었다. 본능적으로 젊은 여자를 경계했지만 그뿐이었다. 누구에게나 상냥한 지승이었지만 어쩐지 젊은 여자에게는 호의가 생기지 않았다. 무엇보다 멋대로 미술실을 드나드는 게 싫었다.

지승은 하루에도 여러 번 감사를 전하기 위해 미술실을 찾았지만 그때마다 젊은 여자가 밉상인 얼굴로 앉아있었다. 마치 자신이 미술실의 주인이라는 것처럼 무슨 일이냐고 톡 쏘기도 했다. 그로부터 일주일이 더 지나서야 미술 강사가 축제 전날에 퇴직했다는 사실을 알게 됐다. 교감은 그것도 몰랐냐며 퉁명스러운 핀잔을 줬다.

지승에게 미술 강사의 퇴직은 너무도 뜻밖이었다. 퇴직을 앞뒀다면 굳이 시화전을 준비하며 고생할 필요가 없었기 때문이었다. 지승 자신이라도 퇴직을 앞뒀다면 그토록 애써 준비하지는 못했을 것이었다. 그 고생을 해가며 시화전을 마쳐놓고는 훌쩍 사라지다니 도깨비의 장난 같았다. 그래서인지 미술 강사의 후임으로 부임한 젊은 여자가 더욱 밉게 보였다. 지승이 유일하게 미움을 품은 사람이었다.

지승은 교무실 책상 한쪽에 돌돌 말려있는 그림을 발견했다. 그리고는 얼굴을 붉혔다. 수업을 잊은 채 그림을 바라보던 자신의 모습이 담겨있었다. 미술 강사를 떠올리고는 창피함을 느꼈지만 잠시일 뿐 마음 깊은 곳에서 따스함이 은근하게 번졌다. 기분이 좋았다.

지승은 미술 강사에게 감사를 전하고 싶었다. 교감에게 연락처를 물었지만 찾을 수 없다는 답변이 돌아왔다. 애초에 전화가 없어 기재를 하지 않았다는 말을 덧붙이며 끌끌 혀를 찼다. 전화가 없는 사람이라니. 머리를 얻어맞은 기분이었다.

지승은 모험을 강행했다. 텅 빈 행정실에 들어가 미술 강사의 이력서를 찾아냈다. 꼭 도둑질을 하는 것처럼 불안했지만 주소라도 알아내야지 직성이 풀릴 것 같았다. 허나 주소를 알아냈다고 정말로 찾아가기도 민망스러웠다. 찾아가서 무슨 말을 어떻게 해야 할지도 몰랐다. 그저 감사를 전하고 싶었다는 말을 남기고 쌩 돌아서는 건 아무래도 이상했다.

며칠을 고심한 끝에 미술용품점에 들러 신중하게 물감을 골랐다. 점원은 빨강과 파랑과 노랑만 가지면 모든 색을 만들어낼 수 있다고 만류했지만 듣지 않았다. 커다란 깡통에 담긴 물감을 열두 개나 구입했다.

물감은 감사하는 마음의 크기와 같았다. 그렇게 고른 물감은 오래도록 자동차의 트렁크에 실린 채 전달되지 못했다. 용기가 나지 않았다.

지승은 내비게이션의 안내에 따라 주소지에 도착했다. 마음이 동하고 겁이 났지만 더 미뤘다가는 영영 해낼 수 없겠다고 느꼈다. 지승은 주변을 둘러봤다. 모든 게 낯설었다. 드문드문 세워진 건물은 허름했고 개발되지 않은 빈 땅이 을씨년스럽게 방치돼 있었다. 물감을 포장한 상자를 힘겹게 안아들고 주소와 맞아떨어지는 건물 앞에 섰지만 당혹감이 엄습했다. 같은 크기와 모양의 문이 다닥다닥 늘어져 있어 어디에 누가 사는지 분간할 수 없었다. 한참을 기웃거렸지만 소득이 없었다. 허나 코를 스치는 익숙한 냄새에 발걸음이 우뚝 멈췄다. 미술 강사에게서 맡아졌던 큼큼한 냄새였다. 지승은 문을 두드렸다. 허나 열리지 않았다.

지승은 다음 날도 그 다음 날도 미술 강사의 집이라고 추측되는 문을 두드렸다. 허나 열리지 않았다. 분명히 안에서 인기척이 들리는데 문을 열지 않았다. 지승은 메모를 남겼다.

「실례를 무릅쓰고 거듭 찾아왔습니다. 같은 학교에서 근무했던 국어교사 이지승입니다. 갑자기 퇴직하셔서 놀랐습니다. 감사를 전하고 싶어 선물을 골라봤는데 마음에 들었으면 좋겠습니다. 괜찮다면 식사를 대접하고 싶습니다. 연락주세요.」

지승은 정성스럽게 포장한 물감과 메모를 문 앞에 놓고 발걸음을 돌렸다. 문을 열거나 닫을 때 상자를 치우지 않고는 힘들도록 위치시켰다. 분명히 미술 강사가 발견할 거라고 믿었다. 미술 강사를 만나지 못해 아쉬웠지만 뭐, 만난다고 해도 조금 이상할 것 같았다. 이제는 직장

동료 사이도 아니었다.

22. 그림에 몰두했다. 하루가 어떻게 가는지도 모를 만큼 집중했다. 그런데 누군가가 자꾸만 골방의 문을 두드리며 집중을 깨뜨렸다. 별 볼일 없는 사람이 분명했다. 숨을 죽이면 밖은 금세 잠잠해졌다.

매일 이어지던 두드림이 드디어 멎었다. 슬쩍 밖을 살피려는데 문이 잘 열리지 않았다. 없는 힘을 쥐어짜 문을 밀치고보니 커다란 상자가 놓여있었다. 물감이 담겨있었다. 그것도 고급 물감이었다. 이렇게 비싼 물감을 누가 가져다 놓았을까 하는 의문이 떠오를 때 메모를 발견했다. 지승이었다. 애써 이곳을 찾아왔을 수고가 미안했다.

23. 그림을 바라봤다. 손에는 붓이 들려있었지만 뭔가를 더하기가 망설여졌다. 정말 완성일까? 스스로에게 물었지만 결정은 쉽지 않았다. 다음날 손에서 붓을 내려놨다. 그림을 단단하게 포장한 뒤 우체국으로 향하는 발걸음이 무거웠다. 오랜 시간 피폐한 생활을 이어왔기에 활력이라고는 없었다. 슬리퍼를 신은 맨발이 시렸다. 겨울은 어김없이 혹독했다. 그림을 보내고 돌아오는 발걸음이 고독했다. 이제라도 욕심을 내려놓았으니 다행이었다. 실망스러울 것이 분명한 결과를 기다리면서도 태연했다. 어쩌면 낙제라는 결과에도 실망하지 않을 수 있을지도 몰랐다. 내 손을 떠난 일이었다.

24. 지승은 봄을 맞아 긴 머리카락을 단발로 잘랐다. 한 움큼씩 잘려나가는 머리카락이 아까웠지만 새로운 한해를 잘 보내자는 결심은 단단

했다. 지승의 둥글고 갸름한 얼굴은 단발머리와도 잘 어울렸다. 거울에 비친 자신의 모습이 낯설었지만 입가에는 자연스러운 미소가 떠올라 있었다.

스물일곱 살, 교직 사 년차가 시작되는 봄의 기운을 느끼며 지승은 조금이라도 성장해야 한다고 다짐했다. 돌이켜보면 지난해가 순탄치 않았지만 그렇다고 중심을 잃어버린 자신이 실망스러웠다. 이제는 의젓하고 당당한 한 명의 교사이자 여자이고 싶었다. 어쩐지 올해는 좋은 일만 가득할 것 같은 희망이 가슴에 담겼다.

25. 봄의 따스함에 응달의 얼음이 푸석푸석 녹아들었다. 골방을 벗어나 봄볕을 쬐며 걸으니 기분이 나아졌다. 머릿속은 온통 다시 시작할 그림에 대한 고민으로 가득했다. 동네를 어슬렁거리다 골방으로 돌아오자 때마침 집배원이 문을 두드리고 있었다. 무심하게 무슨 일이냐고 묻자 내 이름을 대더니 한 통의 등기 우편을 내밀었다. 발신지에는 대한민국 미술 전람회의 주소가 적혀있었다. 조금 놀랐지만 그렇다고 호들갑을 떨지는 않았다. 처음 받아보는 국전에서의 회신에는 입선을 알리는 통지서가 담겨있었다. 말머리에 입선을 축하한다는 문구가 사무적으로 인쇄돼 있었고 입선작은 전시가 끝난 뒤 반환된다며 말을 맺었다. 전시 일정은 가장 아래에 명기돼 있었다. 별지에 첨부된 작은 카드에는 입선 수상자들을 위한 조찬 일정이 적혀 있었다.

소파에 드러누워 눈을 감았다. 지금 어떤 감정을 느끼는지 도무지 모르겠는 기분이었다. 허나 긴장이 풀렸는지 스르륵 잠에 들었다. 꽤나 곤한 잠이었다. 슬며시 눈을 뜨자 한밤중이었다. 서둘러 공중전화를 찾아가 승옥에게 전화를 걸었다. 입선 사실을 알리는 기분이 쑥스러웠다.

승옥과 희정은 한걸음에 달려와 기쁜 얼굴로 나를 끌어안았다. 진심어린 축하를 받으며 얼떨떨했던 현실감이 되돌아왔다. 미소가 떠올랐다. 동시에 눈물이 흘러내렸다. 눈물을 감춰보려고 애를 썼지만 소용없었다. 승옥과 희정이 심정을 이해한다며 짠하게 다독이는 바람에 더욱 그칠 수가 없었다.

국전에서 입선이라는 성과를 얻었지만 현실은 조금도 달라지지 않았다. 나는 다시 그림을 그리기 시작했고 그렇게 삶과 맞바꾼 그림을 국전에 보낼 것이었다. 벌써 초여름이 도래했다. 계절의 변화를 피부로 느끼며 그림에 몰두했다. 내게 있어 그림은 진득한 끈기였다. 온종일 붙들어도 지치지 않았다.

26. 지승은 교정을 거닐며 미소를 떠올렸다. 벌써 초여름이었다. 플라타너스의 무성한 이파리가 바람에 부대끼며 여름을 부르고 있었다. 따사로운 햇살과 시원한 바람의 조화가 좋았다. 그때 교내에 방송이 울려 퍼지며 국어 교사를 찾는 교장의 호출을 알렸다. 지승은 교장실로 향하면서도 씩씩했다. 닥쳐올 불행을 조금도 예상하지 못했다.

교장은 손수건으로 벗겨진 머리를 닦으며 읊조리듯 말을 뱉었다. 학교 축제에서 시화전을 맡아 진행하라는 명령이었다. 더도 말고 덜도 말고 작년의 수준으로만 준비하면 된다고 말을 맺으며 이번에도 교육청에서 손님들이 올 예정이라고 부담을 줬다. 지승은 서류 봉투를 받아들기는 했지만 막막했다. 미술 강사와 협조하라는 말은 조금도 힘이 되지 않았다.

교장의 의욕으로 전교생이 오전 내내 시를 썼다. 지승은 그 시간을 감독하며 한숨을 깊게 내쉬었다. 버겁고 어려운 일을 대수롭지 않게 맡기는 안일함이 황당했다. 교무실 책상에 수북하게 쌓인 원고를 바라보며 냉수를 들이켰다. 청명한 여름 하늘이 이제는 서운하게 바라보였다.

지승은 떨어지지 않는 발걸음을 옮겼다. 미술실에는 정말이지 가고 싶지 않았다. 미술 강사의 뒤를 이어 후임으로 부임한 젊은 여자는 정말이지 밉상이었다. 쥐처럼 째진 눈에 앞니가 툭 튀어나온 얼굴로 동료 교사와의 관계에서 문제를 일으키지 않은 날이 없었다. 뭐가 됐든지 자신이 불리하다고 여겨질 때는 빽 소리를 지르거나 인신공격도 주저하지 않았다. 그렇게 밉상인 젊은 여자와 시화전을 함께 준비해야 한다니 한숨만 푹푹 새나왔다.

지승은 미술실에 들어서며 새삼스럽게 당혹감을 느꼈다. 젊은 여자는 대번에 날카롭게 쏘아보며 예민하게 굴었다.

"무슨 일이시죠?"

지승은 애써 미소 지으며 흥분하지 말자고 스스로를 타일렀다.

"안녕하세요. 저는 국어 과목을 맡고 있는 이지승이라고 합니다. 상의 드릴 문제가 있어 찾아왔습니다."

젊은 여자의 태도는 당혹스러울 정도로 뻔뻔했다.

"중요한 일이 아니라면 나가주시겠어요? 미술실은 저만의 공간이에요. 방해받고 싶지 않습니다."

지승은 황당함에 겨우 말문을 열었다.

"무슨 말씀을 그렇게 하세요? 학교 행사 때문에 찾아온 거예요. 저도 바쁩니다."

지승이 발끈했지만 젊은 여자는 시선도 주지 않고 콧방귀를 꼈다.

"무슨 일인데 이렇게 귀찮게 하세요? 할 말이 있다면 얼른 하고 나가주세요."

지승은 아랫입술을 깨물었다. 도무지 행태가 상식 밖이라 말을 섞고 싶지 않았다. 허나 시화전의 촉박한 일정을 생각하면 어떤 화라도 꾹꾹 눌러 참아야 했다.

"교장 선생님께서 시화전에 필요한 그림을 미술 선생님께 부탁하라고 하셨습니다."

지승은 이건 어떠냐는 심정으로 교장을 들먹였지만 젊은 여자는 콧방귀를 뀔 뿐이었다.

"이것 보세요, 선생님! 저는 억지로 여기에 온 사람이에요. 언제 뜰지도 모르는데 그림은 무슨 그림이에요? 귀찮게 그만하시고 나가주세요. 중학교 축제에 아주 별걸 다하려고 하네요. 그럼 뭐 학교 수준이 올라가는 줄 아나."

지승은 울컥 치미는 감정을 참지 못했다.

"말씀이 너무 지나치시네요! 축제는 일 년에 단 하루 학생들을 위한 날이에요. 어찌됐든 고생스럽더라도 학생들의 즐거움이 우선이라고요!"

"그건 그쪽 사정이고요."

젊은 여자는 계속 빈정댔다.

"명색이 미술 선생님이라는 분이 학생들을 위해 그 정도 노력도 못하겠다는 말이에요? 정말 너무하시네요."

젊은 여자는 쉽게도 비웃음을 지었다.

"선생님은 그쪽이 선생님이고요. 저는 일개 강사 나부랭이랍니다. 임용 고시에도 합격했으면서 그것도 모르십니까? 그런 수준으로 학생들은 어떻게 가르치는지 그게 걱정스럽네요."

지승은 눈을 동그랗게 뜨며 입술을 깨물었다. 속에서 불같이 치미는 말들을 토해내고 싶었지만 숨만 거칠게 내쉬어질 뿐 어떤 말도 나오지 않았다. 젊은 여자는 그런 지승을 한심하다는 눈으로 쳐다보며 혀를 찼다.

"이제 그만 나가주시겠어요? 미천한 강사라도 할 일이 많습니다."

지승은 떨어지지 않는 발걸음을 억지로 돌렸다. 견디기 힘든 굴욕감은 좀처럼 떨쳐지지 않았다. 허나 시화전에 대한 부담감보다 무거운 감정은 없었다. 몇 번이고 마음을 다잡았지만 불안하기만 했다. 전임 미술 강사가 그랬던 것처럼 자신도 잘 해내고 싶었지만 능력이 미천했다.

다음날 지승은 교무회의가 끝나기를 기다렸다. 전날부터 단단히 벼렸던 마음 그대로 젊은 여자의 뒤를 좇았다. 그런 지승을 발견한 젊은 여자가 고깝게 용무를 물었다. 지승은 기다렸다는 것처럼 할 말을 했다.

"다름이 아니라 시화를 그리려는데 작업할 곳이 마땅치 않아서요. 미술실을 좀 쓰려고 합니다. 예의상 말씀은 드려야 할 것 같아서요. 미술실을 좀 쓰겠습니다."

젊은 여자는 지승을 위아래로 훑어보더니 발걸음을 돌리며 대답했다.

"마음대로 하세요."

지승은 터덜터덜 걸어가는 젊은 여자의 뒷모습을 바라보며 이번만큼은 독하게 굴겠다고 다짐했다. 개인적인 감정에서가 아니라 어떻게 해서든 촉박한 기한 안에 시화를 그려내야 했다.

젊은 여자는 지승이 정말로 미술실에 올 줄은 몰랐는지 놀라는 기색이었다. 그런 기색에 짐짓 으쓱해진 지승은 시의 원고를 보란 듯이 내려놓았다.

"미술 도구를 내어주시겠어요?"

지승이 새침하게 말하자 젊은 여자는 고개를 갸우뚱했다.

"직접 그리시게요?"

"그럴 생각입니다."

지승은 가슴을 부풀리며 곧장 말을 이었다.

"죄송하지만 시간이 촉박해서 그러는데 얼른 미술 도구를 내어주셨으면 합니다."

젊은 여자는 같잖다는 태도로 이것저것을 플라스틱 바구니에 담아 가지고 왔다. 지승은 미술실 한편에 삼각대를 펼치고 앉아 진지한 얼굴이었다. 시화를 그리기 시작했다. 무척이나 열의에 넘쳤다. 마음에 인내를 새기며 반드시 시화전을 성공시키리라 다짐했다.

지승은 시간을 확인하고 붓을 내려놓았다. 두 시간이 훌쩍 가버렸는데 겨우 세 편을 완성했을 뿐이었다. 목과 허리가 결리고 꽤나 피곤했다. 자리를 정리하고 일어서려는데 등 뒤에서 간드러진 폭소가 터져 나왔다. 돌아보니 젊은 여자가 쥐 같은 얼굴을 시뻘겋게 물들인 채 배를 잡고 웃고 있었다. 지승은 불쾌하고 얼떨떨했지만 뭐가 우습냐고 따져 묻지도 못했다.

"정말 그림에 소질이 없네요. 이렇게 젬병인 사람은 정말 난생처음이야."

지승은 화들짝 놀랐다. 젊은 여자의 놀림이 너무도 얄미웠지만 반박할 수 없는 사실이었다. 어쩌면 잊을 수 있는지 지승은 어린 시절부터 그림만 그렸다하면 이렇게 놀림을 받았었다. 젊은 여자는 다시 터진 웃음을 그치지 못하며 말을 보탰다.

"그런 수준으로 무슨 시화를 그린다는 건지."

"그렇게 웃으시는 건 실례에요!"

지승이 잔뜩 뿔이나 외쳤지만 소용없었다. 젊은 여자의 쥐 같은 얼굴에는 야비한 웃음이 떠나지 않았다.

"왜요? 시화가 생각보다 괜찮아서 안심이 돼 웃는 거예요. 아주 잘하고 계시니 마음이 놓입니다."

"어쩜 이리도 무책임하게 말씀하실 수 있으세요? 아무리 그래도 학생들을 가르치는 교사시잖아요. 도와주지는 못할망정 악담이나 하시고…."

지승은 뒷말을 삼켰다. 울컥 눈물이 솟을 것만 같았다. 그렇지 않아도 벌써 눈시울이 뜨거웠다. 젊은 여자는 되레 정색했다.

"교사요? 지금 교사라고 말했어요? 교사는 그쪽이 교사고요. 저는 언제 떠나도 아쉽지 않은 강사 나부랭이지요. 비교할 걸 비교해야지. 저도 수업이니 실습이니 이리 치이고 저리 치이고 정말 바쁩니다. 스트레스가 이만저만이 아니에요. 연금 받는 교사라서 세상 편하게 사는 모양인데 입장 바꿔 생각해 보세요. 아까는 제가 많이 봐줘서 미술 도구도 드리고 자리도 내드렸지만 사람이 경우가 없어 안 되겠네요. 당장

나가세요! 선생님처럼 본인만 생각하는 이기적인 사람에게는 미술실을 빌려드릴 수가 없습니다.”

지승은 억울하고 분했지만 졸지에 쫓겨나고야 말았다. 젊은 여자가 괘씸하고 미웠지만 그런 감정은 나중의 문제였다. 촉박한 시일 안에 시화를 완성해야 했다. 발등에 불이 떨어졌다.

27. 그림을 그리는 생활에는 최대한의 절약이 요구됐다. 당장 궁핍하고 열악할지라도 훗날 후회하지 않기 위해서는 무조건 절약해야 했다. 그림은 그럴만한 가치가 있었다. 내가 녹아드는 것이며 반대로 내게로 녹아드는 것이었다. 근래에는 좋은 집중 상태가 오래도록 유지됐다. 아직 절반도 완성하지 못했지만 점점 형태를 드러내는 그림이 만족스러웠다. 허나 그런 마음마저도 감상적으로 드러내지 않았다. 집중에 방해가 됐기 때문이었다.

여름의 더위가 골방을 뜨겁게 덥혔다. 땀이 뚝뚝 떨어졌지만 가끔 찬물을 끼얹는 게 대응의 전부였다. 그림을 그리는 일 외에는 무심한 탓에 머리카락은 어깨까지 내려왔고 면도를 잊은 수염은 덥수룩이 자라 있었다. 몸에서 풍기는 퀴퀴한 암내는 골방의 전체적인 색채와 같았다. 그런 골방의 문을 두드리는 사람이 있었다. 경계심을 품고 문으로 다가갔다.

“누구세요?”

밖에서는 아무런 기척도 느껴지지 않았다. 잘못 들은 모양이라고 대수롭지 않게 발걸음을 돌리는데 문뜩 지승이 떠올랐다. 조심히 문을 열어보니 놀랍게도 정말 지승이 서있었다. 늦은 오후의 뜨거운 햇볕이 매섭게 쏟아지고 있었다.

"여기는 무슨 일로…."

"혹시 실례가 되지 않는다면 들어가서 이야기를 해도 괜찮을까요?"

지승이 가슴에 끌어안고 있는 도톰한 서류 봉투가 눈에 들어왔다. 어쩐지 이만큼 누추한 골방을 찾아온 이유를 알 것도 같았다.

"죄송합니다. 그림을 그리느라 잘 씻지도 또 청소도 하지 못했습니다."

나의 더러운 몰골에 역겨움을 느낄 거라는 예상과는 달리 지승은 설핏 웃었다. 그 웃음 때문인지 얼떨결에 골방으로 들이면서 뭔가가 잘못됐다고 인식했다. 더럽고 불쾌한 거처가 노출된다는 창피함도 컸지만 지승이 있을 만한 곳이 아니었다.

"정수 씨. 어디에 앉아야 하나요?"

지승의 목소리가 부르는 내 이름이 무척 생경하게 느껴졌다. 붉어진 얼굴을 감추기 위해 급히 주변을 둘러봤지만 마땅히 앉을만한 자리가 없었다. 골방의 지저분함이 지승의 옷을 더럽힐 것만 같았다. 내가 아무런 해답도 내놓지 못하자 지승은 서있던 자리에 엉덩이를 붙이고 앉았다. 이마에 흐르는 땀을 훔치고는 어렵사리 말을 꺼냈다.

"올해도 시화전을 맡게 됐어요. 그런데 시화를 그려줄 사람이 없어 마음고생이 심해요. 직접 그리려고 해봤지만 저는 정말로 그림에 소질이 없거든요. 아무런 진척이 없는데 기한은 일주일밖에 남지 않았어요."

지승의 곁에 놓인 두툼한 서류 봉투가 다시금 눈에 들어왔다. 시의 원고가 담겨있을 것이었다. 허나 일주일에 육십 편의 시화를 그리기란 사실상 불가능했다. 희정은 해산달이라 도움을 바랄 수도 없었다. 자신이 없었는데 덜컥 시화를 그리겠다고 승낙한 이유는 찾을 수 없었다. 물리적인 한계를 명백하게 알면서도 걱정하지 말라고 안심시켰다. 지승은 위기를 모면했다는 안도감을 느끼는지 피로한 얼굴에 화색이 돌았다. 당장은 공수표를 날리며 배짱을 부렸지만 현실은 촉박한 시간을 일 초도 늘려주지 않았다.

지승이 골방을 떠난 뒤 창피함에 오래도록 시달렸다. 골방의 초라함과 불결함이 내 얼굴처럼 느껴졌다. 곧장 욕실에 들어가 몸을 씻었다. 면도기를 손에 쥔 채 바라본 거울에 비친 모습이 초췌했다. 목욕을 마친 뒤에는 골방을 쓸고 닦았다. 쓸고 닦는 기술이 형편없으니 태가 나지 않았지만 잔뜩 모이는 먼지와 더러워지는 걸레를 확인하며 이만큼은 깨끗해졌겠지 생각했다.

시화를 그리기 시작했다. 밤을 꼬박 지새우자 여섯 점이 완성됐다. 남은 밤을 모두 지새운다는 가정 하에 촉박한 기한을 맞출 수도 있겠다는 계산이 섰다. 허나 정오에 이르자 붓을 쥔 손이 허공에 붙들렸다. 졸음을 이겨내지 못하고 꾸벅꾸벅 졸았다. 소파에 몸을 눕히자 금방 곯아떨어졌다.

눈이 번쩍 뜨였을 때 엄습하는 불길함은 혹시나 오래도록 잠을 잤을까에 대한 걱정이었다. 시간을 확인하자 오후 세 시였다. 다행이도 두어 시간이 지났을 뿐이었다. 다시 시화 그리기에 몰두했다. 단 일 초도 헛되이 버릴 수 없었다. 그렇게 얼마나 지났을까 문을 두드리는 소리에 붓을 든 손이 멈췄다. 지승이었다. 지승은 완성된 시화를 바라보며 환하게 웃었는데 너무도 벅찬 순간이었다.

지승이 권하는 빵이나 사과 같은 주전부리도 마다한 채 계속해서 시화를 그렸다. 그만큼 여유가 없기도 했지만 문득 지승이 곁에 있다는 사실이 실감되면 무섭게 느껴졌다. 감히 내게는 그럴만한 자격이 없다고 생각했다. 그림에의 몰두는 감당할 수 없는 감정을 회피하는 유일한 수단이었다.

28. 지승은 힘겹게 시화를 그려내는 미술 강사를 안타깝게 바라봤다. 밤이 늦었지만 여전히 꼼짝도 하지 않고 붓을 움직이고 있었다. 커다란 짐을 대신 짊어지게 했다는 속상한 마음은 가눌 길이 없었다. 그런 미술 강사가 걱정되는 동시에 무척이나 든든했다. 신중하게 물감을 칠하는 모습은 한참을 바라봐도 따분하거나 지루하지 않았다.

지승은 궁리 끝에 자신이 할 수 있는 일을 찾아냈다. 시를 옮겨 적는 일이었다. 텅 빈 화포에 시를 옮겨 적으며 집중했다. 그러나 너무 정성을 들인 탓에 시화가 완성되는 시간보다 시를 옮겨 적는 시간이 길어졌다. 정작 자신은 그런 사실을 깨닫지 못했다.

29. 지승을 힐끔힐끔 훔쳐봤다. 정성을 들여 시를 옮겨 적는 모습이 사랑스러웠다. 집중을 하면 아랫입술을 깨무는 버릇이 있는지 얇고 붉은 입술이 몸살을 앓았다. 그런 지승 몰래 슬그머니 일어나 부엌에서 요깃거리를 찾았다. 기운을 차리려면 뭐라도 먹어야 했다.

빨간 사과가 무척이나 탐스러웠다. 식욕을 느끼며 과도를 찾았는데 식칼만 두 자루 덩그러니 꽂혀있었다. 사과를 깎는 솜씨가 서툴렀다. 그보다 둔감하게도 사과의 껍질을 모두 벗겨낸 뒤에야 식칼의 밑 날에 손이 베었다는 사실을 알아차렸다. 상처가 꽤나 깊었지만 아무래도 무심한 성격이라서 대수롭지 않았다. 헌데 지승은 아니었다. 깜짝 놀라더니 황급히 달려와 다친 손을 붙들었다.

"괜찮아요? 어쩌다 그랬어요!"

지승은 상처를 입으로 가져갔다. 돌발적인 행동에 놀라지 않을 수가 없었다. 어찌할 바를 모르는 시간이 천천히 흘러갔다. 그리고 입에서 꺼내진 상처에서는 피가 멎어 있었다. 어쩐지 조금도 아프지 않았다. 지승은 자신의 가방에서 손수건을 꺼내더니 상처를 동여매줬다. 특별히 할 말이 없어 다시금 시화 그리기에게 몰두했다. 당혹감이 가시자 행복을 느꼈다.

30. 지승의 눈이 정수의 손을 쫓았다. 손에 들린 붓이 아니라 손에 동여매어진 손수건을 쫓았다. 상욱이 떠올랐다. 흐느껴 우는 자신에게 겨우 손수건을 쥐어 주고 가버렸던 상욱이 떠올랐다. 이별의 상처가 모두 아물었다고 믿었지만 아니었던 것처럼 서글픔이 차올랐다. 마지막까지 처분할 수 없었던 손수건이 정수의 손에 동여매어졌다. 어떤 미련도 없었지만 상욱과 이어져 있던 마지막 선이 뚝 끊긴 것만 같았다. 드디어 뚝- 끊긴 것만 같았다.

31. 시화는 몇 점만 더 그려내면 마무리됐다. 촉박한 기한에 늦지 않았다는 사실이 다행스러웠다. 피로가 무겁게 쌓여있었지만 마음만큼은 가벼웠다. 지승은 부엌에서 저녁을 짓고 있었다. 골방의 빈약한 살림살이에 종종 당혹감을 느꼈지만 냄비에 짓는 밥은 입에서 달디 달았다.

닭고기를 간장에 졸이며 흥얼거리는 콧노래가 여기까지 들렸다. 밥상이 없어 방바닥에 놓고 먹는 밥이었지만 생애 다시없을 호사였다.

시화를 그리는 일이 마무리됐다. 지승에게 실망을 주지 않으려고 견뎠던 하루하루의 피로가 새벽 하늘보다 무겁게 어깨를 짓눌렀다. 그런 피로가 무겁게 쌓여있었지만 해방감보다는 아쉬움이 더 컸다. 시화와 함께 지승과의 시간이 끝나버렸다. 어쩔 수 없는 일이었지만 울적한 기분은 좀처럼 나아지지 않았다.

완성된 시화를 자동차에 옮겨 싣는 일은 금방 마무리됐다. 이제 영영 작별이라는 사실을 서로가 잘 알고 있었다. 시화전의 준비가 끝나는 동시에 근거가 상실됐다. 나로서는 피하고 싶은 순간이었지만 방법이 없었다.

지승은 감사하다며 마지막 인사를 했다. 나는 할 말이 없었기에 따라서 머리를 숙이는 것으로 대답을 대신했다. 지승은 운전석의 문을 열고 자동차에 오르려고 했다. 그대로 자동차에 올랐더라면 사고는 일어나지 않았을 것인데 갑자기 나를 향해 돌아섰다. 그 순간 돌개바람이 일어 지승의 얼굴을 때렸다. 흙먼지가 눈으로 들어갔는지 비명을 지르며 주저앉은 지승에게 내가 벌인 행동은 후에도 이해되지 않았다. 지승의 손을 얼굴에서 떼어낸 뒤 아파하는 눈에 혀를 넣었다. 이물질이 혀에 묻어 빠져나오자 지승은 금방 안정을 되찾았다.

지승의 손에 손수건을 쥐어 줬다. 흥건하게 흐르는 눈물을 닦았으면 했다. 지승은 자신의 손에 쥐어진 손수건을 물끄러미 바라보더니 황급히 자동차에 올랐다. 그리고는 급하게 시동을 걸고 먼지를 일으키며 가버렸다. 갑작스러운 작별에 어안이 벙벙했지만 서운함을 느낄 처지가 아니었다. 쓸쓸하게 돌아서는 그때 손에서 피가 흐르기 시작했다. 아물었다고 믿었던 상처가 벌어져 있었다.

지승이 떠나가고 헛헛한 마음은 좀처럼 채워지지 않았다. 그림을 그릴 수도 없어 몸부림을 치다가 충동적으로 낡은 소파를 내다버렸다. 그 자리가 휑하게 드러났지만 그만큼 내부가 말끔해진 것 같았다. 그래서 쓸모가 다한 집기들을 모두 버리자고 결심했다. 휑하게 드러난 공간을 몇 번이고 쓸고 닦기를 반복하자 그제야 청소한 태가 났다.

시장으로 발걸음을 했다. 많지 않은 돈으로 이것저것 필요한 물건을 사려니 머리가 아팠다. 밥그릇과 국그릇 두 개, 수저와 젓가락 두 쌍, 머그컵 두 개를 골랐다. 베개와 이불을 고른 뒤에는 선풍기도 새것으로 들였다. 골방의 분위기가 새롭게 바뀌었지만 만족감보다는 탕진한 돈이 아까웠다. 허나 커튼을 맞춰 다는 마음은 즐거움을 느끼고 있었다. 형광등을 새것으로 교체한 뒤에야 골방의 단장이 마무리됐다. 붓을 들어도 잡념이 깃들지 않았다. 드디어 그림에 몰두할 수 있었다.

하루하루를 그림과 맞바꾸며 값없이 흘려보내던 어느 날 누군가가 골방을 찾아왔다. 마음은 주제넘게도 지승을 떠올렸는데 정말로 지승이 있었다. 지승은 얼굴을 붉힌 채 그림을 배우고 싶다고 말했다. 그 순간 행복을 느꼈다.

32. 지승은 공허함을 느꼈다. 가을이 지나가는 내내 기운이 없었다. 이유를 고민했지만 찾을 수 없었다. 오직 그림을 그리고 싶다는 욕구만 선명하게 느껴졌다. 퇴근을 마친 저녁, 지승의 손에는 미술 용품이 들려있었다. 방문을 걸어 잠그고 그림을 그리기 시작했지만 나무토막처

럼 뻣뻣한 손은 욕구를 채워내지 못했다.

지승이 미술 학원을 찾은 건 혹시나 하는 기대 때문이었다. 학원의 원장은 그림을 그리는 방법을 배운다면 누구나 실력이 상승한다며 근심을 덜어줬다. 허나 그림을 그려보라는 제안에는 선뜻 응할 수 없었다. 형편없는 실력을 내보이기가 창피했다. 아무렴 보통만 됐어도 이런 고민은 하지 않았을 것이었다.

학원의 원장은 지승을 안심시키며 설득했다. 우선은 그림에 대한 부담감과 두려움을 떨쳐내야 한다며 뭐라도 그려보라고 독려했다. 지승은 아랫입술을 질끈 깨물고서야 그림을 그리기 시작했다. 제 딴에는 즐겁게 뛰어노는 아이들을 그린 그림이었지만 학원의 원장은 크게 당황했다. 입체감이 결여돼 달리 해석할 수가 없었다. 정말이지 소질이 없었다. 화법을 익히면 괜찮아진다고 위로했지만 지승에게도 눈치가 있었다. 혹시나 하는 기대가 무너지자 민망함에 고개를 들 수가 없었다.

지승은 착잡한 마음으로 수강료를 지불했다. 그날의 수업을 겨우 치러내고는 서둘러 학원을 빠져나왔다. 진지하게 그려내는 그림이 너무도 우스꽝스러웠다. 가늘고 보드라운 손가락이 왜 그림을 그리기만 하면 나무토막처럼 뻣뻣해지는지 의문이었다.

지승은 학원 주차장에서 오래도록 고민에 잠겼다. 운전대를 붙든 채 한숨을 푹푹 내쉬었다. 결국 학원으로 되돌아가 지불했던 수강료를 환불받은 뒤에야 주차장을 빠져나왔다. 자동차는 인적 드문 도로 위를 빠르게 내달렸다.

지승은 문을 두드리고는 슬쩍 뒤를 돌아봤다. 가로등이 멀어 으슥한 어둠이 무섭게 느껴졌다. 곧 문이 열리고 정수가 모습을 드러냈다. 뜻밖에도 깔끔해진 모습이라 피식 웃음이 새나왔다. 그래서인지 어려운 부탁을 하는 것이 쉬웠다.

“정수 씨에게 그림을 배우고 싶어요. 강습료는 꼬박꼬박 드릴 테니 거절하지 말아주세요.”

정수는 잠깐 얼빠진 얼굴이었다. 지승의 제안이 너무도 뜻밖이었다.

“그림을 배우고 싶다는 말이라면 어렵지 않습니다. 허나 저는 상도 받지 못한 변변찮은 화가인데 도움을 드릴 수 있으려나 모르겠습니다.”

정수의 자조 섞인 대답에 지승은 깜짝 놀라며 두 손을 저었다.

“지금 무슨 말을 하시는 거예요! 저는 정수 씨의 그림이 세상에서 제일 좋아요. 거짓말이 아니에요. 세상에서 제일 좋았어요! 수업을 잊고 푹 빠질 만큼 좋았어요. 믿어주세요!”

지승의 외침이 정수의 가슴에 똬리를 틀었다. 그 마음이 참 고마웠다. 지승은 발그레 달아오른 얼굴로 말을 이었다.

“오늘부터 강습을 해주세요. 걱정에 미리 말씀드리지만 제 그림을 보고 놀라시면 안돼요.”

정수가 그러마고 약속하자 지승은 소녀처럼 좋아했다. 또 깔끔해진 골방의 내부에 놀라 탄성을 터뜨렸다. 정수는 미리 장만해뒀던 컵에 사과주스를 담아 내왔다. 그것도 쟁반에 받친 채라 지승은 웃지 않을 수가 없었다. 너무도 즐거웠다.

33. 지승에게는 그림을 그리는 솜씨가 없었다. 머릿속에 떠오른 형상이 엉뚱하고 괴상하게 표현됐다. 그러나 화가에게 그림은 표현의 수단

일 뿐이라서 모양새는 중요하지 않았다. 지승 자신이 재미를 느끼고 즐거우면 그만이었다.

지승은 삼각대에 도화지를 얹고 새로운 그림을 그리기 시작했다. 골똘한 얼굴로 신중하게 연필을 움직였다. 그런 지승을 바라보며 행복을 느꼈다. 여전히 힐끗힐끗 훔쳐보는 게 전부였지만 참 아름다운 사람이었다. 그럴 때 지승의 목소리가 조용하게 들려왔다.

"정수 씨. 고맙다는 말을 전하고 싶었어요. 처음 시화전을 맡았던 그때는 너무 힘들었거든요. 누구에게도 말하지 않았지만 사실 실연을 당했어요. 오랜 세월 서로를 아끼고 사랑했던 연인이었는데 함께 있을 때 지루하다는 이유를 들어 이별을 통보했어요. 그 즈음 갑자기 몸이 아팠고 덕분에 시화전을 떠넘기게 된 거예요. 그리고 정수 씨가 선물해준 그림이 많은 위로가 됐어요. 액자에 담아서 가장 잘 보이는 곳에 걸어뒀는데 아마도 제 인생에서 가장 소중한 그림이 될 거예요."

나는 어떤 말도 할 수 없었다. 지승이 그것을 바라는 것 같았다. 지승의 목소리가 다시금 조용하게 들려왔다.

"저 자주 놀러 와도 될까요? 그림을 배우는 날 말고도 가끔이요."

내가 고개를 끄덕이는 작은 몸짓이 지승을 웃게 했다. 지승은 그림을 그리던 손을 멈추고 나를 바라봤다. 환하게 웃는 얼굴이었다.

34. 골방에는 지승의 흔적이 하나둘씩 늘어갔다. 언제나 읽다만 시집이 펼쳐져 있었고 칫솔과 베개와 실내화가 새로 생겼다. 허나 이게 무엇을 뜻하는지 우리는 알지 못했다. 얼마나 많은 시간을 함께 하는지 체감하지 못했다. 지승은 밤이 늦도록 그림을 그리거나 그림을 그리는

나를 지켜보며 시집을 읽었다. 늦은 귀가 때문에 부모님께 당부를 듣기도 했지만 금방 잊어버렸다.

주말의 이른 아침이었다. 지승은 작심을 했는지 내 손을 잡아끌고 골방을 나섰다. 뭣이 그리 즐거운지 밝은 얼굴은 좀처럼 웃음을 잃지 않았다. 가을 햇살의 따사로움 때문인지 좀처럼 웃음이 없는 내 입가에도 미소가 떠올랐다.

우리가 도착한 곳은 인근의 시장이었다. 시장의 좁다란 통로가 북적였지만 지승은 내 손을 꼭 붙들고는 놓지 않았다. 그러면서 이것저것 필요한 물건을 장만했는데 자동차 트렁크에 가득 실렸다.

지승은 장보기를 마치고는 배가 고프다며 우는 소리를 했다. 먹고 싶은 게 있느냐고 묻자 미리 생각을 해뒀는지 국밥을 먹자고 했다. 나는 뭣이든 괜찮다는 마음이었기에 금방 고개를 끄덕였다.

식당에 들어가 자리에 앉으니 푸짐하게 담긴 국밥 두 그릇이 식탁 위에 놓여졌다. 지승은 숟가락도 뜨지 않고 자신의 국밥에서 선지피와 비계가 붙은 고기를 내게 넘겨주기 바빴다. 호기롭게 국밥을 먹자고는 했지만 비위가 약한 모양이었다. 그런 지승을 바라보며 행복을 느꼈다. 가슴 안에서 솟아나는 따스함이 모든 응어리를 녹여내는 것 같았다. 허나 그만큼 두려워지는 마음은 변변치 못한 현실을 잘 아는 까닭이었다. 과연 내가 지승에게 행복이 될 수 있을까 자신이 없었다.

지승이 국밥을 입에 떠 넣었다. 그리고 다시 한술을 떠내는 순간을 기다려 빨간 깍두기 하나를 숟가락 위에 얹어줬다. 지승은 숟가락 위에 얹어진 깍두기를 바라보더니 배시시 웃기 시작했다. 터져 나오는 웃음에 커다래진 입으로 숟가락을 삼키며 나를 바라봤다. 한참을 오물오물

입에 가득한 음식물을 씹는데 그 한입 한입이 가슴을 따뜻하고 기분 좋은 포만감으로 가득 채웠다. 빨간 깍두기 하나가, 지승의 작은 입을 생각하지 않은 커다란 한 알이 우리를 행복하게 했다.

지승의 손을 잡고 오래도록 걸었다. 하늘에서 따스한 햇살이 무더기로 쏟아져 내렸는데 이대로 죽어버려도 좋을 만큼 행복했다. 사랑에는 많은 것이 필요하지 않았다. 서로를 바라보는 눈과 그 눈에 서린 마음이면 충분했다. 사랑은 모든 것을 자연스럽게 만들었다. 서로의 벗은 몸까지도 그랬다.

35. 나는 지승이 좋다. 그녀의 입가에 서린 미소보다 아름다움을 보지 못했다. 나는 지승이 좋다. 그녀는 봄의 햇살, 그녀 없이 봄은 오지 않는다. 나는 지승이 좋다. 지승이 좋다.

36. 나는 붓을 꺾었다. 내 인생 전부를 바쳤던 그림이었지만 조금도 아깝지 않았다. 오히려 망령처럼 들러붙어 벗어날 수 없었던 그림을 떠날 수 있어 다행이었다. 승옥의 미술 학원에서 종일 일하며 돈을 벌었다. 생활은 안정을 되찾았고 더는 거울에 비친 내 모습이 가엾지 않았다. 지승을 위해서라도 건실한 사람이 되고 싶었다. 내가 할 수 있는 최선이었다.

우리는 결혼을 했다. 결혼에 이르기까지 현실에는 많은 제약이 따랐고 높다란 벽이 드리웠지만 모두 극복해냈다. 서로를 사랑한다는 불변의 진실이 모든 것을 가능하게 만들었다. 함께 하기에 행복했고 더 바랄 것이 없는 나날들이 이어졌다. 사랑이 있었기에 가진 게 없었지만 부족한 것도 없었다.

37. 늦은 밤이었다. 우리는 서로를 끌어안은 채 잠들기를 기다렸다. 곧 잠에 들 것 같은 순간이 고요하게 내려앉았다. 그런 순간 지승의 목소리가 가슴팍을 간질였다.

"정수 씨. 학원은 이제 그만두고 다시 그림을 그려요."

나는 그게 무슨 뚱딴지같은 말이냐며 웃어넘겼다. 지승의 말이 장난처럼 느껴졌다. 허나 가슴을 울린 뚜렷한 진동은 오래도록 사그라지지 않았다. 그날 밤이 순식간에 지나갔다. 아침까지 뜬눈이었던 나는 잠에서 깨어나는 지승의 이마에 입술을 맞췄다. 여느 때와 다름없는 하루가 시작됐고 학원에서 학생들을 지도하며 열심을 다했다. 허나 지승의 목소리가 귓전을 맴돌 때마다 마음이 흔들렸다.

그날 밤, 내 품에 안겨 잠에 들기를 기다리는 지승에게 어려운 물음을 건넸다.

"정말 그림을 그려도 될까?"

지승은 고개를 끄덕였다.

"정수 씨가 그림을 그리는 건 제 소원이기도 해요."

승옥은 그림을 그리겠다며 학원을 그만두겠다는 내게 화를 냈다. 철없는 선택으로 위험을 감수하지 말라며 거듭 만류했지만 나는 딱 삼 년을 앞세우며 딱 삼 년만 매진하겠다고 사정했다. 승옥은 한숨을 푹 내쉬더니 체념하는 모양이었다.

지승에게 고맙고 미안한 마음이었다. 그림을 그린다는 죄책감에 시달렸지만 삼각대에 화포를 얹으면 거짓말처럼 열정에 휩싸였다. 그림을 포기했던 몇 년의 시간이 간절함을 더욱 애달프게 만든 것 같았다.

지승은 매일 서둘러 귀가했다. 내가 그린 그림을 보고 싶다는 게 첫 번째 이유였고 내 품에 안기고 싶다는 게 두 번째 이유였다. 초인종이 울리면 달려가 문을 열었다. 지승은 나를 와락 껴안았고 그림을 보며 즐거워했다. 지승과 그림은 부족한 나를 완전한 사람으로 만들었다.

38. 어느 날 아침이었다. 청소를 하는 중에 상자 하나를 발견했다. 마치 일부러 감춰둔 것처럼 옷장 깊숙이에 놓여있었다. 상자를 앞에 놓고 고민에 잠겼다. 상자를 열어봤을 때 지승이 상심하리라는 예감이었다. 처음 몇 번의 충동은 어렵지 않게 이겨냈다. 허나 상자는 열리고야 말았다. 지승의 일기가 담겨있었다. 누군가의 일기를 몰래 읽는 게 옳지 않다고 생각하면서도 벌써 읽고 있는 내가 한심스러웠다.

지승이 어린 시절부터 성실하게 써온 일기였다. 또박또박 정성을 들여 쓴 일기에는 그때의 사진이나 있었던 일이 고스란히 담겨있었다. 경각심은 쉽게도 사라지더니 가장 과거에 쓴 일기부터 차례대로 읽으며 즐거운 기분이었다. 지승에 대해 몰랐던 사실을 알게 되니 뿌듯했다.

일기를 읽는 시간이 하루의 정해진 일과로 자리 잡았다. 일기에서 지승은 벌써 고등학생이 됐는데 내 과거에 존재하는 지승과 그대로 겹쳐졌다. 그때의 지승을 다시금 바라보는 기분이었다. 허나 기쁨은 상욱의 등장으로 박살나기 시작했다. 일기는 온통 상욱에 대한 고백으로 채워졌다. 한 장도 빠지지 않고 상욱이 등장해 사랑을 속삭였다. 그럴 때 지승이 느꼈던 감정이 진솔하게 수기됐는데 너무도 생생해서 거부감이 들었다.

일기를 손에서 내려놓으며 혼란스러운 머리를 쥐었다. 혼미한 의식은 지나간 시간 속에 갇혀버린 것 같았다. 욕지기가 치밀었다. 엎드려 입을 벌리면 답답한 속을 게워낼 수 있을 것 같았는데 변기를 붙들어도 소용없었다. 아무리 구역질을 해봐도 목구멍은 딱 닫힌 채 어떤 것도 토해내지 않았다.

멍하니 허공을 바라봤다. 상욱의 곁에서 행복에 겨워하는 지승이 머릿속을 떠다니며 현재를 망가뜨렸다. 지나간 시간 속에서 상욱을 사랑했던 지승이 지금 내가 사랑하는 지승을 추접한 암퇘지로 전락시켰다. 내가 아닌 다른 남자를 기쁘게 하기 위해 다리를 벌리며 사랑을 팔았다. 그럼에도 일방적으로 버림받았다. 그런 지승에게 나는 최악의 상태에서 할 수 있는 선택 중 하나에 불과했다. 비참함에 이를 악물었지만 새어나오는 흐느낌을 감출 수 없었다. 바드득 이가 갈렸다.

39. 지승은 서글피 울었다. 갑자기 돌변한 내가 낯설어 견딜 수가 없다고 했다. 벼랑 끝에 선 기분이라며 제발 본래의 모습으로 돌아와 달라고 간절하게 호소했다. 그런 순간 나 역시 커다란 고통에 놓여졌다. 여전히 지승을 사랑했지만 다른 남자에게 사랑을 속삭이며 다리를 벌리는 지나간 시간 속에 존재하는 지승이 바라보였다. 어느 쪽이 진짜인지 분간할 수 없었다. 아니, 알고 있었지만 믿고 싶지 않았다.

지승은 퍼렇게 멍든 눈을 감추며 출근했다. 내가 휘두르는 폭력을 묵묵히 견디며 상처투성이가 됐지만 한 번도 원망하지 않았다. 그저 내가 이럴 수밖에 없는 이유를 물으며 자신의 잘못을 빌었다. 그런 지승에게 차마 너의 일기를 읽었다고 그 속에서 다른 남자에게 사랑을 속삭이는 진짜 너를 발견했다고는 고백할 수 없었다. 모든 게 간단하게 끝나버릴까 두려웠다. 다시금 일기를 읽으며 고통을 되새겼다. 아무리 울부짖고 가슴을 때려도 잔혹한 현실은 작은 자비조차 베풀지 않았다.

지승은 퇴근하는 즉시 집으로 돌아왔다. 초인종을 누르며 벌써 울고 있었다. 문이 열리는 순간 시작될 비극을 알고 있었다. 나는 분노에 휩싸인 채 지승의 머리채를 움켜쥐었다. 가냘픈 비명 뒤로 현관문이 철컥 잠겼다. 아무런 저항 없이 연약한 지승을 방바닥에 내던지고 옷을 벗겼다. 발가벗겨진 채 흐느껴 우는 지승을 바라보며 이리도 냉정할 수 있는 내가 놀라웠다.

결코 원치 않았지만 다른 남자에게 사랑을 속삭이며 다리를 벌렸던 지승에게 고통을 주고 싶었다. 어느 순간에는 서러운 흐느낌조차 가식으로 느껴졌다. 옳지 못한 분노가 맹렬하게 솟구치며 무자비한 폭력과 강간이 이어졌다. 희고 부드러운 몸에 시퍼런 멍이 내려앉았지만 개의치 않았다. 내가 할 수 있는 최선이었다.

나는 지승을 사랑했다. 무자비한 폭력도 결국 사랑 때문이었다. 그런 사실을 깨달으며 늘 반성하고 후회했지만 불같은 충동에 휩싸일 때면 제어가 불가능했다. 몇날며칠 같은 비극이 반복됐다. 상처투성이로 출근을 하는 지승을 두고 학교에서는 얼마나 많은 말들이 오갈지 짐작하면 비참한 심정이었다. 처음으로 현실을 극복하자고 다짐했다. 더는 사랑을 망가뜨리고 싶지 않았다.

삼각대를 앞에 놓고 앉아 붓을 들었다. 지승을 그리겠다는 결심이었다. 환하게 웃고 있는 모습을 그리려고 했다. 그렇게 그린 그림을 선물하며 모든 잘못을 인정하고 용서를 구하려는 계획이었다. 만약 용서를 받는다면 모든 비극이 끝나리라 믿어졌다. 과거의 덫에 걸려 사랑을 망가뜨리는 시도를 멈춰야만 했다.

지승을 떠올리자 밝게 웃는 모습이 눈앞에 드리웠다. 결코 눈물이 어울리는 사람이 아니었다. 오직 행복과 미소만이 꽃과 꽃잎처럼 어울렸다. 지금 바라보이는 미소를 되찾아주고 싶었다. 지승을 그리는 일은 어렵지 않았다. 밑그림도 필요 없이 곧장 붓을 들고 물감을 발랐다. 오후까지 완성한다는 계획이었다.

그림 속에서 지승은 밝은 모습으로 아름다웠다. 마감 작업만 무사히 마친다면 벽에 걸어도 손색이 없을 만큼 만족스러웠다. 그런데 갑자기 검은 얼룩이 번지기 시작하더니 환하게 웃고 있는 지승의 모습을 해괴하게 일그러뜨렸다. 어디에서 번짐이 시작되는지 붓도 고무도 먹지 않고 덧칠도 소용이 없었다.

결국 삼각대 위에 새로운 화포를 얹고 다시금 그림을 그리기 시작했다. 허나 완성을 목전에 둔 순간 검은 얼룩이 번지기 시작하더니 불가항력으로 그림을 망가뜨렸다. 지승의 모습이 해괴한 마녀의 형상으로 일그러졌다. 허나 포기하지 않았다. 사람의 힘으로는 저항할 수 없는 현상에 맞서 지승에게 미소를 되찾아주기 위해 노력했다. 검은 얼룩과 사투를 벌였으나 이번에도 역부족이었다. 새벽이 깊었고 정신이 혼미할 만큼 지쳤으나 포기하고 싶지 않았다. 이대로 붓을 놓아버린다면 다시는 돌이킬 수 없을 것 같았다.

아침이었다. 그림을 완성한 뒤 바짝 긴장했다. 이번에도 검은 얼룩이 번진다면 정말로 포기해 버릴 것만 같았다. 완전한 한계에 부딪혔다. 다행이도 검은 얼룩은 번지지 않았다. 검은 얼룩을 머리카락으로 표현해 완성한 그림이었다. 환희의 감정에 휩싸였다. 그림의 완성은 과거의 덫에서의 해방을 의미했다. 이제 모든 잘못을 고백하고 용서를 빈 뒤 다시 사랑하리라 꿈꿨다.

내가 다가가자 겁에 질려 어깨를 움츠리는 지승이 가여웠다. 와락 끌어안은 뒤 미안하다고 용서를 빌었다. 지승은 눈물이 가득 맺힌 눈으로 나를 올려다봤다. 그런 지승에게 그림을 선물하려고 했다. 과거의 덫을 상징하는 검은 얼룩을 극복해낸 그림은 영원한 사랑의 증표와도 같았다.

지승의 손을 이끌어 그림 앞에 섰다. 그림을 마주한 지승은 놀라 비명을 질렀다. 그새 검은 얼룩이 번져 모습을 기괴하게 일그러뜨렸다. 지승이 추악한 악마의 모습으로 변해 나를 노려보고 있었다. 입가에 서린 미소는 너무도 섬뜩했다. 극복할 수 없는 비극을 맞닥뜨린 채 절망했다. 그림을 바닥에 내던지고 발로 밟아 부셨지만 마음에 담긴 절망은 조금도 토해지지 않았다. 눈을 감았다가 뜨자 그림에서 시작된 검은 얼룩이 나를 뒤덮고 있었다. 새까만 어둠이 전체로 번지더니 모든 감각이 상실됐다.

인지의 영역에 갇혔다는 사실을 깨달았다. 그와 동시에 모든 기억이 되살아났다. 결코 사랑을 지킬 수 없을 거라는 악마의 목소리가… 스스로 사랑을 내버리게 될 거라는 악마의 목소리가… 또렷하게 머릿속을 울렸다.

새까만 어둠 속에서 악마가 모습을 드러냈다. 날카로운 이빨을 번뜩이며 압도적인 위압감을 뿜어냈다. 모든 사실이 깨달아지자 절규에 가까운 오열이 터져 나왔다. 허나 울음은 고요했고 몸짓은 무위했다. 꼭 내가 존재하지 않는 것처럼 느껴졌다.

40. 야심한 밤이면 팔각정 천장에 숨어들어 타인을 엿보고 엿듣던 내가 떠올랐다. 또 아무런 희망 없이 그림을 그리며 세월을 좀먹던 내가 떠올랐다. 완전한 망각에 감춰졌던 사실들이 드러나며 현실감이 되살아났다. 악마의 목소리가 고압적으로 들려왔다.

"스스로 사랑을 내버리게 될 거라는 말을 기억하느냐? 너는 아니라고 부정했지만 모두 부질없는 것이다."

슬픔이 차올랐다. 모두 내 잘못이었다. 어리석은 충동에 휩싸여 지승에게 상처를 줬다. 과거의 덫에 걸려 사랑을 스스로 망가뜨렸다.

"다시 기회를 준다면 죄과를 되돌리겠습니다. 사랑을 되찾겠습니다. 너무도 후회스럽습니다."

기회를 달라는 간절한 호소는 진실했다. 지금 격하게 느껴지는 감정은 필요에 의해 허락됐는지 생생하게 느껴졌다. 오직 사랑을 되찾겠다는 일념이었다.

"여전히 어리석구나. 백 번의 기회가 주어져도 바뀌는 미래는 없다. 네가 억지로 사랑을 떼어놓은 결과를 보아라. 도대체 사랑이 뭐라고 저 가녀린 여인이 상처투성이로 두 번이나 버림받아야 하느냐? 모두 네가 저지른 일이 아니더냐."

악마의 목소리를 부정하고 싶었다. 그저 빠져나올 수 없는 덫에 걸렸을 뿐이라고 읍소하고 싶었다. 다시 기회가 주어진다면 사랑을 되찾을 자신이 있었다. 그러자 악마의 목소리가 들려왔다.

"내게는 약속된 미래가 있다. 불과 유황이 타오르는 지옥이 바로 내게 약속된 미래다. 만약 너의 논리대로 과오를 깨닫는 것으로 현재나 미래를 올바르게 고칠 수 있다면 얼마나 좋을지 모르겠다. 허나 미래는 도래하지 않은 미지의 영역에 있는 게 아니다. 과거에 뿌리를 두고 자라나는 나무와 같다. 그렇기에 어떤 노력으로도 변화할 수 없다. 약속된 미래는 과거로부터 시작된 연속이며 마침이다. 불과 유황이 타오르는 지옥은 내게 미래임과 동시에 현재와 과거이기도 하다. 마찬가지로 사랑을 스스로 망가뜨린 현실은 네게 미래임과 동시에 현재와 과거이기도 하다. 모든 게 무의미하다."

악마의 목소리는 어느 때보다 진중했지만 그보다는 사랑에 대한 집착이 우선이었다. 반드시 실수를 만회해야만 했다. 악마의 힘이라면 내게서 변태 성욕을 제거했던 것처럼 과거의 덫을 제거할 수 있다고 믿었다. 그렇다면 모든 문제가 간단하게 해결됐다. 그러자 악마의 목소리가 들려왔다.

"사랑을 지켜낼 방법을 알고 있지만 그 영역은 너의 소관이 아니기에 알려줄 필요가 없다. 어떤 도움도 없을 것이다."

악마의 목소리는 단호했다. 허나 사랑을 지켜낼 방법을 알고 있다는 대답에 마음은 안달이 났다. 무슨 수를 써서라도 알아내고 싶었다. 구걸을 하는 심정으로 바라보자 뜻밖에도 악마의 목소리가 들려왔다.

"저 여인과 영원한 사랑을 약속했던 짝이 아니라면 네가 아닌 누구라도 사랑은 지켜낼 수 없다. 아니라면 새로운 사랑이 필요하지만 그러기에는 저 사랑의 공백이 거대하다. 불가능한 문제라는 말이다. 사랑은 결코 속이는 감정으로는 진실할 수 없다."

악마의 말이 사실이라면 그저 좌절할 뿐이었다. 사랑을 지켜내지 못한 이유는 바로 나라서 그런 것이었다. 몹시 비참하고 슬펐다. 허나 불필요한 감정인지 마음은 고적했다. 악마의 목소리가 들려왔다.

"어리석기가 이루 말할 수 없구나. 그런 인과를 이유로 애초에 저 여인의 짝으로 보내준다고 하지 않았더냐? 비참한 인생에 미련을 버리지 못하는 아둔함은 괴로움을 느낄 자격도 없으며 그렇게 느끼는 괴로움은 보잘 것 없다. 한 번 깨뜨려진 사랑은 본래의 모습으로 되돌릴 수 없다. 깨진 조각들을 붙들다가 결국 전부를 잃고야 끝을 받아들인다. 사랑을 되찾는 방법은 저 여인과 영원한 사랑을 약속했던 짝으로의 변환뿐이다. 만약 그 방법을 선택한다면 너 자신에 대한 모든 기억을 잃을 것이다. 너의 자아가 삭제되는 중대한 결정이니 얼마든지 숙고해도 괜찮다. 인지의 영역에서는 시간이 무효하다."

악마는 새로운 기회를 제시했지만 망설여졌다. 내가 세상에서 삭제된다고 생각하면 꽤나 커다란 공포심이 떠올랐다. 비참한 삶일지라도 자신을 지켜내려고 했다. 고민이 길어지자 악마의 목소리가 들려왔다.

"문제를 맞닥뜨리는 순간 인간의 선택은 너무도 빤하다. 자유로운 의지를 가졌다지만 예측은 간단하다. 나무에 매달린 열매를 따지 말라는 임무를 부여했을 때 인간은 반드시 열매를 딸 수밖에 없다. 열매를 따지 말아야 한다는 의지를 지키는 와중에도 자유로운 의지는 열매는 따는 순간을 반대편에서 의식하고 있다. 억겁의 시간 동안 열매를 따지 않았더라도 열매를 따버리는 찰나의 순간이 닥치며 억겁의 시간을 견뎠던 의지는 간단하게 붕괴되고 임무는 실패로 돌아간다. 존재는 이토록 이해가 불가능한 문제를 떠안고 있으며 어쩌면 자유로운 의지에는 어떠한 해방도 부여되지 않았는지도 모른다. 너희 인간보다 훨씬 우월한 우리들도 무한대로 펼쳐진 빛 속에서 권좌를 탐하는 찰나를 피하지 못했다. 그래서 지옥이라는 미래를 약속받았으며 타락이라는 변질을 뒤집어썼다. 너희 인간도 마찬가지다. 열매를 따지 않은 시간이 억천만 겁이라도 아무런 의미가 없다. 세상은 열매를 따버리고 난 뒤에야 시작됐다. 그것이 바로 신의 법이다."

악마의 말이 이해되지 않았다. 그저 사랑을 선택했을 때 소멸할 내가 걱정이었다. 허나 마음은 이미 선택을 마친 상태였다. 사랑을 되찾아 행복할 수 있다면 그보다 나은 선택은 없었다. 비참한 운명을 택할 수는 없었다.

"그 사랑이 뭐라고 이리도 호들갑인지 모르겠다. 반드시 만나게 해줄 것이니 그 순간을 결코 후회하지 말지어다. 지금의 선택 역시 미끼 속에 감춰진 바늘이며 너의 책임이다."

악마는 어둠 속으로 스며들며 모습을 감췄다. 그와 동시에 캄캄한 암전에 휩싸인 것처럼 의식을 잃었다.

세 번째 조각 - 의흐

1. 라는 창가에 앉아 무심히 거리를 내다보고 있었다. 무슨 생각을 하는지 짐작할 수 없는 얼굴이었다. 하늘거리는 실크 소재의 이중 커튼이 양쪽으로 착 밀쳐진 창으로 쏟아지는 오후의 햇살은 딱 봄처럼 따스하고 포근했다.

라의 눈은 쌍꺼풀이 진하고 커다란데다 양쪽의 크기가 같았다. 코는 작지만 오뚝하고 끝에 살이 뭉툭하게 올랐는데 얼굴의 한가운데서 중심을 잡아 전체적인 균형이 좋았다. 아래보다 위가 두꺼운 입술은 무표정한 얼굴에서조차 자신만의 분위기를 풍기게 했다. 간신히 어깨에 닿는 머리카락은 숱이 많고 아주 새까맸는데 밤보다도 짙어 꼭 별이 떠오를 것만 같았다. 북극에 다녀온 누군가는 북극의 하늘이 꼭 라의 머리카락처럼 검게 빛났다며 호들갑을 떨었다. 그렇게 예쁜 머리카락을 좀 길었으면 싶었지만 한 달이 멀다하고 싹둑싹둑 자르기를 좋아했다. 그 고집을 근 삼 년간 꺾을 수 없었지만 아무렴 어떨까 싶었다. 내가 너를 사랑한다는데. 피식 웃음이 새나왔다.

라는 시선을 창밖에 둔 채 코코아를 타오라고 말했다. 라에게는 이런 것이 어울렸다. 무심히 코코아를 타오라고 지시하는 그런 것이 어울렸다. 지금 이 순간 라는 자신이 가진 고유의 속성이자 오 년이라는 긴 시간 동안 나로 하여금 자신을 사랑하게 만든 기운을 마음껏 뿜어내고 있었다. 나는 알겠다는 대답도 없이 주방으로 들어가 우유에 네스퀵을 넣고 잘 섞이도록 휘휘 저었다. 지금 이 순간 나는 웃고 있었다. 라를 사랑했으니까 라는 사랑스러웠으니까 웃을 수밖에 없었다.

탁자 위에 쟁반을 내려놓으며 라의 맞은편에 앉았다. 실내가 조용한 탓에 의자가 바닥에 끌리는 소음이 끼익 울렸다. 라의 시선이 내게로 향했다. 여전히 무심한 눈이었다. 그 눈을 피하기 위해 탁자 위에 놓인 연습장과 볼펜을 주워들고 라의 이름을 큼지막하게 적었다. 관심을 끌어보려는 시도였지만 실패했다. 무심한 눈은 창밖으로 향하더니 오래도록 머물며 되돌아오지 않았다. 그 모습을 바라보며 내가 감히 라의 마음을 짐작할 수 있을까 싶은 어떤 우스꽝스러움을 느꼈다. 언젠가 라가 말했듯이 그냥 가만히 있으면 족했다. 그냥 가만히 있으면 신경을 긁을 일도 짜증스러울 일도 어지간해서는 생겨나지 않는다고 했다. 그것은 부탁을 가장한 명령이었다. 그냥 가만히 있으라는 조소가 스민 한숨이 담긴.

2. 라는 승무원 생활에 적응하지 못했다. 일 년을 채우지 못하고 퇴사했다. 퇴사에 대해서는 깊이 고민하지 않은 것 같았는데 불규칙한 생활과 시차의 부적응 그리고 업무의 불편함을 참아내지 못했다. 그런 결정에 대해서는 가타부타 말을 보태지 않았다. 전남대학교 철학과를 졸업해 어렵사리 승무원이 됐지만 쉽게도 미련을 버릴 수 있는 라의 성질이 좋았다. 거리를 내다보는 무심한 눈도, 하품을 하는 아래보다 위가 두

꺼운 입술도, 무성의하게 잡지를 넘기는 가느다란 손가락도, 이어폰을 귀에 꽂고 까닥이는 몸짓과 꼰 다리도 모두 라다워 좋았다. 세상 무엇으로도 대체가 불가능한 존재였다.

3. 가게는 늘 한가했다. 한가함에 휩싸인 채 하루를 보냈다. 그런 시간이 벌써 삼 년이었다. 이른 아침부터 늦은 밤까지 일을 했지만 손님이 없었다. 손님이 없는 이유를 고민했지만 아직까지 찾지 못했다. 위치가 나쁜 것도 투자한 돈이 적은 것도 아니었다. 그런데도 손님이 없었다. 워낙 손님이 없다보니 출입문에 매달린 종이 울리는 일이 뜬금없거나 생뚱맞다고 여겨졌다. 메뉴판을 전달하고 주문을 기다리면서는 손님이 그냥 떠나버리면 어쩌나 염려했다. 해봐야 소용없는 걱정이었지만 삼 년째 계속되고 있었다. 매상에서 유지비를 제하고 남은 돈으로 생계를 꾸리는 입장에서 손님의 등장이 뜬금없어진 가게의 주인이 느끼는 두려움은 어쩌면 당연한지도 몰랐다. 그러나 좀처럼 어떤 것에도 대응하거나 대처하지 못했다. 좀처럼, 이라는 부정 부사를 사용했지만 사실 이런 모든 것들을 수수방관한 채 내버려두고 있었다.

4. 라는 창가에 앉아 무심히 거리를 내다보고 있었다. 날씨는 땀이 날 정도로 더웠지만 뜨거운 커피를 몇 잔째 연달아 훌훌 불어 마시며 무슨 생각을 그리 골똘하게 하는지 몇 년째 끝나지 않은 사색이 아직까지 이어지고 있었다. 또 언제까지 이어질는지 짐작하면 아득함만 짙게 드리웠다.

손님 없는 가게에 뜬금없이 손님이 등장했다. 어색하게 주문을 받은 뒤 주방에서 음식을 조리하며 얼떨떨한 기분이었다. 손님 없는 가게의 메뉴는 스파게티와 파스타라고 불리는 면 종류와 리조또와 도리아라고 불리는 밥 종류가 전부였다. 음식에는 오이피클과 양상추샐러드가 곁들여졌고 커피나 콜라와 같은 음료가 덤으로 주어졌다. 음식을 한 접시 팔았을 때 얼마의 마진이 남는다는 계산은 없었다. 손님 없는 가게는 단 하루도 적자를 면한 적이 없었기에 계산은 무용했다. 얕은 적자가 아니었다. 깊고 완전한 적자였다. 누구라도 가계부를 확인한다면 놀라 혀를 내두를 것이었다. 어쩌면 이런 적자를 안고 삼 년이라는 긴 시간을 버텼는지 그 재주가 용하다며 더욱 크게 놀랄 것이었다.

손님 없는 가게의 적자에 대한 고민은 온전히 나만의 몫이었다. 오로지 내 돈과 희생으로 차려진 가게였기에 모든 책임은 내게 있었다. 나 역시 마땅한 책임과 고민을 누군가에게 전가하고 싶지 않았다. 무능함에 비겁함만은 더하고 싶지 않아 매번 적자를 부모님께 손을 벌려 메우면서도 폐업에 대한 고려는 하지 않았다. 언젠가는 손님이 늘어날 거라는 허황된 바람으로 비참한 현실을 외면했다. 허황된 바람으로 버틴 세월이 벌써 삼 년이었지만 지금 창가에 앉아 거리를 내다보는 라만 곁에 있어준다면 삼 년이 아니라 삼 년을 삼십 번 곱한 세월도 견딜 수 있을 것 같은 마음이었다. 과연 삼 년을 삼십 번 곱한 그 다음날에도 지금과 같은 마음일 수 있을지 물었지만 대답하는 입이 없었다. 대답은 불필요했다.

라는 손님 없는 가게에서 나의 연인이자 동시에 점원이라는 신분을 갖고 있었다. 허나 점원이라는 신분은 스페어 그 이상과 이하도 아니었다. 멀쩡한 것이 망가지지 않으면 쓸 일이 없는 예비용에 불과했기에 손님 없는 가게에서 할 일은 없었다. 가게는 늘 적자였지만 라에게 약속한 월급은 단 한 번도 늦은 적 없었다. 그런 라가 조금도 밉지 않고 사랑스러운 이유는 모르겠다. 지금 흘러나오는 노래를 모두 자신이 골라놓고 창가에 앉아 귀에 이어폰을 꽂고 다른 노래를 듣는 이런 면이 라가 지닌 고유의 속성이었다. 내가 사랑하고 지키려는 최고의 가치였다.

나는 라가 좋았다. 어느 하나도 밉지 않고 전부를 사랑했다. 타인에게 흠이라고 여겨질 것도 내게는 사랑의 이유였다. 라의 어떤 면이 타인에게 흠이 되리라고는 생각하지 않지만 그럼에도 흠을 잡을지 몰라 보탠 말이었다.

라에게는 고양이와 같은 도도한 기질이 다분했다. 언제라도 열린 문의 틈으로 떠나겠다고 창밖을 바라보는 것 같았다. 떠나는 것에 미련이 없다고 말하는 것도 같았다. 결코 그런 불상사가 일어나지 않기를 바랐다. 심각한 사고나 다름없었다. 실제로 나를 떠난다는 어떤 내색도 한 적이 없었지만 언제까지나 내 곁에 있어달라고 조르고 싶었다.

나는 손님 없는 가게의 주인이 되기 전에는 기업을 전문으로 상대하는 은행의 직원이었다. 업무는 과다했지만 명함을 내밀면 모두가 부러워하는 대우가 좋은 직장이었다. 생활은 풍족했고 나름대로 취미를 즐기며 즐겁게 살았다. 저축이 늘어나는 속도를 계산했을 때 몇 년 후에는 넓은 아파트를 장만할 수 있겠다는 목표도 있었다. 지금 창가에 앉아 무심히 거리를 내다보고 있는 라를 만난 것도 그즈음이었다.

라는 어렵사리 승무원이 됐지만 새내기가 겪는 고난을 견디지 못하고 퇴사했다. 무슨 바람이 불었는지 디자인을 배우겠다며 학원을 다니기 시작했다. 자유롭게 일을 하며 스스로 떳떳할 수 있다고 판단한 모양이었다. 허나 실상은 변변찮은 소득으로 하루살이나 다름이 없는 신세에 불과했다. 학위에 대한 열등감이 안쓰럽게 드러났지만 예술은 습득이 아닌 체득이라며 나를 가르쳤다. 뜬금없이 영국으로 떠나겠다는 통보를 받았을 때는 기가 막혔다. 무작정 영국으로 날아가 그곳에서 돈을 벌어 학업을 유지하겠다는 계획이었다. 허나 떠나지 못했다. 떠나지 못했지만 그런 사실에 조금도 영향 받지 않았다. 조금의 흐트러짐 없이 이전과 같은 하루를 성실하게 살아냈다.

그런 라와 섹스를 했다. 라는 손을 잡아도 품에 안아도 입을 맞춰도 바닥만 쳐다봤다. 저항이 없음을 허락이라고 받아들여 옷을 벗겼다. 라는 주먹을 쥔 두 손을 젖가슴 위에 얹고는 비스듬히 고개를 돌렸다. 작은 젖가슴은 등을 대고 누우니 꼭 접시를 엎어놓은 것 같았지만 아주 예뻤다. 단단하지 않은 유두와 매끈한 살결은 정말이지 특별했다. 잘록한 허리에는 군살 한 점 보태지지 않았고 갈빗대를 선명하게 드러냈다. 사실 그때는 라의 벗은 몸을 이토록 자세히 바라보지 못했다. 그 후의 경험을 통해 중첩된 기억이 만들어낸 사실적인 표현이었다.

라는 어느 날부터 갑자기 기분이 언짢아지고 토라졌다. 그 이유를 묻자 프리랜서 디자이너인 자신은 나를 보고 싶을 때 볼 수가 없다며 그 사실이 너무도 불합리하다고 말했다. 내가 출근을 하면 퇴근을 할 때까지 무조건 기다려야 한다며 분통을 터뜨렸다. 그런 이유가 무척 황당했지만 사랑은 어떤 억지라도 수긍하게 만들었다.

라의 신경질은 날이 갈수록 심해졌다. 자신이 너무 불리하다며 싸늘하게 식어버렸다. 그런 현실 속에서 완전히 기운을 잃은 뒤에야 결심이 섰다. 퇴사를 한 뒤 저축을 털어 가게를 차린다는 계획이었다. 라는 음식과 음료가 제공되는 분위기 좋은 가게를 차리는 게 소원이라고 입버릇처럼 말했었다. 그런 낌새가 어떨 때는 뜨겁고 어떨 때는 차가웠는데 교묘한 강요였다.

결국 청춘의 끝자락에서 마지막 연애가 될지도 모르는 사랑을 위해 도박을 했다. 잃을 것이 무어라고 할지라도 감수하겠다는 결심이었다. 저축과 대출을 통해 자금을 조달했지만 부족했다. 부모님께 손을 벌리면서는 송구스러웠지만 벌어진 일을 수습하는 게 우선이었다. 그렇게 만들어진 돈으로 라는 모든 것을 결정하고 추진했다. 그래도 나는 좋았다.

5. 시간은 조용하고 잠잠하게 흘러갔다. 손님 없는 가게의 비참함을 가장 아름답게 포장할 수 있는 말이었다. 그렇지만 정말로 시간은 천천히 또 고요하게 흘러가고 있었다. 주방에서 설거지를 하려고 개수대 앞에 서자 한숨이 푹 내쉬어졌다. 접시 몇 개와 그릇 몇 개가 전부였다. 어제 고작 접시 몇 개와 그릇 몇 개를 팔았을 뿐이었다.

설거지를 마치고는 내친김에 빗자루를 손에 들었다. 탁자와 의자를 밀치며 구석구석 깨끗하게 쓸려고 했지만 라의 취향대로 꾸며진 실내는 자질구레한 잡동사니가 많아 도무지 깨끗해지지 않았다. 문득 라가 지금까지 한 번도 설거지나 청소를 한 적이 없다는 사실이 깨달아졌다. 라는 지금도 창가에 앉아 책을 읽고 있었다. 그 무심한 얼굴은 설거지나 청소와는 완전히 어울리지 않았다. 언제까지나 설거지와 청소를 하는 내게 무심할 수 있는 그 불변성이 더욱 사랑하게 만들었다. 결코 변하지 아니하는 성질은 라의 가치를 대변했다. 그런 신념과 세계를 지켜 주고 싶었다. 기꺼이 라의 왕궁을 지키는 병사가 되려고 했다. 지금까지는 그 역할을 잘 수행했다고 생각했다. 물론 당사자인 라는 동의하지 않을 것이 분명했지만 말이다.

그때 라의 목소리가 귀를 간질였다. 정말로 라의 목소리를 들은 것인지 아니면 환청을 들은 것인지 분간이 어려웠다.

“쓸었으면 닦아야지.”

나는 곧장 창고에서 스팀청소기를 꺼내 물을 보충했다. 정말로 말을 했냐고 되물을 수도 있었지만 그럴 때면 늘 싸늘한 눈총이 날아들었기에 굳어 부스럼을 만들지 않았다. 행동보다 옳은 대답은 없었다.

계산대에 몸을 숨긴 채 벽에 걸린 시계를 바라봤다. 오후 다섯 시였다. 그때까지 손님이 없었다. 한숨을 내쉬는 순간 창밖으로 시선이 던져졌다. 손님이 아니라면 주차를 하지 말라고 표시를 해뒀지만 검은색 고급 승용차가 아주 부드러운 동작으로 가게 앞에 멈춰 섰다. 자동차의 주인이 시야에서 사라지기 전에 얼른 자동차를 빼라고 말해야 했다. 막 출입문을 나서는데 운전석에서 내린 운전수가 뒷좌석의 문을 여는 광경이 목격됐다. 뒷좌석에서 내린 남자가 곧장 손님 없는 가게로 들어왔다.

나는 쩔쩔매며 메뉴판을 전달하고 계산대로 돌아왔다. 찬찬히 메뉴판을 살피는 그는 젊은 나이에 꽤나 높은 지위에 올랐는지 풍기는 분위기가 중후했다. 운전수가 딸린 고급 승용차는 아무나 누릴 수 없는 특권이었다. 기껏해야 내 어깨에나 차는 작은 키였지만 그에게서 뿜어지는 당당한 기운은 훈련을 통해서는 습득할 수 없는 기질적인 특성 같았다. 이유 없이 주눅이 들었다. 이 감정은 조금 굴욕적이었지만 어쩔 수 없었다. 성공한 자에게 고개를 숙이는 것은 속일 수 없는 인간 본성이었다.

주문 받은 음식을 조리하며 할 수 있는 최선을 다했다. 그가 돈을 더 지불하는 것도 아닌데 마치 귀빈을 대접하는 호텔 주방장이라도 된 것처럼 재료를 아끼지 않고 열중했다. 음식을 완성한 뒤 땀을 훔쳤다. 마치 짧은 거리를 전력으로 질주한 것처럼 숨이 가빴다. 흥분이 가라앉자 창가에 앉아 책을 읽고 있는 라가 의식됐다. 손님을 상대하며 한없이 비굴하고 작아졌을 나를 목격했을까 염려스럽더니 목격하지 못했을 거라는 안도감이 들었다.

그는 계산대로 다가와 음식의 값을 물으며 지갑을 꺼냈다. 주문서에 기재된 금액을 알리자 거침없이 돈이 들린 손이 내밀어졌다. 그는 나긋하고 다정한 목소리로 뜬금없이 손님 없는 가게를 칭찬하기 시작했다.

"맛이 아주 좋았습니다. 분위기도 마음에 들었습니다. 특히 키신의 피아노가 기분을 흐뭇하게 만들었습니다. 개인적으로 키신의 팬입니다."

그의 빤한 말치레가 그리도 놀라운지 나는 입을 다물지 못했다. 처음 들어보는 칭찬이 놀랍고도 황송했다.

"앞으로 자주 들리도록 하겠습니다."

나는 그 말을 감당하기가 힘들어 감사하다며 연거푸 허리를 굽혀 인사했다. 그가 자동차에 오를 때까지 인사를 멈추지 않았다. 검은색 고급 승용차는 시내의 좁은 길을 빠른 속도로 빠져나갔다. 자동차가 시야에서 사라진 뒤로도 한참동안 우두커니 서있었다. 마음 한편이 텅 빈 것처럼 허전했다. 손님 없는 가게를 지키는 한심한 신세로 전락한 내가 어쩌면 동경했을 이상적인 모습을 한 그의 존재는 커다란 감흥을 남겼다. 그와의 첫 만남이었다.

7. 계산대에 몸을 숨긴 채 라를 바라봤다. 라는 밥그릇을 손에 들고 가게 안을 서성이며 늦은 점심을 먹고 있었다. 창가에서 밖을 바라보다가 밥을 한 수저 입에 떠 넣고 물끄러미 벽에 걸린 그림을 바라보다가 밥을 한 수저 입에 떠 넣는 식이었다. 기껏해야 다섯 수저가 전부인 식사는 오래도록 이어졌다. 쌍꺼풀 짙은 큼지막한 눈이 끔벅일 때마다 길고 검은 속눈썹이 허공을 부드럽게 쓸었다.

라는 육인용 탁자에 앉아 골똘한 얼굴이었다. 작은 수첩을 앞에 놓고 일기를 쓰는지 아니면 영원히 끝나지 않을 사색을 담는지 알 수 없었다. 알아서는 곤란했다. 라는 자신이 설정한 경계를 침범당하는 것을 극도로 꺼려했다. 예를 들자면 마음에 흡족해 잘 가지고 놀던 장난감을 누군가가 허락 없이 만졌을 때 그때까지 흡족하던 마음을 싹 잊고 가차 없이 쓰레기통에 처박아버리는 심보와 같았다. 또한 그에 따른 무형의 보복을 반드시 감행했다. 싸늘한 기운을 뿜어대는 라에게 온기를 되찾아줄 방법이란 없었다.

가게에는 여전히 손님이 없었다. 공간을 가득 메운 한가함에 숨이 막힐 지경이었다. 숨통을 좀 터볼까 싶어 손걸레를 쥐고 유리창을 닦는데 갑자기 비가 쏟아졌다. 빗방울이 꽤나 굵어 올려다본 하늘은 그때까지 푸르렀다. 허나 먹구름이 드리우는 것은 금방이었다. 가게 안으로 들어가 라에게 비가 내린다는 사실을 알렸다. 라는 비가 내리는 것에는 흥미를 느끼지 않는지 반응이 없었다. 어쩌면 내 말을 간단하게 무시한 것인지도 몰랐다.

비 내리는 하늘을 올려다봤다. 거세게 쏟아지는 빗방울이 창을 때리며 탁탁 소리를 냈다. 마침 잘됐다는 마음이었다. 일부러 유리창을 닦으려고 했으면서도 비를 핑계로 하지 않아도 되니 좋았다. 그때 등 뒤에서 라의 목소리가 들려왔다.

"비가 그치고 나면 더워질 거야."

나는 고개를 돌려 라를 바라봤다. 대답을 하기 위해서였다. 어쩌면 대답에서 이어지는 대화를 기대했는지도 몰랐다. 그러나 라는 여전히 골똘한 얼굴로 뭔가를 적는데 열중하고 있었다. 그 모습을 바라보며 고개를 끄덕였다. 목구멍까지 차올랐던 목소리를 대신하는 끄덕임이었다.

계산대에 몸을 숨긴 채 비 내리는 창밖을 바라봤다. 소나기치고는 꽤나 오래도록 그치지 않았다. 그런 빗속에서 검은색 고급 승용차가 가게 앞에 멈춰 섰다. 운전수는 재빨리 우산을 받쳐 들고 뒷좌석의 문을 열었다. 능숙하고 재빠른 동작에 맞춰 그가 모습을 드러냈다.

그는 정말이지 빼어난 사람이었다. 결코 거들먹거리거나 으스대는 면 없이 기질적으로 타고난 당당함을 발산했다. 내게 입힌다면 어울리지 않을 빼어남을 몸에 맞춘 것처럼 걸치고 있는 그에게 경외와 경애의 감정을 느꼈다.

그는 운전수와 자리를 잡고 앉아 주문을 마쳤다. 밝은 얼굴이었고 싱긋 미소 짓기도 했다. 그 미소에 왕을 영접하는 신하가 된 것처럼 감개가 무량해짐을 느꼈다. 그런 감정의 원인과 변화가 무척 당연하게 여겨졌다. 음식을 내가며 슬쩍 쳐다본 라는 따스한 봄볕에 졸음을 느꼈는지 탁자 위에 엎드린 채 새근새근 잠들어 있었다. 안도감을 느꼈다. 빼어난 그의 앞에서 초라해진 나를 들키지 않았다는 사실이 마음을 위로했다.

그는 식사를 하는 중에 운전수와 이런저런 대화를 주고받았다. 목소리는 점잖았고 주변에 폐가 되지 않을 만큼 적당한 크기라서 엿들을 마음도 없었지만 엿들을 수도 없었다. 허나 대화가 업무에 관한 것임을 운전수의 반응에서 유추할 수 있었다.

그가 계산을 치르며 나를 유심히 살핀다는 느낌을 받았다. 착각인지도 몰랐지만 그의 관심이 감당하기 힘겨웠다. 왜인지 모를 불길함이 고개를 쳐들었다. 그 불길함은 뭔가를 암시하며 알아채라고 호소했는데 지금까지 느껴본 적 없는 맹렬함이었다. 허나 어떤 것도 알아차릴 수 없었다. 그럴만한 여유도 정신도 없을 뿐더러 무엇보다 그의 존재가 너무 무겁고 두려웠다. 그래서 마음의 맹렬함을 맹랑함이라고 치부하며 넘겼다.

그가 가게를 빠져나가자 참았던 숨이 길게 토해졌다. 묵은 체증이 내려가는 것처럼 속이 편안해졌다. 계산대에 몸을 숨긴 채 그를 오래도록 떠올렸다. 보통 사람이라면 가질 수 없는 부와 명예 그리고 권력이 지금의 그를 형성한다고 믿어졌다. 그런 특징적인 외관이 벗겨졌을 때 드러날 알몸은 어쩌면 털 빠진 닭처럼 볼품없을지도 몰랐다. 그렇게밖에 생각할 수 없었다. 그것 말고는 나만큼 젊은 그의 성공을 받아들일 합당한 근거가 없었다. 그때 씁쓸함이 신물처럼 역류했다. 그것을 뱉지 못하고 도로 삼켜야 하는 신세가 구차했다.

8. 가게에는 여전히 손님이 없었다. 쓸쓸할 만큼 무거운 적막이 켜켜이 쌓여가고 있었다. 지금 흘러나오는 노래조차 적막을 밀어내지 못하고 말끔하게 소거됐다. 고개를 가로저었다. 지금의 감각에 넌덜머리가 났다. 괜찮다고 믿으며 하루하루를 보냈지만 더는 스스로를 위로할 목소리를 찾을 수 없었다. 목구멍이 꽉 막힌 것처럼 속이 답답했다. 다시금 고개를 가로저었다. 괜히 떠오르는 그에게 막말을 던졌다. 부모를 잘 만나서 좋겠다며 비아냥거렸다. 막말을 던진 것보다도 그런 방법으로 위로를 얻으려는 스스로가 부끄러웠다. 정작 가게의 적자를 부모에게 손을 벌려 메우는 주제에 잘 알지도 못하는 그를 그저 그런 빤한 이야기에 엮으며 폄하했다.

9. 그는 손님 없는 가게의 첫 번째 단골손님이 됐다. 따로 임명하거나 협약을 맺지는 않았지만 자연스럽게 받아들여졌다. 그는 첫 번째 단골손님이라는 상징적인 의미와 함께 매상의 절반 이상을 차지하는 실질적인 존재였다. 그가 곧잘 주문하는 와인이나 위스키가 남기는 이문은 열 접시의 음식을 파는 것에 버금갔다. 그럼으로 그의 방문에는 보이지 않는 동행이 열 명쯤 있는 것과 같았다.

그는 이따금씩 직접 운전을 해 손님 없는 가게를 찾아왔다. 양복을 벗은 편안한 차림새였고 미녀가 곁을 따랐다. 그런 그와 암묵적인 묵계를 나눠가지며 책임감을 느꼈다. 바로 여성 편력에 대한 함구였다. 나는 이 문제를 철저한 비밀에 부쳤다. 단순히 입을 열지 않는 것이 아니라 매번 바뀌는 그녀들이 그런 낌새를 알아채지 못하도록 연기했다.

그와 동행하는 미녀들은 그의 겉으로 드러난 성공이 거짓이나 가짜가 아님을 증명하는 것처럼 어쩌면 보이는 것 이상이라고 말하는 것처럼 아름다웠다. 그런 미녀를 기분에 따라 요일에 따라 골라 데리고 다닐 수 있는 것을 능력이라고 말할 수 있을는지 자신 없었지만 분명한 사실은 아무나 할 수 있는 일은 아니었다. 가끔은 아무렴 그가 이룬 성공이 대단하다고 이런 미녀들이 하나같이 사족을 쓰지 못하는지 이유가 궁금하기도 했다. 어떤 가정으로도 고민에 대한 답을 얻을 수 없었지만 의문은 수긍됐다. 나도 그가 좋았다. 어느 순간 마음을 뺏겼고 그의 방문을 늘 기다렸다. 그는 마음을 당기는 이상한 중력을 몸에 가지고 있었다.

나는 그의 성공과 빼어남을 부러워했지만 여성 편력에 대해서는 철저하게 무관심했다. 창가에 앉아 무심한 얼굴로 뭔가를 하고 있는 라를 바라보면 그의 미녀들이 대수롭지 않게 여겨졌다. 라의 존재는 그에게 느끼는 완벽한 패배감에서 나를 구출하는 유일한 구원이었다. 또한 세상에 존재하는 유일한 사랑이었고 최고의 가치였다. 어떤 것과도 비교가 불가능한 절대성이 전제돼 있었다. 나는 정말로 라를 사랑했다.

10. 라는 와인을 마시자고 했다. 얼른 돌아보니 그새 그런 말을 하지 않았다는 것처럼 새침하게 창밖을 바라보고 있었다. 와인을 챙겨 맞은편에 앉으니 라의 시선이 힐끔 내게로 향했다. 허나 오래 머물지는 않고 어둠이 내려앉은 적막한 거리에 던져졌다. 그 시선을 쫓아 거리를 바라봤다. 드문드문 세워진 가로등이 어둠에 버거워하며 밤을 견디고 있었다. 그때 라의 입술이 달싹였다. 아래보다 위가 두꺼운 입술이 말

을 뱉고는 싱싱한 조개처럼 굳게 다물었다.

"조명이 너무 밝아."

나는 즉시 행동했다. 조명을 조절하는 장치를 다룰 때까지 행동에 대한 의식은 없었다. 조건에 대한 정해진 반사처럼 라의 말에 우선 반응했다. 조명의 광도를 조절하는 순간에야 의식이 돌아왔다. 조금씩 어둠에 가까워지는 허공을 바라보며 집중했다. 라의 어떤 동작, 그것을 신호로 조명을 조절하는 임무가 끝이 났다.

라는 별다른 기색 없이 와인을 홀짝이며 시간을 죽였다. 와인을 입에 머금고 삼키는 동작이 세련돼 보였다. 반대로 나는 그런 척에 어색함을 느꼈다. 입술이 느끼는 갈증에 머금은 와인을 좀처럼 삼킬 수가 없었다. 라의 속내가 좀처럼 짐작되지 않았다. 라는 와인 두 잔을 비운 뒤에야 속내를 드러냈다.

"내가 많이 생각해 봤는데 메뉴를 바꿔보는 게 어떨까?"

나는 눈을 동그랗게 떴다. 메뉴를 바꿔보는 게 어떨까, 묻는 라의 목소리가 메뉴를 바꿔야겠다는 통보로 들렸다. 아니, 메뉴를 바꿀 거야. 라의 비밀스러운 속다짐을 엿들은 기분이었다.

"생각한 게 있어?"

얼떨떨한 기분에 무기력한 되물음이었다.

"아니. 차차 생각해 볼 거야."

라는 작은 어깨를 으쓱해 보였다. 어깨를 으쓱하는 동작에서 오 년 전 비장한 얼굴로 영국에 가겠다고 말하던 라가 떠올랐다. 낯선 나라에 정착하려면 먼저 문화에 익숙해져야 한다며 온종일 낄낄대며 봤던 드라마는 심지어 미국 드라마였다. 그때 봤던 미국 드라마를 통해 어깨를 으쓱하는 동작이나 심드렁한 표정을 체득한 라의 마음은 이미 영국의 시민이나 다름이 없었다. 그럼에도 불구하고 지금 눈앞에서 메뉴를 바꿔보는 게 어떨까? 묻는 라가 미치도록 사랑스러웠다. 그 사랑은 기꺼이 고개를 끄덕이게 만들었다. 세상을 어깨에 짊어진 채 떠받드는 또 다른 아틀라스가 필요하다면 기꺼이 내 어깨를 내어줄 심산이었다.

내게 있어 라는 언제나 가장 소중한 가치였다. 숨이 막힐 때는 산소가 됐고 목이 마를 때는 물이 됐다. 더위에는 시원한 바람이 됐고 추위에는 따스한 햇살이 됐다. 어떤 경우를 갖다 붙이더라도 변하는 사실은 없었다. 변하는 사실은 없었지만 공백이 생겼다. 라가 거리를 내다보던 그 자리가 주인을 잃고 텅 비었다. 나처럼 저것들도 라를 그리워하는지 휑뎅그렁함을 여실히 드러냈다.

라는 메뉴를 바꿔보는 게 어떨까? 라고 물었던 다음날부터 자리를 비우기 시작했다. 메뉴의 변경을 위해 발품을 팔며 이곳저곳을 쏘다녔다. 쏘다니는 일이 가게에 도움이 되리라는 기대는 없었는데 홀로 손님 없는 가게를 지키며 어쩐지 답답해진 기분이었다. 그런 기분을 상쇄하고자 한적하게 흘러나오는 노래를 바꿔보고 창가에 앉아 뜨거운 커피를 훌훌 불어가며 마셔보기도 했지만 헛헛한 마음은 작은 위로조차 얻지 못했다.

라는 즐거움을 느끼는 것 같았다. 온종일 돌아다니며 맛보고 남겨온 음식을 전자레인지에 덥혀 내오면서도 불만이 없었다. 그것을 억지로 먹어치우는 내 곁에서 부지런히 뭔가를 설명했지만 모두 비슷한 생김새에 익숙한 맛이라서 듣지 않아도 무방했다. 메뉴의 변경에 대한 필요성 자체를 느끼지 못했기에 라의 호들갑에 맞장구치기가 어색했다.

라는 창가에 앉아 노트를 정리했다. 새벽이 깊더라도 오늘의 일과를 모두 기록한 뒤에야 자리에서 일어났다. 그 모습을 바라보며 작은 위로를 얻었다. 그 위로는 미소를 떠오르게 하거나 근본적인 문제를 해결해주지는 않았지만 내 존재에 대한 외로움을 덜어줬다. 라의 존재가 내게는 위로였다.

11. 라는 오래도록 곁을 지키며 희생한 나조차 자신의 세계 안에 들이지 않았다. 이는 원초적으로 정해진 금단의 개념으로 절대 깨지지 않았다. 만약 어떤 특별함이나 특수성이 작용할 때 침범이나 수용이 허용된다면 이는 라를 구성하는 세계를 완전히 부정하는 것이었다. 라를 구성하는 세계는 우주의 허공에 매달린 구슬과 같았다. 극도로 미세한 자극만 가해져도 반대편 끝을 향해 영원히 날아가 버리겠다고 단단히 벼르고 있었다. 아무리 구슬이 탐나더라도 가지려는 시도 자체가 곧장 완전한 상실로 직결됐다. 그저 바라보는 것이 최선이었다. 그래서 구슬을 지키는 파수꾼이 됐다.

12. 계산대에 몸을 숨긴 채 거리를 내다봤다. 사람들의 왕래가 많았지만 어째서 가게에 들어오는 손님이 없는지 의문이었다. 시간은 여름 볕에 녹아버린 엿가락처럼 찐득하게 흘러갔다. 유난히도 라의 빈자리가 커다랗게 느껴졌다. 슬쩍 창가의 자리에 앉아봤다. 골똘하게 책을 읽어보려고 했지만 맡는 역할이 아닌지라 집중할 수 없었다. 자리에서 몸을 일으키는 그때 검은색 고급 승용차가 가게 앞에 멈춰 섰다. 그는 등장만으로 모든 잡념을 일시에 날려버렸다.

그는 식사를 마친 뒤 냅킨으로 입가를 닦아내며 소매를 확인했다. 늘 하는 행동이었다. 그런 뒤에는 입가심으로 커피를 한 모금 마셨고 즉시 자리에서 일어났다. 모든 게 정해진 순서였는데 어쩐 일인지 오늘은 자리에서 일어나지 않고 손을 들어 나를 불렀다. 잔뜩 긴장한 채 다가갔다.

"혹시나 해서 묻습니다. 어릴 적에 송정리에 살지 않았습니까?"

그의 물음은 심한 당혹감을 불러 일으켰다. 물음에 대한 저의를 파악하려는 시도조차 불가능했다. 완전한 무방비 상태에서 그의 눈을 마주했다. 그 눈은 대답을 기다리는 동시에 확신을 갖고 있었다. 나는 고개를 끄덕였다. 대답할 수 있는 입은 꿀을 먹은 상태라서 고개를 끄덕이는 것이 유일한 수단이었다. 그러자 그의 안면에 환한 미소가 떠올랐다. 나는 얼빠진 얼굴로 다음 상황을 기다렸다.

"어렸을 적 청학동한문서당에 다니지 않았습니까?"

나는 놀란 눈으로 그를 쳐다봤다. 어린 시절 청학동한문서당에 다닌 적이 있었다. 그의 눈에는 얼른 자신을 기억해 내라는 재촉과 함께 과연 자신을 기억해 내는지를 시험하는 빛이 서려있었다. 나는 두 가지 모두를 실망시켰다. 청학동한문서당이라는 단서만 가지고는 고작 그때의 작은 조각들만 어렴풋이 떠올릴 수 있었다. 그마저도 빛이 바래 희미했다.

그때 나는 열두 살이었다. 아버지의 강요에 의해 청학동한문서당에 다니게 됐다. 옛 서당 훈장의 모습 그대로 수염을 기르고 삼베옷을 입은 남자는 지리산 청학동의 전통 방식으로 훈육한다고 말하며 벽에 잔뜩 걸어놓은 회초리를 흐뭇하게 바라보던 무서운 사람이었다. 그때 나는 가정에서의 교육으로 한문에 대한 일정한 기초를 닦았던 터라 사자소학을 건너뛰고 곧장 추구를 시작했다. 天高日月明(천고일월명)이요, 地厚草木生(지후초목생)이랴. 훈장님의 선창에 그 풀이로 답하는 목소리는 고래고래 하늘을 찌를 듯이 높았다. 하늘이 높으니 해와 달이 밝고 땅이 두터우니 풀과 나무가 나구나, 좔좔 읊던 어린 나는 그러나 한문 공부가 무척 싫었다.

나는 그의 물음 속에 등장하는 청학동한문서당이 내 기억 속에 존재하는 청학동한문서당과 일치하는지를 가늠하느라 멍청한 얼굴이었다. 어찌됐든 청학동한문서당에 다녔으니 고개를 끄덕인다면 간단할 문제였지만 기억을 대조한 끝에 이름만 같을 뿐 전혀 다른 청학동한문서당이라는 사실이 밝혀지는 희박한 확률이 두려웠다.

그때 마음이 거칠게 흔들리기 시작했다. 내게 청학동한문서당에 다니지 않았냐고 물었던 그가 꼭 春來李花白(춘래리화백)이요, 하고 地厚草木生(지후초목생)에 이어지는 다음 구절을 띄울 것만 같았다. 나는 마주한 春來李花白(춘래리화백)이요, 라는 구절 앞에서 최면에 걸린 것처럼 봄이 오니 오얏꽃이 피고, 라는 기억에도 흐릿한 풀이를 어렸던 그때처럼 목청껏 좔좔 읊어버릴까 두려웠다. 그가 春來李花白(춘래리화백)이요, 라는 주문을 외기 전에 서둘러 고개를 끄덕이며 뻣뻣하게 굳은 입술을 움직였다.

"다녔습니다. 청학동한문서당에 다녔습니다."

그 순간 시간이 멈춘 것 같은 정적에 휩싸였다. 정적 속에서 그는 만족스러운 미소를 떠올리며 고개를 끄덕였다. 이미 어떤 이야기가 통해 있었는지 늙은 운전수는 나를 쳐다보며 배시시 웃었다. 일어나봐야 내

가슴팍에나 겨우 차는 그가 나를 향해 손을 내밀었다. 악수를 청한다는 사실을 뒤늦게야 깨달았다.

"여기에서 너를 만나다니. 정말 반갑다!"

그가 내민 손을 황송하게 붙잡았지만 상황은 도통 파악되지 않았다. 온통 노력을 기울여 과거를 뒤져봤지만 지금 눈앞에 서있는 키가 작은 남자를 찾아낼 수 없었다. 그 순간 그가 뜻밖의 말을 보탰다.

"나도 청학동한문서당에 다녔어."

그의 모습에서 까까머리가 보였다. 가슴 한편에서 오래도록 기억됐던 그 얼굴과 참 나긋하고 따스했던 그 목소리가 어른이 돼서는 불쑥 자신을 왜 기억하지 못하느냐고 타박하고 있었다. 그의 손을 붙든 채로 굳어버린 몸은 좀처럼 정상으로 되돌아오지 않았다. 여전히 수동적인 상태에서 그를 먼저 알아보지 못했다는 사실에 미안함을 느끼는지 민망함을 느끼는지 분간할 수 없는 어정쩡한 경계에서 붉어진 얼굴을 떨어뜨리는 내가 나로서도 답답했다.

그는 풀려버린 수수께끼가 즐거운지 함박 웃었다. 그 웃음에 깃든 천진함은 까까머리의 그것과 너무도 닮아있었다. 아니, 같은 것이었다. 까까머리에 대한 모든 기억이 순식간에 되살아났다.

13. 까까머리의 이름이 기억나지 않았다. 이름에는 저마다 깃든 분위기가 있어 인물과 연결되며 오래도록 기억되는데 까까머리의 이름은 어떤 연상으로도 떠오르지 않았다. 어쩌면 애초에 알았던 적이 없는지도 몰랐다. 단 한 번이라도 이름을 들어봤다면 이렇게까지 막막할 리 없었다. 까까머리는 내게 자신의 이름을 알려준 적이 없었다.

까까머리와의 첫 만남은 청학동한문서당에서 수업을 마치고 집으로 돌아가는 길에서였다. 초여름이었다고 기억되는 그 날에 서당을 나서다 우뚝 멈춰 섰다. 우두커니 서있는 자전거가 눈에 들어왔다. 정확히 말하자면 자전거의 뒤에 매달려 있는 하얀 비닐봉지가 눈에 들어왔다. 가까이 다가가 살펴보니 가그린이 가장 큰 병으로 두 개가 담겨있었다. 투명한 플라스틱 병에 담긴 푸른색 액체가 어떤 용도로 사용되는지도 모른 채 한 병도 감당하기 벅차면서 욕심으로 두 병을 끌어안고 달음질을 쳤던 행동은 무의식적이었다. 무의식적이었다고 말했지만 도둑질에 대한 불안감을 분명하게 인지하고 있었다.

충분할 만큼 멀리 도망쳤다고 마음을 놓았을 무렵 뒤에서 나를 부르는 목소리에 발이 붙들렸다. 가그린 두 병을 끌어안은 채 슬쩍 뒤를 돌아보니 저 멀리에서 까까머리가 손을 흔들며 바쁘게 달려오고 있었다. 가만히 까까머리를 기다렸다. 내게 무슨 용무가 있어 저리도 바쁘게 달려오는지가 의문이었다.

본능은 초면인 상대를 경계하며 살피게 했다. 가쁜 숨을 헐떡이는 까까머리의 두상은 풍선처럼 둥글었는데 두피가 훤히 보이는 빡빡 깎은 머리였다. 외까풀의 커다란 눈 외에는 이렇다 할 개성 없는 평범한 얼굴이었다. 그리고 키가 작았다.

까까머리는 가쁜 숨을 가라앉히며 나를 바라봤다. 그 눈에서는 어떤 불순함도 섞이지 않은 순수한 빛이 내뿜어졌는데 그런 눈은 귀하고 드문 탓에 상대방을 당혹감에 휩싸이게 만들었다. 나는 당혹감에 휩싸인 채 다짜고짜 말을 놓는 까까머리에게 너는 몇 살이냐고 나를 아느냐고 묻지도 못했다. 까까머리의 목소리는 상냥하고 부드러웠다.

"오늘 서당 공부는 모두 끝마쳤어? 지금은 집에 가는 중이야?"

말의 내용보다 목소리에 깃든 다정함이 주의를 끌었다. 오랜만에 만난 외손자를 보듬는 외할머니처럼 다정한 목소리였다. 살면서 경험하기 드문 다정함을 까까머리는 아주 자연스럽게 건네고 있었다. 또 경계의 선을 완전히 침범한 채 끊임없이 뭔가를 물었는데 그것에 일일이 대답을 했는지는 기억나지 않았다. 기억나지 않는 것을 보면 아마도 어떤 물음에도 대답하지 않았을 확률이 높았다.

지금 분명하게 남아있는 그날의 기억은 철도 건널목을 지나는 중에 가그린 두 병을 버렸다는 사실 하나였다. 그때까지 애써 끌어안고 있었던 수고가 아깝지 않을 만큼 가그린 두 병은 무가치했다. 그만큼 도둑질에 대한 경각심도 미미했다.

까까머리는 나를 무척 친한 친구로 여기는 것 같았다. 서당에서 내 옆자리는 늘 까까머리의 차지였고 집으로 향하는 나를 쫓아오며 재잘재잘 말을 걸었다. 그런 까까머리와는 어떤 신체적인 접촉도 없었지만 완전히 밀착됐다는 느낌이었다. 그러나 까까머리가 내보이는 살가움은 어린 내가 감당하기에는 너무 커다란 감정이라서 친구가 되지 못했다. 까까머리는 늘 다가오는 역할이었고 나는 계속 밀어내는 역할이었다. 까까머리의 앞에서는 부끄러움이 많은 새색시처럼 얼굴을 붉혔다.

까까머리에 대한 기억은 유진오락실에서 끝을 맺었다. 그날은 일요일이었고 주머니의 동전을 일찍이 탕진한 탓에 남이 하는 오락을 구경하며 소일하고 있었다. 까까머리는 오후의 중간쯤에 친구들과 함께 오락실에 나타났다. 왁자지껄 떠들며 오락을 즐기는 모습이 무척이나 즐거워 보였다. 그런 까까머리에게 먼저 아는 척을 할 수 없었다. 여느 때와 같은 쑥스러움을 느꼈고 먼저 다가가는 것은 내가 맡은 역할이 아니었다.

유진오락실의 내부는 그리 넓은 편이 아니었기에 마주침을 피할 수 없었다. 까까머리는 이번에도 다정한 목소리로 안부를 물으며 살갑게 내 손을 붙들었다. 오락을 하러 왔느냐고 무슨 오락을 가장 좋아하느냐고 묻는 말에 대답이 없음에도 조금도 굴하지 않았다. 이런 상황들로 비춰볼 때 내가 까까머리의 존재를 귀찮고 마뜩찮게 여긴다고 생각될지도 몰랐지만 사실은 그렇지 않았다. 까까머리를 좋아하고 있었다. 허락된 시간이 길었다면 분명히 친구가 됐을 거라고 믿어졌다. 그러나 지금은 까까머리와의 마지막 기억을 말하는 중이었다.

까까머리는 자신의 친구들에게로 돌아가 왁자지껄 웃으며 오락을 즐겼다. 다시 혼자가 된 나는 남이 하는 오락이나 구경하며 우중충하게 서있었다. 그런 신세가 처량했지만 오락실을 떠나야겠다는 생각은 없었다. 시간은 흘러갔고 어느 순간 어떤 따스함이 내 손을 붙들었다. 돌아보니 까까머리가 서있었다. 까까머리는 천천히 자신의 입술을 내 귓가에로 가져왔다. 그리고는 은밀하게 물었다.

"왜 오락을 하지 않아?"

내게는 대답할 입이 없었다. 그래서 고개를 가로저었다. 동전이 없다는 사실을 들키고 싶지 않았다. 그런 나를 물끄러미 바라보던 까까머리는 어떤 사실을 깨달았는지 놀라는 얼굴이었다.

"혹시 동전이 없어서 오락을 하지 못하는 거야?"

까까머리의 물음에는 나를 공격하려는 의도가 없었지만 어쩔 수 없는 현실 앞에서 고개를 떨어뜨렸다. 지금 느끼는 뜨끔함은 알량한 자존심 때문이었다. 까까머리는 본래의 부드러운 얼굴을 되찾고는 조심스럽게 주변을 살폈다. 그리고는 등을 돌리더니 주먹을 쥔 손으로 나를 툭툭 건들었다. 그 행동에 대한 의도를 파악할 수 없었지만 무의식적으로 손을 뻗어 까까머리의 주먹을 쥔 손을 마중했다. 손에서 손으로 묵직함이 옮겨졌다. 그 묵직함의 정체가 솔직하게 드러났기에 깜짝 놀랐다.

작은 손바닥에는 동전이 가득했다. 동전 몇 개가 아닌 수십 개가 놓여있었다. 퍼뜩 정신을 차렸을 때 까까머리는 친구들과 함께 오락실을 빠져나가고 있었다. 출입구 앞에서 나를 향해 돌아보며 한쪽 눈을 살짝 찡그렸다. 그 모습이 까까머리에 대한 마지막 기억이었다. 고마움을 전하고 싶었지만 정말로 가까이 다가가고 싶었지만 다시는 만나지 못했다. 그 동네 그 어귀와 서당과 유진오락실 어디에도 까까머리는 없었다. 가끔씩 혹은 자주자주 까까머리가 떠올랐다. 내게 살가움을 건넸던 이유를 묻고 싶었다.

그런 까까머리가 과거의 틈바구니에서 벗어나 손님 없는 가게의 처음이자 유일한 단골손님으로 나타났다. 그것도 모자라 먼저 악수를 청했다. 그 손을 맞잡으며 인연이라는 게 참 이렇구나, 이렇다는 것은 조금도 예측할 수 없구나, 하고 생각을 정리하게 했다. 까까머리에 대한 기억은 거대한 그림을 마주한 것처럼 한 번에 바라보였다.

14. 그는 편안한 차림새로 늘씬한 몸매에 키가 큰 미녀를 뒤에 달고 손님 없는 가게를 찾았다. 그의 방문이 반갑고 기뻤다. 다시 만난 소중한 인연이 뿌듯하고 자랑스러웠다. 그가 나를 어릴 적 친구라고 소개하자

미녀는 상냥하게 웃으며 손을 내밀었다. 그 손을 맞잡으며 메뉴의 변경 때문에 출타 중인 라가 다행스럽게 여겨졌다. 라에게는 비밀이었지만 미녀와 인사를 나누는 일은 꽤나 유쾌했다.

그는 식사를 마치고 가게를 나서며 어쩌면 늦은 시간에 들를지도 모른다고 했다. 그때는 손님이 아닌 친구로 찾아오는 것이니 먹고 마신 음식의 값을 지불하지 않겠다고 말하며 웃었다. 물론 농담 섞인 말이었지만 기분이 좋았다. 얼마든지 대접하고 싶은 마음이었다.

그는 늦은 시간에 홀로 가게를 찾아왔다. 그의 방문을 기다리고 있었기에 호들갑을 떨며 육인용 탁자에 자리를 마련했다. 그는 배가 고프지 않다고 말했지만 단출하게 시간을 보내고 싶지 않았다. 음식을 대접하는 마음이 즐거웠다.

그와 이런저런 이야기를 주고받는 중에 힐끗힐끗 출입문으로 시선이 향했다. 닫힘 팻말을 걸어둔 상태였지만 그럼에도 가게에 들어올 수 있는 존재를 기다렸다. 바로 라였다. 아름다운 미녀를 바꿔가며 데리고 다니는 그에게 나도 꿀리지 않는 연인이 있다고 자랑하고 싶었다. 그는 어떤 과시도 하는 법이 없었지만 그 부분에 대해서는 확실하게 해두고 싶었다.

라는 오늘따라 귀가가 늦었다. 시간이 자정에 가까웠지만 감감무소식이었다. 곧장 집으로 들어갔을지도 몰랐지만 어쩐지 조금만 더 기다리면 올 것만 같았다. 그런데 그의 전화기가 먼저 울었다. 비서에게 걸려온 전화였고 자못 심각한 분위기가 연출됐다. 그는 회사에 가봐야겠다며 가게를 나섰다. 그를 멀리까지 배웅하고 돌아오자 육인용 탁자에 라가 앉아 있었다. 평소처럼 무심한 얼굴로 접시에 담긴 아몬드를 집어먹으며 메뉴의 변경에 대한 발제를 시작했다. 새벽이 깊도록 이어졌다.

15. 라는 걱정이 무색하게 그에게 호의적이었다. 라의 성격상 미녀를 바꿔가며 데리고 다니는 행태가 곱게 보였을 리 없었는데 그럼에도 불구하고 비밀을 발설하지 않았다. 그와의 첫 대면에서 라는 뻣뻣한 태도로 심드렁했다. 도저히 어울릴 수 없을 것 같았다. 허나 그는 보통이 아니었다. 뭔가를 묻기 시작하더니 다정함과 살가움이 깃든 태도로 원하는 대답을 얻어냈다. 어느 순간 라는 눈을 반짝이며 대화에 집중하고 있었다. 그런 뒤 둘은 종종 마주 앉아 와인이나 위스키를 곁들이며 대화를 나눴다. 내가 끼어들기 어려운 주제의 대화라서 그 시간에는 멀거니 계산대를 지켜야만 했다.

16. 그는 자유주의자였다. 그것도 극단적인 자유주의자였다. 그가 부르짖는 자유는 낯설게 느껴질 만큼 어색했는데 굳이 주의자라는 상반되는 단어를 붙여가면서까지 자유를 신봉해야 하는지 의문이었다. 내게 있어 자유는 그것을 믿고 따르는 사상조차 걸림이 되는 완전한 것이었다. 그렇다고 생각하는 나는 스스로가 자유롭다고 믿었다. 그래서 애쓰며 자유를 부르짖는 그가 도무지 이해되지 않았다. 허나 자칫 사이가 틀어질까 염려해 수긍하는 척 했다. 그런 마음을 읽었는지 그는 언제나 개운치 않은 기색을 드러냈다. 허나 그렇다고 할지라도 자유를 억지로 받아들일 수는 없었다. 믿는 것과 아는 것은 완전히 다른 개념이었다.

그는 자신이 부르짖는 자유 안으로 나를 끌어들였다. 아주 조심스럽고 은밀했지만 그걸 모를 만큼 둔감하지는 않았다. 나는 일종의 암묵적인 합의처럼 그의 의도대로 잠깐씩 나를 유지하는 굴레와 원칙에서 벗어났다. 썩 나쁘지 않았다. 기껏해야 손님 없는 가게의 문을 몇 시간 일찍 닫는 것이 전부였다.

그가 부르짖는 자유에는 어여쁜 접대부와 비싼 술이 준비되어 있었다. 그는 은밀한 방에서 자유주의자의 면모를 과감하게 드러냈다. 자유를 부르짖으며 술과 접대부에 얼큰하게 취했다. 먹고 마시는 환락과 같은 즐거움 속에서 조금이라도 정체되거나 소강될 때는 버럭 고함을 쳤다.

"왜! 왜! 자유롭지 못한 거야!"

그의 외침은 절박했지만 내게는 아무런 영향도 끼치지 못했다. 술을 마시고 접대부를 주무르는 행위를 통해 자유를 찾으려는 시도가 의아스러웠다. 허나 신경 쓸 겨를 없이 휩쓸렸다. 나 역시 독한 술을 마시고 접대부들의 몸뚱이를 주무르기에 바빴다. 그런 나보다 그는 지금의 상황에 익숙하고 자연스러웠다. 마음껏 접대부의 육체를 핥고 주물렀다. 그 장면은 하나하나가 무척 퇴폐적이었다. 접대부의 긴 머리카락을 한손에 움켜쥐고는 자신의 성기를 입에 물리기도 했다. 연출된 포르노그래피에서나 가능할 법한 자극적이고 비현실적인 장면이 눈앞에서 재생됐다. 무엇보다 뱀처럼 길고 연의 뿌리만큼 두꺼운 그의 성기가 현실감각을 증발시켰다.

그는 접대부의 다리를 벌리고는 음부의 검은 터럭에 얼굴을 파묻었다. 그 탐욕스러운 행위에 깃든 능란함과 만족감은 비위를 상하게 했다. 나 역시 알만한 것은 알고 해볼 만한 것은 해봤지만 그가 부르짖는 자유 앞에서는 아무것도 해본 것 없는 갓난아이나 다름없었다.

나는 접대부의 밑구멍에는 얼굴을 파묻을 수 없었다. 더럽다고 생각했다. 문득 내가 포르노그래피 안에서는 자유롭지 못하다는 사실을 깨달았다. 마음껏 마실 수 있는 술과 마음껏 주무를 수 있는 접대부가 생산하는 자유를 온전히 누리지 못했다. 오히려 나를 위해 준비된 접대부들이 더 자유로웠다. 접대부들보다 못하다는 자각은 내심 분노를 일으켰지만 비이성적인 감정에 불과했다. 허나 이성은 지금의 현실에 어떤 영향도 끼칠 수 없었다.

그는 누가 누구를 빨고 핥는지 분별할 수 없는 광란의 중심에 있었다. 뱀처럼 길고 연의 뿌리처럼 두꺼운 성기를 빳빳하게 세운 채 마음껏 즐겼다. 그것이 만약 자유라고 한다면 그는 지금 이 순간 완전했다. 허나 그 장면을 바라보는 마음 한편이 썰렁하게 식어있었다. 난잡한 음란함 속에서 나를 제외한 모두가 즐거워 보였다. 그래서 역겨웠다.

깜박 졸았는지 바라보이는 장면이 낯설었다. 주위가 소란스러웠다. 여기저기에서 터져 나오는 함성과 비명에 귀가 따가웠다. 그 때문에 조금 더 또렷하게 눈앞의 광경을 목격할 수 있었다. 열 명 남짓한 접대부들이 나체의 상태로 뒤엉킨 채 개처럼 두 손과 두 발로 기어 다녔다. 개처럼 짖으려고도 했지만 성대는 사람의 것인지라 괴상한 비명만 괴기하게 흘러나왔다.

그는 허공에다 돈을 뿌렸다. 빳빳한 고액의 수표가 나부끼는 광경을 흡족한 얼굴로 바라봤다. 바닥에 뿌려진 돈은 줍는 사람이 임자였지만 결코 손을 사용해서는 안됐다. 나체의 무리가 바닥을 뒹굴며 낄낄낄 웃는 장면은 과하게 표현한다면 기괴했다. 서로가 서로의 육체를 갈구하며 돈을 갖기 위해 혈안이었다. 그 장면에는 아무런 감정도 깃들지 않았다. 이미 무감각했다.

그는 커다란 성기를 축 늘어뜨린 채 비죽비죽 웃었다. 결국 자신이 부르짖었던 자유가 돈으로 산 것에 불과하다는 한계를 스스로 증명한 셈이었다. 그렇다고 생각했지만 감히 드러낼 수 없었다. 범접할 수 없는 어떤 어려움이 명백하게 선을 긋고 있었다. 그 선을 넘는다면 반드시 버려질 것 같은 섬뜩함이 도사리고 있었다. 버려질까 두려웠다.

그때 접대부 하나가 내 다리를 기어올라 성기를 핥기 시작했다. 간질거리는 기분을 느끼며 쾌락에 대해 생각했다. 고문을 당하는 것처럼 어쩔 수 없이 견뎌야만 하는 일종의 고통인지도 몰랐다. 이런 생각이 옳다고 주장할 자신은 없었지만 지금 이 순간 고문을 당하는 독립투사가 된 심정으로 쾌락을 견뎠다. 마음이 외치는 희미한 목소리를 지키기 위해 노력했다. 안 돼! 안 돼! 하는 마음의 외침만이 지금의 현실을 정당화했다. 비로소 나는 노력했다고 나는 고뇌했다고 나는 괴로웠다고 자위할 수 있었다.

정적이 짙게 드리웠다. 빈 술병과 접대부의 허물로 난장판이 된 은밀한 방에서 그와 단 둘이 남아 가쁜 숨을 고르는 순간은 언제나 유쾌하지 못했다. 최대한 그를 외면하려고 노력했지만 자꾸만 시선이 향했다. 거대한 성기는 축 늘어진 채 뇌리에 각인됐다. 눈을 감아도 그 모양새가 어렴풋이 떠오르니 역겨웠다.

그는 물끄러미 나를 응시했다. 나를 낮잡아보는 빛이 노골적으로 드러났기에 반박은 하지 못하고 야단을 맞은 아이처럼 시무룩해졌다. 그런 그가 소파에 몸을 파묻은 채 말을 뱉었다. 늘어진 테이프에 녹음된 목소리를 반복해서 듣는 기분이었다.

"너의 마음을 옭아맨 말뚝이 어디에 박혀있는지 그 뿌리를 찾아봐. 그래서 뿌리가 없다는 진실을 알게 된다면 알려 줘. 그때 자유로워질 수 있으니까."

그는 계속해서 같은 말을 되풀이하다가 잠에 들었다. 동아기술공사의 사장인 김찬정은 그렇게 잠에 들었다. 허나 걱정할 것은 없었다. 그가 잠드는 순간을 어떻게 아는지 충실한 운전수가 나타나 자신의 상관을 수습해 데려갔다. 운전수만큼 충직하고 완벽한 부하는 삼국지를 뒤져도 찾기가 어려웠다. 그를 위해서라면 조조를 대신해 화살을 맞아 고슴도치가 됐던 전위의 역할마저 불사할 것 같았다. 그가 과연 운전수에게도 자유를 부르짖었을지 궁금했다.

17. 그와 라는 육인용 탁자에 앉아 이런저런 이야기를 주고받았다. 계산대에 몸을 숨긴 채 듣기로는 시답지 않았는데 손님 없는 가게의 문을 닫을 때까지 이어지고 있었다. 출입문을 잠그고 돌아서자 그가 기다렸다는 것처럼 위스키를 주문했다. 오늘 진탕 마셔보자는 말이 내키지 않았지만 거절할 명분이 없었다.

어수선하게 마련된 자리였지만 분위기는 즐거웠다. 모두가 빼지 않고 독한 술을 마셔댔다. 얼큰하게 취기가 오르자 사소한 것에도 폭소가 터져 나왔다. 그런데 어느 순간부터 그가 술을 바쁘게 마시기 시작했다. 만류에도 불구하고 계속해서 마셔댔다. 그 모습이 위태롭게 느껴졌다. 그의 취한 모습을 수차례 목격했기에 가슴이 떨렸다. 반쯤 감긴 눈과 입가에 떠오른 미소, 흐트러진 머리카락을 쓸어 넘기는 거친 손길이 꼭 금방이라도 자유를 부르짖을 것만 같았다.

그때 눈앞이 흐려지더니 헛것이 보이기 시작했다. 그의 뱀처럼 길고 연의 뿌리처럼 두꺼운 성기가 눈앞에 아른거렸다. 불쾌감을 털어버리려고 고개를 가로저었지만 소용없었다. 최면을 거는 펜듈럼처럼 그의 거대한 성기가 눈앞에서 좌우로 왕복하는 진자 운동을 계속했다. 그의 다정하고 살가운 목소리가 뇌리를 파고드는 것 같았다.

"서서히 잠에 듭니다. 깊은 잠에 빠져듭니다."

그의 목소리가 아무리 잠을 강요해도 이겨내려는 마음이었다. 술에 취하지 않았다고 정신을 다잡았다. 허나 인간은 결코 술과 잠을 이길 수 없었다. 술이 과했는지 어느 순간 스르륵 잠에 들었다. 더 이상의 기억이 없었다.

18. 슬그머니 눈을 떴지만 술기운 때문에 몸이 말을 듣지 않았다. 두통과 구토감이 거세게 치밀어 운신이 어려웠다. 두통과 구토감이 가라앉기를 기다리는데 마른 갈증이 일었다. 잔에 담긴 물로 목마름을 달래자 아랫배를 쿡쿡 찌르는 요의가 찾아왔다. 요의를 해결하기 위해 몸을 일으키는데 중심을 잡기가 힘들었다. 화장실에 가려면 출입문 왼편에 놓인 계단을 일곱 개나 올라야 했다.

계단을 간신히 올라 화장실에 도착했지만 어떤 반응도 보일 수 없었다. 화장실 내부에서 살결이 부딪히는 마찰음과 함께 폐부 깊숙이에서 토해지는 신음이 새나오고 있었다. 야멸친 두려움이 엄습했다. 요의는 간단하게 사라지고 식은땀이 흘러내렸다. 심호흡을 깊게 한 뒤에야 손을 뻗을 수 있었다. 아주 조심스럽게 문을 열었다. 벌어지는 작은 틈으로 새나오는 밝은 빛은 꼭 재림하는 예수를 휩싼 광명처럼 성스러웠다. 깜박임을 잊은 눈으로 빛이 스며들며 화장실 내부가 바라보였다. 그 순간 주저앉을 것처럼 다리에서 힘이 빠져나갔다.

그와 라는 성스러운 빛에 휩싸인 채 방금 불 속에서 꺼낸 감자보다도 뜨겁게 달아올라 있었다. 살결이 부딪히는 마찰음과 폐부 깊숙이에서 토해지는 신음이 육 면의 벽에 부딪치며 사방에서 비명을 질러댔다. 눈이 의심스러울 만큼 바라보이는 장면은 충격적이었다. 그는 라의 잘록한 허리를 움켜쥔 채 허리를 튕겼고 라는 바지를 무릎까지 내린 채 세면대를 붙들고 엎드려 거친 숨결과 날카로운 신음을 불규칙하게 뱉어댔다.

나는 넋을 잃고 살결의 충돌이 일으키는 불꽃에 휩쓸렸다. 그와 라를 휩싼 퇴폐적인 쾌락은 너무도 강렬하고 뜨거웠다. 세상과 완전히 분리된 채 온전히 둘만이 존재했다. 그리고 나도 세상과 분리됐다. 호흡은 점점 거칠어지더니 결국 그와 라의 숨결과 일치됐다. 허나 저들의 행위에 담긴 의미까지 일치됐는지는 알 수 없었다.

그와 라의 섹스를 목격했지만 할 수 있는 게 없었다. 고작 벽에 기댄 채 부들부들 떠는 것이 전부였다. 그런 떨림을 분노라고 말할 자신이 없었다. 만약 분노였다면 지금처럼 방관하지만은 않았을 것이었다. 그와 라가 화장실에서 섹스를 할 때 내게 주어진 배역은 고작 방관자에 불과했다. 차라리 살인자였다면 어땠을까 싶었다. 그와 라의 섹스를 목격하는 곧장 분노에 휩싸여 주방에서 식칼을 가져와 그의 옆구리를 쑤신 뒤 마찬가지로 라의 목을 찔렀다면 이토록 비참하지만은 않았을 것이었다. 허나 그럴 수 없었기에 패배감에 젖어들었다. 어떤 용기도 분노도 느껴지지 않는 치욕스러운 패배감이었다.

내가 모든 권리를 포기한 순간 현실은 더욱 깊은 충격으로 내달렸다. 그때까지 라의 잘록한 허리를 움켜쥐었던 그가 거친 동작으로 목덜미를 낚아채더니 강제로 돌려 앉혔다. 세면대를 붙든 채 신음을 내뱉던 라는 너무도 무기력하게 그의 의지에 따라 움직였다. 자신을 온전히 내맡긴 채 무릎을 꿇고는 담담한 얼굴로 다음에 일어날 일을 기다렸다.

방금 전까지 라의 밑구멍을 들락거렸던 그의 거대한 성기가, 뱀처럼 길고 연의 뿌리처럼 두꺼운 성기가 라의 목구멍에 깊숙이 박혔다. 거대한 성기가 목구멍을 들락거리기 시작하자 라는 고통스러운지 몸부림을 치기 시작했다. 허나 고통에서 벗어나겠다는 몸짓이 아니었다. 마땅히 견디겠다는 태도였기에 충격적이었다. 라는 자신의 뒷머리를 움켜쥐고 놓아주지 않는 그처럼 그의 허벅지를 끌어안은 채 놓아주지 않았다. 고통을 아주 잘 견뎠다.

그는, 까까머리였던 그는 라의 목구멍 깊숙이에 성기를 쑤셔 넣은 채 정액을 내뿜었다. 그 장면은 완전한 가짜라고 할지라도 용납할 수 없었다. 허나 몸의 떨림이 멎어있었다. 도망쳐야 한다는 외침만이 머릿속에 가득했다. 계단을 내려가는 다리가 후들거렸지만 꼴사납게 넘어지지 않았다. 넘어지지 않았다는 사실에 기뻐하며 웃어보려고 했지만 억지로도 불가능했다. 가게의 출입문을 반쯤 열었을 때 아랫배를 쿡쿡 찌르는 요의가 되살아났다. 고민 없이 그 자리에서 바지를 내리고 오줌을 눴다. 오래도록 이어지는 배설감에 드디어 웃을 수 있었다. 기억은 거기에서 끝이 났다.

잠에서 깨어나자 극심한 두통이 일었다. 육인용 탁자에 엎드린 채 지금까지 잠들었던 모양이었다. 정신이 들자 갈증에 목이 뜨거웠다. 마실 물을 찾았지만 탁자 위는 깨끗하게 정리된 상태였다. 몸을 일으키는데 주방에서 달그락거리는 소음이 들리더니 라가 말끔한 모습으로 쟁반에 대접 두 개의 받쳐 내왔다. 저만큼 무심한 얼굴을 보아하니 꼭 나 혼자 술을 마신 것 같은 모양새였다. 라는 탁자 위에 대접을 내려놓으며 담담한 목소리로 퉁을 놓았다.

"술은 적당히 마셔."

라는 대접을 앞에 놓고 자리에 앉았다. 평소와 다름없는 무심한 얼굴로 뜨거운 김이 모락모락 피어오르는 북엇국을 후루룩 떠먹었다. 그 와중에 라가 참 사랑스럽다고 느꼈다. 배시시 웃으며 막 숟가락을 집어 드는데 새벽, 화장실에서 목격했던 그와 라의 섹스가 불쑥 떠올랐다. 순간 얼굴이 허옇게 질리더니 곧 새빨갛게 달아올랐다. 심장은 터질 것처럼 거칠게 날뛰었고 눈은 날카롭게 날을 세웠다.

라가 숟가락을 떠 넣을 때 벌어지는 입속이 시뻘겠다. 고개를 세차게 저어봤지만 좀처럼 불쾌한 기억은 떨쳐지지 않았다. 그런 내가 이상하게 보였는지 국물을 삼키던 라가 힐끔 쳐다봤다. 나는 얼른 북엇국을 향해 눈을 떨어뜨렸다. 라는 평소처럼 금방 관심을 접고는 식사를 이어나갔다. 국물을 떠 넣는 손이 떨렸지만 애써 평정심을 유지했다. 후루룩후루룩 입에 떠 넣는 맛이 좋았다.

북엇국을 다 먹기 전에 새벽, 화장실에서 목격했던 그와 라의 섹스를 떨쳐내자고 결심했다. 그 기억은 진짜일 리가 없었다. 라를 속이고 그와 함께 은밀한 방에서 술과 접대부를 즐겼다는 죄책감이 만들어낸 불운한 꿈이 분명했다. 지금 나와 마주 앉아 북엇국을 떠먹는 라가 거대한 성기를 달고 있는 그와 화장실에서 화장실보다 더러운 섹스를 했다고는 도무지 믿어지지 않았다. 차라리 내가 그와 그런 섹스를 했다면 더 믿어줄만 했다. 라는 절대 그럴 수 없었다. 라의 섹스는 아주 소극적이고 수동적이라서 남자의 몸을 애무하는 법조차 몰랐다.

꿈이라고 치부하자 마음은 홀가분해졌다. 황당함에 피식 웃음도 새어나왔다. 허나 북엇국을 떠 넣는 라의 벌건 입속으로 자꾸만 눈이 향했다.

19. 오늘도 손님 없는 가게를 지키며 고독한 시간을 견뎠다. 라는 메뉴의 변경을 이유로 여전히 부재중이었다. 그런 시간 속에서 검은색 고급 승용차가 가게 앞에 멈춰 섰다. 반가운 마음에 출입문까지 마중을 나갔지만 그는 보이지 않았다. 운전수가 공손한 태도로 그의 전갈을 전했다. 저녁 아홉 시까지 강변에 위치한 호텔로 오라는 통보였다. 그 순간 술과 접대부가 떠올랐다. 지극히 자연스러운 연상이었다. 알겠다고 운전수를 보내고는 계산대로 돌아와 약속된 시간을 기다렸다.

호텔에서 가장 비싼 특실의 문을 여는 안내인은 고개를 살짝 숙이며 눈을 내리깔았다. 객실의 내부를 들여다보지 않는 것이 원칙인지 무척 조심스러웠다. 안으로 들어서자 등 뒤에서 문이 닫히며 외부와의 단절을 알렸다. 안개처럼 스며드는 정적을 느끼며 발걸음을 옮겼다. 술과 접대부를 떠올렸던 연상이 틀렸다는 사실을 직감했다.

그는 넓고 푹신한 침대 위에 누워있었다. 조명의 불빛이 은근하게 쏟아지는 아래에서 웃고 있었다. 그 순간 침착할 수 없었다. 그의 가랑이 사이에 웅크리고 앉아 거대한 성기를 목구멍 깊숙이 밀어 넣으려고 애를 쓰고 있는 그녀 때문이었다. 그녀가 만약 접대부 중 하나였다면 이렇게 놀라지는 않았을 것이었다. 그녀는 그의 연인 중에 하나였다.

이성은 단호하게 그와 그녀가 침대 위에 올라있는 장면을 봐서는 안 된다고 선을 그었다. 내가 라와 침대 위에 올라있는 장면을 세상 누구에게도 보여줄 수 없는 이유와 같았다. 그런 나를 그는 아주 다정한 목소리로 불렀다. 청학동한문서당을 나서는 어린 나를 부르던 까까머리의 목소리였다.

"이리로 와."

그의 부름을 거역할 수 없었다. 허나 당장은 아니었다. 그런 고뇌에 빠진 나를 바라보며 그는 지금의 상황을 즐기는 것 같았다. 또 어떤 것에도 연연해서는 안 된다며 자유를 부르짖던 자신을 증명이라도 하려는지 발가벗은 자신의 애인을 공유하려고 했다. 어쩌면 그녀는 발가벗겨진 채 자유라는 신에게 바쳐진 제물인지도 몰랐다. 지금 이 시점에서 그와 나의 차이는 즐기느냐 즐기지 못하느냐는 작은 것이었다.

그녀를 어렵지 않게 알아볼 수 있었다. 그와 함께 손님 없는 가게에 들러 식사를 했었다. 백칠십 센티미터가 넘는 키에 서구적인 이목구비를 가진 미인이었다. 그런 그녀가 그의 가랑이 사이에 웅크리고 앉아 거대한 성기를 목구멍 깊숙이 밀어 넣으려고 애를 쓰고 있었다. 짐승처럼. 지금 이 순간 그녀에게는 짐승과 구분할 만한 차이가 없었다. 그래서 나도 짐승과 다르지 않았다. 어느 순간 지금의 상황을 즐기고 있었다.

그는 그녀의 뒷머리를 무자비하게 내리누르기 시작했다. 거대한 성기를 뿌리까지 밀어 넣고는 엉덩이를 들썩였다. 그녀는 토악질을 해대며 몸부림을 쳤는데 그 순간 가슴이 쿵 내려앉았다. 거대한 성기를 받아들이려고 애쓰는 그녀의 모습과 꿈에서 봤던 라의 모습이 겹쳐졌다. 내색할 수 없는 심한 불쾌감이 마구 치솟았다.

그가 뒷머리를 놓아주자 그녀의 탐스러운 육체가 용수철처럼 튕겨졌다. 가쁜 숨을 몰아쉬는 입에서 진득진득한 액체가 흘러내렸다. 그는 거친 동작으로 그녀를 눕히고는 다리를 벌리게 했다. 육체를 합하며 움직이는 허리가 격동적이었다. 그 광경은 충격을 망각의 영역으로 밀어 넣었다. 쾌락의 잔영이 여러 겹으로 겹쳐지며 그 순간을 지배하기 시작했다.

나는 눈을 질끈 감았다. 그에게 모든 책임을 떠넘기겠다는 심산이었다. 예상대로 그녀와의 관계를 유도하며 옷을 벗겼다. 그 감촉을 견디는 기분은 미묘했는데 불쾌한 것 같으면서도 시원했다. 그녀의 살결이 닿자 본성은 삽시간에 불길에 휩싸였다. 성욕에 잠식당한 육체를 순전히 그의 강요 때문이라고 합리화하며 헐떡였다. 그의 성기를 핥고 빨았던 그녀의 혀가 무척이나 달콤했다. 간지러운 숨결이 온통 신경을 자극했다. 그녀의 밑구멍에 연거푸 정액을 쏟아냈지만 쾌락에 대한 욕망은 좀처럼 수그러들지 않았다. 내 생애에서 가장 퇴폐적인 밤이 끝나지 않을 것처럼 이어지고 있었다.

잠에서 깨어나자 날이 밝아있었다. 짐작하기에 정오에 가까운 모양이었다. 몸을 일으키자 같은 침대 위에서 잠들어 있는 그와 그녀가 바라보였다. 모두가 나체의 상태였다. 뒤늦게 부끄러움을 느끼고 이불 속에 몸을 감췄다. 그의 연인을 범했다는 사실이 실감되자 가슴은 좀처럼 진정되지 않았다. 허나 어떤 만족감이 들어찼다. 배시시 새나오는 웃음과 비슷한 감정이었다. 그의 연인이라는 사실만으로도 쾌락은 최고조에 이르렀다. 마약처럼 불순하지만 효과는 탁월했다. 다시 잠에 들기 위해 눈을 감자 허공으로 붕 떠오르는 무중력감에 휩싸였다. 약에 취한 것처럼 그 속을 유영하며 조금도 불안하지 않았다.

20. 라는 퉁명스럽게 정신을 좀 차리라고 말했다. 그 말을 듣고 깜짝 놀라는 것을 보니 또 넋을 잃은 모양이었다. 그의 연인을 범했던 그날의 기억이 떠오르면 속절없이 넋을 잃고야 말았다. 시간이 지날수록 불안은 무겁게 쌓여갔다. 주체가 불분명한 불안으로 뭔가를 깊이 고민해야 한다는 압박감에 옥죄이는 기분이었다.

그는 일주일에 두 번에서 세 번 운전수를 통해 전갈을 보냈다. 운전수는 늘 공손한 태도로 시간과 장소를 전달했지만 마음은 편하지 않았다. 혹시라도 나의 치부가 까발려질까 염려스러웠다. 괜한 걱정인지도 몰랐지만 만약 그랬을 때 라가 받을 상처가 걱정이었다. 그런 현실을 견디지 못할 것이 분명했다. 그가 선물하는 쾌락에는 위기의 씨앗이 감춰져 있었다. 발각되는 순간 되돌릴 수 없는 현실이 펼쳐질 것이 분명했다. 그럼에도 거부할 수 없었다. 거부가 불가능했다.

호텔에 들어서며 곧 있을 쾌락을 기대했다. 동시에 근심했는데 무엇이 내가 올바르게 느끼는 감정인지 판단할 수 없었다. 감정의 이기적인 이중성을 참아내며 발걸음을 재촉하자 긴장되기 시작했다. 아무리 경험을 축적해도 여유는 깃들지 않았다.

그의 가랑이 사이에 웅크리고 앉아 거대한 성기를 목구멍 깊숙이 밀어 넣으려고 애를 쓰는 그녀를 어렵지 않게 알아볼 수 있었다. 네 번째 그녀였다. 그에게는 총 네 명의 그녀가 있었는데 구분하기 위해서 임의대로 첫 번째 두 번째 세 번째 네 번째라고 인식했다. 모두가 약속이라도 한 것처럼 이름을 알려주지 않았다. 그가 그녀들을 이름으로 부르지 않았기에 나도 이름을 묻지 않았다.

네 번째 그녀의 신음은 유독 간지러웠다. 감당할 수 없는 쾌락을 견뎌내려는 무위에 그칠 몸부림은 독특하고 야릇했다. 가끔은 연기를 하는 게 아닐까 의심스럽기도 했지만 손님 없는 가게를 지킬 때 스쳐지나가는 잡념에 불과했다. 쾌락에 몸부림을 치면서도 정확하게 성감대를 매만지는 그녀의 솜씨는 예사롭지 않았다. 그래서 더 좋았다. 너라면 좋지 않을 수 있겠냐고 묻고 싶다.

벌써 서너 번쯤 그녀의 밑구멍에 희멀건 정액을 쏟아 부었지만 계속해서 쑤셔 넣기 위해 집착했다. 성기만 단단해진다면 열 번도 마다하지 않았다. 지금 쾌락은 아주 달콤하고 부드러웠다. 거친 껍질에 싸여있더라도 알맹이만큼은 달콤했다. 만약 이런 쾌락이 그가 부르짖는 자유라면 나도 자유주의자가 되고 싶었다. 이제는 그가 부르짖는 자유가 무언지 어렴풋이 형체가 보이는 것도 같았다. 아주 어렴풋이 보이는 것도 같았다.

21. 그녀들은 그에게 다른 그녀가 존재한다는 사실을 알고 있었다. 그런 사실이 누구에게도 불만이 아니었다. 그에게 그녀들은 쾌락에 이르는 도구이자 수단에 불과했다. 그녀들은 자신의 역할에만 충실하면 됐기에 서로의 존재가 불쾌할 수 없었다. 내가 이해한 사실은 이것이 전부였다. 그와 그녀들의 사이에 얽혀있는 인과 관계는 조금도 파악할 수

없었다.

22. 라는 드디어 메뉴의 변경에 대한 조사를 마쳤다. 나를 앞에 앉혀놓고 변경될 메뉴를 최종적으로 통보했다. 허나 통보에서 그치지 않고 세 시간이 넘도록 발표를 계속하고 있었다. 자칫 방심한 틈에 새어나오려는 하품을 어금니를 꽉 깨물며 참아냈다. 이토록 길게 발표를 이어가는 속내는 빤했다. 자신이 아닌 내 결정으로 메뉴가 변경된다고 믿기 위해서였다. 메뉴의 변경은 가게의 정체성이 뒤바뀌는 중대한 사안이었기에 그에 대한 책임에서 자유롭고자 했다. 그런 계획의 완성을 돕기 위해 지루함을 참고 견뎠다. 내게 주어진 선택은 단 하나였다.

“좋아. 그렇게 하자.”

라는 메뉴의 변경에 필요한 돈을 요구했고 나는 기꺼이 신용카드를 쥐어 줬다.

23. 그는 변경된 메뉴를 맛보며 긍정적인 평가를 내렸다. 햄버거와 샌드위치를 시식하면서는 세계 명소에서 맛봤던 음식과 비교했다. 가보지 않은 나라가 없는 것 같았다. 라는 짧았던 승무원 생활에서 경험했던 외국에서의 추억을 되살리며 즐거워했다. 호흡이 아주 잘 맞았다. 주방에서 다음에 나갈 음식을 조리하며 대화를 엿듣는 마음이 꺼림칙했다.

그의 모습에서 까까머리가 떠올랐다. 유진오락실에서 돈이 없어 남이 하는 오락을 구경하던 내게 백 원도 아니고 이백 원도 아닌 한주먹의 동전을 툭툭 건넸던 그 까까머리가 떠올랐다. 그는 라에게 그때의 까까머리처럼 툭툭 뭔가를 건네고 있었다. 이 느낌은 불분명했지만 그때의 까까머리와 지금의 그가 정확히 겹쳐졌다. 또 그때의 나와 지금의 라가 정확히 겹쳐졌다. 그는 내게 그랬던 것처럼 라를 툭툭 건들고 있었다.

나는 라에게 그가 건네는 게 무엇이더라도 받아서는 안 된다고 말해주고 싶었다. 그가 라의 마음속으로 들어가 버릴까봐 불안했다. 라의 웃는 얼굴이 불안을 증폭시켰다. 입술을 질끈 깨물어도 쉬이 진정되지 않았다. 어쩌면 그가 이미 라의 마음에 발을 디뎠을지도 모른다고 생각되자 두려웠다. 내게 라는 무엇으로도 대체할 수 없는 절대적인 존재였다. 라가 구축한 세계는 나조차도 접근할 수 없는 성역이었고 동시에 나의 성역이기도 했다. 지금까지 단 한 번도 라를 정복했다거나 정복하려고 시도하지 않았다. 라는 그런 시도 자체가 불가능한 존재였다. 그런 존재가 타인에게 정복될지도 모른다는 불안감은 받아들일 수 없는 비현실적인 충격이었다.

나는 고개를 세차게 가로저었다. 내게 동전을 건넸던 까까머리는 결코 라를 툭툭 건들지 않을 거라고 믿고 싶었다. 그렇게 믿을 수밖에 없었다. 라가 좋은 만큼 그가 좋았다. 그와 라를 동시에 지키는 방법은 맹신에 가까운 믿음뿐이었다.

24. 라는 자신의 벗은 몸이 부끄러운지 가느다란 두 팔로 가리느라 애썼다. 그런 몸짓이 은근한 조명에 비춰지며 피를 뜨겁게 만들었다. 조심스럽게 품에 안은 뒤 애무를 시작했지만 라의 육체는 나무토막처럼 뻣뻣하기만 했다. 그것은 자연스러운 반응이었고 내가 원하는 바이기

도 했다. 그런데 대범한 손길이 밑을 더듬자 몸을 뒤틀며 옅은 신음이 흘러나왔다. 더구나 축축하게 젖어들었다.

라의 얼굴에 성기를 가져갔다. 반응을 시험하기 위해서였다. 라는 지금까지 단 한 번도 성기를 입에 물지 않았다. 자신이 하는 것도 받는 것도 단호히 거부했다. 이번에도 거부하며 밀어내려고 안간힘을 썼다. 평소였다면 과한 행동을 사과하고 정상적으로 되돌아왔겠지만 왜인지 삔친 마음은 멋대로 행동하기 시작했다. 몸을 틀어 라의 가랑이를 벌리고 불두덩을 핥기 시작했다. 그와의 은밀한 시간을 통해 능숙해진 혀가 매끄럽게 돌아갔다.

라에게는 나를 밀어낼 힘이 없었다. 최대한의 힘으로 다리를 오므렸지만 연약할 뿐이었다. 반항이라고 느껴지지 않는 저항이 가소로움과 동시에 귀엽게 느껴졌다. 또 싫다는 외침을 뱉을 때마다 벌어지는 입술 틈으로 성기가 들이닥치는 이중고의 의도치 않은 장치가 우스꽝스러웠다. 불두덩을 핥는 짓궂은 행동을 멈추고 싶지 않았다. 지금까지 라의 거부를 깨뜨린 적 없었지만 이제는 달랐다.

라는 결국 나를 밀어내려는 시도를 중단했다. 성기를 입에 담은 채 몸을 뒤틀며 가쁜 신음을 뱉어댔다. 불은 본래 함께 타오르는 것이라서 나도 달아올랐다. 라가 얼마나 깊은 쾌락으로 젖어드는지를 확인하고 싶었다. 라의 입에서 항복과 진배없는 말이 튀어나왔다.

"넣어 줘."

라의 입술에서 단발적인 신음이 새나왔다. 삽입한 성기를 요령껏 흔드는 내 허리를 꽉 끌어안은 채 교성을 질렀다. 이제는 어쩔 줄 몰라 하며 헐떡이기 시작했다. 자신의 머리카락을 쥐었다가 내 팔뚝을 쥐었다가 자신의 젖가슴을 감쌌다. 처음 보는 모습이었다. 지금 쾌락에 휩싸인 라는 분명히 낯설었다.

지금까지 라의 섹스는 완전히 수동적이었다. 암흑 속에서 이불을 뒤집어 쓴 채 슬쩍 다리를 벌리는 게 전부였다. 오 년이라는 긴 시간 동안 그런 섹스를 했었다. 그랬던 라가 지금 드러낸 모습은 존재의 근간을 뒤흔들 만큼 충격적이었다. 그때까지 뜨겁게 타오르던 육체는 찬물을 끼얹은 것처럼 식어버렸다. 씁쓸한 기분이었다. 승리감은 조잡할 뿐이었다.

나는 동작을 멈췄다. 라를 내려다보는 눈에 어떤 빛이 일렁이는지 알 수 없었다. 허나 정액을 쏟기도 전에 쪼그라든 성기와 벌벌 떨기 시작한 라의 모습에서 어떤 암시를 얻을 수 있었다. 나는 지금 분노에 휩싸였을까? 지금 분노에 휩싸였는지를 생각했다. 라는 너무도 특별한 존재라서 설령 조물주가 여자를 만들 때 불두덩을 만지고 핥으면 신음하도록 설계했을 지라도 논외이기를 바랐다. 그런 기도를 무너뜨린 잘못에 대한 벌을 받아야 했다.

라의 뺨을 있는 힘껏 후려갈겼다. 할 수 있는 가장 싸늘한 얼굴로 냅다 갈겼다. 정적 속에서 뺨이 후려갈겨지는 소리가 날카롭게 일었다. 라는 두 손으로 얼굴을 감싼 채 눈물이 고인 눈으로 나를 노려봤다. 서슬 퍼런 눈빛이 날아들며 현실감을 되살렸다. 그로인해 가눌 수 없는 떨림이 시작됐다. 지금의 떨림이 라의 반대쪽 뺨을 마저 후려갈기고 싶은 탓인지 아니면 뺨을 후려갈겼다는 사실이 믿기지 않은 탓인지 분간할 수 없었다.

라와 겹쳐졌던 몸을 일으켰다. 주섬주섬 옷을 챙겨 입으며 라에게는 일체 시선을 주지 않았다. 빰을 후려갈긴 행동이 미안하거나 후회되지 도 않았다. 지극히 이기적인 감정에 휩싸인 채 심각한 얼굴로 밤거리를 배회했다. 기분은 좀처럼 나아지지 않았다.

그에게 전화를 걸었다. 통화연결음을 들으며 지금까지 단 한 번도 먼저 연락한 적이 없다는 사실을 깨달았다. 냉담해진 마음에 목소리는 싸늘했다. 다짜고짜 손님 없는 가게에 올 것을 통보한 뒤 전화를 끊였다. 지금 머릿속은 단순했다. 먹고 죽자는 심정으로 위스키를 두 병 꺼내 얼음도 담지 않은 잔에 콸콸 부어 삼켰다. 지금처럼 무모하게 술을 삼켰다가는 곧 감당할 수 없는 취기가 몰려온다는 사실을 알았지만 뒤를 걱정하고 싶지 않았다. 기억은 거기에서 끝이 났다.

25. 새까만 어둠에 실금처럼 가느다란 빛이 스며들었다. 눈꺼풀이 조금씩 열리더니 높은 천장이 바라보였다. 지난밤 무리하게 술을 마신 탓에 육체는 너무도 무기력했다. 손가락을 까딱이는 것조차 힘겨웠다. 드러누운 채 시간을 흘려보내자 조금씩 현실감이 되돌아왔다. 지금 내가 누워있는 공간이 익숙한 호텔의 특실이라는 사실을 깨달았다. 그와 동시에 등골에 오싹한 소름이 끼쳤다. 그때까지 젖은 솜처럼 축 늘어졌던 육체는 송장처럼 뻣뻣하게 굳더니 경련을 일으키며 기운을 되찾았다.

그가 내 가랑이 사이에 웅크리고 앉아 입으로 성기를 애무하고 있었다. 그를 밀어냈지만 밀어내는 것으로는 문제가 해결되지 않았다. 그래서 주먹을 휘두르기 시작했다. 동시에 기겁하며 비명을 질렀는데 그 모습은 마치 갑자기 튀어나온 생쥐를 보고 놀란 계집아이 같았다.

그는 주먹질을 당하면서도 배시시 웃었다. 서글서글한 얼굴에 떠오른 웃음은 마치 나를 조롱하는 것 같았다. 주먹에 힘을 더했지만 현실은 조금도 달라지지 않았다. 그는 내 허리를 강하게 끌어안으며 성기를 핥고 빨기를 계속했다. 기괴한 혐오감에서 벗어나기 위해 필사적으로 몸부림을 쳤지만 무위에 그쳤다. 어느 순간 혐오감이 쾌락으로 느껴지기 시작했다. 성기는 발딱발딱 일어서며 굵은 핏대를 세웠다. 지금 나를 휩싼 수치심은 동성에게 강제로 성기가 빨려보지 않는 이상 아주 작은 부분도 공감할 수 없는 치명적인 상처였다.

그에게 굴복하고 싶다는 마음의 외침이 들려왔다. 저항으로는 지금의 상황을 반전시킬 수 없다는 사실이 깨달아졌다. 지난밤 나를 밀어내던 라의 연약함과 지금의 내가 다르지 않았다. 내게는 현실의 어떤 부분도 결정할 권한이 없었다. 그에게는 나를 굴복시키는 힘이 깃들어 있었다. 반대로 내게는 그에게 굴복하는 성질이 깃들어 있었다. 결국 라가 그랬던 것처럼 단발적인 신음이 새나오며 몸을 뒤틀었다. 그만하라는 외침이 신음과 함께 뱉어졌다. 그와 동시에 금단을 넘어선 패악감이 뼛속 깊이 새겨졌다. 지금의 시간으로 인해 망가질 미래는 너무도 치명적이었다.

그의 혀는 무척 능란했다. 별다른 자극 없이도 내 몸을 활처럼 휘게 만들었다. 놓으면 하늘로 튕겨질 것처럼 휘더니 뚝 부러졌다. 절정에 이르러 그의 입속에 정액을 쏟아냈다. 희멀건 정액을 머금은 그는 상상만으로도 몸서리가 일만큼 역겨웠다. 허나 동시에 은근한 만족감이 느껴졌다. 이게 바로 쾌락이 가진 힘이었다.

초점 풀린 눈으로 허공을 응시하며 가쁜 숨을 헐떡거렸다. 쾌락의 잔영으로 가득한 머릿속이 아득했다. 그때 그의 얼굴이 눈앞으로 드리웠다. 눈은 초승달처럼 웃고 있었고 정액을 머금은 볼은 풍선처럼 부풀어 있었다. 그는 입속에 머금었던 정액을 내 얼굴에 내뿜었다. 끈끈하고 불결한 액체를 흠뻑 뒤집어 쓴 채 그가 참 잔인하다고 생각했다.

그는 큰소리로 웃기 시작했다. 그 모습을 넋을 잃은 채 바라봤다. 이토록 심각한 상황 속에서 웃을 수 있다는 사실이 놀라웠다. 나는 끈끈하게 흘러내리는 정액을 닦을 생각도 하지 못하고 가만히 감촉을 견뎠다. 코를 찌르는 비린내를 참았다. 지금의 치욕이 그가 부르짖는 자유와 연관이 있을까 고민했지만 어떤 자유가 성기를 핥고 정액을 머금는 행위와 연결될 수 있을까 싶었다. 그는 자신이 부르짖는 자유를 스스로 부정한 것이나 다름이 없었다.

나는 반드시 추악하고 더러운 성기를 도려내겠다고 결심했다. 맹세하고 다짐했다. 허나 그런 순간에도 절대 그러지 않을 거라는 사실을 알고 있었다. 모든 것이 지금의 충격과 상처를 순화하기 위한 발악에 불과했다. 그는 내 겨드랑이를 파고들더니 끝까지 자유를 부르짖었다.

"지금 네가 느끼는 감정에 솔직해져 봐. 그 감정을 네가 선택하지 않았다는 사실을 깨닫게 될 거야. 네가 선택하지 않은 감정이 지금 너를 지배하고 있잖아! 그렇다면 허위에 불과한 감정의 뿌리는 뭘까? 그건 학습이야. 이것은 옳고 저것은 그르다는 관념의 학습이 모든 인간을 산 채로 관에 묻어버렸어. 애초에 울타리를 만들어 스스로를 가둔 범인은 바로 나 자신이니까. 어떠한 관념과 이념이라도 연연해야 한다면 족쇄에 불과할 뿐이야. 헛된 집착일 뿐이라고! 눈을 크게 뜨고 자세히 살펴봐. 지금 너를 속박한 사상과 철학과 신념의 뿌리가 어디에 있는지를. 너는 자유로운 존재야. 다만 있지도 않은 굴레에 붙들렸다고 믿고 있을 뿐이지."

그는 애써서 자유를 부르짖었지만 내가 이해할 수 있는 부분은 없었다. 충격에서 헤어나지 못한 채 넋을 잃었다. 그런 사실은 중요하지 않은지 그는 만족스러운 얼굴로 욕실에 들어가 몸을 씻었다. 홀로 덩그러니 남겨진 채 물소리를 들으며 지독한 패배감에 젖어들었다. 울음이 터져 나올 것만 같았다. 정말로 울고 싶었다. 어린아이처럼 목청껏 울고 싶었지만 그마저도 허락되지 않았다. 패배감은 절망과 슬픔마저 삼켜버리는 커다란 아귀였다.

옷을 주섬주섬 챙겨 입었다. 이곳에서 도망치고 싶다는 본능만이 살아 움직였다. 호텔을 빠져나가는 순간 오싹한 소름에 발걸음이 붙들렸다. 나를 어루만지던 그의 손길이 몸에 새겨진 것처럼 기억됐다. 반드시 그와의 인연을 끊겠다고 다짐했다. 결심하고 맹세했다. 물론 반드시 성기를 도려내겠다고 결심하던 순간처럼 절대 그러지 않을 거라는 사실을 알고 있었다. 꼴이 한심했지만 여전히 그가 좋았다.

26. 라가 요란을 떨었던 메뉴의 변경은 손님 없는 가게에 아무런 변화도 가져오지 못했다. 모든 것이 그대로였다. 그나마 다행인 점은 변경된 메뉴의 조리법이 간단하다는 사실 하나였다. 햄버거와 샌드위치는 즉석식품이나 다름이 없었고 볶은 달걀이 곁들여진 소시지는 전자레인지에 데우기만 하면 됐다. 그러나 그런 간단함도 손님이 없는 탓에 무용했다. 음식을 조리할 기회가 없었다. 계산대에 몸을 숨긴 채 창가에 앉아 책을 읽는 라를 훔쳐보는 게 하는 일의 전부였다.

라와는 현재 냉전의 시기를 보내고 있었다. 뺨을 얻어맞은 모욕을 용서할 수 없다는 것처럼 기피하는 태도가 노골적이었다. 모든 잘못이 내게 있다는 사실을 부정하지 않았다. 무조건 내 잘못이었다. 단지 관계를 회복할 방법이 없으니 답답했다. 뾰족한 수가 있다면 푹 찔러보기라도 하겠지만 그럴 만한 틈이 없었다.

그런 라는 모순적이게도 내가 만든 음식을 먹었다. 그와 마주 앉아 햄버거를 먹으며 도란도란 무슨 이야기를 나누는지 즐거워 보였다. 모르는 사람이 본다면 연인 사이라고 오해할 수 있을 만큼 모습이 다정했다. 그마저도 내 잘못이었다. 내가 뺨을 후려갈기기 전까지만 해도 그와 라의 사이에는 분명한 경계가 존재했었다. 내 과오로 인해 경계가 무너진 것이었다. 혹시라도 라가 그에게 소속될까 두려웠다. 만약 라가 그에게 소속된다면, 그의 다섯 번째 그녀가 된다면 아마도 나는 삶을 이어갈 희망을 잃어버릴 게 분명했다. 일어나지 않은 일을 가지고 불안에 떨기는 싫었지만 지금은 모든 게 혼란스러웠다.

그는 너무도 태연했다. 그날의 기억에서 벗어나지 못하고 악몽처럼 시달리는 나와는 달리 아무렇지 않았다. 손님 없는 가게를 찾아와 라와 함께 시간을 보내는 방법으로 내가 받은 상처를 무시하며 부정했다. 내가 만든 음식을 씹어 삼키는 입으로 여전히 자유를 부르짖었다. 나는 그렇다고 느꼈다. 어쩌면 이리도 자유롭지 못하냐며 나를 질책하고 있었다. 그랬기에 내 생애에서 가장 치욕적인 순간은 여전히 계속해서 이어지고 있었다. 상처는 아물지 못하고 그대로 말라붙었다.

나는 중심을 잃고 비틀거렸다. 하루하루가 종잡을 수 없는 상태에서 지나갔다. 썩 좋은 것도 나쁜 것도 없이 멍한 기분이 온종일 이어졌다. 넋을 잃었다가 정신을 차리기를 반복했다. 결국 그를 떠올렸다. 나를 어디까지 추락시킬 속셈인지 몰랐지만 모든 것을 맡길 수밖에 없었다. 지금의 현실에서 할 수 있는 최선의 선택이었다.

27. 그와 두 번째 그녀가 알몸으로 뒤엉켰다. 곁에서 보조를 맞추며 달아오른 육체를 견디는 인내가 힘겨웠지만 무작정 끼어들 수 없었다. 그가 그녀의 몸 안에 정액을 쏟은 뒤에야 차례가 돌아왔다. 두 번째 그녀는 누구보다 아름다운 젖가슴을 갖고 있었다. 넘치도록 풍만했지만 둥글었고 단단하면서 보드라웠다. 내 몸이 들이칠 때마다 배꼽과 쇄골을 오르내리며 출렁이는 젖무덤은 쾌락을 달궈냈다. 결국 얼마 지속하지 못하고 정액을 쏟아냈다. 그 순간 아득한 머릿속은 한 무리의 벌떼가 윙윙거리며 날아다니는 것 같았다. 우주만큼 거대한 구를 이룬 채 바쁜 날갯짓을 멈추지 않았다.

나는 그를 떠날 수 없었다. 그는 나를 강간한 파렴치한이었지만 세상 어디에서도 찾을 수 없는 환락을 선물했다. 이것에 대해 잠깐 생각했는데 나는 그를 좋아했다. 혼자서는 닿을 수 없는 밑바닥으로 슬금슬금 끌고 내려가는 그가 좋았다. 결코 강간을 당했던 순간을 잊을 수는 없겠지만 서서히 묻어버릴 수도 있을 것 같았다. 그렇게 스스로를 위로하며 그녀의 벌린 가랑이 사이를 파고들었다. 쾌락은 충분한 위안이 됐다.

호텔 특실의 침대는 셋이 나란히 누워도 좁지 않았다. 한바탕 음란했던 시간이 지나가고 찾아온 평온을 느끼며 잠을 청했다. 새근새근 잠들어 있는 그녀에게서 정액의 비린내가 풍겨졌다. 역겨움에 비위가 상했지만 애초에 내 것이었기에 내색할 수 없었다. 잠에 들기를 기다리는데 불쑥 라의 눈에 서렸던 빛이 떠올랐다.

내게 라는 어떤 섹스였을까? 라가 떠오르자 심란해짐을 피할 수 없었다. 한숨이 새어나왔다. 질끈 눈을 감았지만 외면할 수 없었다. 라와의 섹스는 언제나 단조롭고 밍밍했다. 미지근함이 바로 설명할 수 있는 단어였다. 예외는 없었다. 늘 같은 섹스가 이어졌고 그래서 당연한 섹스가 됐다. 라와의 관계를 통해 섹스는 타락을 추구하지 않는다고 믿었다. 그런데 이제는 그와 당연하지 않은 섹스를 즐겼다. 타락의 의식에 불과한 섹스에 빠져 허우적거렸다. 이 시점에서 내가 타락했다는 사실을 부정할 수 없었다. 내 존재가 타락을 증거하고 있었다.

그때 내게로 뻗어오는 손길이 상념을 깨뜨렸다. 그와 그녀는 작정이라도 한 것처럼 나를 제압하려고 했다. 그 빤한 속셈을 알면서도 모르는 척 저항의 모양새를 취했다. 이미 모든 것을 받아들이고 굴복했기에 지금 침대 위에 누워있을 수 있었다.

그는 능숙하게 내 성기를 주물렀다. 동시에 항문을 파고들어 자극했다. 쾌락은 쉽게도 불이 붙었고 활활 타올랐다. 육체의 중심부에서 퍼지는 쾌락에 몸을 뒤틀며 신음을 뱉었다. 수치심이 가느다랗게 이어졌지만 무기력한 끝을 향해 놓아진 선로에 불과했다. 내 몸은 활처럼 휘어지며 허공으로 붕 떠오르는 무중력감에 휩싸였다.

그는 입으로 정액을 받아낸 뒤 쾌감이 지속될 수 있도록 계속해서 성기를 빨고 핥았다. 그런 뒤에는 정액을 머금은 입으로 내 입술을 덮쳤다. 입술을 꾹 다물며 저항했지만 밀려드는 길쭉한 혀와 그 사이로 흘러드는 희멀건 정액을 받아들일 수밖에 없었다. 마음을 비워야 했다. 모든 것을 그에게 맡긴 채 결과에 대한 책임마저 떠넘기는 것이 현명했다. 그래야만 어느 순간 프로크루스테스의 침대 위에 누워있을 나를 변호할 수 있었다. 모든 타락을 그가 위력으로 강권했다고 내 안에 존재하는 프로크루스테스에게 빌어야 했다. 그래야만 길면 잘려지고 짧으면 늘려지는 판결을 피할 수 있었다.

그는 내가 정액을 삼킬 때까지 놓아주지 않았다. 정액을 삼키는 일은 그에 대한 굴종과 충성을 상징했다. 정액을 삼키며 목울대를 과장되게 들썩였다. 그에게 굴종과 충성을 증명하고 싶었다. 간과 쓸개를 모두 내어줬음에도 번번이 그것을 확인하려는 의지는 지속적이었다. 그는 만족스러운 얼굴로 내 귓가에 대고 속삭였다. 그의 숨결이 닿자 오싹한 소름이 끼쳤다.

"잘했어. 앞으로도 지금처럼 한계를 미리 결정짓지 마. 너는 자유로운 존재야. 자유에는 상상할 수 없는 기쁨이 담겨 있어. 의심 없이 갈구해 봐. 진짜 인간으로 다시 태어나는 거야."

그는 또다시 자유를 부르짖었다. 나는 고개를 끄덕였지만 여전히 어떤 것도 이해하지 못했다. 변태적인 섹스는 작은 귀퉁이도 자유와 연결되지 않았다. 그가 부르짖는 자유를 숭배해야 옳았지만 믿음이 신실하지 못해 고민이었다. 내 눈에 비친 그는 되레 스스로를 결박하고 속박함으로 자유를 잃었다. 자유는 얻기 힘든 특별한 무언가가 아니라 이미 모두에게 허락돼 있는 전체라고 생각했다. 자유를 갈망하는 자체가 실종을 야기한다고 판단됐지만 감히 불경함을 드러낼 수 없었다. 자유에서 제외되는 벌을 받을까 두려웠다. 그녀들과의 기약 없는 격리는 자유를 박탈당하는 비극과 같았다.

그때 운전수가 불쑥 모습을 드러냈다. 나는 황급히 이불을 끌어당겨

벗은 몸을 감췄다. 그런 나와는 달리 그는 태연하게 거대한 성기를 덜렁덜렁 흔들며 몸을 일으켰다.

"무슨 일입니까?"

운전수는 공손하게 두 손을 앞에 모으고 허리를 숙였다.

"회사에 가보셔야 합니다."

그는 더 묻지 않고 고개를 끄덕였다. 서두르는 기색 없이 욕실에 들어가 몸을 씻었다. 어렴풋이 들려오는 물소리만이 숨통을 조이는 정적 속에서 나와 운전수와 두 번째 그녀의 호흡을 보존했다. 그런 상태가 너무도 어색해 눈치를 살피는데 불식간에 운전수와 눈이 마주쳤다. 나는 시선이 교환됐다는 사실에 뜨끔 놀랐지만 운전수는 싱긋 웃으며 공손하게 허리를 굽혀 인사했다. 인사에 대한 대꾸도 하지 못한 채 작아지는 나를 발견했다. 허무하고 창피했다.

그는 말끔하게 양복을 차려입고는 거울을 들여다보며 매무시를 단정히 했다. 그리고는 호텔을 빠져나갔다. 갑작스럽게 들이닥친 그의 부재에 나를 둘러싼 공간이 공허하게 변한 것 같았다. 허나 그의 부재가 실감될수록 기분이 달라졌다. 그의 역할이 내게 주어졌다는 사실을 깨달았다. 그러자 완전한 자유 안에 소속됨을 느꼈다.

두 번째 그녀를 넘어뜨리고 가랑이를 벌렸다. 이성을 잃은 채 탐스러운 육체를 더듬고 핥았다. 그녀에게 지금 이 순간을 지배하는 주인이 누군지 알려주고 싶었다. 짐승처럼 헐떡였다. 특별한 순간이었지만 역할극은 오래 지속될 수 없었다. 그녀의 눈에 서린 빛이 순식간에 내 의지를 뒤흔들며 파훼했다. 거칠던 동작은 동력을 잃은 것처럼 멎어들더니 완전히 정지했다.

그녀는 설핏 웃었다. 암캐처럼 신음을 뱉고 정액을 삼키던 그녀가 아니었다. 죽은 공명이 산 중달을 이긴 것처럼 그는 부재의 공백 속에서도 나를 이겼다. 이런 말도 그와 나를 비유하기에는 적절하지 않았다. 그의 존재는 하늘처럼 높고 넓어 손바닥만큼도 헤아릴 수 없었다.

의문이었다. 그가 지배하는 영역은 얼마나 넓은지 가늠조차 되지 않았다. 가늠할 수 없는 그 넓음 안에서 내 존재는 얼마나 작고 보잘 것 없는지 짐작조차 되지 않았다. 착각이었다. 그가 나를 필요로 한다고 오판했다. 그가 부르짖는 자유의 중심에 내가 위치해 있다고 믿었다. 헛된 믿음은 쉽게도 부정됐다.

모든 사실이 명백하게 밝혀진 지금 지독한 박탈감만 남았다. 나를 지탱하던 뿌리가 완전히 썩어 회생이 불가능한 지경이었다. 눈을 질끈 감은 뒤 떴을 때 거짓말처럼 모든 현실이 부정돼 있기를 바랐다. 한여름 밤의 꿈처럼 그에 대한 모든 기억이 흐릿해져 잊히기를 바랐다. 이제는 호텔의 호화스러운 특실도 싫으니 손님 없는 가게의 주인으로 되돌아가 몽롱한 낮잠에서 깨어나 저린 팔이나 주무르고 싶었다. 허나 그런 바람들이 전부 허황됐다는 사실을 알리는 것처럼 그녀가 내 머리맡으로 간지러운 숨결을 가져왔다. 목소리는 차분했고 조곤조곤 상냥했다.

"불쌍한 사람, 하지만 걱정 말아요. 곧, 아니 언젠가는 모든 것에 익숙해질 거예요. 방황해야만 하는 사춘기가 뒤늦게 찾아왔다고 그쯤 생각하세요."

그녀의 말이 가슴을 아프게 후벼 팠다. 말 속에 담긴 날카로움이 사납게 할퀴었다. 그런 아픔이 굴욕처럼 느껴지자 괘씸함이 치밀었다. 그녀의 손목을 낚아채 힘껏 비틀었다. 손목이 비틀린 만큼 그녀의 나체가 뒤틀리며 신음했다.

"이거 놔! 놓으라고!"

나는 놓아줄 마음이 없었다. 스스로에 대한 분노를 그녀에게 전가하려는 마음이었다. 내가 견뎌야 할 고통을 줄이기 위해서라도 그래야만 했다.

"방황해야만 하는 사춘기라고? 네 눈에는 내가 불쌍해 보여? 뭐가 불쌍한지 말해 봐!"

그녀는 팔이 꺾인 채로 나를 노려봤다. 그 눈에 서린 측은함과 동정의 빛은 내 안에서 타오르는 분노에 끼얹어지는 연료가 됐다. 그런 사실을 모르는지 그녀는 고개를 저으며 혀를 끌끌 찼다. 그런 치욕을 견딜 수 없어 이성을 잃고 고함을 쳤다.

"그러는 너는 왜 여기에 있는 거야? 너도 나처럼 동전을 받은 거야? 그래서 그 동전의 삯을 창녀처럼 몸으로 갚고 있느냐는 말이야!"

그녀를 모욕했다. 다분히 모욕이 섞인 외침으로 가볍게 충고를 뱉은 것에 앙갚음을 했다. 분명히 창녀보다 못한 자신의 신세에 비참함을 느낄 거라고 생각했다. 자신의 삶 자체가 급소라는 사실을 인지하고 있을 것이었다. 그러나 그녀는 눈썹도 까딱하지 않고 도리어 나를 동정했다. 침대 위에서 암캐처럼 헐떡이며 몸부림을 쳤던 그녀가, 정액을 받아먹던 그녀가 나를 동정했다. 그 사실이 수치스러운 동시에 서글펐다. 아직 스스로를 가엾게 여길 자존감이 남았는지 어떤 근거도 없이 그녀가 내 발밑에 존재한다고 서열을 인식하고 있었다.

그녀는 붙들린 손을 뿌리치며 꺾였던 손목을 감싸 쥐었다. 스스로에 대한 분노를 전가하려던 시도가 실패로 돌아가자 그제야 그녀가 애꿎었다는 사실이 깨달아졌다. 그녀는 그것을 원망하지 않고 내 귀에다 대고 속삭였다.

"누구를 원망할 것 없어요. 원망할 대상을 찾으려는 시도는 결국 낭비가 될 테니까요."

그녀는 마치 모든 것을 알고 있다는 것처럼 여유로웠다. 그런 그녀에게 지금 나를 휩싼 혼돈과 비참함을 이미 겪었느냐고 묻고 싶었다. 허나 입술이 떨어지지 않았다. 무기력하게 드러누워 천장을 올려다봤다. 눈앞이 빙글빙글 돌더니 천장과 바닥이 가까워졌다 멀어지기를 반복했다. 현기증과 멀미가 동시에 뒤엉켰다. 나는 혼잣말처럼 그녀에게 물었다.

"당신은 왜 그를 떠나지 않는 겁니까?"

내 물음이 우스웠는지 그녀는 대답은 하지 않고 배를 잡고 웃었다. 군살이 접히지 않는 아름다운 육체가 동그랗게 말렸다.

"심각한 물음이라는 사실을 알고 있어요. 그래서 제 대답이 가볍다고 생각될까 염려스럽네요. 저는 단지 어떤 사실도 중요하지 않다는 걸 깨달았을 뿐이에요. 어떤 것도 중요하지 않아요. 방금 전에 저를 겁탈하려고 했던 당신도 이제는 중요하지 않은 걸요. 이해할 수 있겠어요?"

그녀의 입가에 번지는 미소가 나를 자극했다. 순간 이유 모를 분노에 휩싸여 버럭 고함을 쳤다.

"도대체 중요한 게 뭐라는 말이야!"

그녀는 동요하지 않았다. 나를 바라보는 눈이 깊었다.

"뭐가 중요한지 중요한 게 뭔지는 나도 몰라요. 그는 자유라고 말하던 걸요. 아마도 자유가 중요하겠죠."

그녀의 말속에 담긴 그가 내 입에 재갈을 물렸다. 그는 언급되는 것만으로도 나를 찍어 누르는 철퇴가 됐다. 허나 철퇴가 떨어지기까지 틈이 있었다.

"지금 당신과 내가 마주 보고 있는 현재를 만들어낸 과거의 어떤 때가 분명히 존재할 게 아닙니까! 당신은 스스로를 부정하지 마세요. 평범한 여성이라면 결코 가질 수 없는 더럽고 추악한 음란함을 자연스럽게 드러내는 지금의 당신을 존재하게 만든 과거가 뭐냐는 말입니다! 도대체 어떤 과거의 순간이 지금 이 순간 당신을 발가벗겼습니까? 또 나를 발가벗긴 것은 무엇입니까! 당신 앞에서 발가벗은 채 떨고 있는 내가 똑똑히 보이잖습니까! 당신도 내 앞에서 발가벗은 채 웃고 있지 않습니까! 같은 처지에 숨겨야 할 이유라도 있는 겁니까? 뭐라도 좋으니 말을 해보세요!"

그녀는 또다시 배를 잡고 웃었다. 간절한 외침마저 우습게 들리는지 좀처럼 그치지 못했다. 웃음이 그치기를 처참한 심정으로 기다렸다. 그녀는 겨우 웃음을 삼켰다.

"지금 혼자 착각에 빠진 건 아니죠? 지금까지 마음껏 즐겨놓고는 왜 스스로를 부정하나요? 설마 오늘 제 서비스가 마음에 들지 않았나요?"

나는 할 말과 동시에 눈의 초점을 잃었다. 눈의 초점이 뿌옇게 흐려진 만큼 속삭이는 그녀의 목소리가 머릿속에 선명한 잔상을 남겼다.

"제게 궁금한 게 많은가 보네요. 제게서 어떤 힌트를 얻고 싶겠지만 기대는 말아요. 당신은 문제가 뭔지도 모르기에 어떤 단서를 쥐어 줘도 답을 얻을 수 없어요."

그녀의 손을 붙들고 어떤 말이라도 좋으니 제발 해달라고 간절히 빌었다. 그녀는 붙들린 손을 자신의 품으로 가져가며 웃음기를 싹 지웠다.

"저는 그저 세상에 옳은 건 없다는 진실을 얻었을 뿐이에요. 그래서 당신과도 섹스를 할 수 있었어요. 세상은 결코 옳고 그름으로만 판단할 수 없거든요. 그렇기에 당신과의 섹스도 옳고 그름으로 판단할 수 없어요. 옳은 것도 아니지만 그렇다고 그른 것도 아니에요. 애초에 옳은 건 없으니까요. 언젠가는 이해할 수 있을 거예요. 그가 말하는 자유가 뭔지."

그 순간 그녀의 거무튀튀한 음부가 눈에 들어왔다. 노골적으로 확대되며 바라보였다. 그러자 죽은 듯이 매달려 있던 성기가 꿈틀거렸다. 그녀의 밑구멍은 여전히 쾌락이었다. 그녀는 세상에 옳은 건 없다는 깨달음을 얻었지만 나는 세상에 알 수 있는 건 없다는 깨달음을 얻은 것 같았다. 알 수 있는 게 없었다.

28. 그가 내게 가하는 고문을 견디기 위해 어금니를 꽉 깨물었다. 고문에 의한 것인지 쾌락에 의한 것인지 모를 신음이 속절없이 새나왔다. 무조건 견뎌야만 하는 일방적인 역할이 싫었지만 육체는 이미 쾌락을 만끽하고 있었다.

그는 내 귓가에 대고 끊임없이 속삭였다. 빤한 거짓을 세뇌하듯 주장하며 내 반응을 즐겼다. 라에 대한 거짓된 연출이었다. 치가 떨리는 말들과 함께 귀를 간질이는 숨결이 머릿속을 파고들었다. 거짓이라는 사실을 알면서도 갈등이 일었다. 현실과 비현실의 경계를 구분하는 감각이 쾌락에 의해 마비되며 점점 기능을 잃었다. 결국 진짜와 가짜를 구분할 수 없었다.

"자기가 잘난 줄 알지만 실상은 잘난 것 하나 없는 기생충 같은 계집이야. 긴 시간 네게 들러붙어 피를 빨았으면서 정작 너를 무시하고 하찮게 여기고 있잖아. 너를 조금이라도 존중한다고 생각해? 천만에. 그건 오산이야."

나는 고개를 가로저었다. 내가 라를 위해 할 수 있는 유일한 두둔이었다. 그때 불같이 끼얹어지는 쾌락에 의해 거친 신음이 새나왔다. 그 순간만큼은 라를 위해 고개를 가로 저을 수가 없었다. 정신을 차린 뒤 다시 고개를 가로저었지만 거친 숨결과 뒤섞인 몸짓은 불분명했다. 저항에 대한 의지는 실낱처럼 가늘어지고 있었다. 그는 속삭임을 멈추지 않았다.

"더러운 모습을 상상해 봐. 네게는 추악한 모습을 감췄지만 결국에는 모든 진실이 까발려질 거야. 내가 목격했으니까 믿어도 돼. 아주 음탕하고 더러운 돼지 한 마리가 들어있는 걸 봤다니까? 상상해 봐. 라는 내 좆을 핥고 있어. 나는 너를 배신한 라가 괘씸해 벌을 주려는 마음으로 목구멍 깊숙이 쑤셔 넣을 거야. 뒷머리를 붙들고 아주 깊숙이 쑤셔 넣었어. 라는 구역질을 삼키며 괴로움을 호소하지만 나를 꼭 붙들고 놓지 않아. 고통스럽지만 그 느낌이 싫지 않고 오히려 좋은 거지. 좋아서 미치기 직전이야. 목구멍 깊숙이에 정액을 쏟아주자 삼키려고 꿀떡대고 있어. 모두 진실이야!"

나는 세차게 고개를 가로저었다. 내가 사랑하는 라는 결코 그런 존재가 아니라고 부정했다. 허나 그 순간 몸이 활처럼 휘어졌다. 내 성기를 쥐고 흔드는 그의 손이 바빠지더니 끝없는 아득함으로 내몰았다. 그의 속삭임이 환상처럼 눈앞에 펼쳐졌다. 라의 음탕한 모습이 싫었지만 고개를 가로저을 의지가 쾌락에 의해 삼켜졌다. 결국 위증을 하고야 말았다. 라가 더럽고 음탕한 모습을 감췄다고 이를 갈며 소리쳤다. 그는 만족스러운지 낄낄낄 웃으며 내 젖꼭지를 핥았다. 활처럼 휘었던 몸이 새우처럼 말려들었다. 쾌락을 주체할 수 없었다.

“어떤 인간도 위선의 덫에서 자유로울 수 없어. 인간에게는 더러워지고픈 욕망이 감춰져 있거든. 그것이 본연의 성질이야. 그 성질을 감추는 순간 위선자가 되는 거야. 지금의 네 모습이 부정할 수 없는 진짜 너야. 부정할 수 없는 진실이라고. 자유는 진실과 상통하는 가치야. 동질성을 갖고 있지. 진실을 받아들이는 순수함이 바로 자유야.”

그의 광기 어린 외침이 끝나는 동시에 정액을 내뿜었다. 쾌락의 잔영 속에서 거친 숨을 몰아쉬며 잃어버린 현실감을 되찾기 위해 노력했다. 그와 세 번째 그녀는 만족스러운 얼굴로 흩뿌려진 정액을 남김없이 핥아먹었다. 곧 그의 뱀처럼 길고 연의 뿌리처럼 두꺼운 성기가 눈앞에 드리워졌다.

입술을 다물고 고개를 돌린 것은 그에 대한 반항이었을까 거부였을까. 반항과 거부라는 단어가 무색하게 입술이 조금씩 벌어졌다. 그는 견딜 수 없는 비참함 속으로 나를 몰아넣었다. 목구멍 깊숙이 밀려드는 자비 없는 커다란 덩어리가 하나의 인격체를 완전히 추락시켰다. 고통에 몸부림을 치며 토사물을 쏟아냈지만 벗어날 수 없었다. 거대한 성기가 꿈틀거리며 정액을 쏟아내고 나서야 끝이 났다. 뱀처럼 길고 연의 뿌리처럼 두꺼운 성기가 목구멍을 빠져나가는 감촉은 어쩐지 자유를 느끼게 했다. 그는 또다시 자유를 부르짖었다.

“완전한 자유를 가진 존재만이 비로소 인간이라고 할 수 있어. 애초에 억매일 것은 하나도 없었으니까. 완전한 자유를 통해 인간의 칭호를 되찾도록 노력해 봐. 가짜 인간이 아닌 진짜 인간 말이야.”

그 순간 울음이 터져 나왔다. 견딜 수 없는 서러움에 북받쳐 가슴을 들썩이며 흐느꼈다. 목구멍 깊숙이에서 신물과 함께 역류하는 정액에는 치욕스러움이 담겨 있었다. 그런 나를 누구도 위로하지 않았다. 나조차도 스스로를 위로할 수 없었다.

29. 라는 창가에 앉아 커피를 마시며 책을 읽고 있었다. 평소와 같은 모습이 어딘가 다르게 느껴지는 이유는 그의 속삭임이 나를 뒤흔들고 있었기 때문이었다. 라를 왜곡했다. 내가 사랑하고 지켜왔던 신성이, 결코 더러워질 수 없는 순결이 위태롭게 느껴지는 지금의 현실이 서글펐다.

나는 출입문을 잠근 뒤 닫힘이라고 적힌 팻말을 걸었다. 대낮에 문을 닫는 내가 이상하게 생각됐는지 라는 미심쩍은 눈초리였다. 아직까지 뺨을 얻어맞은 화를 풀지 않았기에 별다른 말은 없었다. 그런 라의 손목을 그러쥐고 주방으로 끌고 들어왔다. 가타부타 설명 없이 힘으로 억지를 부렸다.

“이게 무슨 짓이야!”

라는 날카롭게 소리를 지르며 붙잡힌 손목을 빼내려고 안간힘을 썼다. 그 미약한 힘이 안쓰러웠지만 놓아주지 않고 옷을 벗긴 뒤 불두덩을 더듬었다. 반항이 거셌다. 꼬집히고 할큄을 당한 피부에 생채기와 멍이 내렸지만 굴하지 않았다. 상황이 반전될 것을 알고 있었다.

라의 밑이 축축하게 젖어들었다. 어느 순간 자신의 벗은 몸을 부끄러워하지 않고 가랑이를 벌린 채 기대했다. 그런데 발기가 되지 않았다. 당혹감에 휩싸여 억지로 성기를 삽입하려고 시도했지만 실패했다. 라는 아직 상황을 파악하지 못했는지 작은 마찰에도 쾌감을 느끼며 신음을 뱉어댔다. 다행이도 점차 성기가 부풀어 삽입이 됐지만 정신은 육체와 분리된 것처럼 아무런 감각도 느끼지 못했다.

라는 뜨겁게 달아올라 비명을 질러댔다. 기계적으로 움직이는 내 몸을 끌어안으며 더욱 간절히 원했다. 지금의 섹스가 즐겁지 않았다. 죽어버린 쾌락의 사체를 덩그러니 끌어안은 기분이었다. 그런 시간이 몽롱하게 지나갔다. 그 시간 속에서 홀로 존재하며 타오르는 라를 위해 무의미한 동작을 계속했다. 존재는 사라지고 그 자리에 쾌락만이 남아 떠돌았다. 역시나 패배할 수밖에 없는 내 존재를 확인하자 피식 웃음이 새어나왔다. 비겁한 웃음이었다. 패배감을 감추기 위한 비열한 시도였다. 허나 깊은 나락으로의 추락을 막을 수 있는 유일한 수단이기도 했다. 더러움을 감추기 위해 더욱 심한 더러움을 겉에 둘렀다.

그를 떠올렸다. 그는 정의의 여신 디케처럼 눈을 가린 채 칼과 저울을 들고 있었다. 눈을 가렸지만 서글서글한 얼굴은 여전히 웃고 있었고 닥치는 대로 칼을 휘두르며 주변에 상처를 입혔다. 임의대로 모든 것을 저울에 달아 조각냈다. 그가 바로 프로크루스테스였다. 까까머리가 내게 그랬던 것처럼 그가 라의 마음을 훔쳤을까 의심스러웠다. 의심을 한다고 달라지는 현실은 없었지만 라가 그의 다섯 번째 그녀가 된다는 상상은 여전히 용납할 수 없는 신성에 대한 모독이었다. 그것이 진실이라면 차라리 영원히 모른 채 살아가는 편이 나았다.

그때 라가 쿡쿡 웃기 시작했다. 그 웃음은 그때까지 멈출 수 없었던 기계적인 동작에서 나를 해방시켰다. 의식이 돌아오며 마음이 되살아났다. 심각한 상황에서 웃는 것이 마음에 들지 않았다. 라에게 웃음을 그치라고 경고했지만 뭐가 그리 우스운지 그치지 못했다. 더는 참아줄 수가 없었다.

"왜 웃고 그래?"

라는 웃느라 대답은 하지 못하고 고개만 가로저었다. 나는 오기가 생겨 연거푸 타박했다. 그러자 라는 감춰둔 재미난 이야기를 꺼낸다는 것처럼 말을 시작했다.

"예전에 그와 처음 만났던 이야기를 내게 들려줬잖아. 청학동한문서당에서의 이야기 말이야. 언젠가는 그에게 물어봤었어. 그때 들었던 대답이 자꾸만 떠올라서 웃음을 참을 수가 없네."

라는 웃느라 말을 잇지 못했다. 참담한 심정으로 웃음이 그치기를 기다렸다.

"그때 자전거에 매달려 있던 가그린 말이야. 사실은 그게 그의 것이었데. 가그린을 훔쳐 달아나는 너를 무작정 쫓아갔는데 불쌍해 보였다는 거야. 학원에서는 친구도 없는 거 같고. 그래서 바로 말은 못하고 이것저것 빙빙 돌려 묻다가 그냥 포기했데. 또 불쌍한 사람은 도와줘야 한다는 엄마의 말이 떠올라서 먼저 인사도 하고 말도 걸어주고 친구가 되어주려고 했었데. 순수한 마음으로 말이야. 그리고 유진오락실에서 돈이 없어 오락은 하지 못하고 멀뚱히 서있는 네가 정말이지 불쌍해 보이더래. 그래서 누가 볼까봐 혹시라도 너와 아는 사이라는 오해를 받을까봐서 몰래 동전을 건넸다고 했어. 어때, 우습지? 같은 체험인데 서로

다른 기억과 의미를 간직한다는 게 너무 우습잖아! 그런 둘이 친구랍시고 위하는 꼴이라니. 솔직히 지금도 우스워."

라는 말을 마치고는 배를 잡고 웃기 시작했다. 충격적인 고백에 뒤를 잇는 웃음소리가 마음을 난도질하는 것 같았다. 몰랐던 진실을 마주한 대가는 비수에 찔리는 것과 같은 아픔이었다. 단 한 번의 찔림이었지만 수십 년 갈고닦아졌기에 치명적인 결말이 완성됐다. 뒤틀렸던 현실이 바로잡히는 고통은 뼈를 부러뜨리는 것처럼 우악스러웠다. 바들바들 떨리는 입술이 물음을 던졌다.

"그날 화장실에서의 기억은 꿈일까 현실일까?"

라는 대답은 하지 않고 두 손으로 입을 가린 채 쿡 웃음을 참았다. 작은 얼굴에 오밀조밀 담긴 이목구비가 선명하게 눈에 들어왔다. 천천히 고개를 가로저었다. 내게서 모든 것을 앗아가려는 그에게 아직도 가져갈 것이 남았냐고 묻고 싶었다. 남은 것이 없다는 사실을 알리고 싶었다. 남은 것을 지켜내려는 시도가 아니라 그의 수고가 괜히 헛되지 않기를 바라는 마음이었다.

그때 피식 웃음이 새어나왔다. 더러움을 감추기 위해 더욱 심한 더러움을 겉에 둘렀다. 기분이 나빠야 하는 걸까? 기분은 나쁘지 않았다. 여전히 웃고 있는 라를 바라봤다. 다시금 피식 웃음이 새어나왔다. 생각해보니 심각해질 이유가 없었다. 피식 웃으면 모든 게 간단해졌다. 아무럼 어떨까. 그와 내가 같은 침대에서 라를 취하는 일도 사실은 무의미할 정도로 간단했다. 현실을 받아들이자 마음이 홀가분해지더니 허공으로 붕 떠오르는 무중력감에 휩싸였다. 다만 벌레가 한 마리 숨어든 것처럼 가슴이 간지러웠다.

30. 그에게 라와 섹스를 했냐고 묻고 싶었다. 묻고 싶은 마음이 근심으로 변해 안색이 어두웠다. 그 기색이 유별났는지 내 몸을 핥던 첫 번째 그녀가 의아한 얼굴로 물었다.

"무슨 일 있어요? 심각할 필요가 없는 시간이잖아요. 머리를 비우고 즐기세요. 지금까지 잘해왔잖아요."

그녀의 목소리는 귓전을 맴돌다 사라졌다. 온신경이 침대 맡에 앉아 있는 그에게로 향해있었다. 그는 벌떡 일어나더니 한숨을 푹 내쉬었다. 비장한 얼굴이었다.

"나 먼저 가볼게."

그는 일방적으로 통보하고는 옷을 입기 시작했다. 그 모습에서 은근한 불안감이 떠올랐다. 호텔을 빠져나가는 그의 뒷모습에서 어떤 의혹을 느꼈다. 허나 스스로 부정하기를 계속했다. 첫 번째 그녀가 애쓰며 내 몸을 핥고 있었다. 정신과 육체는 합일되지 않아도 쾌락을 즐김에는 지장이 없었다. 육체에 모든 권한을 위임하면 그만이었다. 모든 권한을 갖게 된 육체는 노골적으로 쾌락을 탐닉하며 즐거워했다. 모든 과정이 아주 자연스럽게 이뤄졌다. 거친 숨결과 신음이 송골송골 맺혀 떨어지는 땀방울과 뒤섞였다. 쾌락의 정점에서 머릿속이 아득해지며 허공으로 붕 떠오르는 무중력감에 휩싸였다. 간절하게 끌어안은 그녀가 자꾸만 저 밑으로 멀어지는 것 같아 눈을 질끈 감았다.

주인 없는 밥상에 앉은 것처럼 공허함이 여실히 드러났다. 그는 모든 쾌락을 지배하는 주체이자 중심이었다. 처음부터 명백했던 사실이, 나만 모르고 있었던 사실이, 받아들이고 싶지 않았던 현실이 그의 부재

속에서 나를 깊은 심연으로 밀어 넣었다. 그런 순간 어쩌면 내가 바늘을 감추는 미끼의 역할에 불과했는지도 모른다는 생각을 했다. 물고기를 낚기 위해 먼저 바늘에 꿰어져야만 하는 작은 지렁이의 역할에 불과했다는 확신이 들었다. 그러자 왈칵 눈물이 쏟아졌다. 서럽게 흐느끼기 시작한 나를 바라보던 첫 번째 그녀는 비웃음을 흘리고는 유유히 욕실에 들어가 몸을 씻었다. 그녀가 옷을 입고 떠날 때까지 울음을 그칠 수 없었다.

나는 정처 없이 걷기 시작했다. 무수한 배경을 지나쳤지만 나와 상관있는 것은 어디에도 없었다. 무엇도 나를 증명해주지 못했다. 오직 그의 존재만이 번민에 대한 해답을 갖고 있었다. 허나 어떤 기대도 가질 수 없었다. 밑도 끝도 없이 자유를 부르짖을 게 빤했다. 그가 부르짖는 자유와 맞닥뜨리는 순간이 싫었다. 그가 부르짖는 자유는 내게 족쇄를 채우고 오랏줄로 옭아맸다. 지독스러운 박탈감에 젖어들었다.

정처 없던 발걸음이 닿은 곳은 손님 없는 가게였다. 우뚝 멈춰 선 채 당혹감을 마주했다. 손님 없는 가게에 불이 밝혀져 있었다. 내부는 커튼으로 가려졌지만 그와 라의 존재를 느낄 수 있었다.

좁은 벽의 틈을 지났다. 어깨가 부딪힐 만큼 공간이 협소해 게걸음으로 조금씩 나아갔다. 어떤 추측도 가설도 떠올리지 않았다. 그것을 원치 않았다. 현실을 있는 그대로 바라보고 싶었다. 그것에 방해되는 감정은 전부 불필요했다.

주방의 모서리 벽에 난 작은 창문 밑에서 게걸음이 멈춰 섰다. 좁은 벽의 틈바구니에서 손을 뻗어봤지만 창문에는 닿지 않았다. 발을 굴러도 마찬가지였다. 불가능하다는 사실이 분명해지는 순간 귀를 기울였다. 도대체 무엇을 확인하기 위해 좁은 벽의 틈으로 기어들어왔는지 스스로가 한심스러웠다. 그러자 피식 웃음이 새나왔다. 이 웃음은 모순된 것이었다. 결코 웃고 싶지 않았으며 웃을 수 있는 상황도 아니었다. 기분은 몹시 우울하고 불쾌했다. 무기력해진 내가 실감됐다.

좁은 벽의 틈바구니에서 스스로에게 물었다. 그는 왜 손님 없는 가게에 왔을까? 대답할 수 있는 입은 어디에도 없었다. 언제부터인가 그는 나와 그녀들을 남겨둔 채 호텔을 빠져나갔다. 회사에 급한 일이 생겼다고 가버리는데 붙잡을 수 없었다. 그러나 그런 순간 또렷하게 떠오르는 불길함은 어떤 사실을 감지하고 있었다.

좁은 벽의 틈바구니에서 스스로에게 물었다. 그는 그때마다 손님 없는 가게에서 라와 마주 앉아 시시덕거렸을까? 대답을 기다렸지만 역시나 대답할 수 있는 입은 어디에도 없었다. 허나 이미 답을 알고 있는 기분이었다. 호텔을 빠져나간 그의 행적이 머릿속에 그려졌다. 추측일 뿐이라고 믿고 싶었지만 정답을 맞혀버린 기분이었다. 정답을 맞힌 것이 문제였다. 계속해서 같은 문제를 가지고 다른 정답을 고민해야만 했다.

좁은 벽의 틈바구니에서 빠져나왔다. 몸 여기저기에 더러운 오물이 묻고 악취가 뱄지만 개의치 않았다. 처음으로 그가 실망스러웠다. 고작 라와 시시덕거리기 위해서 알량하게 나를 속였는지 그 졸렬함이 창피스러웠다. 차라리 불가항력에 가까운 거대한 힘을 동원해 라를 강탈했다면 이토록 실망스럽지는 않았을 것이었다.

나는 슬쩍 손님 없는 가게의 문을 밀어봤다. 잠기지 않은 문이 저항 없이 움직였다. 미세한 틈도 벌어지지 않았지만 문이 잠기지 않았다는 사실 하나만으로 당장 현실이 뒤바뀌었다. 아무 것도 모르는 것처럼 가게 안으로 들어가야 하는지 아니면 아무 것도 모르는 것처럼 돌아서야 하는지 고민스러웠다.

슬쩍 힘을 주자 미세한 틈이 벌어졌다. 문에 매달린 종조차 움직임이 없었다. 은밀하게 들여다본 내부는 충격적이었다. 라는 육인용 탁자 위에 등을 대고 누운 채 밑을 드나드는 그의 거대한 성기를 즐기고 있었다. 그는 뱀처럼 길고 연의 뿌리처럼 두꺼운 성기를 능란하게 휘두르며 그 시간을 지배했다. 살결이 부딪히는 소음과 신음이 뒤섞이며 어우러졌다. 행위는 오래도록 이어졌다. 그때 내게 주어진 배역은 역시나 방관자에 불과했다. 그리고 도망자였다.

나는 문을 등지고 섰다. 지금 도망치지 않으면 그와 라를 동시에 잃게 될 거라는 두려움에 마음이 동요했다. 허나 몇 걸음을 옮기지 못하고 털썩 주저앉았다. 충격은 너무도 거대해 어떤 여유도 허락되지 않았다.

그런 순간 더러운 몰골에 악취를 풍기는 사내가 놀란 눈으로 나를 쳐다보고 있었다. 단번에 서로의 존재를 깨달았다. 의식이 공유되고 있었다. 두 개의 몸으로 나눠진 하나의 자아였다. 또 다른 나를 맞닥뜨렸다.

두 번째 조각 - 우울

1. 팔각정 천장에 있어야 할 변태성욕자가 보이지 않았다. 내가 미끼가 돼 감췄던 바늘을 삼킨 것이 분명했다. 환희와 같은 기쁨이 차올랐다. 차오르다 못해 찬란하게 빛났다. 완전한 해방을 기뻐하며 흐느껴 울었다. 시간이 반복되는 저주에서 해방됐다고 믿었다. 허나 시간은 반복됐다. 시간의 끝에 다다르자 어김없이 처음으로 되돌아왔다. 새로이 반복된 시간 속에서도 팔각정 천장은 텅 비어있었다. 저주는 끝나지 않았다.

저주에서 벗어나지 못했다는 사실을 받아들이기까지 커다란 아픔이 있었다. 실의에 빠져 더는 할 수 있는 일이 없다고 믿었다. 저주를 깨뜨릴 수 있다는 희망을 버리자 반쯤 넋이 나갔다. 그런 상태에서 흘러가듯 멈춰있는 시간 속에 박제됐다.

시간은 무한하게 반복되며 극도로 미세하게 흘러갔다. 영원히 계속될 것만 같았던 새벽의 끝에서 태양이 떠오르더니 아침을 지나 한낮으로 치솟았다. 그리고는 슬금슬금 저물기 시작했다. 그런 변화를 겪었지만 더는 시간의 반복이 감각되지 않았다. 절망조차 품을 수 없는 가슴에는 작은 희망도 미련도 없었다.

2. 그저 앞으로 나아가던 발걸음이 멈춘 것은 운명과도 같은 순간이었다. 몇 발자국 앞에서 어떤 남자가 힘없이 비틀거리더니 털썩 주저앉았다. 그 순간 정신이 번쩍 들었다. 어떤 말로 설명해야 쉽게 이해할지 모르겠지만 서로에게 동화됐다. 하나의 의식을 두 개의 육체가 나눠가짐으로 하나처럼 인식했다. 그때까지 알지 못했던 사실들이 생생하게 떠올랐다. 힘없이 주저앉은 남자에게 무슨 일이 일어났는지 단번에 알게 됐고 똑같은 분노와 고통을 체험했다. 그랬기에 사랑하는 여자가 다른 남자와 성교를 맺는 광경을 목격하고도 도망쳐야만 하는 지금의 비참함을 결코 납득할 수 없었다. 더구나 자유를 부르짖는 비범한 자라니 반드시 그 의지를 박살내고 싶었다. 또 다른 나를 위해서라도 그리고 나를 위해서라도 굴복시키려고 했다. 시간의 반복이 유용하게 사용될 것이었다. 불가능은 없었다.

세 번째 조각 - 의호

1. 지금 느끼는 감정이 진실이라면 더러운 몰골로 서있는 사내는 또 다른 나였다. 이제는 현실과 비현실을 분별하지 못하게 됐는지 이런 상황 속에서도 마음은 담담했다. 또 다른 나와 의식이 공유되며 알게 된 사실이 있었는데 놀랍게도 시간이 반복되고 있었다. 또 다른 나는 시간의 반복 속에서 이루 말할 수 없는 고통에 시달렸다. 그런 뒤 완전한 포기 상태에서 여기까지 흘러왔다. 또 다른 나의 비현실적인 체험을 사실이라고 자연스럽게 받아들이는 내가 놀라웠지만 자신 있는 눈치였다. 시간이 반복되는 세계에서 자신에게 굴복하지 않을 수 있는 인간은 없다고 했다. 목소리를 통해 말을 주고받지는 않았지만 모든 의식과 생각과 감정이 공유됐기에 자연스럽게 받아들여졌다.

또 다른 나의 자신감은 허황되지 않았다. 시간의 반복 속에서 인간을 다루는 전문 기술자가 됐다. 고문과 살육에 대한 기억이 확실한 증거였다. 또한 인간은 시간을 이길 수 없었다. 그는 자신을 실제로 살해하려는 위협 앞에서는 자유를 부르짖을 수 없을 게 분명했다. 다시는 어쭙잖게 자유를 부르짖을 수 없도록 단단히 교훈을 주고 싶었다. 그러자 또 다른 나는 아주 간단한 일이라며 자신했다. 할 수만 있다면 그렇게 해달라고 간절한 바람을 전했다.

2. 시간이 반복됐다. 또 다른 나와 의식을 공유했기에 시간이 반복되는 순간이 감지됐다. 얼마간 기다리자 또 다른 내가 헐레벌떡 달려왔다. 시간을 아끼기 위함이라는 사실을 알고 있었다. 여전히 더러운 몰골에 악취를 풍기는 모습이 무척이나 믿음직스러웠다. 마음에 깃드는 여유를 느꼈다. 식칼을 손에 쥐고 손님 없는 가게로 들어가는 모습이 당당했다.

그와 라는 쾌락에 휩싸인 채 우리의 등장을 알아차리지 못했다. 또 다른 나는 지금의 상황이 흥미로운지 즐거움을 느꼈지만 나는 처참한 심정이었다. 마음의 성역이 무너졌다는 사실을 이제는 받아들여야 했다. 나는 허옇게 질린 채 곧 일어날 참극을 기다렸다.

또 다른 나는 행위에 대한 어떤 자각도 없이 그의 등허리를 찔렀다. 느릿한 것도 같은 동작에 그는 비명조차 지르지 못하고 털썩 쓰러졌다. 척추 신경이 끊겼다는 사실을 의식의 공유를 통해 알 수 있었다.

나와 또 다른 나는 동시에 징그럽게 꿈틀거리는 그의 성기를 의식했다. 마치 머리가 잘린 뱀처럼 사납게 발광하는 모양새가 흉측했다. 식칼은 부드럽게 허공을 휘젓더니 성기를 댕강 잘라버렸다. 거대하다고 느껴지는 덩어리가 툭 떨어졌다. 그와 동시에 라가 내지르는 비명이 날카롭게 들려왔다. 공포에 사로잡힌 모양이었다. 허나 그 비명은 비극을 자초했다. 식칼이 라의 목을 겨눴다는 사실이 의식의 공유를 통해 전달됐다. 나는 또 다른 나를 향해 멈추라고 소리를 질렀다. 또 다른 나는 흠칫 놀라더니 고개를 끄덕였다. 내가 느끼는 생각과 감정을 고스란히 전달받은 모양이었다.

또 다른 나는 붉은 피를 뒤집어쓴 그에게로 시선을 돌렸다. 순간의 망설임도 없이 식칼을 휘둘렀다. 그러자 멀쩡했던 손가락이 두 갈래로 쪼개졌다. 그는 고통에 몸부림을 치며 이를 갈았다. 토해내는 외마디 비명은 너무도 처절했는데 마치 쇠를 긁는 것 같았다. 그럼에도 불구하고 또 다른 나는 아직 멀었다며 손가락을 하나하나 같은 방식으로 쪼개버렸다. 바닥으로 피가 흥건하게 고이더니 역겨운 비린내를 풍겼다. 끔찍한 광경이었다.

또 다른 나는 그의 머리맡에 앉아 물끄러미 시선을 줬다. 이만하면 어떤 반항도 할 수 없다는 계산이 깔려있었다. 나는 그가 목숨을 구걸하리라고 예상했다. 가진 것이 많은 사람이기에 그게 아까워서라도 지금의 위기에서 벗어나기 위해 필사적일 것이었다. 나라면 그랬을 것이다. 손가락이 전부 쪼개지기 전에 울며불며 용서를 빌었을 것이었다. 허나 그는 달랐다. 고통에 일그러지는 얼굴로 화통하게 웃었다.

"내가 고통을 받아 너희들이 자유로워질 수 있다면 얼마든지 허락하마! 나는 기꺼이 너희들의 대속을 위한 제물이 된다. 그러니 얼마든지 자유를 위해 내 희생을 사용하도록 해! 내게는 그보다 기쁜 일은 없으니까."

또 다른 나는 미간을 찌푸렸다. 그가 어떤 존재인지 이제야 실감하는 모양이었다. 의식의 공유를 통해 알게 된 사실은 역시나 간접적일 수밖에 없었다. 또 다른 나는 식칼의 끝을 세우더니 그의 어깻죽지를 푹 찔렀다. 그러자 팔이 간단하게 툭 떨어졌다.

"그러도록 하겠습니다."

또 다른 나는 그의 귓가에 낮게 읊조리더니 나머지 팔도 같은 방법으로 잘라냈다. 그는 비명을 지르며 몸부림을 쳤지만 팔이 없는 몸통은 아무래도 모양새가 우스꽝스러웠다. 내가 무의식 속에서 고문 방법이 지독하다고 생각하자 또 다른 나는 부정했다. 이건 맛보기에 불과하다며 여유로웠다. 그리고는 슬쩍 시간을 확인하더니 그의 목울대를 향해 식칼을 겨눴다. 피비린내가 진동하는 그 속에서 웃을 수 있다는 사실이 놀라웠다.

3. 시간이 반복됐다. 아직까지 피비린내가 코를 찌르는 것 같은데 모든 것이 원상으로 복구돼 있었다. 이전의 기억을 떠올리자 가슴이 두근거렸다. 그가 고문을 당하며 내지르던 비명이 묘하게도 만족스러웠다. 또 다른 내가 이번에는 어떤 고문으로 그를 망가뜨릴지 기대됐다. 해결사를 기다리며 은근하게 떠오르는 미소를 감출 수가 없었다.

또 다른 나는 거침없이 손님 없는 가게로 들어갔다. 그를 굴복시키는 일에 즐거움을 느끼는지 사명감을 느끼는지 태도가 진중했다. 그는 여전히 라와 함께 교성을 질러대며 섹스를 하고 있었다. 그 모습을 바라보기가 힘들어 고개를 돌린 순간 또 다른 나는 그의 등허리를 찔렀다. 그는 말벌 떼에 쫓기는 것처럼 몸을 굴렸지만 벽에 가로막혔다. 사납게 치켜뜬 눈에는 저항심이 가득했지만 비극은 피할 수 없었다. 또 다른 나는 능숙하게 고통의 극한으로 내몰기 시작했다. 그는 고통을 견디기 위해 바락바락 소리를 질러댔다.

"아악! 아악! 이게 바로 살아있는 고통이야. 어서 마음껏 나를 농락해! 자유를 위해 애쓰는 너희들을 내가 사랑한다. 결코 그 의지를 꺾지 마! 으악! 멈추지 마!"

또 다른 나는 엄지와 검지를 집게처럼 사용해 그의 혀를 뽑아내는 것으로 저항을 무너뜨렸다. 그 과정이 너무도 간단해 뿌리까지 뽑힌 혀를 바라보면서도 믿기지 않았다. 그는 자신의 목을 조르며 차오르는 피를 뱉어냈지만 더는 발악할 수 없었다. 저항의 수단을 잃는 순간 진짜 고문이 시작됐다. 식칼이 움직일 때마다 상상을 초월하는 고통이 끼얹어지는지 그는 몸부림을 치며 고통스러워했다. 반면 또 다른 나는 너무도 여유로웠다. 그때 나는 결과가 빤하다고 생각했다.

4. 또 다른 나는 거친 숨을 몰아쉬며 고문에 열중했다. 피를 흠뻑 뒤집어 쓴 채 최선을 다했지만 아직까지 그를 굴복시키지 못했다. 시간이 부족했다. 한 시간으로는 그를 굴복시킬 수 없었다. 십 분 아니 오 분만 더 주어진다면 결과는 다를 거라고 믿었다. 잔인한 고문이 이어졌지만 끝은 달라지지 않았다.

그는 고문의 강도가 강하면 맥없이 죽어버렸고 강도가 약하면 견뎌냈다. 고문을 견뎌낼 때는 비웃음과 조롱을 일삼았는데 그의 머리통을 바닥에 내리치는 것으로도 분이 풀리지 않았다. 이번에도 고문의 강도가 약했는지 그는 계속해서 자유를 부르짖었다.

"애송이들! 그것이 할 수 있는 최선이야? 더 심한 고문으로 나를 죽여! 그래야만 대속하는 제물에게도 기쁨이 있지. 어서! 너희들을 위해서라면 어떤 죽음이라도 좋아. 너희들을 위해 나를 죽여!"

또 다른 내가 고문의 강도를 높이자 그는 맥없이 죽어버렸다. 축 늘어진 시체를 바라보며 한숨을 내쉬었다. 또 다른 나는 망연자실한 얼굴이었다. 그 심정을 이해했기에 애써 모른 척 했다. 이제는 나도 주방에서 식칼을 꺼내 고문을 돕고 있었다. 그런 입장에서도 그를 굴복시킬 자신이 없었다. 실패가 반복될수록 고민이 깊어갔다. 도무지 방법이 없었다.

5. 시간은 무한하게 반복됐기에 얼마든지 고문을 가할 수 있었다. 모든 행위가 허락됐다. 허나 죽음을 두려워하지 않는 인간을 굴복시킬 방법은 세상 어디에도 없었다. 고통을 견뎌내는 의지를 꺾어낼 무기가 없었다.

6. 나는 또 다른 나를 원망했다. 갑자기 등장해 모든 것을 망쳤다고 생각하며 후회했다. 그는 결코 죽음이나 고통에는 굴복하지 않았다. 돌이켜보면 너무도 당연하게 여겨지는 사실이었다. 지금의 모든 비극은 또 다른 나의 자만에서 씨앗이 뿌려졌다. 아직까지는 그를 고문하는데 최선을 다하고 있었지만 이미 실패했다는 사실을 알고 있었다. 그는 신체가 훼손되고 절단되는 고통 속에서도 자유를 부르짖었고 기꺼이 죽음을 받아들였다.

또 다른 나는 힘없이 식칼을 떨어뜨렸다. 망연자실한 얼굴로 무릎을 꿇고는 거친 숨을 몰아쉬었다. 이제야 패배했다는 사실을 받아들이는 모양이었다. 반대로 그는 드디어 자신의 승리를 확신했는지 만신창이가 된 몸뚱이를 들썩이며 웃기 시작했다. 고통에 일그러진 얼굴이 폭소를 터뜨렸다.

"결코 포기하지 마! 자유에는 대가가 따르는 법이야. 어서 식칼을 손에 쥐고 나를 찔러! 그래서 자유로워질 수 있다고 믿는다면 그게 바로 정답이니까."

나는 주방 구석에 몸을 숨긴 채 흐느껴 울었다. 그의 외침이 너무도 두려웠다. 귀를 틀어막고 더욱 거세게 흐느껴 울었지만 두려움은 가시지 않았다. 또 다른 나는 모든 것을 체념했는지 미동 없이 넋을 잃었다. 의식이 공유되며 느껴지는 감정이 끔찍했다. 완전한 절망이었다.

고통스러운 시간이 아주 천천히 흘러갔다. 어서 시간의 끝에 다다라 모든 것이 원상으로 복구되기를 바랐다. 그럴 때 손님 없는 가게의 문이 열리더니 낯선 존재가 모습을 드러냈다. 나와 또 다른 나는 동시에 고개를 들었다. 출입문에는 어린아이가 웃는 얼굴로 서있었는데 까까머리였다. 커다란 충격 속에서 또 다른 내가 까까머리를 홍강기라고 알아보는 의식이 공유됐다. 까까머리와 홍강기는 둘이 아닌 하나였다.

"내가 이겼다! 내가 견뎌냈다! 시험을 통과했다! 나는 자유다! 악마여! 어서 나를 풀어 달라! 내게 자유를 허락하라!"

그는 순진무구한 얼굴로 기뻐하며 소리쳤다. 그제야 그가 나와 같은 처지였다는 사실을 깨달았다. 그건 또 다른 나도 마찬가지였는지 흐느껴 울기 시작했다.

두 번째 조각 - 우울

1. 나는 도망쳤다. 구토가 치밀 때까지 달리고 또 달렸다. 숨고 싶었다. 구역질나는 세상에서 자취를 감추고 싶었다. 허나 어디에도 내게 허락된 공간은 없었다. 여전히 시간은 반복됐고 그때마다 제자리로 돌아왔다. 결국 도망치려는 시도를 멈췄다. 시간이 반복될 때마다 악취가 진동하는 침대를 찾아 몸을 웅크린 채 존재의 무게를 견뎠다.

세 번째 조각 - 의호

1. 시간의 반복은 계속됐지만 또 다른 나는 끝내 나타나지 않았다. 하염없이 기다렸지만 소득이 없었다. 이제 마음은 푸석푸석 말라붙어 어떤 감정도 스미지 못하는지 손님 없는 가게의 내부를 들여다볼 수 있었다. 그와 라는 여전히 육인용 탁자 위에서 섹스를 하고 있었다. 시간의 반복이 멈추지 않는 이상 지금의 행위가 영원히 지속된다는 사실이 꿈처럼 아득하게 느껴졌다.

나는 넋을 잃은 채 걷고 또 걸었다. 시간의 반복 속에서 어렴풋이 떠오르는 과거의 기억이 믿기지 않았다. 인지의 영역에서 마주했던 악마와 팔각정 천장에 숨어들어 변태 성욕을 해소하던 나를 받아들이기에는 지금의 내가 너무도 익숙했다. 과거에 대한 기억은 아주 조금씩 선명해졌다. 아주 조금씩이라는 단서를 사용했지만 시간의 반복은 완전함으로 변형했다. 그러자 더는 넋을 잃지 않았다. 의식은 분명하게 목적지를 바라봤다.

2. 드디어 수많은 시도 끝에 목적지에 도착했다. 허나 문은 잠겨있었고 내게는 열쇠가 없었다. 왜 열쇠가 없을까? 고민했지만 답은 간단했다.

나는 정수가 아닌 상욱이었다. 게다가 잠긴 문을 두드리는 어리석음이 돌이킬 수 없는 비극을 초래했다.

시간은 잠긴 문을 두드린 바로 다음 순간부터 반복되기 시작했다. 시간이 반복되면 문이 열리고 지승이 모습을 드러냈다. 내가 사랑하는 그녀였다. 허나 모습이 엉망이라서 가슴이 내려앉는 것 같았다. 얼마나 두들겨 맞았는지 혈병이 오른 얼굴은 검푸르렀고 희망을 잃은 눈동자는 퀭했다.

그런 지승은 나를 알아보고는 몸을 떨었다. 위로를 건네려는 순간 지승의 뒤에서 볼품없는 정수가, 아니 내가 모습을 드러냈다. 나는 나를 노려보고는 지승의 머리채를 움켜쥐고 안으로 끌고 들어갔다. 나는 내가 저지르는 비극을 막기 위해서 변명하려고 했지만 기회는 주어지지 않았다. 문은 굳게 닫혔고 지승의 얼굴이 철문에 쾅 부딪혔다. 진정 절망이 깨달아지는 순간이었다.

두 번째 조각 - 우울

1. 나는 숨는 것을 포기했다. 용기를 내 또 다른 나를 찾아갔다. 혹시라도 나와 같은 신세가 됐을까 염려스러웠다. 이 지옥 같은 저주에 누군가가 보태지는 것은 아무런 의미가 없었다. 설령 철천지원수라고 할지라도 내가 구제받지 못할 때 타인의 희생은 불필요했다. 또 다른 내가 시간이 반복되는 저주에 빠지지 않기를 바랐다.

손님 없는 가게를 찾았지만 또 다른 나는 보이지 않았다. 시간의 반복 속에서 주변을 떠돌고 있을까 싶어 찾아봤지만 어디에도 없었다. 할 수 있는 모든 노력을 기울인 끝에 포기를 떠올리게 됐다. 그런 순간 마지막이라는 심정으로 손님 없는 가게의 내부를 살펴봤다. 자유를 부르짖는 그를 피하고 싶었지만 실낱같은 가능성도 남기고 싶지 않았다. 슬쩍 내부를 들여다본 뒤 또 다른 내가 없다는 사실만 확인하면 됐다. 그런데 충격적인 장면을 목격했다.

또 다른 나는 손님 없는 가게 안에서 그와 함께 여자와 집단으로 성교를 맺고 있었다. 어쩌면 자신의 사랑을 원수와 함께 나눌 수 있는지 믿기지 않았다. 시간이 반복될 때마다 거듭 확인한 결과 완전히 그의 세계에 종속된 것 같았다. 의식의 공유가 끊긴 이유는 또 다른 내게서 감정이 소실됐기 때문이었다.

2. 인간이라는 존재로는 견딜 수 없는 비극 속에서 여전히 살아있다는 사실이 고통스러웠다. 순간순간 불에 타는 것처럼 뜨거웠고 물에 잠긴 것처럼 갑갑했다. 모든 고통의 시작이자 원인인 존재로서의 소멸을 바랐지만 방법이 없었다. 죽음조차 끝이 아니었기에 끝을 생각하면 그저 아득해지고 비참해졌다. 완전히 버림받았다는 사실만이 분명하게 떠올랐다. 어떤 구제나 선처도 약속받지 못한 채 완전히 버려진 것이었다. 아아, 너무도 가슴 아팠다.

3. 시간의 반복은 계속됐다. 아직까지 이것에 대한 어떤 의문도 해소되지 않았다. 다만 우연에서가 아니라 분명한 목적을 가진 고의에서 일어난 일이라고 믿어졌다. 그렇다면 누가 왜 무엇을 위해 이런 일을 벌였는지 알고 싶었다. 시간의 반복이라는 초현실적인 재간을 부릴 정도라면 적어도 비루한 존재는 아닐 것이었다. 인간의 영역에서 가능한 일이 아니었다.

그가 뭔가를 암시하는 것 같았다. 그는 자신이 이겼다며 견뎌냈다며 시험을 통과했다며 악마에게 자유를 허락하라고 소리쳤다. 정말이지 불가해한 존재였다. 시간의 반복을 이용해 잔인한 방법으로 인격을 말살하려는 나를 이겨냈다. 그런 그가 승리를 확신하며 찾은 존재는 다름 아닌 악마였다.

나는 누가, 에 대한 답을 악마라고 정한 뒤 왜, 와 무엇을 위해, 에 대한 고민을 시작했다. 악마는 왜 내게 시간의 반복이라는 저주를 내린 걸까? 무엇을 위해? 고민은 왜에 집중됐다. 왜라는 의문이 풀린다면 무엇을 위해는 자연히 끼워 맞춰질 것 같았다. 악마는 왜, 라는 물음이 머릿속에서 구호처럼 되뇌어졌다. 악마는 왜! 악마는 왜! 악마는 왜! 그러나 명쾌한 답은 어디에도 없었다.

4. 시간은 여전히 반복되고 있었다. 계속해서 풀리지 않는 의문을 붙든 채 고심했지만 어떤 수확도 거두지 못했다. 그저 악마가 떠나버렸다는 사실만을 받아들였다. 내가 깨문 바늘이 매달린 낚싯대는 버려진 채 언제까지나 방치됐다. 이제는 낚싯대를 버리고 떠나버린 존재를 원망할 이유도 없었다. 모든 것을 포기했다. 어떤 의지도 갖지 않은 채 시간을 흘려보냈다. 그러자 어느 순간 짙은 어둠에 휩싸였다. 빛이 사라진 완전한 어둠이었다. 그 속에서 스르륵 모습을 드러낸 존재를 느꼈지만 보이지는 않았다. 느낌만 선명할 뿐 형체가 없었다.

"고통에 겨워 신을 원망하는 게 너의 역할이었다. 허나 아둔한 탓에 신의 존재로는 접근하지 못하고 허송하더구나. 그랬기에 너의 세계는 오래도록 지속됐다. 여전히 지속되고 있으며 앞으로도 계속될 것이다."

나는 이곳이 인지의 영역이며 목소리의 주인이 악마라는 사실을 알고 있었다. 또 다른 나의 기억을 공유 받았기 때문이었다. 지금의 상황이 무척 자연스럽게 받아들여졌다.

"온 세상을 원망했습니다. 분노하여 살인을 저지르고 스스로 목숨을 끊기도 했습니다. 이런 말로는 설명이 불가능한 고통에 오래도록 시달렸습니다. 눈에 보이지 않는 신을 찾을 여유가 없었습니다."

힘껏 소리쳤지만 목소리는 나오지 않았다. 허나 분명하게 전달됐다는 사실을 알 수 있었다. 지금 내 감정은 격앙되지 않고 담담했다. 악마의 목소리가 들려왔다.

"너희들 인간은 하나같이 엄살이 심하다. 단지 시간이 반복되는 답답함을 견디지 못하고 지옥에라도 갇힌 것처럼 과장하니 정이 떨어진다. 너희들은 어찌하여 버림받았다는 사실을 받아들이지 못하느냐? 받아들이지 않는다고 해서 얻어지는 이득이 없다."

나는 내가 견딘 고통을 축소하며 간추리는 시도가 억울해 즉시 항변했다.

"맹세코 견딜 수 없는 고통입니다. 죽지 못해 살아있지만 지금이라도 제 존재가 소멸됐으면 싶습니다. 어떤 고통이라도 좋으니 완전한 끝을 원합니다. 죽음이라도 제게는 기쁜 일입니다. 부디 자유를 허락해 주십시오. 제가 가진 전부를 드리겠습니다."

"나는 네가 말하는 끝을 도무지 모르겠다. 태초의 때로 되돌아가고 싶다는 말이더냐? 그건 불가능하다. 이미 모든 세상이 이뤄졌느니라. 내가 말할 수 있는 끝은 천국과 지옥뿐이다. 허나 그것 역시 줄을 끊는 것처럼 매듭지을 수 없다."

나는 오로지 존재의 소멸만을 바랐다. 그런 간절한 기도가 옳게 전달되기를 빌었다.

"천국과 지옥 중 어디라도 내가 처한 저주에서 벗어날 수 있다면 감내하겠습니다. 이렇게 어렵사리 버려진 낚싯대를 다시 발견했으니 줄을 끊어 주기를 바랍니다. 저를 둘러싼 지옥은 겪어 보지 않으면 알 수 없는 잔인한 세상입니다."

동정에 호소하려는 의도였지만 악마의 목소리에 노기가 어렸다. 새까만 어둠이 성난 빛으로 골을 내며 마구 뒤틀렸다.

"여전히 아둔하구나. 너희 인간은 스스로 버려짐을 선택했다. 반대로 억울하게 버려진 우리들은 일말의 자비 없이 불과 유황이 타오르는 깊은 땅 속에서 영원히 슬피 울며 이를 갈아야 한다. 지금도 내 육체는 지옥에서 고통 받고 있다. 버림받은 건 너희가 아니라 우리들이다. 너희들은 여전히 신과 연결돼 있다. 그 연결이야말로 버림받지 않았다는 확실한 증거다. 그런 너희 인간을 도구로 이용해 우리가 견디는 고통을 신께 내보여 자비를 구하려는 것이다. 간절한 기도가 하늘에 닿는다면 너희 인간들에게 허락된 구원의 문이 우리에게도 열리리라 희망하고 있다."

악마가 신이라는 존재에게 구원을 바라는 것처럼 나도 악마에게 구원을 바랐다.

"제게도 기회를 주십시오. 자유를 부르짖던 그의 외침이 사실이라면 제게도 시험을 통과할 수 있는 기회를 주십시오. 간청 드립니다."

악마의 목소리에는 단호함이 어렸다.

"그 인간은 누구보다 어려운 시험을 견뎌냈다. 극렬한 고통 속에서 신념을 잃지 않아야 하는 불가능에 가까운 시험이었다. 너는 집행관의 역할을 맡아 시간의 반복을 이용해 할 수 있는 최고치의 고통을 가했다. 그럼에도 패배했다. 패배가 당연하다는 사실을 모르는 아둔함은 여전하구나. 의지가 약한 자들의 싸움에서는 칼을 쥔 자가 이기지만 의지가 강한 자들의 싸움에서는 칼을 견디는 자가 이긴다. 너는 그 인간보다 의지가 나약하다. 결코 시험을 통과할 수 없다. 더구나 존재의 소멸이 아닌 존재의 지속을 바란다면 지금보다 더욱 고통스러운 저주에 갇히게 될 것이다. 시험에 드는 건 선택이지만 기회는 한 번 뿐이다. 영영 잃게 된다."

"어떤 고통이라도 견뎌내겠습니다. 제가 그에게 가했던 가학의 열 배라도 견디겠습니다. 부디 그 시험을 이겨낸다면 고통만 가득한 세상으로는 돌려보내지 마시고 그대로 사라지도록 도와주십시오. 완전한 소멸을 허락하여 주십시오."

악마의 목소리에는 비아냥이 어렸다.

"이 시험은 네가 선택한 것이다. 고통을 견디고 또 견뎌보라. 그 끝에서 얻게 될 자유를 희망하며 시험을 통과하라. 너를 통해서 신께 기도하겠다. 지금 지옥에서 불에 타고 있는 내 고통이 결코 그리스도가 견딘 고통보다 작지 않다는 사실을 전하겠다. 또 너처럼 평범하고 나약한 존재조차 기꺼이 견딜 수 있는 수준이라는 사실을 알리려고 한다. 그러니 견디기를 바란다. 마지막 시험을 내리겠다."

나는 반드시 견뎌내겠다는 마음이었다. 그래서 자유를 부르짖던 그처럼 승리를 만끽하며 웃고 싶었다. 내가 얻게 될 승리에 누군가의 패배가 뒤따른다고 해도 봐줄 마음이 없었다. 드디어 저주의 사슬을 끊을 수 있게 됐다고 믿었다. 반드시 견뎌야 한다고 마음을 다잡았다.

다섯 번째 조각 - 종장

1. 산등성이를 따라 무거운 걸음을 옮기는 육신이 무척 피로했다. 길이 협착하니 쉽게도 숨이 가빠왔다. 높다란 구릉을 넘은 뒤에야 겨우 엉덩이를 붙이고 앉았다. 사방이 휑한 바위산이라서 지친 마음을 위로받을 경치가 없었다. 멀리 사해에서 번지는 바다 냄새가 희미하게 갈증을 돋웠다.

"언제나 도착하련지 알고 있습니까?"

나는 곁에서 거친 숨을 몰아쉬는 이들에게 물었다. 여기까지 무거운 걸음을 함께했기에 모두가 지친 기색이었고 형편이 좋아 보이지 않았다. 우리는 서로에게 거울이나 다름없었다.

"고향까지는 먼 길이 남았습니다. 짐작한다면 여러 달이 걸릴 겁니다. 사두개인의 눈을 피하는 길은 여기가 유일합니다. 자칫 번화가를 지나다가 고발을 당하기라도 한다면 낭패입니다. 고로 다른 선택은 무의미합니다."

나는 고개를 끄덕이는 것으로 대답을 대신한 뒤 멀리 경치를 바라봤다. 그 삭막함이 한없이 공허했다. 우울감에 젖어드는 기분을 이겨내려고 자리를 털고 일어나자 모두가 따라 일어섰다. 비교적 체구가 건장한 사내 둘이 앞장을 섰고 나는 무리의 중간에서 걸음을 옮겼다. 무릎이 욱신거렸지만 자꾸 쉬어갈 형편이 아니었다.

드디어 평지에 들어섰다. 가파르고 협착한 산등성이에 지쳤던 다리는 단순히 평지를 밟는 것만으로도 위로를 받았다. 냇가를 찾아 물을 마시고 얼굴을 씻으며 원기를 보충했다. 돌아보니 모두의 얼굴에서 시커먼 땟물이 흘러내렸다.

무거운 걸음이 이어졌다. 민가는 띄엄띄엄 아주 먼 징검다리처럼 놓여있었다. 모두 빈민들의 터전이었다. 그곳을 지나며 오묘한 시선을 마주했다. 가난한 자들은 굶주림을 견디며 나를 바라봤고 병든 자들은 아픔을 견디며 나를 바라봤다. 무슨 할 말이 있는지 그 오묘한 눈에는 간절함이 깃들어 있었다.

민가를 여러 곳 지난 뒤에야 잠시 쉬어갈 여유가 생겼다. 무리에서 여럿이 흩어져 일용할 양식을 구해왔다. 보리 몇 줌과 마실 물이 전부였지만 허기는 감사함을 느꼈다. 보리를 물과 함께 씹어 삼키자 이리도 고소하고 맛있었다.

그때 주변으로 군중이 몰려들었다. 모두 하나같이 행색이 초라하여 누가 누군지 구분할 수 없었다. 나는 어찌할 바를 몰라 곁에 앉은 사내를 바라봤다. 힘겨운 얼굴로 보리를 씹고 있던 사내는 조용히 귀엣말을 했다.

"지금 우리가 목구멍으로 넘기는 양식을 저들이 내어줬습니다. 그러니 저들이 바라는 것을 주시면 됩니다."

나는 당혹감을 느꼈다. 빈털터리인 내게 저들이 바라는 게 있을 리가 없었다. 그러나 외면할 수 없었다. 저들의 눈동자에서 희망의 빛이 일렁이고 있었다. 간절하게 뭔가를 바라고 있었다.

"그대들이 바라는 게 무언지 말씀을 주신다면 기꺼이 드리겠습니다. 허나 내게 없는 것을 바란다면 드릴 수가 없습니다."

그때 군중 속에서 장님 하나가 손바닥으로 땅을 더듬으며 기어 나오더니 대뜸 소리쳤다.

"우리에게는 위로와 안녕이 필요합니다! 오직 그것만을 바랍니다!"

장님의 외침에는 모두의 염원이 담겼는지 장내가 술렁이기 시작했다. 허나 굶주림과 질병에 허덕이는 빈민들에게 어떤 위로와 안녕이 필요한지 나는 알지 못했다. 더구나 그것을 내어줄 능력도 형편도 못되었다.

"나는 가진 게 없는 사람이라서 위로와 안녕을 내어줄 수 없습니다."

나는 솔직하게 사실을 고백했다. 저들이 체념하고 물러날 줄 알았다. 그런데 아니었다. 빈민들의 눈빛이 달라지며 더욱 간절하게 할 수 있다고 줄 수 있다고 입을 모아 외쳐대기 시작했다. 갑작스러운 소요에 당혹감은 작지 않았다. 서둘러 장님에게 물었다.

"내가 어떻게 할 수 있다는 말입니까?"

장님은 아주 쉬운 정답을 말하는 것처럼 고민 없이 대답했다.

"말씀으로 하실 수 있습니다."

"말씀만으로도 괜찮습니까?"

"우리는 말씀이면 족합니다."

나는 고민에 잠겼다. 소중한 양식을 내어주고 바라는 게 고작 말뿐인 위로와 안녕이라니 놀라웠다.

"마음이 가난한 사람은 행복하다. 하늘나라가 그들의 것이다. 슬퍼하는 사람은 행복하다. 그들은 위로를 받을 것이다."

말뿐인 위로와 안녕이었지만 빈민들은 무척이나 기뻐하며 감격한 모양이었다. 더러는 중얼중얼 말을 삼키기 바빴고 손을 모아 기도하는 사람도 여럿 있었다. 말뿐인 위로와 안녕을 남겨두고 떠나가는 마음이 편치 않았다. 돌덩이를 얹은 것처럼 무거웠다.

2. 여러 날 광야를 지났다. 텅 비고 아득히 넓은 들에는 다행이도 마실 물이 있어 있어 갈증에는 고통 받지 않았다. 허나 밤의 추위가 혹독했다. 멀리 겹쳐진 산의 틈으로 새나오는 민가의 불빛을 등대 삼아 걷고 또 걸었지만 거리는 좀처럼 좁혀지지 않았다. 까마득히 멀게만 바라보였다. 무거운 걸음을 함께하는 모두의 심신이 지친 상태였지만 누구도 내색하지 않았다. 내심 켜켜이 쌓여가는 불만이 한꺼번에 분출될까 불안하기도 했지만 믿을 수밖에 없었다. 모두가 힘겨운 여정을 함께 이겨내고 있었다.

깊은 밤에야 민가에 닿았다. 모두가 잠자리에 드는 시간인지 창문으로 어른거리는 불빛이 하나둘씩 사라져갔다. 사내 몇이 무리에서 벗어나 문을 두드리며 사정하는 광경이 눈에 들어왔다. 사내들의 수고가 괜한 것 같았다. 그럭저럭 바람을 피할 수 있다면 어디라도 몸을 뉘이고 싶었다. 그만큼 피로가 무겁게 쌓여있었다. 허나 누군가가 호의를 베풀어 집을 허락했다는 사실을 전해 듣고는 기쁨을 느꼈다. 이리도 간사한 마음이 창피했지만 어쩔 도리가 없었다.

눈으로 보기에는 허름한 집이었다. 그러나 세상 어디에도 이보다 안락한 곳은 없다고 생각될 만큼 온기가 반가웠다. 홀로 어린 아들을 키우는 여자가 고개를 조아리며 나를 맞이했다. 태도가 극진하여 오히려 송구스러웠지만 만류에도 그치지 않았다. 허기가 심하던 차에 먹게 된 떡이 입에 달았다. 아마도 여자와 어린 아들의 내일과 모레까지의 양식인 모양이었다.

식사를 마친 뒤에는 집주인의 침대에 자리했다. 졸음이 쏟아져 막 몸을 누인 그때 누군가가 문을 두드렸다. 침대에 걸터앉아 기다리니 집과 양식을 내어준 여자가 공손하게 내 앞에 앉았다. 나를 올바로 쳐다보지도 못하면서 대야에 내 더러운 발을 옮기더니 품에서 병을 꺼냈다. 마개를 열지 않아도 그 향기로움이 코에 닿았다.

여자는 대야에 향유를 붓더니 자신의 머리카락을 적셔 내 발을 닦기 시작했다. 그 기분이 황홀하니 나른했다. 그때 곁으로 다가온 사내 하나가 아주 값이 비싼 향유라고 속삭였다. 나는 어리석게도 그제야 내 발을 적신 향유가 허름한 집과는 도무지 어울리지 않는다는 사실을 깨달았다. 나귀 열 마리와 바꿀 수 있는 사치품이었다. 기분이 몹시 언짢아졌다. 열성으로 내 발을 닦는 여자를 만류하여 영문을 물었다. 여자는 고개를 조아리며 순순히 사실을 고했다.

"메시아를 경배하기 위하여 부자에게 부탁해 가진 것을 모두 맡기고 얻었사옵니다. 그러니 걱정 마시기를 바라옵니다."

여자의 고백은 적이 당혹스러웠다. 허름한 집에서 홀로 어린 아들을 키우는 여자가 이리도 큰 사치를 겁 없이 저지르다니 믿기지가 않았다.

"내가 바라지 않은 일로 마음에 부담을 주는 건 옳지 않습니다. 내가 지금 이 순간 즐거운 것이 무슨 의미가 있겠으며 미래에도 유익하겠습니까. 모두 겉치레에 불과합니다."

나는 결코 타박하려는 마음이 아니었지만 여자는 적이 놀랐는지 몸을 떨었다.

"나는 내 몸을 적시는 향유보다 당신이 한 끼 식사를 배불리 하는 것에 더 큰 기쁨을 느낍니다. 더러워진 기름을 무를 수도 없는 노릇이니 난감합니다."

"은혜에 진정 감사드리옵니다. 제가 감히 받들 수도 없는 말씀이옵니다."

여자는 고개를 조아리며 기뻐했다. 그때 곁으로 다가온 사내 하나가 여자가 창녀라고 속삭였다. 저주받은 영혼이니 멀리하라는 언질이었다. 그 순간 자신이 가진 전부를 맞바꾼 향유를 내게 부은 여자의 마음이 이해됐다. 눈물이 고였다.

"많은 사랑을 베푼 사람은 많이 용서받는다."

여자의 마음을 위로하고 싶었지만 해줄 수 있는 말은 저게 다였다. 말뿐인 위로가 서글프게 생각되며 무겁게 느껴지기 시작했다.

3. 민가를 지날 때마다 고뇌가 깊어졌다. 가장 먼저 나를 맞이하는 사람은 굶주리고 병든 빈민들이었다. 모두가 비슷한 간절함을 눈동자에 담은 채 귀중한 양식을 내어줬다. 바라는 것도 같았다. 그저 말뿐인 위로와 안녕을 바라는 마음이 얼마나 궁핍하고 외로웠을지 너무도 가슴 아팠다. 그런 가엾은 사람들에게 말뿐인 위로와 안녕을 전하며 양식을 구걸하는 내가 꼭 사기꾼이자 돼지처럼 느껴졌다. 저들에게 정녕 위로와 안녕을 주고 싶었지만 마음만으로는 어떤 것도 이룰 수 없었다.

"마음이 가난한 사람은 행복하다. 하늘나라가 그들의 것이다. 슬퍼하는 사람은 행복하다. 그들은 위로를 받을 것이다."

나는 무거운 걸음을 이어가며 뒤를 돌아보지 않았다. 껍데기에 불과한 위로와 안녕의 말을 듣고 기뻐하는 버림받은 자들이 너무도 가여웠다. 내 양심은 심히 가책에 괴로웠다.

그때 누군가가 내 옷자락을 붙들었다. 돌아보니 나병에 걸려 신체 곳곳이 썩어 떨어져나간 병자가 두려움에 떨고 있었다. 자신이 감히 나를 만진 것을 뒤늦게 깨닫고는 겁을 먹은 모양이었다.

"나를 붙잡은 이유가 무엇입니까?"

가엾은 자들은 거짓말을 몰랐다. 이리도 순진하기에 세상의 고통에서 벗어날 수 없는지도 몰랐다.

"옷이라도 스친다면 내 병이 호전되리라 믿었습니다. 그래서 그리하였습니다."

나는 잠시 말을 잃었다. 나병에 걸려 신체 곳곳이 썩어 떨어져나간 병자의 소원은 이리도 소박했다. 지금보다 조금이라도 나아지기를 바랐다. 허나 그런 작은 소망마저 절대 불가능하다고 믿어지는 현실이 괴로웠다. 내게 병을 낫게 하는 능력이 있다면 얼마나 좋을까 싶었다.

"그 믿음대로 이루어지기를 기도하겠습니다."

이번에도 말뿐인 위로와 안녕만이 해줄 수 있는 전부였지만 마음은 달랐다. 빈민들의 아픔을 위무할 수 있는 존재를 대신하고 있다고 믿었다. 그런 믿음이 껍데기에 불과한 말에 미미한 힘이라도 깃들일지 모른다는 희망을 가졌다. 이토록 무기력한 자신을 원망하며 하늘을 올려다봤다. 높고 푸른 하늘은 오늘도 침묵하고 있었다. 사람이 이토록 슬픈데 그저 침묵하고 있었다.

'이들의 슬픔을 위로할 수 있는 힘이 당신에게 있다면 부디 그렇게 해주시길 간절히 바라옵나이다.'

하늘을 향해 진정 바랐지만 기대는 없었다.

4. 고단한 걸음은 쫓기는 것처럼 앞으로 나아갔다. 뒤를 돌아보면 사람의 머리가 새까맣게 군단을 이뤄 꼬리를 쫓고 있었다. 번뇌하는 마음은 인간의 운명을 떠올리며 닿을 수 있는 가장 밑바닥으로 가라앉았다. 인간에게 고통을 안기는 질병과 굶주림이 세상에 무슨 의미가 있는지 도무지 모르겠는 기분이었다. 혹시라도 아무런 의미가 없을까 무서웠다. 무의미한 불행이 신의 저주일까 두려웠다. 빈민들의 눈동자가 떠오를 때면 하염없이 우울해졌다. 할 수만 있다면 전부를 쫓아버리고 싶었다. 내가 할 수 있는 일이라고는 껍데기에 불과한 말이 전부라서 그게 너무도 슬펐다.

"많은 이들이 나를 쫓는데 무엇을 바라는지 도무지 모르겠다."

나는 무거운 심정으로 토해낸 말이었는데 곁에서 걷던 사내는 쉽게도 대답했다.

"저들은 저들의 구원을 쫓는 겁니다. 완전함에 이르는 시험과 마땅한 의심을 쫓는 것이니 염려하지 마십시오."

내가 걸음을 멈추고 사람들을 기다리자 순식간에 주변을 둘러쌌다. 여전히 모두의 눈동자에는 간절함이 담겨 있었다.

"나를 시험하려는 자는 당당하게 나서라."

군중의 마음을 휘감은 망령과도 같은 집착을 깨뜨리려는 결심이었다. 나를 쫓아서는 어떤 이득도 없다는 사실을 알리고 싶었다. 비록 곤궁할지라도 평생을 지켰던 그 자리에서 생을 마감하는 편이 나을지도 몰랐다. 그때 무리에서 안색이 좋은 자가 앞으로 나서더니 대뜸 물었다.

"당신들은 안식일에 해서는 안 되는 일을 하는 근거가 무엇인가? 마땅히 신께 바쳐야 할 날에 무리를 이끌고 어디를 가려는가?"

"사람이 안식일을 위해 있는 것이 아니라 안식일이 사람을 위해 있는 것이다."

나를 시험하려는 자는 얼굴을 붉히고는 화가 난 것처럼 무리 속으로 사라졌다. 그러자 반대쪽에서 마찬가지로 안색이 좋은 자가 앞으로 나서더니 대뜸 물었다.

"우리가 사용하는 은전에는 카이사르의 초상이 새겨져 있는데 과연 카이사르에게 세금을 바치는 것이 옳습니까? 옳지 않습니까?"

나를 시험하려는 물음에는 빈민들의 급소를 찌르는 의도가 감춰졌는지 술렁이는 분위기가 심상치 않았다.

"카이사르의 것은 카이사르가 갖는 것이 옳다. 마찬가지로 너희들의 것은 너희들이 갖는 게 옳다."

나를 시험하려는 자는 얼굴을 붉히고는 화가 난 것처럼 무리 속으로 사라졌다. 이처럼 함정을 감춘 물음을 던지는 자들이 더러 있었는데 곁에서 걸음을 함께하는 사내가 주의를 당부했다. 저들은 사두개인이 보낸 첩자들인데 꼬투리를 잡아 공회에 넘기는 것이 목적이라고 했다. 나는 고개를 끄덕였지만 결국 저들의 뜻대로 매달리게 될 것을 예감했다.

5. 바다처럼 드넓은 강이 걸음을 막아섰다. 빈민들은 땅바닥에 엉덩이를 붙이고 앉아 아픈 다리를 주무르며 허기진 배를 바라봤다. 숫자를

헤아리니 수천 명이라서 감당이 힘들었다. 그때 곁에서 걸음을 함께했던 사내 하나가 다가오더니 내게 빵과 물고기를 내밀었다. 빵 다섯 개와 물고기 두 마리가 가진 양식의 전부라고 했다. 지금 무척 허기졌지만 마찬가지로 고난을 견디고 있는 빈민들이 눈에 밟히니 차마 삼킬 수 없었다.

나를 위해 향유를 내놓았던 여인들을 떠올렸다. 이런 때가 오리라고 예측했기에 내 몸에 부으려는 향유를 아껴 잘 보관해뒀다. 그 담당을 불러 고을의 부자를 찾아가 일용할 양식과 바꿔오도록 부탁했다. 내가 가엾은 자들에게 내어줄 수 있는 유일한 위로였다.

빈민들은 초췌한 몰골로 시름시름 앓고 있었다. 당장 갈증이 급해 강물을 마시는 이들도 보였다. 줄을 세워 앉히자 머릿수가 오천에 이르렀다. 그때 빈민 중 하나가 힘겨운 목소리로 우리를 먹일 양식이 있느냐고 물었다. 그 물음에 대답하는 사내는 그간 소중하게 모아뒀던 향유를 양식과 바꾸러 갔다는 사실을 모르는지 우리에게는 빵 다섯 개와 물고기 두 마리가 전부라고 소리쳤다. 빈민들의 실망이 태양처럼 커다랗게 떠올랐다. 달리 위로할 말이 없어 얕은 강물에 발을 담갔다. 무심코 올려다본 하늘이 우울한 빛으로 그을어 있었다. 날개 넓은 새 한 마리가 홀로 저무는 태양을 향해 날아가고 있었다. 한쪽 날개가 찢겨진 채.

빈민들은 기적이 일어났다며 떠들썩했다. 빵 다섯 개와 물고기 두 마리로 오천 명이 배부르게 먹었다며 서로가 서로에게 놀라움을 깨우쳐 주며 웃었다. 허기를 달래는 것만으로도 행복을 느끼는지 웃는 얼굴에 떠오른 빛은 순수했다. 그 모습을 강물을 떠가는 배 위에서 바라보며 축복을 빌었다. 내가 줄 것은 한 번의 허기를 달랠 빵과 물고기가 전부라고. 그러나 진정 사랑하는 마음을 담았으니 당신들을 위해 아무 것도 할 수 없는 무능력한 나를 용서하라고. 이번에도 말뿐인 위로와 안녕을 남긴 채 도망쳤다. 내게는 저들이 한 끼 식사를 배불리 하는 게 세상 어떤 호사를 누리는 것보다 더 큰 기쁨이었다.

6. 세상에 위로받지 못한 가엾은 자들이 드디어 내 무능력에 분노하기 시작했다. 저들은 소심하고 나약할 뿐이라서 감히 하늘은 원망하지 못하고 같은 사람의 아들인 내게 불쏘시개를 던졌다. 욕을 하는 자들이 더러 있었고 돌을 던지는 자들도 더러 있었고 침을 뱉는 자들도 흔했다. 나를 절벽으로 내몰며 당장 기적을 보이라고 추궁하는 자들도 있었다. 그러나 내 마음은 평온했다. 나를 원망하고 조롱함으로 가엾은 자들의 서글픈 응어리가 조금이라도 풀릴 수 있다면 얼마든지 괜찮았다. 그러나 곁에서 걸음을 함께하는 사내들은 점점 지쳐갔고 개중에는 떠나는 자들도 있었다.

"여우도 굴이 있고 하늘의 새도 보금자리가 있지만 사람의 아들은 머리 둘 곳이 없다."

나와 무거운 걸음을 함께했던 모두가 떠나갔다. 인간에게는 칼을 들이미는 군사를 대적할 힘이 없고 법으로 죽이려는 군중을 견뎌낼 의지가 없으니 당연한 일이었다. 저들은 배신에 대한 양심의 가책을 느끼지 않아야 했다. 부디 저들의 안위에 이상이 없기를 바랐다.

군중은 나를 죽이려고 합심했다. 아무런 죄가 없는 나를 죽이려고 공회에 넘기더니 십자가에 매달라며 광기에 휩싸인 채 외쳐댔다. 사두개인의 무리가 모든 일을 주도하고 있었다.

"아아, 저들을 벌하지 마시옵소서. 저들은 자기가 하는 일을 모르고 있사옵니다."

모두가 적으로 돌아선 지금의 현실이 서글펐지만 가엾은 자들에게 말뿐인 위로와 안녕을 팔았던 죄에 대한 심판이라고 납득했다.

"나는 너희들을 위로하고 낫게 하지 못하는 죄목으로 죽는 것이다. 내가 찢겨지는 것으로 너희가 만족을 얻는다면 그만이다. 너희들이 하지 못하는 기도를 생명을 바쳐 올리겠다."

내게는 십자가형이 내려졌다. 수많은 조롱과 멸시를 견디며 형장으로 끌려갔다. 우악스러운 손아귀에 쥐어진 납을 단 채찍이 살을 찢고 뼈를 드러냈다. 비명을 참아내고 싶었지만 의지 밖의 일이었다. 정해진 죽음에 순종하려고 했지만 불쑥 고개를 쳐드는 두려움에 잠식됐다. 내가 왜 이토록 끔찍한 고통을 당해야 하는지 반발심이 일었다. 그때마다 가엾은 자들의 눈동자가 떠올랐다. 굶주림과 질병에 시달리면서도 감히 하늘에는 이유를 묻지 못하고 그저 받아들인 그들처럼 운명을 짊어지려고 했다. 지금에서야 가엾은 자들의 세상이 어떤 빛깔이었는지 올바르게 바라보이는 것 같았다.

십자가를 짊어지고 해골산을 올랐다. 육신은 만신창이라서 거듭 쓰러지고 기다시피 힘겨운 걸음을 옮겨갔다. 값이 없는 목숨이라지만 해골산의 정산에 오르기도 전에 죽어버린다면 그보다 허무한 결말은 없을 것이었다. 걸음마다 놓이는 가시나무를 밟으며 부디 십자기에 매달릴 수 있기를 바랐다. 얼마든지 고통스러워도 좋으니 그런 죽음이고 싶었다.

뉘어진 십자가에 누워 하늘을 올려다봤다. 하늘은 높고 푸르렀으며 여전히 침묵한 채 세상을 내려다보고 있었다. 두 팔과 두 다리에 커다란 못이 박혔다. 우악스러운 망치가 못을 때릴 때마다 찢어지는 비명이 토해졌다. 십자가가 곧게 세워지자 고통은 곱절로 부풀며 거세게 목숨을 잡아 비틀었다. 목숨이 끊기는 순간 사력을 다해 외쳤다.

"내 하나님이여! 내 하나님이여! 어찌 나를 버리셨나이까! 어찌 나를 멀리하여 돕지 아니하옵시며 내 신음하는 소리를 듣지 아니하시나이까!"

죽음에 이르러 육신의 눈과 입은 닫혔으나 영혼의 외침은 멈추지 않았다.

"내 하나님이여. 내가 낮에도 부르짖고 밤에도 잠잠치 아니하오나 응답지 아니하시나이다. 우리의 찬송에 거하시는 주여, 주는 거룩하시나이다. 우리 열조가 주께 의뢰하였고 의뢰하였으므로 저희를 건지셨나이다. 저희가 주께 부르짖어 구원을 얻고 주께 의뢰하여 수치를 당치 아니하였나이다. 나는 벌레요 사람이 아니라 사람의 훼방거리요 백성의 조롱거리니이다. 나를 보는 자는 다 비웃으며 입술을 비쭉이고 머리를 흔들며 말하되 저가 여호와께 의탁하니 구원하실 걸 저를 기뻐하시니 건지실 걸 하나이다. 오직 주께서 나를 모태에서 나오게 하시고 내 모친의 젖을 먹을 때에 의지하게 하셨나이다. 내가 날 때부터 주께 맡은 바 되었고 모태에서 나올 때부터 주는 내 하나님이 되셨사오니 나를 멀리하지 마옵소서. 환난이 가깝고 도울 자 없나이다. 많은 황소가 나를 에워싸며 비산의 힘센 소들이 나를 둘렀으며 내게 그 입을 벌림이 찢고 부르짖는 사자 같으니이다. 나는 물같이 쏟아졌으며 내 모든 뼈는 어그러졌으며 내 마음은 촛밀 같아서 내 속에서 녹았으며 내 힘이 말라 질그릇 조각 같고 내 혀가 잇틀에 붙었나이다. 주께서 또 나를 사망의 진토에 두셨나이다. 개들이 나를 에워쌌으며 악한 무리가 나를 둘러 내 수족을 찔렀나이다. 내가 내 모든 뼈를 셀 수 있나이다. 저희가 나를 주목하여 보고 내 겉옷을 나누며 속옷을 제비뽑나이다. 여호와여 멀리 하지 마옵소서. 나의 힘이시여 속히 나를 도우소서. 내 영혼을 칼에서 건지시며 내 유일한 것을 개의 세력에서 구하소서. 나를 사자 입에서 구하소서. 주께서 내게 응락하시고 들소 뿔에서 구원하셨나이다. 내가 주의 이름을 형제에게 선포하고 회중에서 주를 찬송하리이다. 여호와를 두려워하는 너희여 그를 찬송할찌어다. 야곱의 모든 자손이여 그에게 영광을 돌릴찌어다. 너희 이스라엘 모든 자손이여 그를 경외할찌어다. 그는 곤고한 자의 곤고를 멸시하거나 싫어하지 아니하시며 그 얼굴을 저에게서 숨기지 아니하시고 부르짖을 때에 들으셨도다. 대회 중에 나의 찬송은 주께로서 온 것이니 주를 경외하는 자 앞에서 나의 서원을 갚으리이다. 겸손한 자는 먹고 배부를 것이며 여호와를 찾는 자는 그를 찬송할 것이라 너희 마음은 영원히 살찌어다. 땅의 모든 끝이 여호와를 기억하고 돌아오며 열방의 모든 족속이 주의 앞에 경배하리니 나라는 여호와의 것이요 여호와는 열방의 주재심이시다. 세상의 모든 풍비한 자가 먹고 경배할 것이요. 진토에 내려가는 자 곧 자기 영혼을 살리지 못할 자도 다 그 앞에 절하리로다. 후손이 그를 봉사할 것이요 대대에 주를 전할 것이며 와서 그 공의를 장차 날 백성에게 전함이여 주께서 이를 행하셨다 할 것이로다."

여호와여 내가 주께 피하오니 나로 영원히 부끄럽게 마시고 주의 의로 나를 건지소서.

두서없는 가벼운 고백

보통의 일상에서는 느껴보지 못할 감정을 들여다보게 하는 것도 소설의 역할이라고 생각합니다. 그래서 퇴폐적이라고 모욕적이라고 수준이 낮다고 평가할지 모르는 소설을 세상에 내놓았습니다. 혹시라도 실망했을 분들에게는 죄송한 마음입니다. 그러나 누군가는 소설이 싫지만은 않았다고 위로를 건네리라 믿습니다. 결코 신성에 대한 모독을 의도하지 않았습니다. 오히려 반대입니다.

소설에 대해 말하는 것은 언제나 조심스럽습니다. 그런 마음으로 몇 가지를 말씀드리고 싶습니다. 저는 스무 살에 〈신의 아들〉을 써냈습니다. 악마가 등장해 인간의 면면을 드러내는 이야기가 신의 아들입니다. 스물두 살에는 〈우리가 올라야 할 언덕〉을 써냈습니다. 시간이 반복되는 남자의 이야기가 우리가 올라야 할 언덕입니다. 스물네 살에는 〈봄의 햇살〉과 〈의식의 흐름〉 써냈습니다. 그림을 그리는 정수와 지승의 이야기가 봄의 햇살이고 손님 없는 가게를 지키는 남자의 이야기가 의식의 흐름입니다. 위의 네 개의 소설이 하나로 이어진다는 사실을 스물다섯 살에 깨달았습니다. 그렇게 써낸 소설이 바로 〈천국으로〉입니다. 내용의 전달보다는 이야기를 보여주는 것에 중점을 뒀습니다. 네 개의 소설을 잘라내고 내버림으로 조각을 맞출 수 있었습니다. 백 마디의 전개가 통째 삭제되고 열 마디의 전개가 한 마디로 줄어들기도 했습니다. 그렇게 상당 부분이 누락됨으로 읽기가 매끄럽지 않을까 염려스럽습니다. 부디 감상에 곡해가 끼어들지 않기를 바랍니다.

이천십칠 년 스물아홉 살이 됐습니다. 아직 젊지만 청춘을 매듭짓는 기분입니다. 삼십 대가 되어서는 지금보다 더 열심히 살아야겠다는 결심입니다. 성실한 사람이고 싶습니다. 그것만이 제가 할 수 있는 최선이라고 생각합니다.

화목한 가정에서 행복하게 자란 귀한 사람이 제 곁을 지키는 일 년 만에 불행해졌습니다. 겨울에서 겨울을 견디지 못하고 영영 떠나가던 날에 제게 했던 부탁은 자신을 소설에 쓰지 말아 달라는 것이었습니다. 그 부탁을 하는 열닷새 전에는 행복한 이야기를 들려달라고 했습니다. 저는 행복한 이야기를 지어내기 시작했습니다. 얼굴이 희고 작은 입술이 붉은 아이가 등장하는 이야기였습니다. 허나 곳곳에서 상처가 드러나며 불행으로 치달았습니다. 전혀 예상하지 못했던 결과에 충격을 받은 저와는 달리 그 사람은 담담하게 알고 있었다고 말했습니다. 저는 행복한 이야기를 지어낼 수 없는 사람이라며 자신을 탓했습니다. 그렇게 마지막 순간을 남겨두고 떠나갔습니다. 그랬기에 그 사람이 영영 떠나가던 날에 무기력하기만 했습니다.

저도 작업실을 떠났습니다. 소설을 택했던 순간을 후회하며 많이도 울었습니다. 무슨 부귀영화를 누리려고 소중한 것들 전부 버리고 살았는지 죽고만 싶었습니다. 어느 순간에는 돌이켜 살피는 과거의 시간이 전부 비겁하고 하찮게만 느껴졌습니다. 삶이라는 단어가 너무도 무겁고 무섭게만 여겨졌습니다.

그런 시간 속에서 절망을 짊어진 채 더는 비겁하지 말자고 다짐했습니다. 더 이상 비겁함으로 삶을 외면하지 말자고 결심한 뒤 세상을 마주하고 견뎠습니다. 그런 저를 받아줬던 곳은 민물고기를 납품하는 회사였습니다. 해가 뜨고 질 때까지 수조에서 물고기를 떠 날랐습니다. 그러고도 괴로운 시간은 많이도 남아서 식당 주방에서 일을 했습니다. 곤한 잠을 바라지 않았지만 늘 악몽이 꼬리를 쫓았습니다. 스스로를 죽이는 심정으로 식재료를 납품하는 회사에 들어가 보조로 일하며 새벽을 보냈습니다. 고속도로를 달리는 화물자동차 안에서 잠을 청했습니다. 부족한 잠은 일주일에 세 번 반나절을 쉬는 휴무를 통해 충족하며 견뎠습니다.

그렇게 육 개월을 간신히 보낸 어느 날 그 사람의 친언니가 저를 찾아왔습니다. 마주 앉아서도 말이 없었습니다. 느껴지는 감정이 복잡했습니다. 얼마간 시간이 흐르자 그 사람의 친언니가 먼저 침묵을 깼습니다. 눈물을 그렁그렁 매달고는 지금 뭘 하고 있느냐고 모습이 왜 그러냐고 물었습니다. 그때 저는 여전히 비겁한 사람이라서 역정을 냈습니다. 너의 눈에도 내가 한심해 보이느냐고 어떻게 한심한지 말하라고 소리쳤습니다. 그 사람의 친언니는 그저 눈물을 떨어뜨리며 말을 잃었습니다. 우리는 창밖만 오래도록 바라봤습니다.

그 사람의 친언니는 제가 행복했으면 좋겠다고 말했습니다. 제가 행복하다면 그 모습을 바라만 봐도 좋을 것 같다며 울었습니다. 그 마음을 모르지 않았지만 저는 너무도 모난 사람이라서 불가능하다고 못을 박았습니다. 그러자 제가 모르는 사실을 알려줬습니다. 그 사람이 떠날 수밖에 없었던 이유였습니다.

그 사람은 스스로를 불행하다고 믿는 제가 언젠가는 자신을 소설에 쓰리라고 확신했다고 합니다. 온전히 행복만이 담긴 소설이기를 바랐다고 합니다. 스스로를 불행하다고 믿는 제가 자신을 통해서 행복이 무언지를 깨닫게 되리라고 믿었다고 합니다. 그러나 결국에는 자신이 담길 소설이 불행하리라 믿어지는 마음을 견딜 수 없었다고 합니다. 그래서 그렇게 떠날 수밖에 없었다고 그 사람의 친언니는 말했습니다.

그때 저는 더 이상 비겁함으로 삶을 외면하지 말자고 결심한 뒤 세상을 마주하고 견뎠지만 아무 것도 얻은 게 없었습니다. 온종일 일을 하며 어지러운 머리를 견디는 것 역시 비겁함의 다른 면에 불과했습니다. 다시 행복이 무얼까 고민하기 시작했습니다. 고민은 지나간 시간 속에 존재하는 나를 마주하게 했습니다. 얼굴이 희고 작은 입술이 붉은 아이는 제게 나를 위해 행복하라는 말을 전했습니다. 자신의 불행을 드러내는 제게 그렇게 말을 했습니다.

물론 그렇게 써낸 소설은 사람들의 감정을 우울하고 불행하게 만들었지만 저로서도 어쩔 수 없는 일이었습니다. 진짜 주인공은 그 사람이었습니다. 익명의 당신에게 보내는 소설은 하나의 긴 편지였고 답장을 받았습니다.

이제 마지막 소설이 남은 것 같습니다. 마지막 소설은 책상에 앉아 머리로 써내는 가벼운 것이 아닙니다. 작가의 말을 쓰고 있는 지금 꼭

이 년이 됐습니다. 더 이상 비겁함으로 삶을 외면하지 말자고 결심한 뒤 세상을 마주하고 견딘 시간이 그렇습니다. 이제 마지막 일 년입니다. 열아홉에 처음 소설을 썼던 제가 서른이 되어서야 진솔한 소설을 써낼 수 있을 것 같습니다. 그저 그럴 수 있을 것 같은 기분입니다.

저는 이천팔 년에 신의 아들이라는 소설로 문학상을 받았습니다. 문학상을 주관한 단체는 거액의 상금을 내걸었고 이문열의 사람의 아들을 언급하며 의욕적이었습니다. 허나 제가 어렸던 것이 문제였는지 세상을 몰랐던 것이 문제였는지 상금을 적게 주겠다는 제안에는 응할 수 없었습니다. 지금도 대한민국에서 가장 명예로운 문학상을 주관하고 있는 단체에서는 문학상을 준다면 돈을 내려는 사람도 많다며 떳떳했습니다. 결국 고집을 꺾지 않았고 문학상은 부랴부랴 당선자 없음으로 발표된 뒤 이듬해 폐지됐습니다.

위의 경험은 문학상에 대한 불신만을 남겼고 여전히 그렇습니다. 장편 소설을 심사하는데 줄거리를 요구하는 것은 부당하다고 생각합니다. 과연 세상의 어떤 명작이 줄거리를 통해 빼어남을 증명할 수 있을지 모르겠습니다. 물론 소설에서 삼류 낙오자의 넋두리에 불과합니다. 그런 제게 소설가 장은진 누나는 자신도 마지막이라는 심정으로 소설 아무도 편지하지 않다를 줄거리 없이 문학상에 보냈다고 했습니다. 낙선을 확신했기에 줄거리의 첨부 여부가 중요하지 않았다고 합니다. 그러나 결과는 수상자로 선정되었고 그 사례는 지금의 저를 바보로 만들지만 어떤 원망도 없습니다. 마음껏 소설을 썼고 바닥을 드러냈을 뿐입니다.

저는 그저 소설을 통해 나아갈 수 있는 길이 놓이기를 바랐습니다.

최선을 다했지만 결국 그 길이 문학동네나 창작과 비평이나 민음사와 같은 기득권을 가진 출판사였다는 사실을 깨달았습니다. 물론 안 되리라는 사실을 알고 있지만 마지막 소설은 반드시 문학상에 보내겠습니다. 완성한 뒤 일 년이나 이 년을 모든 문학상에 보내겠습니다. 줄거리에도 심혈을 기울이겠습니다. 그래서 세상에 나온다면 그렇게 끝이고 그래서 세상에 나오지 못한다면 그렇게 끝입니다. 드디어 소설에서 떠나는 겁니다. 다시는 쓰지도 읽지도 않겠습니다. 그것만이 비겁함으로 세상을 외면하지 않을 수 있는 유일한 방법이라고 생각합니다.

저는 여전히 온종일 일을 하며 성실한 사람이 되려고 노력하고 있습니다. 오전에는 크레듀에서 보내는 강의에 충실하고 오후에는 가구를 배송하고 새벽에는 콩나물을 배달합니다. 배움이 없으니 늘 화물자동차를 모는 일을 하는 것 같습니다. 지금의 삶에 불만은 없습니다. 이제 소설에 대한 미련만 털어낸다면 더욱 안정되리라 믿어집니다. 내 가족 내 친구 내 소중한 사람들에게 따뜻한 사람이고 싶습니다.

아마 누구도 모르겠지만 저는 제 소설을 읽은 누구라도 친구라고 느낍니다. 그 친구들에게 약속을 하고 싶습니다. 마지막 소설은 따스할 겁니다. 행복한 소설을 써내겠습니다. 그러나 제가 세상을 바라보며 느끼는 행복은 아주 평범해서 실망은 어쩔 수 없을 겁니다. 예를 들자면 아파트 주차장에서 가구를 내리는데 등 뒤에서 어린 아이의 목소리가 들려왔습니다.

"아빠, 잘 다녀와."

그때까지 보이지 않았던 사내가 앞에서 손을 들어보였습니다. 돌아보니 이층 베란다에서 어린 아이가 내복 차림으로 손을 흔들고 있었습니다. 그 장면은 오래도록 잊히지 않았습니다. 누군가에는 평범한 일상이 제게는 특별하다고 느껴지니 마지막 소설은 역시나 별 볼일 없겠다는 짐작입니다. 그러나 그때의 저는 불행하지 않을 겁니다. 마지막까지 소설에 최선을 다하겠습니다. 그리고 덧붙이는 이야기에는 아무런 의미가 없습니다. 모두 행복하세요.

덧붙이는 이야기, 일기와 증언으로

지금은 겨울이다. 새벽이고 냉기를 머금은 어둠이 세상을 뒤덮고 있었다. 그 속을 내달리는 자동차 안에서 차창에 머리를 기댄 채 가만히 눈을 감았다. 마음은 막연한 불안에 시달리고 있었다. 뭔가에 쫓기는 것처럼 가슴이 옥죄었다. 넌지시 눈을 뜨자 자동차가 내달리는 속도만큼 뒤로 멀어지는 가로등 불빛이 바라보였다. 물끄러미 시선을 던진 채 목적지에 도착하기를 기다렸다. 지금 감정은 무척 침착했지만 금방이라도 혼란에 휩싸일 것 같은 경계에 놓여있었다.

자동차는 늘 멈춰 서는 그 자리에 멈춰 섰다. 하루의 일과가 마무리되는 순간이었다. 자동차에서 내려 보조석 창문을 통해 감사를 전했지만 격식을 차리는 느낌이 강했다. 그러나 나는 아니라는 것처럼 웃고 있었다. 늦은 새벽에 조금도 지치지 않았다는 것처럼 활달하고 명랑했다. 허나 자동차가 떠나가고는 웃지 않았다. 건조한 얼굴로 승강기에 올라 십삼 층 왼쪽 문을 열고 안으로 들어섰다. 곧장 욕실에 들어가 한참동안 온수를 맞고 서있었다. 그럼에도 가슴은 조금의 온기도 머금지 못하는 것 같았다.

새벽의 먼 하늘을 바라보며 마음을 추슬렀다. 이제는 잠에 들어야 했다. 행여나 짧은 선잠이나마 놓친다면 곤란했다. 침실은 새까만 암흑 속이었다. 창문은 커튼으로 겹겹이 가려져 대낮에도 빛이 스며들지 못했다. 그 속을 불도 켜지 않은 채 걸어가 침대 위에 몸을 눕혔다. 머릿속으로 주기도문이 외워졌다. 어릴 적부터 해오던 습관이었다.

잠에서 깨어났을 때 한참을 뒤척였다는 기억이 남아있었다. 시간은 오전 열한 시였다. 거실 창가에서 꽤나 오래도록 햇볕을 쬈지만 덜컥 무거워지는 가슴은 어찌할 방법이 없었다. 탁상 위에 놓인 책으로 시선이 던져졌다. 그가 한 달 전에 세상에 내놓은 소설이었다.

그의 소설은 무심한 얼굴을 한 친언니를 통해 처음 존재를 알렸다. 그때까지 고향 사천에서 병원 원무과의 직원으로 성실하게 일을 했던 친언니가 서울로 직장과 거처를 옮기는 날이었다. 기꺼이 이사를 도왔지만 분위기는 냉랭했다. 같이 살자는 제안을 수십 번도 거절당했기 때문이었다. 많지도 않은 짐을 정리하며 이만큼 작은 방을 구하려고 고집을 부렸을까 싶은 마음에 치미는 역정을 느꼈다. 허나 자매 사이에는 흔한 대립이었고 이불과 베개를 비롯한 필요한 집기를 사올 때까지 별다른 말은 없었다.

정리를 마친 뒤에는 팔이 아프도록 걸레질에 몰두했다. 아직 도시가스가 연결되지 않은 냉골에서 땀이 흐를 만큼 열심히 닦았다. 그렇게 모든 정리와 청소를 마치자 허기만 남아있었다. 또 두툼한 이불 위에 앉았지만 발이 시렸다. 그처럼 뿌루퉁한 마음으로 욕실에서 걸레를 빨아 나오는 친언니에게 밖으로 나가자고 채근했다. 그러나 친언니는 고개만 가로저을 뿐이었다. 연거푸 짜증 섞인 투정을 부렸지만 소용없었다. 결국에는 내게 무슨 잘못이 있나 싶은 반성에까지 감정이 치달았다. 허나 집히는 게 없었다. 열심히 이사를 도왔을 뿐이었다. 그런 내게 친언니가 너무도 몰인정하다고만 생각됐다.

"추운 방에서 밤을 보내겠다는 고집이야?"

친언니는 대답 없이 서랍 속에서 뭔가를 꺼내들었다. 나를 돌아보며 망설이는 모습이 어쩐지 불길했다. 전혀 이럴 사람이 아니라서 낯설음에 휩싸인 마음에는 서먹함마저 들어찼다. 허나 결심이 섰는지 내게 손에 든 것을 내밀었다. 미간을 찌푸리며 거부의 의사를 밝혔지만 얼굴 가까이로 드리워졌다. 당장 받아들지 않으면 얼굴에 부딪힐 것만 같았다.

신경질적으로 받아든 책은 두툼하고 매끄러웠다. 친언니를 향해있던 매서운 눈을 거둬들여 겉을 살폈다. 온통 하얀 표지의 배경에는 토막 난 가시나무가 서있었다. 그 밑에 새겨진 그의 이름으로 눈이 붙들렸다.

—나서 장편소설

그의 이름을 맞닥뜨리자 몸이 떨렸다. 손에서 책을 떨어뜨린 순간 모든 여유를 잃었다. 지금 휩싸인 감정은 분명했다. 원망이었다. 또 모욕감을 느꼈다. 친언니를 노려보는 날카로운 눈에는 왜 그의 이름을 내게 내밀었냐는 원망이 담겨있었다. 그의 이름이 주는 모욕감에 눈물이 흘러내렸다. 친언니는 무심한 얼굴로 그의 책을 주워들었다.

"그 책은 어디서 난 거야?"

"어디서 나기는 서 이가 보내줬지. 받은 지 한 달이나 됐을까? 나도 썩 읽고 싶은 마음이 없어서 내버려 뒀었어. 그랬는데 도무지 잊어버릴 수가 없더라. 그래서 그 감정을 털어버리려고 펴들었는데 눈을 뗄 수가 없었어. 너희들의 이야기라서."

나는 거친 동작으로 눈물을 훔치며 날카롭게 소리쳤다.

"그게 무슨 소리야! 언니마저 이럴 거야? 내가 얼마나 힘들었는지 알면서 어떻게 이럴 수 있어!"

친언니는 한숨을 길게 내쉬었다. 그 한숨에 담긴 마음을 모르지 않았기에 더는 부딪치지 않으려고 애써 외면했다.

"확인해보는 것도 나쁘지 않잖아."

"뭘! 뭘 확인하느냔 말이야. 다 잊고 잘 지내고 있잖아. 왜 나를 못살게 구는 거야!"

친언니는 다시금 한숨을 길게 내쉬더니 미안하다고 했다. 자신의 생각이 짧았다고. 그리고는 밖으로 나가자고 했다. 맛있는 저녁을 먹은 뒤 커피를 마시고 여유가 된다면 맥주도 마시자고 했다. 그 말대로 맛있는 저녁을 먹고 커피와 맥주를 마셨지만 그 시간은 조금도 즐겁지 않았다. 잠자리에 들어서도 한숨만 푹푹 새나왔다. 지금의 상황이 그저 애꿎다고만 생각됐다.

전화기에는 확인하지 못한 메시지가 쌓여있었다. 모두 즐거운 시절을 함께했던 이름들이었지만 이유 없이 멀어진 것 같은 거리감이 사이를 가로막고 있었다. 그런 이름들을 건너뛰고 류 에게 전화를 걸었다. 이제 막 스무 살에 접어든 그녀는 그림으로 그린 것처럼 커다란 눈망울을 가지고 있었다. 또 여리면서 씩씩한 분위기는 모든 이들에게 호감을 샀는데 같은 회사에 소속된 예비 배우라서 자연히 가까워졌다. 다행이도 시간이 맞아 약속이 잡혔다.

광화문 인근에서 류 을 만났다. 점심을 먹은 뒤 웃고 떠들자 금방 반나절이 지나갔다. 자리가 파하는 분위기 속에서 류 은 지인을 불러내 저녁을 먹자고 제안했다. 썩 내키지는 않았지만 거절할 이유를 찾을 수 없었다. 내게도 반가운 얼굴들이었기에 유쾌하고 즐거운 시간이 이어졌다. 허나 마음은 편하지 못했다. 친언니와의 선약을 핑계 삼아 자리를 뜨면서는 홀가분한 기분이었다.

밖으로 나오자 날은 이미 저물었고 한기를 머금은 어둠이 세상을 뒤덮고 있었다. 잔뜩 움츠린 채 지하도를 건넜다. 발길이 향한 곳은 교보문고였다. 이곳에 오기 위해 오늘 약속을 잡았다는 사실을 부정할 수 없었다. 그는 유명한 작가가 아니라서 이만큼 커다란 서점이라야 책을 찾을 수 있었다.

그의 책을 서가에서 찾아내 한 권을 손에 들었다. 계산대에서 책의 값을 치르는 기분이 이상했다. 뭔가에 쫓기는 것처럼 불안한 마음으로 수많은 사람들의 사이를 빠르게 지나쳤다. 지하철을 기다리면서는 그의 책을 쓰레기통에 던져버리고픈 충동을 느꼈다. 자판기 옆에 놓인 쓰레기통으로 자꾸만 시선이 향했다. 그때마다 고개를 가로저으며 충동과 다퉜지만 이겼다고 말할 수 없을 만큼 기분은 우울했다. 그리고 집에서의 시간… 난방을 켠 뒤 외투를 벗어 걸고 소파에 앉아 마음을 가다듬었다. 아홉 시… 열 시… 열한 시… 정신을 차리자 거짓말처럼 몇 시간이 훌쩍 지나있었다.

그의 책을 손에 들었다. 마음을 불안으로 몰아넣는 이름을 마주하자 도저히 책장을 펼칠 수 없었다. 쉽지 않은 시도였다. 지나간 시간이 떠올랐다. 정확히는 십칠 개월 전이었다. 그에게서 도망친 뒤 시간은 이리도 멀리 달려왔다. 그런 사실이 실감되자 벌컥 신경질이 돋았다.

잠옷 차림에 외투를 걸치고 집을 나섰다. 택시를 잡아타고 새벽길을 내달렸다. 계단을 올라 주먹을 쥔 손마디가 아프도록 문을 두드렸다. 그 새벽 친언니는 누구냐고 묻지도 않고 문을 열었다. 마치 내가 올 것을 알고 있었다는 것처럼. 나는 날카롭게 쏘아붙였다.

"언니가 괜히 들쑤시는 바람에 다 잊었던 기억이 떠오르잖아! 다 잊었던 그 나쁜 놈을 왜 끄집어냈어? 다 잊고 잘 지내고 있었는데 전부 망쳤어!"

나는 이 원망을 쏟아내기 위해 새벽길을 달려 주먹의 손마디가 아프도록 문을 두드렸다. 나만큼이나 괴로운 심정을 견디고 있었을 친언니를 공격하며 더욱 깊은 슬픔으로 잠겨들었다. 친언니는 담담하게 되물었다.

"정말로 잊었니?"

"그럼?"

정적 속에서 서로의 눈동자를 들여다보는 시선이 까마득히 멀어보였다.

"정말로 잊었다면 내가 큰 실수를 했다. 하지만 그날 이후로 변해버린 너를 대하는 게 언제나 어려웠어. 상처투성이가 돼서는 꼭 서 이처럼 행동했으니까. 그래서 방을 따로 얻었던 거야. 너를 참아주는 게 너무 힘드니까."

나는 말을 잃었다. 친언니의 말은 터무니없다고 느껴질 만큼 갑작스러웠다. 내가 변했다고? 참아주기 힘들 만큼 변했다고? 납득할 수 없었다. 내게는 지금의 상황을 받아들일 여유가 없었다.

"내일 촬영이 있다면서. 언니랑 잠을 좀 자자."

친언니는 내 손을 붙잡고 안으로 이끌었다. 그 손에 이끌리며 날카로웠던 감정이 무뎌지는 순간을 견뎠다. 따스한 이부자리에 누웠지만 마음은 텅 빈 것처럼 허전했다. 훌쩍훌쩍 눈물과 콧물을 삼켰다. 친언니는 내 등을 오래도록 쓰다듬어줬다. 잠에 들 때까지 그랬다는 기억이 남아있었다.

새벽이 깊었지만 잠은 오지 않았다. 요가 동작을 취하며 몸을 힘들게 했지만 감정의 동요를 막을 수 없었다. 축 가라앉은 기분으로 그의 책을 손에 들었다. 그의 이름을 바라보며 불안으로 내몰리는 마음을 가다듬었다. 읽지 않아도 얼마나 많은 슬픔이 담겨있을지 짐작됐다. 그와 나의 이야기라고 했다. 누가 읽더라도 기분 좋을 이야기는 아닐 것이었다. 그런 사실이 서글픔을 불러일으켰는지 울음이 터져 나왔다. 책을 끌어안은 채로 오래도록 서럽게 울었다. 그런 뒤 바라본 그의 이름… 잊은 줄 알았던 그의 이름이 책의 무게를 끝없이 가중하며 마음을 짓눌렀다. 그와는 어떻게든 가까워지고 싶지 않았다. 나를 지켜낼 수 있는 유일한 방법이었다.

그의 소설을 읽지 않으려고 노력했다. 외면하려고 갖은 애를 썼다. 그런 시도가 성공을 거둔 것처럼 바쁜 나날 속에서 얼마간은 완전히 잊기도 했다. 그러나 마음에 작은 여유라도 깃들라치면 그는 책의 형태로 불쑥 솟아났다. 어쩌면 이런 과정이 정해진 결말로 향하는 불가항력에 불과했는지 결국 그의 소설을 읽고야 말았다. 손에서 놓지 않고 틈틈이 거듭해서 읽기를 계속했다. 그런 시간 속에서 나는 말을 잃었고 더는 웃지 않았다. 그래서 지적과 질책을 숱하게 들었지만 고칠 방법이 없었다. 감정은 바닥을 드러내며 말라붙었다. 카메라 앞에서 만들어내는 웃음조차 마른 수건에서 물을 짜내는 것처럼 건조했다.

소설을 읽으며 사무치는 원망을 가까스로 내리눌렀다. 그를 이해하려고 노력했지만 실패한 것 같았다. 그를 이해하려는 시도는 과거에 묻힌 상처를 들추기만 했다. 그는 소설의 끝에서 내게 묻고 있었다.

—너는 누구보다 나를 잘 아는 사람이기에 지금 너를 쓰고 있는 나를 이미 알고 있지 않았냐고 묻고 싶다. 너는 작가의 의도를 꿰뚫는 능력이 뛰어난 독자임으로 지금의 내 마음을 올바르게 읽고 있을 것이다.

그는 나를 소설에 쓰는 자신을 이미 알고 있지 않았냐고 물었지만 어떤 대답도 할 수 없었다. 그렇다는 대답과 그렇지 않다는 대답이 동시에 맞는 것도 같고 틀린 것도 같은 혼동에 갇혔다. 또 나를 소설에 쓰는 자신의 마음을 올바르게 읽고 있을 거라고 말했지만 이번에도 그렇다는 대답과 그렇지 않다는 대답이 동시에 맞는 것도 같고 틀린 것도 같은 혼동에 갇혔다.

나는 그에게서 도망치며 할 수 있는 가장 극단적인 방법을 사용했다. 그의 가슴에서 내뻗어져 나를 붙든 줄기만 떼어낸다면 모든 문제가 해결되리라고 믿었다. 그때 내가 바라보는 세상에는 슬픔과 절망만 가득했다.

추웠던 새벽 만취한 채 그의 앞에 섰다. 그에게 영영 낫지 못할 상처를 남기면서도 웃음이 나왔다. 그때 내 모양새와 차림새는 단정하지 않았는데 그에게 보이기 위해 스스로를 망가뜨렸다. 덕분에 그는 우두커니 선 채로 고개를 떨어뜨렸다. 입술을 꽉 깨물었지만 흐느낌은 속절없이 새나왔다. 눈물을 쏟았고 입술에서 흐르는 피와 뒤섞이며 피투성이가 됐다. 그때 어떤 말이 오고갔는지 전혀 기억이 없었다. 기억에 존재하는 유일한 장면은 나를 소설에 쓰지 말아달라는 부탁에 그러마고 고개를 끄덕이던 그의 모습이었다. 소설에도 기록되어 있는 장면이었다.

그와 나는 그런 끝을 맺었다. 서로의 가슴에 커다란 상처를 묻고 영원한 이별을 약속했다. 그런 뒤 내 삶에는 큰 변화가 일었다. 지금으로부터 십오 개월 전이었다. 그에게서 도망친 뒤 두 달이 지난 어느 날 기획사의 제안을 받았다. 당장 할 수 있는 약속은 없지만 어쩌면 미래의 기회가 있을지도 모르니 면접에 응해달라는 요청이었다. 그때까지 장래에 연기를 한다는 생각을 해본 적이 없었기에 어렵지 않게 거절했다. 그런데 갑자기 어떤 욕심이 치솟더니 거절을 번복하게 됐다. 면접에 응하면서는 아니면 그만이라는 심정이었기에 떨지 않았다. 그때 만나게 된 담당자 여럿은 저마다 물음을 던지며 쑥덕거렸다. 스물한 살이었던 내 나이가 많다는 지적에는 얼굴이 붉어졌고 예쁜 얼굴만으로 문외한을 택하는 건 도박이라는 지적에는 자존심이 상했다. 그러나 결국 계약을 하게 됐다.

조금은 엉뚱한 계기로 진로가 정해진 뒤에는 눈코 뜰 새가 없었다. 웃는 얼굴과 활달한 모습으로 스스로를 지키기에 급급했다. 사람과 관계를 맺는 일이 얼마나 어려운지 시시때때로 느껴질 때면 당혹스러웠다. 아무 것도 모른다는 웃음으로 넘기는 것에도 한계가 있었다. 특히나 남자… 남자들은 어째서인지 다 비슷한 모양이었다. 업계의 관계자

라는… 담당자라는… 선배와 동료라는… 어쨌든 남자들은 그런 지위와 관련을 앞세워 접근해왔다. 순수한 마음이라면 환영이었지만 불순한 마음이 선을 넘지 못하도록 방어하는 일은 너무도 힘겨운 과업이었다.

그럼에도 일은 즐거웠다. 앞으로 어떤 미래가 펼쳐질지 몰랐지만 나는 견디겠다는 각오였다. 힘든 노력을 통해 견뎌낼 각오였다. 휩쓸리듯 들어선 새로운 삶의 영역에서 꿋꿋하게 이 길을 나아가겠다고… 내 삶을 바치겠다고… 그래서 인생을 살아가겠다고 다짐했다. 가끔은 카메라 앞에서 주어진 배역을 연기하는 일이 마치 어린 시절부터 꿈꿔왔던 환상이라고 느껴지기도 했다. 그저 잿빛이라고 믿어졌던 미래에 새싹이 돋더니 푸름으로 물들었다. 벌써 두 번째 겨울이 지나가고 있었다.

소설에서 과거의 시간을 말하는 것이 가끔은 어처구니없을 만큼 무책임하게 느껴질 때가 있다고 그는 말했다. 내게는 지금이 바로 그런 순간이었다.

예년보다 따뜻하다는 봄 삼월이 주는 포근함도 귀찮게만 느껴졌다. 춘곤증인지 모를 무기력감을 벗어내기가 여간 어려웠다. 그의 책은 닳고 낡아 낱장으로 흩어질 것처럼 힘이 없었다. 겨울이 가도록 읽고 또 읽었지만 어떤 것도 분명하게 떠오르지 않았다. 그가 왜 이런 소설을 썼는지… 내 마지막 부탁을 져버리면서까지 나를 소설에 써야만 했는지… 그런 책을 친언니에게 보내야만 했는지… 그래서 내 손에까지 쥐어지게 했는지… 모든 게 이해되지 않았다. 내가 알고 있는 그는 결코 경솔한 사람이 아니라서 행동에는 뜻이 있다고 생각됐다. 허나 어떤 면에서는 누구보다 과감한 사람이라서 지금의 일이 어느 쪽에 속하는지 쉽게 분간되지 않았다.

나는 예전부터 그에 대해서나 그의 소설에 대해서나 말하기가 두렵고 어려웠다. 그는 자신에 대해서나 자신의 소설에 대해서나 말하는 것을 싫어했고 곧잘 화를 냈다. 그래서인지 지금 그와 그의 소설에 대해 말하려는 마음이 두렵고 어려웠다. 허나 그의 말대로 내가 그를 이해하고 잘 아는 사람이라면 마음을 고백하는 일이 결코 실책은 아닐 것이라는 믿음에 용기를 얻었다.

그는 소설이 사실을 바탕으로 쓰였다고 믿도록 만들었다. 그래서 소설을 읽은 대부분의 사람들이 진실과 허위의 경계에서 고통스러운 독서를 했다고 호소했다. 그는 상처가 가득한 이야기를 날카롭게 연마한 뒤 예리한 면을 슬쩍 가리는 방법으로 치명적인 반응을 의도했다. 누구라도 함정에 빠지지 않을 수 없었지만 나는 달랐다. 그의 소설을 백 번도 넘게 읽어서가 아니라 그라는 사람이… 남자가… 작가가… 어떤 삶을 살았으며 살아가며 살아가려는지를 알기에 함정을 피할 수 있었다. 진실을 가장한 소설에 얼마나 많은 허위와 거짓, 변형과 은폐가 담겨있는지 흰 눈 위에 떨어진 붉은 핏방울처럼 분명하게 보였다. 그 하나하나가 내 마음에 가시로 돋아나며 상처가 될 아픔이었다.

그의 소설이 실화를 바탕으로 쓰였기에 이토록 마음이 쓸려 잊지 못하고 매달리는 것이었다. 그 바탕에 내가 등장하지 않았다면 얼마간 아픈 끝에 그랬던 마음을 내버렸을 것이었다. 그의 소설을 견딜 수 없는 이유는 간단했다. 그 안에 담긴 허위와 거짓이… 변형과 은폐가…

진실을 왜곡하고 그때의 나를 부정했다. 소설이기에 이해하려고 했지만 문뜩 서글픔이 치밀 때면 보이는 모든 것을 부셔버리고 싶은 충동에 휩싸였다. 그런 충동은 순식간에 식어버리며 눈물로 변했지만 감정은 쉽사리 가라앉지 않았다. 지금의 현실에서 한없이 무기력한 내 자신이 너무도 억울했다. 진실을 밝히고 싶었다. 그의 소설에 담긴 허위와 거짓을… 변형과 은폐를… 바로잡는 것만이 형체가 없어 더욱 숨이 막히는 속박에서 벗어날 수 있는 유일한 방법이라고 믿어졌다. 그러나 여전히 내게는 어떤 선택권도 주어지지 않았고 할 수 있는 일도 없었다. 불시에 차오르는 무기력감을 견디는 일조차 버거웠다.

고향 사천에서 기차를 타고 서울에 온다는 엄마를 마중하러 가는 길이었다. 건조하다고 느껴질 만큼 따사로운 햇살이 우수수 쏟아졌다. 걷고 싶은 마음에 정류장 몇 개를 지나쳤지만 카디건을 걸친 가벼운 옷차림이라서 햇살이 녹이지 못한 한기가 차갑게 느껴졌다. 급하게 택시를 잡아탔다.

서울역에 들어서는 마음은 담담했다. 주말이라서 더욱 북적이는 복도를 지나 대합실 한편에서 익숙한 얼굴을 찾아냈다. 엄마 그리고 언니. 나는 엄마를 부른 뒤 언니를 불렀다. 엄마, 언니. 주변의 소음을 뚫고 엄마와 언니의 웃음 섞인 목소리가 나를 반겼다. 방금 내 부름도 저들에게 이런 감각으로 들렸을까… 순간 가슴이 떨렸다.

엄마와 언니와 나는 얼굴에 미소를 잃을 틈 없이 웃고 떠들며 즐거워했다. 애쓰며 교정했던 고향 사천의 말씨가 자연스럽게 튀어나왔다. 눈치를 보아하니 엄마는 나를 먼저 서울에 떠나보내고 이번에 언니마저 떠나보내자 내심 서운하며 허전한 모양이었다. 엄마의 딸이라서 그런지 마음 한편이 시큰했다.

카페에 자리를 잡고 앉아 수다를 떨었다. 배부르게 식사를 마친 뒤였기에 모두가 힘이 넘쳤다. 무슨 할 말이 그리 많은지 깔깔깔 웃어대며 왁자지껄 소란스러웠다. 어느 틈에 벌써 밤이 깊었는지 종업원이 다가와 폐점을 알렸다. 그런 머쓱함도 소용없이 집으로 향하는 내내 즐거운 수다가 이어졌다.

늘 횅댕그렁하던 집에 모처럼 활기가 돌았다. 엄마와 언니는 차례대로 샤워를 마치고는 내 잠옷을 꺼내 입고 소파에 앉아 텔레비전을 바라봤다. 요즘 인기를 끄는 드라마를 시청하며 감탄을 해대는 모습이 정다워 보였다. 그러나 그 속에 섞이지 못하고 한발자국 물러난 채 바라보는 마음 한편이 쓸쓸했다. 어쩌면 이 쓸쓸함 때문에 그 속에 섞이지 못하는지도 몰랐다.

뒤늦게 샤워를 마치고 나오자 엄마와 언니는 벌써 잠자리에 들려는지 침실에 있었다. 새벽을 대낮처럼 느끼는 나와는 달랐다. 하는 수 없이 엄마의 옆자리에 누웠지만 잠에 든다는 기대는 없었다. 내가 여러 달 불면에 시달리고 있다는 사실을 엄마와 언니도 알고 있었다. 그러나 거짓말처럼 금방 잠에 들었다. 꿈이 없는 깊은 잠이었다. 부스스 몸을 일으키자 거실에서 엄마와 언니의 웃음소리가 들려왔다. 거실에 나가보자 엄마와 언니는 배와 사과를 깎아먹으며 텔레비전을 바라보고 있었다.

“둘째 이제 일어났네? 아무리 깨워도 소용이 없어서 그냥 내버려 뒀다야.”

엄마의 말에 당혹감을 느꼈다. 시간은 정오를 지나있었다. 이만큼 잠을 잘 잤다는 사실이 믿기지 않은 것보다 늦잠을 자버린 탓에 점심에 가기로 했던 식당에 가지 못한다는 사실이 얼굴을 마르게 했다. 엄마는 오후 세 시 기차를 타고 고향 사천으로 돌아갈 예정이었다. 뭔가를 할 수 있는 시간적인 여유가 없었다.

엄마는 밝은 모습으로 기차에 올랐지만 그 모습을 바라보는 마음이 편치 않았다. 엄마를 태운 기차가 보이지 않을 때까지 손을 흔들었다. 그런 뒤 발걸음을 옮기는 친언니를 바라봤다. 따라 걷지 않고 우두커니 서있자 허전함을 느낀 친언니가 뒤를 돌아봤다. 지금도 친언니는 걱정이 서린 눈으로 나를 바라보고 있었다.

"그런 눈으로 바라보지 않아도 괜찮으니까 걱정은 그만 둬."

"그게 마음대로 된다니? 내 눈이 어떤지 나도 모르겠다야."

나는 할 말이 없어 새침하게 걸음을 옮겼다. 그러자 친언니는 금방 곁으로 따라붙으며 배가 고프다고 우는 소리를 했다. 그러고 보니 나도 공복 상태였다. 걸음을 멈추고 텅 빈 선로를 바라봤다. 그 위를 달리고 있을 기차 안에서 같은 공복감을 느낄 엄마가 떠오르자 코끝이 시큰했다.

마음에 어떤 고민이 들어차도 현실은 겉에 드러난 껍질이라서 웃어야만 했고 주어진 기회를 놓치지 않기 위해 아등바등해야만 했다.

나와 류 은 소속사 삼 층 회의실에서 한 시간 가량 잔소리를 들었다. 드라마에서 맡게 된 배역의 대본을 앞에 놓아둔 채였다. 내가 맡게 된 배역은 막돼먹은 남자 주인공의 스타일리스트였다. 발랄한 성격으로 남자 주인공을 골탕 먹이는 감초 역할이었다. 곁에서 류 이 맡게 된 배역의 설명을 들으며 내가 맡게 된 배역과 별다른 차이점이 없다고 생각했다. 등장하는 배경만 다를 뿐 역시나 발랄한 성격의 말괄량이였다. 근처 카페에서 달달한 음료를 마시면서도 마음 한구석이 불편했다. 대본을 들여다보며 즐거워하는 류 에 비해 나는 굳어있었다.

그날 밤이 늦도록 대본을 숙지했다. 남자 주인공의 측근으로 등장했지만 직접 대사를 하거나 단독으로 노출되는 장면은 드물었다. 또 시간이 지날수록 비중이 줄어들었다. 간단한 계기를 통해 사라질지도 모른다는 불안감을 느꼈다. 그러나 그것에 서운함을 느껴서는 안됐다. 그저 감사해야 했고 최선을 다해야만 했다. 내가 맡은 배역은 남자 주인공의 스타일리스트 장 만이 아니었다. 그런 배역을 맡아 기쁘고 행복한 신인배우 장 이 현실에서 내가 맡은 배역이었다.

사 월이었다. 심각한 황사가 들이닥쳤지만 사람들은 꽃구경을 다녔다. 구경거리로 전락한 꽃들이 잎을 떨어뜨리자 곧장 여름이 닥친 것처럼 더워졌다. 그리고 오늘 내 경력의 시작과 함께했던 팟캐스트의 마지막 촬영을 마쳤다. 벌써 내 역할을 이어받을 후임이 결정됐기에 인사를 하는 정도에서 촬영은 마무리됐다. 웃는 얼굴로 촬영장을 빠져나왔지만 미련이 남은 것처럼 못내 쓸쓸했다.

소파에 앉아 멍하니 흘려보내는 시간이 무료했다. 마지막이라고 특혜처럼 부여받은 이른 귀가에 할 일을 찾지 못했다. 얼마간 멍하니 앉아 있다가 토마토를 몇 조각 먹은 뒤 몸을 씻었다. 그러고도 덤으로 얻은 시간은 권태롭게 남아있어서 할 일을 찾아야만 했다.

영화를 보자고 텔레비전을 켰다. 무더기로 쌓여있는 제목 속에서 구로사와 아키라 감독의 칠 인의 사무라이를 골랐다. 네 시간에 가까운 긴 상영 시간이 선택의 이유였다. 멍하니 바라보다가 잠자리에 들려는 마음이었다. 그러나 한 시간을 견디지 못하고 자리를 떠났다.

달뜬 마음으로 책꽂이 앞을 서성이며 책의 제목을 훑었다. 언제라도 다시 펴들고픈 소설들이 가지런히 꽂혀있었다. 시선이 책의 제목을 쓸고 지날 때마다 감정은 축축하게 젖어들었다. 내가 애틋하게 생각해 하나하나 모아뒀던 소설 대부분이 그가 권했던 것이었다. 인간의 굴레에서… 침묵… 깊은 강… 면도날… 모래의 여자… 금각사… 시계태엽오렌지… 자기 앞의 생… 노인과 바다… 외딴방… 책의 제목들이 마치 그의 눈동자처럼 느껴졌다. 나를 감시하는 표독스러운 눈동자를 마주한 순간 다리에 힘이 풀렸다.

시간은 새벽의 깊은 곳으로 스며들었다. 그의 책을 펴들며 밑바닥으로 가라앉았던 마음은 미동 없이 고요한 상태에 이르렀다. 그는 소설에서 내가 등장하는 부분과 등장하지 않는 부분을 명백하게 분리했다. 소설이 시작되는 칠 쪽부터 이백팔십구 쪽까지 무수한 인물이 등장하며 이야기를 이끌었지만 나는 완전히 감춰졌다. 이백구십 쪽에서야 처음으로 언급되며 등장했다.

—나는 그녀를 부를 이름을 고민한다. 그녀는 본인에게 무척 잘 어울리는 단정한 이름을 갖고 있지만 결코 그 이름을 드러낼 수 없다. 그래서 고민하는 시간이 길어진다. 그런 시간이 초조하게 느껴지는 마음은 그만큼 여유가 없는 탓이다. 그래, 나는 늘 너에게 그런 마음이었다. 그

래 너, 너를 부를 이름은 없다. 너라고 부르면 그만이다.

그는 나를 부를 이름은 없다고 너라고 부르면 그만이라고 했다. 소설에 불과했지만 그 한 줄이 너무도 마음 아팠다. 그는 단 한 번도 나를 너라고 부른 적이 없었다. 언제나 다정하게 이름으로 부르며 아껴줬다. 그런 그가 너라고 부르면 그만이라고 선을 그었다. 그런 뒤 나에 대해 말하고 있었다.

—너는 너를 아름답다고 말하는 나를 믿지 않았다. 그때까지 너 자신이 얼마나 아름다운지를 모르고 살았는지 믿지 않았다. 그런 너에게 아름다움을 설명하는 일이 얼마나 어려운 숙제였는지 너는 모른다. 그런 너는 키가 백칠십사 센티미터였다고 그러나 몸무게는 오십 킬로그램을 넘은 적이 없다고 말하는 것이 얼마나 투박한 설명인 줄 모르지 않지만 너를 객관적으로 설명하지 않고 뭉뚱그린다면 앞으로 맞닥뜨릴 어떤 사건 혹은 문제들을 같은 방식으로 뭉뚱그리며 넘어갈까 염려돼 그렇게 할 수밖에 없다.

너는 광대뼈가 조금 도드라진 갸름한 얼굴, 눈썹은 숱이 모자라지 않고 검었으며 외까풀의 눈은 둥글고 옆으로도 길어 눈썹과의 조화가 좋다. 코는 반듯하니 높고 갸름한 얼굴에 어울리는 크기로 짜 맞춘 것 같다. 입술은 색조화장이 필요 없을 만큼 붉고 이루는 선이 흰 살결과 곱게 나뉜다.

나는 이백구십일 쪽의 반쯤을 차지하는 저 한 덩이의 글을 지나치지 못하고 오래도록 머물렀다. 그가 어떤 심정으로 그때의 시간을 고백하는지 알 것도 같으면서 모르는 것도 같았다. 알 것도 같을 때면 가슴이 아파 눈물이 고였고 모르는 것도 같을 때면 가슴에 불같은 원망이 치솟았다.

나를 아름답다고 말하던 그가 떠올랐다. 아무런 감정도 섞이지 않은 건조한 사실의 통보… 세상에 그런 식의 의사 전달을 처음 경험했기에 머릿속은 텅 비었다. 얼굴을 붉힐 수도 없었고 고개를 끄덕이거나 가로저을 수도 없었다. 그런 내가 그의 눈에는 자신을 믿지 못하는 것처럼 보였다니 허무했다. 또한 나를 객관적으로 설명하지 않고 뭉뚱그린다면 앞으로 맞닥뜨릴 어떤 사건과 문제들을 뭉뚱그리며 넘어갈까 염려된다면서 벌써 거짓말만 잔뜩 늘어놓고 있었다.

그를 마주하고 앉은 기분이었다. 눈앞에는 어떤 형체도 존재하지 않았지만 꼭 그가 앉아있는 것만 같았다. 뺨을 타고 흘러내리는 눈물을 훔쳐내며 나약한 감정에서 벗어나려고 했다. 그의 소설에 담긴 허위와 거짓에 대해 할 수 있는 일은 받아들이거나 진실을 밝히는 것뿐이었다.

그 순간 그지없이 무기력한 신세에 치미는 분노가 마음의 틀을 깨뜨렸다. 허공에다 대고 악다구니를 썼다. 너라고 부르면 그만이라고 선을 그었던 내 이름은 장희 이라고… 내 키는 백칠십사 센티미터가 아니라 백칠십 센티미터라고… 내 눈은 쌍꺼풀이 지었다고… 모든 것에 트집을 잡듯이 걸고넘어졌다. 그런 뒤 마음이 허망해 오래도록 울음을 그칠 수 없었다. 원하는 게 뭔지 알 수 없는 현실에 회의감이 치솟았다. 방금 트집을 잡듯이 걸고넘어졌던 것에도 후회를 느꼈다. 소설을 쓰던 그가 어떤 마음이었을지 어떤 의도였을지 헤아리기를 포기한 채 투정을 부렸다는 사실이 창피했다. 그의 마음과 의도를 영영 헤아릴 수 없을지라도 분명한 사실은 그는 소설을 쓰며 가슴을 내찌르는 날카로운 고통을 견뎠다는 것이었다.

어느새 날이 밝았는지 창밖이 훤했다. 몸을 일으키자 다리는 힘없이 비틀거렸고 머리는 어지러운 기운에 흔들렸다. 침실에 들어서며 부디 잠에 들기를 바랐다.

사 월의 막바지에서 봄비가 내리더니 이틀을 그치지 않았다. 집에 있기가 답답해 우산을 받쳐 들고 무작정 걷기 시작했는데 비가 거세졌다. 거기에 바람이 보태지자 우산은 견디지 못하고 뒤집어지기를 반복했다. 근처 카페에 들어가 비를 피했지만 몸은 척척하게 젖어있었다.

비 내리는 창밖의 세상을 바라보며 봄과 여름의 경계를 가늠했다. 이천십육 년의 봄은 이대로 떠나버리려는 모양이었다. 긴 한숨이 내쉬어지며 가슴이 트이는 기분이었다. 마침 하늘이 비의 기운을 누그러뜨린 틈에 집으로 돌아왔다. 비에 젖은 몸을 씻은 뒤 곧장 책상에 앉았다. 지금처럼 담담한 마음이라면 작업에 진전을 이루리라 희망했다.

나는 그의 소설에 담긴 허위와 거짓을, 변형과 은폐를 바로잡겠다는 마음이었다. 그는 분명히 자신이 없는 상태에서 우리의 이야기를 종이 위에 옮겼다고 믿어졌다. 맞닥뜨릴 사건과 문제를 뭉뚱그리며 넘어갈까 염려했음에도 극복하지 못했다. 온통 거짓으로 가득한 이야기를 써놓고는 가슴이 아파 다시 읽어보지도 못했을 것이었다. 나는 세상에서 그를 가장 이해하고 잘 아는 사람이었다. 그조차도 나보다 자기 자신을 더 잘 알지 못했다. 나는 그렇게 믿었고 그 믿음은 진실을 밝히려는 시도에 용기가 됐다. 현실에서 할 수 있는 유일한 선택이었다.

—너는 여름의 초입에서 내 앞에 나타났다. 그때까지 나는 여전히 소설을 썼고 버겁게 차오른 비곗덩어리 같은 권태를 겨우 견디고 있었다.

너는 내 앞에 나타나기 전에 내가 쓴 소설을 읽고 느낀 의문을 논리정연하게 정리해 전자우편으로 보냈다. 너의 영민함을 어렵지 않게 발견할 수 있었다. 너는 이야기를 꿰뚫고 작가의 의도를 파악하는 능력이 빼어난 독자였다. 나는 소설을 쓰는 사람이라서 더 이상 소설을 읽는 사람이 어떻게 느낄지를 도무지 짐작할 수 없게 돼 그 간지러움을 해소하고픈 욕망에 늘 시달렸다. 그래서 너의 손에 미리 인쇄해둔 소설 원고를 쥐어 줬다. 너라면 그 소설을 진지하게 읽어볼 것 같았다. 너는 누런 종이봉투에 담긴 소설 원고를 품에 안고 작업실을 빠져나가며 꾸벅 고개를 숙였다. 그리고는 고맙다고 말했다.

그는 여름의 초입에서 내가 자신의 앞에 나타났다고 했지만 그때는 겨울이었고 진짜 첫 만남은 가을이었다. 나는 모교인 경상대학교의 행사에 참여했다. 굿네이버스가 주관하는 장애가 있는 어린아이의 수술비를 마련하는 좋은 취지의 행사였다. 현장에 가서야 역할이 정해졌다. 나는 기부를 한 사람들에게 답례품인 책을 전달하는 일을 맡았다. 그때 책에 적힌 이름을 보고는 작가가 여자라고 생각했다. 그랬기에 내 곁으로 책을 묶은 뭉치를 옮겨놓는 사내가 작가일 거라고는 짐작할 수 없었다. 그런데 그 사내가 호출을 받더니 곧장 연단에 올랐다. 익숙한지 자연스럽게 인사하며 자신을 소개했다.

“안녕하세요. 나서 입니다.”

나는 책을 나르던 사내의 수상한 행적에 놀라 연단이 바라보이는 모퉁이로 달려갔다. 그리고는 높낮이가 없는 부드러운 목소리를 들으며 우두커니 서있었다. 그는 진지한 모습으로 행사의 취지를 설명하며 감사를 전했다. 그래서 감동을 받은 사람들이 우르르 몰려나와 기부함에 돈을 넣고는 책을 받아갔다. 한바탕 사람들이 휩쓸고 간 자리를 정리하면서도 얼떨떨한 기분이었다.

나는 지갑에 담긴 현금을 전부 기부함에 넣었다. 그리고는 책을 한 권 집어 들었다. 꼭 도둑질을 한 것처럼 떨리는 가슴에 책을 안고 집으로 돌아왔다. 밤이 깊도록 소설을 읽었다. 그의 다른 소설까지 연달아 읽었다. 더는 읽을 게 없어지자 편지를 쓰고 싶었다. 허나 인터넷에 공개된 전자우편의 주소가 허락된 전부였다.

답장이 오리라는 기대 없이 전자우편을 보냈다. 하고픈 말이 많았지만 밖으로 꺼내기가 쉽지 않았다. 혹시나 바보처럼 보일까도 걱정스러웠다. 그런 뒤 매일 오지 않는 답장을 기다리며 실망하기를 계속했다. 열닷새가 지나서야 초조함에서 벗어날 수 있었다. 그는 논리정연하게 모든 궁금증을 해소해줬으며 소설에 대한 이야기를 들려줬다. 나는 계속해서 회신에 회신이 이어지도록 무던히도 애를 썼다. 그렇게 겨울을 맞이했다. 정확히는 이천십사 년 일 월이었다.

그는 소설을 쓰려고 예술의 거리에 작업실을 얻었다고 했다. 매서운 추위 속에서 내부 공사를 하는 게 곤욕스럽지만 즐겁다며 웃었다. 앞으로 일 년에서 이 년을 온전히 소설쓰기에 전념하려는 계획이며 더는 장애가 있는 아이들의 수술비를 마련하는 활동을 하지 않게 됐다고도 알렸다. 많이 실망했냐고 덧붙인 물음은 참 바보 같았다. 그가 그 일을 그만둔 것이 다행이라고 생각했다. 그는 대수롭지 않은 것처럼 근처를 지날 일이 있으면 들려도 좋다며 연락처를 남겼다. 그러면서 나와 섹스를 하고 싶다고 했다. 섹스를 하고 싶다는 말이 참으로 놀라웠고 엄청난 혼란에 휩싸이게 했다.

예술을 하는 사람이라서 솔직한 걸까 싶었지만 갑자기 눈물이 흘러 내렸다. 실망스러운 모습에 배신을 당한 기분이었고 연락을 끊자고 다짐했다. 그때의 고민을 친언니에게 털어놓자 단번에 관계를 끊으라고 했다. 아주 못된 사람이라고 욕을 해댔다. 나는 고개를 끄덕이며 감정을 정리했지만 일주일 뒤 그를 만나기 위해 예술의 거리를 찾아갔다. 예술의 거리에 있다는 작업실의 주소를 손에 들고는 그가 섹스를 하자면 하겠다는 마음이었다. 그러나 그는 천진하게 웃으며 출력된 소설 원고를 내밀었다. 의식의 흐름이라고 제목을 붙인 소설이었다. 그러면서 미안하다고 했다. 내가 이만큼 어리고 순수한지 몰랐다며 의식이 흐름을 설명하기 위해 미리 문제를 제시한 것이었다고 했다.

그는 차근차근 설명을 시작했다. 내게 섹스라는 단어가 불러일으키는 감정을 고민하게 하려는 의도였으며 고민을 통해 모르는 이성과의 섹스에 대한 생각의 뿌리가 드러나기를 바랐다고 했다. 나는 할 말을 잃었고 도망치고만 싶었다. 앞으로의 생애에서 다시는 이런 어리석은 모험을 하지 말자고 다짐했다. 그러나 집으로 돌아와 밤을 지새우며 의식의 흐름을 읽은 뒤에는 마음을 고쳐먹었다. 나와 섹스를 하고 싶다는 그 말에 담긴 의도가 얼마나 순진했는지를 깨달았다. 이제는 내가 그와 섹스를 하고 싶었다. 그리고 섹스를 했다. 그와 섹스를 했다. 그러나 그는 이 사실을 감췄다. 소설에 쓰지 않았다.

나는 여기까지 쓴 뒤 볼펜을 내려놓았다. 마음이 답답하고 쓸쓸했다. 침대에 누웠지만 졸음은 느껴지지 않았다. 벌써 아침이 밝아오는지 짧아진 새벽이 몸에 익지 않았다.

나는 일주일을 허송했다. 그 일주일 동안 화장품을 홍보하는 광고 영상을 이틀간 촬영했고 홍보 행사에 하루 참여했으며 네이버 캐스트에 공개될 영상을 이틀간 촬영하며 바쁜 일정을 소화했다. 허나 할 일을 하지 않은 것 같은 불편함이 마음에 내려앉았다. 어느새 글쓰기는 일상의 가장 우선순위에 오른 것 같았다. 그러나 마음만 가지고 할 수 있는 일이 아니라서 손을 놓은 채 채무감만 쌓여갔다.

그의 소설에 담긴 거짓을 부정하며 써내려갔던 글을 계속해서 이어가려고 할 때면 주절주절 늘어놓은 말들이 창피하게 느껴져 지워버리고 싶은 충동을 느꼈다. 그런 고민이 계속될수록 그가 떠올랐다. 소설을 쓰던 그… 그때 시선이 획 돌려지며 그의 곁을 지키는 내가 바라보였다. 화들짝 놀라며 환상에서 깨어났다. 호흡은 거칠었고 수치심을 느꼈다. 그때의 내가 수치스러운지 아니면 그때의 나를 바라보는 지금의 내가 수치스러운지 알 수 없었다.

바쁜 일주일을 보낸 뒤 하루의 휴무를 얻었다. 외출을 하는 간소한 차림으로 고향 사천으로 향하는 기차에 올랐다. 객차의 내부는 한산했고 천천히 움직이기 시작하는 차창 밖의 풍경을 바라봤다. 철길을 내달리는 쇠바퀴의 묵직한 소음이 의식 밖으로 밀려났다. 그런 평온 속에서 뭔가를 써낼 수 있을까 싶어 종이와 볼펜을 꺼내들었지만 가만히 굳은 채 그를 떠올리고만 있었다.

그는 소설을 쓰는 일이 고통스럽다고 했다. 허상과 다름없는 인물들의 감정을 느끼며 종이 위에 옮기는 작업은 엉킨 실타래를 푸는 일처럼 힘겹다고 했다. 엉킨 실타래를 풀어도 곳곳이 끊긴 채 쓸모없는 경우가 허다하니 실망이 잦다고 했다. 할 수만 있다면 소설을 쓰는 삶에서 벗어나고 싶지만 그러지 못하는 이유는 가슴 안에 차오르는 답답함을 토해내지 않고는 견딜 수가 없는데 소설만이 유일한 배출구라고 했다. 그런 그에게 지금 나도 가슴 안에 담긴 뭔가를 토해내지 않고는 견딜 수 없는 기분이라고 말하고 싶었다. 그 말을 듣는다면 대단히 화를 낼 것이 분명했지만 정말로 그런 심정이었다.

내게 이런 순간이 찾아오리라고는 상상도 하지 못했다. 소설을 쓰는 일은 사전적인 의미처럼 허구적으로 이야기를 꾸며내는 것만은 아니었다. 사실을 기록하더라도 허구일 수 있으며 허구를 기록하더라도 사실일 수 있었다. 내게 그 이유를 설명하라고 따진다면 한마디도 할 수 없겠지만 종이를 앞에 놓고 앉아 볼펜을 손에 쥐면 전운처럼 감도는 무언가가 있었다. 그의 책을 펼쳐 옆에 놓았다. 역시나 거짓으로 그때의 시간을 꾸며대고 있었다.

—너는 언제라도 내가 기다리는 예술의 거리에 달려왔다. 그때까지 나는 부지런히 소설을 썼고 너는 그것을 읽는 것을 인사로 생각했다. 네가 읽어줬기에 더욱 열심히 소설을 썼다. 너는 내 힘 또 열정이었다. 그러나 사랑은 아니었다. 다시 말하지만 너는 아름다운 사람이다. 또 얼마나 여성스러운지 물끄러미 바라볼 때면 늘 그런 감상에 젖어들고는 했다.

그러나 너는 여성스럽다는 말을 듣고는 식겁을 하며 고개를 가로저었다. 얼굴마저 붉히고는 들어서는 안 될 말을 들었다는 것처럼 목소리가 격앙됐다. 오빠! 날 놀리지 마. 그러나 나는 진심이었고 또 고집이 강한 탓에 너의 마음을 헤아리지 않고 성을 냈다. 그때 나는 막다른 골목에 몰린 생쥐라서 내게로 향하는 어떤 손이라도 깨물어 버릴 수밖에 없었다. 내가 거짓말만 하는 줄 알아? 내가 웃지 않고 말하자 너는 금방 수그러들며 입술을 삐쭉 내밀었다. 그 모습은 너처럼 아름다운 여자에게는 어울리지 않는 굴종이었지만 나는 마음에 여유가 없는 탓에 자꾸만 너의 도도함을 꺾기 바빴다.

첫 만남이 있은 뒤 정확히 나흘 후 그의 작업실을 다시 찾았다. 그를 만나기 위해서는 고속버스를 타고 두 시간을 달려야 했다. 아침을 일찍 서둘러도 예술의 거리에 도착하면 정오에 가까웠다. 추위가 매서웠지만 아랑곳 않고 예술의 거리를 배회했다. 오늘 작업실을 방문하겠다고 사전에 약속을 잡았음에도 자꾸만 도망치고 싶었다.

작업실의 문을 두드리자 안에서 발소리가 들렸다. 나를 기다리고 있었는지 환한 얼굴의 그가 실내화를 앞에 놓아줬다. 작업실의 따스한 온기가 그때까지 마음에 꽁꽁 얼어붙듯 응어리졌던 긴장과 두려움을 녹여내는 것 같았다. 그때 입가에 떠오른 미소가 무슨 마음이었는지 알 수 없었다. 다만 기분이 좋았고 즐겁고 행복하다고 느낀 것만은 분명했다.

나는 소설 원고를 육인용 탁자 위에 올려놓고 눈치를 살폈다. 소설에 대해 가타부타 말하는 것으로 괜히 그의 기분을 상하게 할까 염려스러웠다. 그러나 그와 마주앉아 할 수 있는 가장 적절한 대화는 소설에 관한 것이었다. 의식의 흐름이라고 제목을 붙인 소설은 파괴적이었고 음란했다. 남녀의 생식기가 노골적으로 드러났으며 비정상적인 행태들이 인습에 의한 가치관을 붕괴시키려고 했다. 그런 시도를 자유를 부르짖는다고 표현하는 것도 대단히 낯설었다. 소설은 정형화된 관념이나 고체화된 의식의 뿌리를 드러나게 했다. 그러나 소설 속 인물의 관념과 의식이 아니라 소설을 읽는 이의 관념과 의식이라서 드러나는 뿌리가 너무도 시렸다.

내가 느낀 바를 솔직하게 말하자 그는 웃었다. 읽어줘서 고맙다는 인사를 받았지만 더는 할 말이 없었다. 그 순간 의식하지 못한 상태에서 생뚱맞은 물음이 던져졌다.

“저 말고도 이 소설을 읽은 사람이 있나요?”

“친구가 먼저 읽었습니다.”

나는 어떤 기대를 했는지 실망감을 느끼며 감정의 모난 면을 드러냈다.

“그 친구에게도 섹스를 하자고 하셨나요?”

“아닙니다. 읽어보라고 건네고는 탁자에 엎드려 잠에 들었습니다.”

나는 짐짓 쌀쌀한 눈초리로 그를 바라보고 있었다.

“그렇다면 왜 제게는 섹스를 하고 싶다고 하셨나요? 친구에게 했던 것처럼 읽어보라고 건네고는 탁자에 엎드려 잠에 들면 됐잖아요! 저와 섹스를 하고 싶다고 말할 수 있었던 이유는 제가 만만해서가 아닌가요?”

그는 심각해져서는 고개를 가로저었다. 진정 그랬던 자신을 후회하고 반성하며 사과했지만 어떤 말도 귀에 들어오지 않았다. 그때 나는 작은 심통이 났을 뿐이었다. 그의 소설을 나 말고 다른 사람이 먼저 읽었다는 사실이 못마땅했다.

“저도 섹스를 하고 싶어요.”

나는 책임질 수 없는 말을 뱉은 뒤 얼굴을 붉혔다. 붉히는 것으로도 모자라 고개를 떨어뜨렸다. 그때 그는 침묵했다. 그런 시간이 묵묵하게 흘러가며 어지러운 심정을 가라앉혔다. 비로소 고개를 들었을 때 그가 똑바로 바라보였다. 이만큼 뚫어져라 쳐다보기는 처음이었지만 피하고 싶지 않았다. 외까풀의 처진 두 눈과 우뚝한 코와 작고 붉은 입술이 바라보였다. 귀 뒤로 넘길 만큼 긴 머리카락을 지나 목의 울대뼈에 시선이 오래도록 머물렀다. 넓고 반듯한 어깨를 지나 탁자 위에 얹어진 크고 단단한 손을 바라봤다. 나를 어루만질 그 손을 오래도록 바라보며 두근거림을 견뎠다.

나는 그가 섹스를 하자면 하려는 마음이었다. 나를 사랑하는… 아니 좋아하는 마음이 없더라도 괜찮다는 결심이었다. 그에게 나를 주고 싶었다. 주고 싶다는 마음만으로도 이미 준 것이나 다름없었다. 그때 나는 처녀였다.

나는 친언니에게 그에 대한 이야기를 곧잘 털어놨다. 내게 친언니는 어떤 비밀이라도 털어놓을 수 있는 존재라서 거리낌이 없었다. 그런 친언니가 남자에 대해 말하는 나를 걱정한다는 사실을 알지 못했다. 또한 모든 비밀을 지켜준다고 믿었지만 아니었다.

나는 내일 아침이면 친구들과 사박오일 일정으로 제주도로 떠났다. 물론 부모님을 안심시키기 위해 꾸며낸 거짓 구실이었다. 친언니는 늦더라도 꼬박꼬박 귀가만 한다면 아무 말 하지 않겠다고 했지만 불가능한 일이었다. 내 마음은 이미 그의 곁에 머물고 있었다.

이른 아침 여행용 가방을 끌고 고속버스에 올랐다. 그는 여행용 가방을 끌고 작업실에 들어서는 내게 아무 것도 묻지 않았다. 나란히 누워

네 번의 밤을 함께 잠들고 깨어나면서도 아무 것도 묻지 않았다. 자신을 끌어안고 매만지며 살내를 맡아보는 나를 가만히 내버려 뒀다. 그는 그때까지 그래왔던 것처럼 내 젖가슴에 손을 얹지도 않았고 옷을 벗기려고도 하지 않았다. 기분이 좋을 때 머리를 쓰다듬는 게 전부였다. 아마도 그랬기에 그를 믿었는지도 몰랐다. 그랬기에 섹스를 하자면 하겠다는 마음이었는지도 몰랐다. 그가 섹스를 하려고 하지 않을 것을 알았기에 그랬는지도 몰랐다.

나는 그에게 예쁘게 보이고 싶었다. 단순히 그랬으면 좋겠다는 정도가 아니라 반드시 예쁘게 보이기를 바랐다. 그만큼 치장에 공을 들였고 눈치를 살피며 마음을 졸였다. 그가 좋아하는 취향을 알고 싶었다. 그러나 그는 무덤덤했고 도통 관심이 없었다. 실망이 켜켜이 쌓여가던 어느 날 무심한 목소리가 머리를 쥐어박는 것처럼 들려왔다.

그는 내게 왜 화장을 하느냐고 핀잔을 줬다. 왜 옷을 불편하게 입느냐고 면박을 줬다. 화장을 하지 않은 얼굴이 가장 예쁘다는 말이 청바지에 흰색 티셔츠 차림이 가장 예쁘다는 말이 믿기지 않았지만 믿어야 했다. 겨울의 끝에서야 그는 처음으로 애정을 드러냈다. 내가 예쁘다는 말을 그렇게 무심한 모습으로 했던 것이었다.

겨울과 봄의 경계에서 그와 섹스를 했다. 예술의 거리 그 작업실 다락방에서 그가 내리누르는 무게를 견뎠다. 옷을 벗은 몸이 겹쳐지자 그 뜨거움은 은근했고 바닥과 맞댄 등에서는 땀이 배나왔다. 그는 오래도록 나를 끌어안은 채 말이 없었다. 지금의 상황에서 뭔가를 시도하기에는 나도 아는 바가 없었다.

그때 나를 내려다보던 그의 눈에 깃든 빛은 불분명했다. 섹스가 끝난 뒤에야 어렴풋이 알게 됐다. 두려움이었다. 나는 그의 어깨에 머리를 기댄 채 두 번의 연애를 고백했다. 두 명의 남자와 어떤 섹스를 했는지를 담담하게 설명했다. 강간과 다름없는 섹스였으며 함께한 시간이 불행했다고 말했다. 그럼에도 그는 말이 없었다. 나도 말을 잃었다. 뭣 때문에 거짓으로 허무한 이야기를 꾸며냈는지 알 수 없었다.

봄은 따스했고 온통 꽃들이 만발했다. 그 속에서 내 삶은 한층 더 행복해진 것 같았다. 새로운 학기가 시작된 뒤로는 그와 이전처럼 자주 만날 수는 없었지만 조금도 불안하지 않았다. 그와 가장 가까운 사람이 나라는 믿음은 안정을 가져왔다. 또한 친언니의 배신을 극복해낸 것도 잘된 일이었다. 그를 처음부터 탐탁찮게 여겼던 친언니는 부모님에게 내가 비행을 저지른다고 알렸다. 겨울이 지나가는 매일 야단을 맞았다. 그러나 그를 만나러 가는 일을 멈추지 않았다. 부모님과 친언니는 그를 마뜩잖아 하면서도 교제를 인정하는 모양이었다. 내가 사람이라서 묶어둘 수 없다는 게 가장 큰 이유였다. 그와의 만남에 더는 거리낄 게 없어지자 룰루랄라 즐겁기만 했다. 그는 오늘도 예술의 거리 그 작업실에서 먹고 자며 소설을 쓰고 있을 것이었다. 수업을 들으면서도 머릿속에는 온통 그에 대한 생각뿐이었다.

기차는 사천 간이역에 멈춰 섰지만 자리에서 일어날 수 없었다. 종이를 앞에 놓고 손에 볼펜을 쥐었을 때 필요한 각오가 부족했는지 감정이 차고 넘치며 이성을 마비시켰다. 그와 함께했던 시간을 사실대로 고백하는 일조차 이리도 힘겨웠다. 그때 나를 바라보는 그의 시선이 느껴졌다. 그는 진실을 고백하는 일이 얼마나 어려운지 이제 알겠냐고 묻고 있었다. 나는 고개를 떨어뜨렸다.

기차는 사천 간이역을 출발해 진주역에 멈춰 섰지만 이번에도 자리에서 일어날 수 없었다. 두 시간을 더 달려 종착역에 도착해서야 비틀거리며 자리에서 일어났다. 대합실에 앉아 멍해지는 순간을 견뎠다. 아무리 털어내도 털어지지 않는 진득한 슬픔이 마음을 축축한 바닥으로 끌어내렸다. 암흑과 같은 망각 속에서 잊혔던 과거가 드러나며 생생하게 바라보였다.

나는 그때의 내게 묻고 있었다. 그에게 뭘 바랐는가… 그가 어떤 사람이라고 믿었는가… 그를 온전히 받아들이려는 마음이었나… 그를 사랑하는 만큼 성숙했는가… 대답을 기다렸지만 그때의 나는 입을 다문 채 고개를 돌렸다. 망연히 그때의 시간을 바라봤다.

그는 스물다섯 살이었다. 나보다 네 살이 많을 뿐이었지만 어른이라고 느껴졌다. 늘 같은 모습으로 그곳에서 나를 기다렸다. 이제는 작업실의 문이 열리기를 기다리지 않았다. 잠긴 문을 열 수 있는 열쇠가 내게도 있었다.

육인용 탁자에 앉아 소설을 쓰는 그를 바라보는 시간이 좋았다. 원고지를 앞에 놓고 연필을 쥔 채 골똘하게 몰입한 얼굴은 귀여웠고 사랑스러웠다. 쉼 없이 움직이며 원고지를 까맣게 채워가는 연필을 쥔 손은 외따로 살아있는 것처럼 생경하게 느껴졌다. 나는 소파에 앉아 책을 읽겠다고 손에 들었지만 보는 둥 마는 둥 했다. 온통 신경이 그에게로 쏠린 채 하염없이 흘러가는 시간 속에서 넋을 잃었다. 소설을 쓰는 그가 좋았다. 그만큼 그가 써내는 소설이 좋았다.

그는 두어 시간의 몰입에서 깨어나 잠깐 휴식하며 자신의 소설을 읽는 나를 물끄러미 바라봤다. 그 눈에는 호기심이 어렸으나 걱정의 빛이 담겨있었다. 그는 자신은 쓰는 사람이라서 읽는 사람이 어떻게 느낄지를 모르겠다고 했다. 그래서 내가 소설을 읽으며 어떤 감정에 휩싸이는지 궁금하다고 했다. 느낀 바를 솔직하게 말하는 것으로도 도움이 된다니 뿌듯했다. 그러나 그의 소설을 읽으면 읽을수록 마음이 무거워졌다. 소설은 하나같이 어두웠고 비극적이었다. 도대체 이토록 우울한 소설은 어디에서 나오는 거냐고 묻고 싶을 정도였다. 평범한 내가 이해할 수 없는 부분이 많았다.

그는 세상 누구보다 강인했지만 스스로는 한없이 연약했다. 서울대학교 의과대학을 중퇴한 뒤 굿네이버스와 동등한 지위를 얻어 빈곤가정 아동의 장애를 치료해주는 사업을 맡아 진행하는 소설가를 평범하다고 느낄 사람은 어디에도 없었다. 그는 모두에게 특별한 사람이었고 그로 인해 커다란 부담을 짊어져야 했다. 그리고 이름을 잃었다. 만나는 모두가 그를 작가라고 부르며 선입견을 가진 채 선을 그었다. 누구도 친구가 되려고 하지 않았고 친구들은 자연히 멀어졌다.

그는 자신을 희생하며 세상에 빛을 밝혔지만 곁에는 냉기를 머금은 그림자만 남았다. 작업실에서 소설을 쓰겠다는 결심은 그런 세상과의 단절을 뜻했다. 자신을 속박한 굴레에서 벗어나려는 처절한 시도였다. 그러나 그마저도 녹록찮았다. 세상은 탐욕스러운 아가리를 벌린 채 여전히 그를 삼키려고만 했다. 그는 갈수록 힘을 잃었고 약해졌다.

그가 얼마나 고독하며 외로운지를 깨달았지만 해줄 수 있는 게 없었다. 그저 곁을 지키는 게 전부였다. 그가 써내는 우울한 소설들이 그의 마음과 같다는 사실이 깨달아질 때면 가슴이 너무도 아팠다. 한동안은 넋을 놓고 표정을 잃었다. 그를 위로할 수 없는 내가 너무도 미웠고 싫었다. 그런 내게 너는 참 아름답구나… 여성스럽구나… 말하며 눈치를 살피는 그의 서글픈 노력에 신경질적으로 소리쳤다. **오빠! 날 놀리지 마.** 그러자 그는 웃지 않고 말했다. **내가 거짓말만 하는 줄 알아?** 나는 서글픈 마음에 새나오는 눈물을 훔치며 미안함을 느꼈다. 그는 여자를 달래는 방법조차 모르는 바보라서 계속해서 매섭게 다그치기만 했다.

그는 봄이 끝자락에 닿았다는 사실을 모르는 것처럼 여전히 소설을 쓰고 있었다. 온종일 깊은 몰입 속에서 칼을 갈았다. 그 소설을 읽어내는 마음은 여전히 무겁고 아팠다. 행복도 기쁨도 결국 비극적인 결말로 향하는 디딤돌에 불과했다. 그는 소설을 통해 불행으로 나아가려고 애를 쓰는 것 같았다. 그에게 삶은 그저 아프기만 한 형벌인지 소설을 읽는 것만으로도 절절하게 느껴졌다.

처음 섹스를 했던 그날 밤 그는 나를 끌어안은 채 고백했다. 자신은 너무도 나약하며 불안한 존재라서 또 불행한 존재라서 그 비극이 나를 집어삼킬까 두렵다고 했다. 그의 고백은 명백한 진실이었기에 너무도 무서웠다. 그래서 눈물이 흘렀지만 그래도 괜찮다고 생각됐다. 나는 옷을 벗은 뒤 다리 사이에 그를 끌어당겼다. 눈물이 그렁한 눈으로 나는 괜찮다고 말했다. 불행에 집어삼켜져도 괜찮다고… 그는 나를 끌어안은 채 오래도록 눈물을 흘렸다. 맞닿은 가슴에서 날카로운 가시가 느껴졌다. 그때의 진실을 고백하는 일이 이만큼 힘든 이유는 불행이 예고됐기 때문이었다. 그때 나는 괜찮다고 했지만 철부지에 불과했기에 그 말을 감당할 수 없었다.

그는 봄의 끝자락에서 쏟아지는 뜨뜻한 햇볕을 쬐며 조금 들뜬 모습이었다. 새로이 쓰기 시작한 소설을 어떻게 시작하게 됐는지 영감의 모태를 수다스럽게 설명했다. 그에게 듣는 영감의 모태와 방금까지 읽었던 소설에는 어떤 연관도 없는 것처럼 느껴졌지만 놀랍다는 것처럼 호응했다. 그는 내가 자신의 전부를 이해하며 이해하여 주리라고 믿는 것 같았다. 그러는 동시에 나를 바보라고 생각했다. 정말 바보는 자신이라는 사실을 모르는 이 헛똑똑이는 지독한 에고이스트였다.

그런 그가 자신의 삶에서 얻은 영감으로 소설을 쓴다는 사실은 놀라운 깨달음이었다. 언젠가는 나를 소설에 쓸지도 모른다는 기대가 희망으로 떠올랐다. 그때가 닥친다면 나는 행복한 사람으로 기록되기를 바랐다. 그에게 있어 티끌만큼의 불행도 슬픔도 없는 행복한 사람이라고 믿어져 나를 쓰게 될 소설에는 행복이 담기기를 바랐다. 먼 미래의 일이겠지만 반드시 이뤄질 것이기에 이미 이뤄진 것이나 다름없다고 믿었다. 그러나… 그해 겨울 나는 도망쳤다. 내가 말할 수 있는 시간은 이제 봄의 끝자락에서 겨울까지로 줄어들었다.

비 내리는 세상을 바라봤지만 답답한 가슴은 좀처럼 내려가지 않았다. 쏟아지는 빗소리를 듣고 싶었지만 굳게 닫힌 창은 거의 묵음에 가까울 정도로 바깥의 소음을 차단했다. 창을 열면 비바람이 쏟아질 것을 알았지만 열지 않고는 견딜 수 없었다. 비바람이 열린 틈을 비집고 들어왔다. 야성적이며 날것의 빗소리에 휩쓸리자 몸과 바닥이 젖는 것도 걱정되지 않았다. 어둠 속에서 빗줄기가 발하는 희미한 빛을 바라보며 그를 떠올렸다. 이 년 전 오월 그때의 그가 선명하게 떠올랐다.

그는 여자의 단발머리에 가까울 정도로 머리를 길었다. 이발을 하지 않고 무작정 긴 머리였기에 단정함과는 거리가 멀었다. 늘 이발을 했으면 싶었지만 말을 한다고 들을 사람이 아니라서 내버려뒀다. 그런 그가 어느 날에는 단정하게 이발을 하고 웃고 있었다. 단지 이발을 했을 뿐인데 인물이 훤했고 몇 배나 잘생겨 보였다. 쑥스러운지 뒷머리를 긁적이는 그를 뒤에서 껴안으며 묘한 질투심을 느꼈다. 세상 모든 여자들이 지금 내가 느끼는 가슴 벅참을 느낄까 불안했다. 그런 내게 이틀 뒤 소꿉친구의 결혼식이 있다고 알리는 그는 무척 즐거운 모양이었다. 심성이 고운 소꿉친구가 그만큼 성품이 바른 남자를 만나 결혼을 한다니 자신의 일처럼 기쁘다고 했다.

그는 소꿉친구의 결혼식에 함께 가자고 했지만 사양했다. 정장을 챙겨오지 못해 자신이 없었다. 그가 돌아오기를 기다리며 작업실을 지켰다. 책을 읽기도 하고 산책을 나가기도 하고 청소를 하기도 했지만 시간은 더디게만 흘러갔다. 날이 어두워지자 기다리는 마음은 더욱 애달아져 따라나서지 않은 것을 후회했다. 그럴 때 그에게서 전화가 걸려왔다. 오랜만에 만난 친구들과 아마도 밤을 지새울 것 같다며 미안해했다. 나는 홀로 밤을 보내는 게 무서워 막차를 타고 고향 사천으로 돌아왔다. 새벽이 늦어서야 잠에 들었지만 내일은 수업이 없는 월요일이라서 늦잠을 잤다. 그런 뒤 엄마가 운영하는 학원에 들러 시간을 보냈다. 친언니의 퇴근을 기다려 저녁을 먹었다. 그때까지 그에게서 연락이 없었지만 걱정은 없었다. 오랜만에 만난 친구들과 즐거운 시간을 보내고 있으리라 믿었다.

목요일 수업을 마친 뒤 곧장 고속버스에 올랐다. 허겁지겁 작업실에 들어서며 그를 찾았다. 그때 그는 창밖을 바라보며 우두커니 서있었는데 모습이 퀭하고 낯빛이 어두웠다. 나는 무슨 일이냐고 물었다. 도대체 무슨 일이라서 연락이 두절됐냐고 따졌다. 그는 나를 빤히 바라보더니 배가 고프다고 말했다. 초췌한 모습에 눈물이 핑 돌았다. 먹고 싶은 게 뭐냐고 물었지만 대답이 없었다. 허기조차 제대로 느끼지 못하는 극도의 피로감에 시달리는 것 같았다.

그를 억지로 소파에 눕힌 뒤 잠을 자라고 윽박질렀다. 그가 좀처럼 말을 듣지 않자 감정이 울컥 치밀더니 눈물이 줄줄 흘러내렸다. 눈물을 보고서야 그는 얌전히 누워있었다. 나는 밥을 안치고 계란을 부쳤다. 그가 가장 좋아하는 반찬은 양파를 잘게 다져 넣은 계란말이였다.

다행이도 그는 밥을 잘 먹었다. 맛있다며 내 머리를 쓰다듬었다. 그러나 새벽이 깊을 때까지 텅 빈 눈동자는 허공을 쫓았다. 커다란 충격을 소화시키지 못하는 것 같았다.

그는 내게 소설 원고를 내밀었다. 결혼식에 다녀온 새벽부터 쓰기 시작했다고 했다. 잠도 끼니도 거른 채 써낸 소설이었다. 서두를 읽으며 그에게 무슨 일이 있었는지 알게 됐다. 그래서 울음을 터뜨린 내게 그는 의외로 낭랑한 목소리로 말하기 시작했다.

"소꿉친구의 집에서 결혼식의 뒤풀이를 했어. 좋은 날에 어울리는 즐거운 시간이었고 부족한 게 없었지. 한참 이야기를 나누는데 목이 마른 거야. 음료수도 있고 술도 있었지만 물이 마시고 싶어 부엌으로 갔어. 그리고 소꿉친구의 언니를 마주쳤어. 작은 방의 모서리에서 겁에 질린 것처럼 바들바들 떨고 있는 그 존재가 커다란 충격을 던졌어. 그때까지 까맣게 잊었던 순간이 떠올랐지. 이십 년 전 같은 자리에서 소꿉친구의 언니를 발견했어. 겁에 질린 것처럼 뻣뻣하게 굳은 몸을 떨던 모습을 어쩌면 잊을 수 있었는지 모르겠어. 중증의 뇌성마비에 움직일 수 있는 신체가 없었고 관절은 오그라들며 신경을 찢는 고통을 줬어. 그럼에도 아프다는 호소조차 할 수 없는 신세는 가엾게도 이십 년이 지난 지금도 그 자리에 그렇게 놓인 채 떨고 있었어. 보고 듣고 호흡하고 배설하는 정도의 기능만이 유지되는 또 다른 의미의 식물인간이 스스로를 구속한 천형을 짊어진 채 언제까지나 그렇게 존재한다니 슬펐어. 인간은 모두가 숭고하다는 그 말에 따르자면 마찬가지로 숭고한 인간인 소꿉친구의 언니를 방석으로 만들어 딱딱한 바닥에 놓아둔 범인은 누구일까? 부모님? 스스로의 업보? 아니…… 나는 신을 떠올렸어. 신의 책임이라고. 아니…… 신의 무책임이라고."

나는 천국으로라고 제목을 붙인 소설을 읽어볼 용기를 잃었다. 그와 나는 같은 시간과 공간에 존재하면서 다른 차원을 바라보는 것 같았다. 내게 있어 하나님과 예수님은 힘든 마음을 의지할 수 있는 위로였으며 늘 두 팔 벌려 안아주는 따스한 품이었다. 그것이 당연했으며 다른 생각은 할 수가 없었다. 그러나 그에게 하나님과 예수님은 불합리하고 서글픈 세상에 대한 의문과 의혹을 풀어줄 유일한 존재였다. 처절한 물음에 대해 대답할 수 있는 유일한 입이었다. 그는 자신의 십자가를 짊어진 채 알기를 원했다. 그래서 투쟁적이었다. 의문과 의혹에 대해서는 아무리 하나님과 예수님이라도 매섭게 따져 물었다. 대답을 들은 적이 없으면서 시도를 그치지 않았다. 그런 그는 오래도록 소꿉친구의 언니를 잊지 못했다. 타인의 고통을 바라보며 아무 것도 할 수 없는 자신의 나약함에 고통 받았다.

창을 닫는 것으로 그에 대한 상념의 꼬리를 잘랐다. 비에 젖은 몸이 납을 매단 것처럼 무겁게 느껴졌다. 옷을 벗어 바닥에 떨어뜨리자 철퍼덕 뭉개졌다. 속옷까지 모두 벗은 뒤 욕실에 들어가 몸을 씻었다. 수증기가 욕실을 가득 채울 때까지 온수로 몸을 덥혔다. 젖은 머리를 말리는 일이 귀찮고 힘겨웠다. 얼마간 뒤척인 끝에 잠에 들었다.

어제 새벽 비가 그친 뒤로 강한 바람이 불기 시작했다. 가로수가 뒤흔들릴 만큼 강한 바람은 주말 동안 계속됐다. 강한 저기압의 영향권에 접어들어 그렇다는 일기예보를 들으며 따뜻한 차를 마셨다. 오월이라서 난방을 하지 않았더니 실내의 공기가 꽤 냉랭했다. 차를 한 잔 비운 뒤 전화기를 손에 들었다. 학창시절 옆 동네에 살며 절친했던 친구에게 전화를 걸었다. 내일과 모레 서로의 휴무가 겹친다는 사실을 알고 있었다.

친구는 기차를 타고 가자는 제안을 좌석이 좁다는 이유로 거절했다. 나도 여자치고는 키가 큰 편이었지만 친구는 백칠십팔 센티미터나 됐기에 결국 우등버스를 타고 가기로 했다. 내일 아침 일찍 서울남부터미널에서 만나자는 약속을 끝으로 통화를 마무리했다.

이른 아침 서울남부터미널에 도착했지만 친구는 보이지 않았다. 전화를 걸었지만 응답이 없었다. 하는 수없이 대합실에 마련된 의자에 앉아 친구에게서 연락이 오기를 기다렸다. 슬쩍 눈꺼풀이 무겁게 느껴졌지만 졸지 않으려고 정신을 바짝 차렸다. 얼마 뒤 친구에게서 전화가 걸려왔다. 지하철에서 깜박 졸았다며 내 위치를 물었다. 슬쩍 주변을 둘러보자 저 멀리에서 기린처럼 걸어오는 친구가 보였다. 큰 키가 유리할 때도 있었다.

친구는 버스에 오르자마자 의자를 뒤로 젖히더니 손수건을 꺼내 얼굴을 가렸다. 그러고는 금방 잠에 들었다. 그 모습을 잠깐 바라보는 것으로 관심을 끊었다. 외따로 떨어진 좌석으로 자리를 옮긴 뒤 황량하게 느껴지는 바깥 풍경을 바라봤다. 눈꺼풀이 무거웠지만 잠에 들고 싶지는 않았다. 지금 사천으로 향하고 있는 이유를 알고 있는 까닭이었다.

사천시외버스터미널의 대합실을 지나며 친구는 찌뿌듯한 몸 여기저기를 주무르고 두들겼다. 그러는 동시에 빠른 걸음을 쫓아오는 게 버거웠는지 내 손을 붙들었다. 덕분에 어깨에서 흘러내린 가방을 고쳐 메며 돌아보자 친구는 부모님께 연락을 했느냐고 물었다. 아마도 마중을 나오는 사람이 있느냐고 묻는 것 같아서 아니라고 간단하게 대답했다. 친구는 한숨을 내쉬며 집에 가는 방법을 강구했다. 버스가 드물었고 한참을 빙빙 돌았기에 학창시절에도 늘 곤욕을 치렀었다. 그러나 지금은 재수가 없으면 두 시간을 기다려야 하는 버스도 괜찮다는 기분이었다. 울퉁불퉁한 길을 빙빙 돌며 한 시간을 달리는 것도 동네에서 멀찌감치 떨어진 정류장에서 내려 한참을 걸어야 하는 것도 괜찮다는 마음이었다.

햇살과 바람이 온화하고 맑았다. 그런 이유를 들어 버스를 타기로 의견을 모았다. 정류장에 앉아 버스를 기다렸지만 감감무소식이었다. 정류장의 알림판에도 기다리는 버스는 표시되지 않았다. 한 시간을 기다려 버스에 올랐다. 십 년 전에도 무척 낡았었는데 아직도 현역으로 도로 위를 달리고 있었다. 묵직한 굉음을 내며 속력을 높였지만 시원찮았다. 친구는 뒤편에 자리를 잡고 앉더니 수다를 멈추지 않았다. 버스가 지나치는 모든 배경에서 추억이 바라보이는 모양이었다.

친구는 나보다 한 정거장 먼저 버스에서 내렸다. 그리고는 매캐한 매연과 흙먼지 속에서 고개를 돌린 채 캑캑댔다. 그 모습을 바라보며 웃음이 났지만 순간 모든 게 그대로라는 생각이 기분을 가라앉게 만들었다. 십 년 전에도 친구는 나보다 한 정거장 먼저 버스에서 내렸고 늘 매캐한 매연과 흙먼지 속에서 캑캑댔었다.

집으로 향하는 발걸음이 그늘을 지날 때마다 서늘한 공기가 살갗을 매만졌다. 햇볕과는 또 다르게 서늘하며 부드러운 감촉이었다. 멀리에서 미르와 배추가 달려와 시끄럽게 짖어대며 덤벼들었다. 도베르만이라 몸집이 큰 미르는 주변에서 겅중겅중 뛸 뿐이었지만 몸집이 작은 발발이 배추는 무턱대고 덤벼들어 옷에 발자국을 남겼다. 얼른 마당을 지나쳐 집안으로 몸을 피하자 마치 다시 나오라는 것처럼 끙끙 앓아댔다. 그러나 그럴만한 기분이 아니라서 어렵사리 외면했다.

날은 금방 저물었다. 처마에 매달린 등을 밝히자 날벌레가 모여들었다. 오월이었지만 풀벌레 울음소리가 제법 구성졌다. 어느덧 초여름에 접어든 모양이었다. 텅 빈 집의 고적함 속에서 상자 하나를 찾아냈다. 나무로 만들어진 상자는 단단했고 자물쇠가 채워져 있었다. 무슨 마음에서 그랬는지 뚜껑에는 빨간 글씨로 절대 손대지 말 것! 절대 버리지 말 것! 이라는 경고가 적혀있었다.

상자를 열기 위해 열쇠를 찾았지만 보이지 않았다. 책상의 서랍을 전부 뒤져봐도 없었다. 문득 정신을 차리고 보니 서랍이란 서랍은 전부 꺼내진 채 난장판이었다. 가슴이 답답한 정도를 넘어 식은땀이 흐르기 시작했다. 그때 마당으로 들어서는 자동차의 기척이 느껴지지 않았다면 가슴에 쌓인 울분은 도를 넘어 표출됐을지도 몰랐다.

엄마는 내 이름을 부르며 나를 찾다가 난장판이 된 방을 발견하고는 놀라 입을 다물지 못했다. 등짝을 때리는 것이 인사가 됐다. 어찌됐든 난장판이 된 방을 치우면서 성난 심정을 가라앉혔다.

엄마의 식탁 차림은 언제나 간소한 편이었다. 무엇이든 거창한 것을 좋아하지 않는 성향의 반영이었다. 내게 저녁을 차려주려고 일찍 귀가했으면서도 식탁 위에는 김치 몇 가지와 김과 계란찜이 전부였다. 밥을 몇 술 떠 넣는 것으로 식사를 마치고는 엄마와 나란히 앉아 텔레비전을 바라보며 시간을 보냈다.

학원의 마무리를 하느라 귀가가 늦을 아빠를 반갑게 맞아주려고 했지만 그러지 못했다. 엄마의 무릎을 베고 누워 깜박 잠에 들었다. 그것도 깊은 잠이라서 아빠가 나를 안아 침대에 눕히는 것도 느끼지 못했다. 엄마는 아침을 차리면서 정말로 불면증이 맞느냐고 물었다. 농담이었지만 기분이 머쓱했다.

자물쇠가 채워진 상자를 가방에 담았다. 가방에 담아야지 이동하기에 용의했다. 그런 사실을 들키고 싶지 않았지만 나와 친구를 사천시외버스터미널까지 데려다 주려고 기다리는 엄마의 눈을 피할 방법이 없었다. 더구나 엄마는 상자에 담긴 내용물이 뭔지도 알고 있었다.

"그건 왜 가져가니?"

역시나 난감한 물음이 툭 던져졌다. 슬쩍 돌아보니 엄마는 거실 소파에 앉아 텔레비전을 바라보고 있었다. 대수롭지 않은 상황이었지만 내가 느끼는 감정은 같을 수 없었다.

"몰라도 돼."

"무슨 필요가 있어서 그걸 가져가나 싶어 그런다야. 괜히 잃어버리면 어쩌나 걱정스러워서. 여기에 두면 안전하니까."

"아 몰라."

나는 지금의 상황에서 벗어나려고 자리를 피했다. 거실과 연결된 테라스에 자리를 잡고 앉아 먼 하늘을 바라봤다. 구름 한 점 없이 상쾌하도록 날씨가 맑았다. 따스한 햇살과 시원한 바람이 방금 전까지 답답했던 기분을 풀어줬다. 마당을 뛰노는 미르와 배추를 바라보며 잠깐이나마 고민을 잊었다.

얼마 지나지 않아 나를 부르는 엄마의 목소리가 들려왔다. 놀랍게도 그의 책을 손에 들고 있었다. 나는 당황했지만 표시를 내지 않으려고 노력했다. 엄마는 책의 아무 쪽이나 펼쳐보며 궁금한 게 있다고 했다. 그러면서 웃고 있었다.

"너도 읽어봤나?"

나는 친언니를 떠올렸다. 내게 그의 책을 내밀었던 것처럼 엄마에게도 그렇게 했을까 싶었다. 그러나 엄마는 친언니만큼 그와 나의 사연을 알지 못했다. 알았다면 결코 웃을 수 없었을 것이었다.

"읽어봤어."

엄마는 기대했던 대답을 들었는지 화색을 띠었다.

"너는 좋았겠다야. 소설이 어디까지 사실이고 거짓인지 아니까."

내가 미간을 찌푸리며 불편한 기색을 드러냈지만 엄마는 개의치 않았다.

"엄마는 소설을 읽으면서 이만큼 마음이 아플 수 있는지 처음 알았는데. 네게 이 소설이 어디까지가 진실이냐고 물어봐야지 했다가 깜박 잊었다야."

나는 그의 소설에서 내가 등장하는 부분을 떠올렸다. 그러나 엄마는 내가 등장하는 부분에는 관심이 없었다.

"난쟁이나 깐난이나 보라나 하나같이 믿기지가 않는데 그렇다고 소설처럼 생각되지도 않으니 마음이 여간 쓰이더라. 그마나 네가 등장하는 부분이 제일 무난하데. 네 아빠는 두 번이나 읽더라니. 심각하게 들여다보는 모습이 얼마나 귀여웠는지 모른다."

엄마의 말이 마음에 무겁게 담겼다. 지금 무척이나 태연한 엄마의 태도가 이해되지 않는 것도 아니었다. 내게는 멋지게만 보였던 그는 많은 사람들의 우려를 낳았었다. 특히나 엄마는 날카로운 태도로 직설적이었다. 만남에 대해서는 영향을 끼치려고 하지 않았지만 그를 이름으로 부르지 않았다. 그런 사람이라고 호칭하며 선을 그었다. 툭하면 나를 붙들고는 그런 사람의 곁을 지키는 일은 여러모로 쉽지 않다고 말했다. 그만큼 생각이 깊어야 하고 어른스러워야 하는데 잘 할 수 있으려나 모르겠다고 했다.

그런 엄마는 얼마간의 시간이 지난 뒤에야 그의 이름을 다정하게 부르기 시작했다. 그에게서 도망친 뒤 괴로워하는 나를 대하는 태도도 지금과 별로 다르지 않았다. 뜨겁지 않은 연애는 청춘에 대한 모독이라고 말하며 웃었다. 엄마는 그런 사람이었다.

친구에게 전화를 걸어 일이 생겨 먼저 서울에 올라가겠다고 거짓말을 했다. 엄마에게는 친구와는 따로 가기로 했다고 전하며 어떤 마음을 먹었다. 엄마는 운전을 하는 내내 날씨가 좋다며 콧노래를 흥얼거렸다. 내 기분에는 전혀 영향을 받지 않는 것 같았다. 나는 묵묵히 창밖을 바라봤다. 시간은 덧없이만 흘러가는 것 같았다.

서울로 향하는 가장 이른 시간의 표를 끊었다가 취소했다. 그리고는 걷기 시작했다. 곁으로 햇살을 머금어 금빛으로 반짝이는 남강이 바라보였다. 그런 남강을 내려다보는 진주성에 이르러서야 걸음은 정처를 찾았다. 촉석루에서 바라보는 남강이 참 아름답다고 느꼈다. 아름답다… 그저 아름답다고 생각했다. 그런 순간에도 그는 불쑥 떠오르며 마음을 짓눌렀다. 그는 진주성에서 바라보는 남강을 좋아했다. 나를 만나기 위해 종종 사천을 찾을 때면 꼭 촉석루에서 남강을 바라보고는 했다. 그런 그가 여전히 남강을 바라보고 있는 것처럼 진주성을 떠나는 발걸음이 무거웠다. 뒤를 돌아보면 꼭 그가 서있을 것만 같았다.

버스는 날이 저물어서야 서울에 도착했다. 커다란 가방을 짊어지고 대합실을 빠져나가는데 걸음이 느려서인지 사람들의 어깨가 여기저기에서 부딪혀댔다. 그렇다고 걸음을 서두르지 않았다. 지하철을 기다리면서도 기분은 덤덤했다.

집에서의 시간은 평범하게 흘러갔다. 짐을 풀고 몸을 씻은 뒤 밀린 빨래와 청소를 마쳤다. 텔레비전에서 방영하는 드라마를 보고나자 자정에 이르렀다. 새벽 세상을 뒤덮은 어둠을 바라보며 정말 지금 덤덤하냐고 스스로에게 물었다. 아니라는 사실을 알고 있었다. 기분은 밑바닥까지 가라앉은 채 멀쩡한 상태가 벌써 몇 달째였다. 막연한 불안이었다. 이 불안정한 상태가 그의 책을 손에 쥔 뒤로 시작됐다는 사실을 알고 있었다. 그러나 그를 원망하는 마음은 없었다. 원망할 수 없었다.

소파에 앉아 탁자 위에 놓인 상자를 바라봤다. 열쇠를 잃어버린 자물

쇠를 망치로 내리쳐 경첩 째로 뽑아버렸기에 모습이 처참했다. 사방으로 흩어진 파편을 치울 정신도 없이 자꾸만 넋을 잃었다. 상자 안에는 누런 서류 봉투가 차곡차곡 쟁여져 있었다. 그는 연필을 쥔 손으로 써낸 소설의 원고를 서류 봉투에 담아 보관했다. 그런 원고를 전부 내가 가지고 있는 이유는 갖고 싶으니 달라고 했었다. 그런 뒤 돌려주지 않았다. 그에게서 도망치던 날에도 원고를 돌려줘야지 생각했지만 그러지 않았다. 어쩌면 그에게 소중한 것이라서 돌려주기 싫었는지도 몰랐다. 그런 짐작이 사실이라고 해도 상관없었다.

원고를 손에 들고 제목을 확인할 때마다 소설을 쓰던 그가 떠올랐다. 그와 동시에 그때의 시간으로 되돌아간 것처럼 위태로움을 느꼈다. 소설을 쓰던 그는 너무도 불안정한 상태였다. 가슴에는 심한 불안증이 내려앉았고 좀처럼 잠에 들지 못했다. 뒷머리에서는 끊임없이 깔깔대는 웃음소리가 들렸고 다수의 목소리가 생각에 끼어든다고 했다. 또 어둠 속에서는 사람의 형상이 떠올랐는데 전부 헛것이라고 했다. 그가 장난처럼 그 사실을 고백했기에 걱정을 드러낼 수 없었다. 만약 그때 걱정을 드러냈다면 그는 두고두고 후회하며 자신의 증상을 감추려고 애썼을 것이었다.

그런 그는 내가 있을 때는 잠을 잘 잤다. 불면증이 꾀병처럼 느껴질 만큼 깊이 잠들었다. 내 무릎을 베고 잠든 그를 내려다볼 때면 그 순간만큼은 모든 위험과 위협에서 벗어난 것 같은 안도감을 느꼈다. 순진무구한 얼굴에는 어떤 근심도 서리지 않았기에 좋은 꿈을 꾸고 있으리라 믿었다.

원고가 담긴 서류 봉투를 전부 상자 안에 담고서야 위태로움에서 벗어날 수 있었다. 경첩이 떨어져나간 자리가 뒤틀렸는지 뚜껑이 제대로 닫히지 않아 그런 채로 옷장 깊숙이에 넣어뒀다. 날이 샐 무렵에 이르렀는지 먼 하늘이 어스름한 빛으로 물들었다. 그럼에도 잠에 들고픈 마음은 없었다. 드라마 촬영조차 걱정되지 않았다. 종이를 앞에 놓고 앉아 볼펜을 손에 쥐었다. 그의 소설을 펼친 뒤 이어나갈 부분을 확인했다.

—나를 사랑한다는 너의 말을 믿지 않았다. 허나 내게 아까운 여자가 사랑을 이유로 자신의 전부를 내던졌다는 사실은 알고 있었다. 그것이 마음에 무척 안타까웠다. 또 두려웠다. 나는 그때 다른 사람을 사랑하고 있었다. 그리고 그 사람도 사랑을 이유로 자신의 전부를 내던졌었다. 그 때문에 깊은 상처를 입었고 너도 그렇게 될까 두려웠다. 나는 그 사람을 너를 만난 그때까지도 사랑하고 있었다. 그러나 불안한 삶을 위로하는 네가 필요했기에 감추는 방법으로 속였다. 나는 계속 글을 썼고 너는 읽었다. 읽어주는 네가 얼마나 큰 힘이었는지 나는 무척 많은 소설을 완성했다.

그는 진실을 말하고 있었다. 내게는 너무도 잔인한 진실이었지만 거짓으로 꾸며내지 않았기에 담담할 수 있었다. 그의 고백처럼 그때 그는 다른 사람을 사랑하고 있었다. 얼마나 둔하고 바보 같은 사람인지 그런 사실을 고스란히 드러냈다. 그래서 마음이 아팠지만 그를 비난하고 싶지 않았다. 그 곁을 지키며 내 마음만 새까맣게 타들어갔다. 마음이 아팠다.

—너는 늘 불안에 떨었다. 언제나 주눅이 든 채 내 눈치를 살피며 초조한 기색을 감추지 못했다. 나는 너를 반가워하지 않았고 뭔가를 함께하

고픈 욕구도 느끼지 못했다. 시큰둥한 얼굴로 너의 단점을 지적하고 질책하기에 바빴다. 어떤 사람도 완벽할 수 없기에 너는 많은 빈틈을 고스란히 드러냈다. 다른 작가의 소설을 읽고 좋았다고 말하는 너를 타박하기도 했다. 유치하고 억지스러운 이유로 혼이 났지만 너는 군말이 없었다. 정말로 자신이 잘못했다는 것처럼 고개를 떨어뜨린 채 반성하는 얼굴이었다. 너는 무조건 순종했다. 그것은 굴종이었다. 허나 내가 바라는 것이 아니었다. 나는 자꾸만 너를 밀어냈다. 너는 매일 내 곁을 지키며 이러쿵저러쿵 잡담을 늘어놓으며 혼자 웃기를 잘했지만 내가 호응이 없는 탓에 그 웃음은 젖은 짚에 붙은 불처럼 힘없이 꺼져버렸다. 그럼에도 너는 좌절하지 않으려고 계속해서 나를 끌어안았다. 나는 날카로운 가시가 잔뜩 돋아난 사람이라서 견디면 견딜수록 더 깊이 찔릴 수밖에 없었다. 너는 그런 사실을 알면서도 있는 힘껏 끌어안았다. 그러나 그때 내가 정말로 두려워했던 것은 네가 고백하는 그 사랑에 종속되고 붙들리는 것이었다. 그게 두려웠다. 너의 사랑이 변하게 할 내가 두려웠다.

먼저 사랑에 빠진 쪽은 나였다. 봄이 시작되는 무렵에서 확신할 수 있었다. 그를 바라보는 것으로도 행복에 젖어들었다. 그런 나는 사랑을 고백했다. 그때 그는 딱딱하게 굳더니 반응이 없었다. 아무런 기대가 없었기에 실망은 크지 않았다.

그는 자신이 느끼는 감정이 겉으로 고스란히 드러난다는 사실을 몰랐다. 스스로는 완전히 감춰지고 있다고 믿었다. 그런 어리석음으로 감추려고 했던 것은 자신의 마음이었다. 그래서 사랑이라는 감정에 커다란 두려움을 느꼈다. 바보 같은 그를 모르는 척 속아줄 때마다 나만 바보가 됐지만 다른 방법이 없었다. 사랑은 모든 것을 감내하게 했다.

—나는 잠을 이룰 수 없는 몹시 심한 불안증에 시달리고 있었다. 잠자리에 누우면 환청이 들렸고 불을 끄면 헛것이 보였다. 낄낄낄 웃는 소리가 밤이 새도록 뒷머리를 간질였다. 그러나 너의 무릎을 찾아 머리를 맡기면 곤히 잠들 수 있었다. 너는 다리에 감각이 사라질 때까지 사라져도 내색하지 않고 잠에 든 내가 깨어날 때까지 묵묵히 기다렸다. 나는 가끔 눈을 감고만 있었다. 기분 좋은 포근함에 잠겨들었다. 그때 너는 혼잣말처럼 중얼거렸다. 혼잣말이었다. 오빠는 내가 바보인 줄 알지? 나는 대답하지 않았다. 대답해서는 안 되는 물음이라고 생각했다. 또 지금 너의 무릎에 머리를 맡긴 채 흘려보내는 시간이 좋았다. 늘 네가 보고 싶었다. 왜인지 너와의 만남을 하루라고 거르면 심통이 난 아이처럼 불만에 가득 찼다. 너는 그런 나를 위해 회사의 회식도 빠져버리고 친구들과의 약속도 어기며 내 곁을 지켰다. 그럼에도 불구하고 어쩔 수 없이 하루를 걸러야 하는 때가 닥치면 다음 날 유치한 나의 화풀이도 묵묵히 견뎌줬다. 그때 너는 시무룩한 목소리로 미안하다고 했다. 너는 미안할 것이 조금도 없는데 미안하다고 했다. 나는 알고 있었다. 배시시 웃던 얼굴 뒤에 감춰진 눈물을 알고 있었다. 허나 모른 척했다. 너를 잃고 싶지 않았기 때문에 그럴 수밖에 없었다.

사랑은 고백할수록 헤퍼진다는 사실을 깨달았지만 멈출 수 없었다. 정말로 사랑했기에 그 사랑을 표현하고 싶었다. 내가 먼저 손을 잡았고 껴안았으며 입을 맞췄다. 그를 간절하게 원했다. 그러나 그는 다른 사람을 사랑하고 있었기에 나를 밀어냈다. 날카로운 가시가 돋친 손으로 거칠게 밀어냈다. 그러나 나를 필요로 했기에 완전히 밀어내지는 못했다. 그건 너무도 비겁했지만 사랑은 참고 견디라고 매일 아픈 가슴을 어루만졌다. 정말이지 사랑했기에… 사랑이라는 단어조차 그때의 내 감정을 설명하지 못했다. 나를 갈기갈기 찢을 수도 있는 살아있는 칼을 가슴에 소중히 품었다.

—너는 소파에 앉아 기다란 다리를 늘어뜨린 채 내가 쓴 시를 읽고 있었다. 그때 더 많이 사랑하는 자가 약자라고 말하는 너의 목소리는 무척이라는 과장조차 붙이지 못할 만큼 담담하고 건조했다. 네가 어떤 시를 읽었는지는 모르지만 나는 결단코 그런 말을 쓴 적이 없었다. 그런 생각을 해본 적이 없었다. 오빠, 더 많이 사랑하는 자가 약자래. 나는 감정의 동요를 감췄지만 너는 알고 있었다. 내가 저 말에 고통을 느낀다는 사실을 알고 있었다. 너에게 느끼는 죄책감이 마음에 가시를 돋게 해 찌른다는 사실을 알고 있었다. 더 많이 사랑하는 자가 약자라는 말을 대면할 때면 늘 더듬고 헤맸다. 화제를 돌리기 위해 애를 쓰는 모습은 어색할 수밖에 없었다. 그런 나를 바라보던 너의 눈은 깊었다. 검은 눈동자가 그윽하게 나를 바라봤다. 눈은 거짓말을 하지 않는다.

그의 시에는 그의 마음이 고스란히 드러났다. 내 가슴에 가득 들어차는 감정의 반은 시를 쓰던 그의 것이었다. 과거의 사랑을 잊지 못하며 죄책감과 다르지 않은 그리움을 지키려고 애를 썼다. 허나 그 마음이 허위에 불과한 알량한 속임이라는 사실을 어렵지 않게 알 수 있었다. 이제는 형체조차 불분명한 과거의 사랑이 여전하다고 믿는 마음은 스스로 자처한 속박에 불과했다. 그 마음이 진정 진실한 사랑이라면 자신의 곁에서 사랑을 고백하는 나를 결코 가만 둘 수 없었을 것이었다. 그는 껍데기만 남은 사랑을 버리지 못하는 바보였다.

―너는 나로 인해 얼마나 아프고 고통스러운지를 알리려고 노력했다. 그것은 원망하려는 시도가 아닌 그저 자신을 바라봐 주기를 바라는 마음이었다. 그런 애타는 마음을 알면서도 모른 척 했던 나는 정말로 비겁했다. 너는 아주 작은 것을 바랐지만 나는 단 하나도 들어줄 수 없는 천치였다. 이렇게 말한다면 너는 허탈한 얼굴로 한숨을 내쉬겠지만 아주 기본적이고 사소한 것들이 내게는 정말이지 어렵고 또 불가능했다. 거짓으로 사랑을 꾸며내기는 싫었다. 나는 너를 사랑한다고 믿지 않았다. 너를 사랑하지 않았다. 나는 그때 그 사람을 사랑하고 있었다. 그 사랑을 배신하고 싶지 않았다.

그는 이미 죽어버린 사랑의 흔적을 고스란히 간직하고 있었다. 그런 사실을 내가 모른다고 믿는 근거는 도무지 무엇인지 그 무딤이 야속했다. 모든 흔적들이 나와는 무관하며 죽은 감정이라고 믿었기에 모르는 척 내버려 둬야만 했다. 무던히도 참고 견뎠다. 골백번도 그 사람의 웃는 모습이 담긴 사진을 찢어버리고 싶었지만 차라리 내가 바보 천지라고 패배감을 견뎠다. 그때 떨리던 몸은 냉수를 들이켜도 진정되지 않았다. 그에게 따져 묻는다면 도리어 나를 밀어낼 것을 알았기에 그럴 수도 없었다. 그를 비겁한 사람으로 만들고 싶지 않았다.

―너는 변하지 않는 나를 체념하고 단념했다. 그만큼 달라졌다. 너는 본래의 똑똑하고 야무진 모습을 되찾은 것에 불과했지만 내게는 참 낯설고 새로웠다. 그런 너는 나를 떠나야 한다는 사실을 알면서도 외면했다. 밤새 울며 괴로워하면서도 떠나지 않았다. 사랑 때문에. 허나 그때 떠났어야 했다. 너는 더 많이 사랑하는 자가 약자가 되는 잔인한 다

툼에서 처음부터 패자였기에 몰래 우는 것 말고는 내 앞에서 바보처럼 웃을 수밖에 없었다. 너는 바보인 척 하지 않고는 견딜 수 없었을 것이다.

나는 오래도록 저 한 덩이의 글에서 눈을 떼지 못했다. 그는 더 많이 사랑하는 자가 약자가 되는 잔인한 다툼에서 내가 처음부터 패자였다고 기록했다. 그랬기에 몰래 우는 것 말고는 바보처럼 웃을 수밖에 없다고 했다. 바보인 척 하지 않고는 견딜 수 없었을 거라는 말은 옳았기에 끔찍했다. 그가 그런 사실을 언제부터 알고 있었는지가 궁금했다. 내가 몰래 울며 바보처럼 웃을 때 알고 있었는지 아니면 그때의 시간을 바라보며 소설을 쓰는 중에 알게 됐는지 묻고 싶었다. 다음 문장에 대답이 있었다.

—우리는 분명히 끝을 알고 있었다. 모른 체 했을 뿐.

그는 우리가 끝을 알고 있었다고 기록했다. 허나 그 끝이라는 게 우리의 비극적인 결말을 지칭한다면 나는 몰랐다. 끝을 떠올린 적도 없었고 다만 사랑받고 싶었다. 그는 그때 내가 몰래 우는 것 말고는 바보처럼 웃을 수밖에 없었다는 사실을 몰랐던 게 분명했다. 그때의 시간을 바라보며 소설을 쓰면서야 몰래 흐느껴 우는 나를 발견했을 것이었다. 그리고는 마음이 아파 울었겠지… 미안하다고 소리쳤겠지…

…

(20/200)